edition
tingeltangel

Die Handlung und alle handelnden Personen in diesem Kriminalroman sind frei erfunden. Ähnlichkeiten zu Geschehnissen mit Bezug auf reale Personen oder Unternehmen, Persönlichkeiten des öffentlichen Lebens oder Institutionen wären rein zufällig und nicht beabsichtigt.

Lektorat: Heike Mallad
Gestaltung: Thomas Endl
Verwendete Abbildungen:
Rollstuhl (Shutter Island - Lost Place, Nicolas/stock.adobe.com), Leichenschauhaus (hospital morgue trays, fergregory/stock.adobe.com), Friedhofsengel (tragic sad angel statue at the cemetery, radekcho/stock.adobe.com), Autorin (privat), Adobe Firefly-KI-generierte Kapitelvignetten

Gedruckt in Europa

Originalausgabe, Erste Auflage, 2024
ISBN 978-3-944936-73-4

Der Titel ist auch als E-Book erhältlich.

Wenn der Engel kommt

Kriminal-
roman

Nicole Eick

Die Tote im Hochhaus

»Hier stinkts.« Der Junge – oder besser gesagt der junge Mann, denn er ist schon siebzehn, auch wenn er schmächtig und irgendwie kindlich wirkt – rümpft die Nase. Das Mädchen Lina – und sie ist wirklich noch ein Mädchen, nämlich vierzehn – lacht. »Hier stinkts immer. Stell dich nicht so an.«

Lina schließt die Wohnungstür auf. Zwölftes OG im zwölfstöckigen Hochhaus, pro Etage drei Parteien, links vier Zimmer, Küche, Bad, rechts drei Zimmer, Küche, Bad, die mittlere Tür gehört zur Einzimmerwohnung. Hier hausen durchweg ganz Alte oder ganz Einsame, die Hälfte von ihnen hat eine Katze, die andere Hälfte Kanarienvogel oder Wellensittich, nur einer noch zusätzlich einen Hund. Keinen kleinen, nein, einen uralten zotteligen Bernhardiner, für den er wahrlich ein zweites Zimmer bräuchte. Es ist der Alt-Hippie aus dem vierten.

Das Mädchen Lina wohnt links, mit ihrer Mutter und zwei jüngeren Schwestern. Zum Glück hat sie ein Zimmer für sich, denn ihr Begleiter hofft auf Sex. Er hatte schon lange keinen mehr, mindestens drei Tage. Das Mädchen hatte noch nie, aber das weiß er nicht.

»Kommt von da«, sagt der Junge und rümpft noch mal die Nase in Richtung der mittleren Tür, bevor er dem Mädchen in die Wohnung folgt.

»Die Alte wäscht sich nicht«, sagt das Mädchen. »Und frisst nur Dosen. Kein Wunder.«

Dann schließt sich die Wohnungstür. Sie haben eine Stunde, bis der Rest der Familie heimkommt, und nichts zum Verhüten.

»Mann, das wird immer schlimmer«, sagt die Mutter am nächsten Morgen, als sie die Töchter aus der Wohnungstür

schiebt. Der Wecker hat nicht geklingelt, oder doch? Gehört hat ihn keine.

»Was?«

»Der Gestank. Von der alten Fuchs.«

»Hilde Fuchs« steht auf dem kleinen Schild über der Klingel zur mittleren Wohnung.

Die Mädchen verziehen die Gesichter, die zwei jüngeren springen kreischend durchs Treppenhaus, Lina lehnt am Aufzug und hält sich die Nase zu. Sie ist wund zwischen den Beinen und mies gelaunt. Der Junge hat ihr nicht geglaubt, dass sie nicht will, und sie wollte nicht die Zicke sein. Hoffentlich ist er rechtzeitig raus. Schön wars nicht.

Die Mutter wartet an der Tür und steht immer noch, als der Aufzug schon abgefahren ist. Soll sie mal klingeln bei der Fuchs? Aber hat die nicht einen Pflegedienst? Ein- oder zweimal in der Woche?

»Duschtag!«, rief dann jemand an Hilde Fuchs' Tür, weil die Alte nicht gleich aufmachte. Ist schon ein paar Wochen her.

Duschen wäre wirklich mal wieder angesagt.

Na ja, die vom Pflegedienst werden schon kommen. Sie geht in ihre eigene Wohnung. Noch zwei Stunden zocken, dann gehts zur Schicht.

Ist spät geworden am Abend. Die Mutter kennt das. Nach der Arbeit ist sie noch mit ein paar Leuten auf einen Absacker in die Kneipe. Lag auf dem Weg. Die Mädchen werden stänkern. Sie hat vergessen einzukaufen. Viel war nicht mehr im Kühlschrank.

»Aufzug defekt«, steht unten an der Lifttür, so ein Scheiß. Schon das dritte Mal in diesem Monat. Die Hausverwaltung kriegt nichts auf die Reihe.

Die Beine tun ihr weh, vom langen Stehen am Band. Dabei ist sie erst dreißig geworden. Einen kleinen Hau hat sie vom Bier weg. Sie zählt die Stufen, aber nur bis zum fünften Stock, dann hat sie keine Lust mehr. Dreißig und schon außer Puste wie eine alte Frau. Hoffentlich machen ihre Mädchen nicht den gleichen Fehler. Mit sechzehn das erste Kind, neunzehn beim zweiten, zwanzig beim dritten.

Im neunten riechts durchdringend nach Knoblauch, hier wohnt das griechische Paar. Hatten früher den »Griechen« in der Stadt, sind jetzt in Rente. Im zehnten mischt sich der Knoblauch mit was anderem, und im zwölften weiß sie, was es ist: der Gestank aus Hilde Fuchs' Wohnung, süßlich jetzt. Knoblauch und was Süßes, eklig.

Die jüngeren Töchter zappen durchs Fernsehprogramm und maulen wie erwartet, weil sie Hunger haben. Geld reicht nicht zum Pizza-Bestellen. Die Mutter hat keine Lust und kocht trotzdem Spaghetti. Ganz hinten im Küchenschrank findet sich ein Päckchen Bratensoße, abgelaufen. Müsste noch gehen.

Lina liegt auf ihrem Bett und wischt am Handy herum. »Keinen Hunger«, sagt sie, als ihre Mutter hereinschaut, und: »Mann, das stinkt jetzt schon hier drinnen, da vergeht einem ja alles.«

Die Mutter zuckt die Schultern, was soll sie auch machen.

»Ich geh nochmal raus«, sagt Lina eine Stunde später, Mutter und Schwestern schlingen vor der Glotze ihre Spaghetti in sich rein und schauen nicht auf.

Vor der Wohnungstür zieht Lina den Kragen ihres dünnen Jäckchens vor die Nase. Das ist nicht auszuhalten hier. Sie hämmert wütend an die Tür von Hilde Fuchs.

»Frau Fuhuchs! Hören Sie mich! Hier ist die Lina! Es stinkt hier!!!«

Sie lauscht auf eine Antwort, aber es kommt keine. Nicht mal der Kanarienvogel singt. Ist ihm bei dem Gestank das Singen vergangen? Oder ist er tot?

Lina nimmt die Treppe. Und wenn nicht nur der Vogel, sondern auch die Fuchs tot ist? Soll ja vorkommen bei so alten Leuten. Sie fallen tot um oder wachen früh nicht mehr auf, und keiner vermisst sie.

Vor zwei, drei Jahren war Hilde Fuchs noch ganz fit im Kopf, und Lina und ihre Schwestern haben oft bei ihr geklingelt, wenn die Mutter zu lange weg war. Sie mochten die alte Frau. Sie hat ihnen manchmal Pudding gekocht, mit richtiger Vanille, und Karten mit ihnen gespielt. *Mau-Mau, Schnauz, Elfer raus*, lauter Spiele, die sie vorher nicht gekannt hatten. Dann wurde sie immer dusseliger und wollte nicht mehr kochen und nicht mehr spielen. Die jüngeren Mädchen fanden es zu langweilig bei ihr. Lina hat sie noch ein paar Mal besucht, dann lagen ihre Interessen einfach woanders. Außerdem fing Hilde Fuchs da schon an zu riechen. »Mein schlimmes Bein«, sagte sie manchmal und gönnte den Mädchen einen seltenen Blick auf ein schwarz-grindiges Schienbein, das sich zu einem Fuß ohne Zehen verjüngte. »Sind ab«, ergänzte die alte Frau und zeigte auf die nicht vorhandenen Zehen. »Weil ich Zucker hab.«

Heute ist Lina der Gedanke lästig. Dass sie Hilde Fuchs mal gemocht hat. Dass sie nie mehr bei ihr geklingelt hat. Dass sie ihren Gestank so widerlich findet. Alles gleichzeitig.

Unten vor dem Haus steht der schmächtige Junge. Er will Lina seine Zunge in den Mund stecken, aber sie hat keine Lust darauf. Es ist noch hell, die Sonne klatscht am Himmel über dem anderen Hochhaus und ist so orangerot, dass Hinschauen weh tut.

»Gehn wir zum Kiosk?«, fragt sie.

Er nickt und legt seinen Arm um ihre Hüfte, die Finger schieben sich in den Bund der Jeans und grabbeln nach unten.

»Lass«, sagt Lina und windet sich heraus.

»Wieso?«

»So eben. Keine Lust.«

Am Kiosk kauft er eine Cola für Lina und eine Dose Bier für sich. Lina will kein Bier. Sie teilen eine Zigarette.

»War geil gestern, oder?«, fragt der junge Mann und schaut sie voll Hoffnung an.

Lina zuckt die Schultern. »Schon.«

»Wann kannst du wieder?«

»Keine Ahnung. Nächste Woche vielleicht.«

»Hä? Erst nächste Woche? Da krieg ich ja nen Samenstau.« Er lacht blöd.

»Kannst dir ja so lange ne andere suchen.«

Darauf fällt ihm keine spontane Antwort ein. Er leert erst mal die halbe Dose Bier und rülpst. »Will ich ja nicht«, sagt er dann. »Du bist doch jetzt meine Freundin. Oder nicht?« Er saugt an der Zigarette wie an einem Strohhalm.

»Mhm«, sagt Lina und guckt auf die Bäume im Park.

Am Hochhaus fährt ein kleines Auto vorbei, das Lina schon öfter hier gesehen hat. *Sonjas PflegeEngel* steht drauf. Ihr fällt ein, dass das der Pflegedienst von Hilde Fuchs sein müsste.

Wenns morgen weiter stinkt und die Fuchs immer noch nicht aufmacht, ruf ich die an, überlegt Lina.

Der Gestank zieht langsam, aber sicher durchs ganze Hochhaus. Der siebte und der achte Stock stinken jetzt, ebenso alle Stockwerke bis hoch zum zwölften. Jeder Nachbar beschwert sich beim nächsten und droht ihm an, die Polizei zu rufen, wenn er nicht endlich lüftet.

Die Mädchen aus dem zwölften müssen sich am nächsten Morgen alleine wecken, die Mutter pennt noch. Die zwei jüngeren ziehen ihre T-Shirts hoch vor Mund und Nase und schauen, dass sie dem Zentrum der Stinkwolke so schnell wie möglich entkommen. Lina klingelt, klopft und ruft nochmal an Hilde Fuchs' Tür. Niemand antwortet. Der Kanarienvogel bleibt stumm.

Noch während sie die Treppe nach unten nimmt, sucht sie übers Smartphone die Telefonnummer von *Sonjas PflegeEngeln*. Eine Mailbox. Lina legt auf.

Im Moment, als sie in einem Pulk lärmender Schüler die Schule betritt, gibt ihr Handy Laut. Der Pflegedienst. Lina sucht sich eine Fensternische und deckt mit der freien Hand ihr anderes Ohr ab.

»Hallo? Ich habe wegen Frau Fuchs angerufen. Hilde Fuchs …«

Die Frau am anderen Ende lässt sie gar nicht ausreden. »Was ist denn mit Frau Fuchs? Wir wollten unseren heute geplanten Besuch auf morgen verschieben, aber sie geht nicht ans Telefon.«

»Ja«, sagt Lina, »sie macht auch nicht auf. Und es stinkt ziemlich aus ihrer Wohnung.«

»Wir haben einen Schlüssel. Bin gleich da. Sind Sie vor Ort?«

»Du, Sie können du sagen. Ich bin Lina und wohne nebenan. Bin in fünf Minuten wieder zuhause.«

Schule muss heute ausfallen.

Sie schafft es in vier Minuten und wartet unten vor dem Haus. Weitere drei Minuten später fährt das Auto der *PflegeEngel* vor. Eine Frau im weißen Kittel und trotz der Wärme mit einer braunen Strickjacke drüber schält sich schwer schnaufend aus dem Auto. Sie ist dick und kaum größer als Lina mit ihren 155 Zentimetern.

»Ach, du bist ja noch ein Mädchen«, sagt sie und streckt Lina die Hand hin. »Ich bin Brigitte und Frau Fuchs' Pflegerin. Wollen wir?«

Sie nehmen den Aufzug, der – oh Wunder – wieder funktioniert, und Brigitte redet die ganze Fahrt lang. Wie schwer ihr Job heutzutage geworden ist, dass es immer mehr Pflegefälle und immer weniger Pflegekräfte gibt und sie selber auch nicht mehr so kann wie früher. Frau Fuchs sei noch eine von den leichten Fällen, im wahrsten Sinn des Wortes, sie wiege kaum 50 Kilo, und bisher habe der Besuch zum Duschen einmal wöchentlich gereicht.

»Sie hat ja noch andere Leute, die sich kümmern«, meint Brigitte. Sie schaut Lina fragend an.

Lina zuckt die Schultern.

»Aber schön, dass du uns angerufen hast. Gibt nicht viele, denen so was auffällt. In den Hochhäusern ist es am schlimmsten. Ein Haufen Leute wohnt da, aber man kann tagelang tot in der Wohnung liegen, ohne dass es einer merkt.«

»Meinen Sie, Frau Fuchs ist tot?«, fragt Lina jetzt doch. Sie kann die ganze Zeit nichts anderes denken und hat sich davor gefürchtet, es auszusprechen.

»Ach, nein«, winkt Brigitte ab, »das hoffen wir jetzt mal nicht. Letzte Woche war sie noch bei bester Gesundheit. Auch wenn sie immer sterben will.« Sie lacht. »Das sagen viele. Meinen tun sie was anderes.«

»Was denn?«

»Na, sie wollen eher nicht so leben, wie sie es gerade tun. Wollen wieder jung sein, gesund ... Wollen Familie und Freunde haben. Aber woher nehmen, wenns niemanden gibt?«

Die Aufzugtür öffnet sich im zwölften, und die stinkende Wolke nimmt sie sofort in Geiselhaft.

»Oh Gott«, sagt Brigitte und wird blass.

Lina hält sich die Nase zu, Brigitte platziert den Strickjackenärmel vors Gesicht und kramt in ihrer Umhängetasche nach einem Schlüsselbund.

»Ich komme mir manchmal vor wie eine Gefängnisschließerin«, nuschelt sie hinter der Wolle, »zwanzig Schlüssel zu zwanzig Wohnungen.«

Die Tür geht auf, der Gestank wird bestialisch, ein Blick nach links in die Wohnküche und Lina sieht, dass der Kanarienvogel von der Stange gefallen ist.

Geradeaus gehts ins Schlafzimmer, und Brigitte, die Lina die Sicht versperrt, gibt einen merkwürdigen Laut von sich. Dann sieht es auch

Lina: Hilde Fuchs' Kopf auf dem Kissen, seltsam aufgebläht, von Haut aus bleichem Wachspapier überspannt, von Fliegen gesprenkelt.

»Keine Leichenstarre mehr. Mindestens drei Tage tot.« Der von Brigitte herbeigerufene Hausarzt von Hilde Fuchs murmelt vor sich hin. Er trägt routinemäßig eine FFP2-Maske, die ihn aber auch nicht vor dem Gestank schützen kann. Seit Brigitte alle Fenster der Wohnung weit geöffnet hat, ist es etwas erträglicher geworden. Die zwischen den beiden größeren Wohneinheiten eingeklemmte Einzimmerwohnung erlaubt keinen Durchzug. Alle Fenster gehen zur Rückseite des Hochhauses.

Lina hat sich an die Wohnungstür verzogen. Dass sie die tote Frau Fuchs fotografiert hat, blieb unbemerkt. Das Bild ins Netz stellen und kommentieren – voll krass, unsere Nachbarin als Horrorleiche – dauert wenige Sekunden. Derartige Nachrichten verbreiten sich schneller als der Schall. Irgendein User leitet so was Spektakuläres auch immer an die Presse weiter.

Lina hört Brigitte mit dem Arzt sprechen.

»Sie war doch letzte Woche noch ganz in Ordnung«, sagt Brigitte schon zum dritten Mal zu dem in Ehren ergrauten Doktor. Er ist kurz davor, seine Praxis zu übergeben.

Jetzt seufzt er. »Frau Fuchs war sechsundachtzig. Sie hatte Diabetes. Vielleicht hat sie ihr Insulin falsch eingenommen? Zu viel? Zu wenig?«

Brigitte protestiert halbherzig. »Sie konnte das noch selbst mit dem Insulin-Pen. Wissen Sie doch. Aber ich hab sie jede Woche am Duschtag gefragt, ob sie zurechtkommt …« Sie klingt, als würde sie nun doch zweifeln, ob das gereicht hat. Dass Frau Fuchs langsam aber sicher dement wurde, konnte keinem entgehen. Schon gar nicht einer ausgebildeten Pflegekraft.

»Na ja«, beschwichtigt der Arzt. »Ihr kommt ja kaum herum. Und mit sechsundachtzig stirbt man halt an irgendwas. Letztlich ist es immer ein Herzstillstand.« Er schreibt und nickt. »Totenschein ist fertig. Wenns recht ist, informiere ich das Standesamt. Weiß die Tochter Bescheid?«

»Die lebt doch in Schweden. Nein, sie weiß natürlich nichts. Soll ich sie anrufen?«

»Das mach ich schon«, sagt der Arzt, und Brigitte gibt einen erleichterten Laut von sich.

Die Tochter in Schweden – Lina hatte sie ganz vergessen. Ein gerahmtes Foto von ihr steht auf der Anrichte. Dass sie nur einmal im Jahr nach Bamberg zu Besuch kommt, hat Frau Fuchs erzählt. Manchmal lagen bunte Ansichtskarten herum, die zeigten viele Inselchen in blauer See oder ein großes Königsschloss. »Stockholm«, erklärte ihnen Frau Fuchs. Linas Schwestern durften sich die Briefmarken ausschneiden. Dabei haben sie gar keine gesammelt, sie horteten sie nur in ihrem Zimmer, das von Tag zu Tag mehr einer Müllhalde glich. Frau Fuchs drängte ihnen die Marken noch auf, als sie schon gar keine mehr wollten.

Die Aasgeier der Medien, auch einige von außerhalb, fallen noch gegen Abend im Hochhaus ein und klingeln sich durch, bis sie eingelassen werden. Die Hunde hinter den Wohnungstüren bellen, die Hausbewohner stehen in Grüppchen herum und lassen sich von Journalisten interviewen. Jeder mutmaßt und setzt Gerüchte in die Welt, keiner weiß was Genaues. Lina macht die Tür nicht auf, ihre Mutter ist nicht da, die Schwestern sind irgendwo bei Freundinnen. Der Verwesungsgeruch hängt immer noch im zwölften Stock, nicht mehr so stark, aber eindeutig genug. Lina hockt am Boden, an die Wohnungstür gelehnt, und hört die Presseleute und ein paar Hausbewohner davor schwafeln. Sie klickt auf ihrem Smartphone das Foto an, das sie von Hilde Fuchs gemacht hat, und fragt sich, warum sie bisher keine Ahnung hatte, wie ein toter Mensch aussieht. Ein sehr toter Mensch vor allem, ein seit Tagen toter Mensch. Wenn in ihrer Klasse mal eine Oma von Mitschülern gestorben war, hieß es immer nur, ach wie traurig, sie war so nett, und jetzt ist sie sicher im Himmel. Die Lehrer sagten so was, und manche Schüler, die an Gott glaubten, wohl auch. Niemand fragte: Wie sah sie aus, als sie tot war? Wie hat sie gerochen? Hast du sie angefasst? Wohin ist sie gebracht worden? Wo ist sie jetzt?

Es gehörte sich nicht, das zu fragen.

Der Junge hat ungefähr zehn Nachrichten geschickt. Er kommentiert das Foto und findet Lina noch geiler als bisher. Die letzte Nachricht lautet: »Steh vor deim Haus, echd grass, Haufn Leute hier, komm runter!«

»Nee«, tippt Lina, »bin krank.«

Sie fasst sich an die Stirn und stellt fest, dass sie sich heiß anfühlt. Dazu eiskalte Hände, Schüttelfrost. Sie muss ins Bett, sofort. Vielleicht hat das Leichengift von Hilde Fuchs sie krank gemacht.

»… und da sitze ich gestern Nachmittag im Wartezimmer, zusammen mit einigen jungen Leuten, die alle aufs Smartphone starren, und die alte Frau kommt rein. Kein Platz frei. Wer räumt seinen Stuhl, Fred? Ich!«

Grete, die beste aller Ehefrauen, steht mit dem Rücken zu ihrem Mann und spült ein paar Sachen, die aus unerfindlichen Gründen nicht in die Spülmaschine dürfen.

»Wasmachsndesauch«, nuschelt Alfred mit vollem Mund.

Den hat er voll Haferflocken, die er missmutig aus einer Schale löffelt. Haferflocken mit Dörrobst! Hat Gott im Paradies Äpfel und Zwetschgen erschaffen, damit der Mensch sie dörre und damit ungenießbar mache? Sicher nicht.

Aber Grete hat ihm vorhin schulterzuckend beschieden, dass Tochter Mia vergessen habe, Brot zu kaufen. Sie selber sei, wie er ja wisse, gestern nach der Arbeit mit ihrem wilden Frauenhaufen zum Kegeln gegangen. Natürlich hat sie nicht von »Frauenhaufen« gesprochen, das ist Alfreds stille Übersetzung. Ein Haufen laut lachender und durcheinanderredender Frauen, wie sie in den letzten Jahren in Bambergs Kneipenszene überhandgenommen haben und bei deren Lärmbrei der stille Zecher in der Ecke seine eigenen Gedanken nicht mehr hört.

Grete spricht stets von ihren Mädels. Schrecklich. Die Mädels sind alle Mitte/Ende fünfzig. Bestes Alter, sagt Grete.

Nur was dich betrifft, antwortet Alfred dann.

»Apropos alte Frau.« Grete schiebt den Lokalteil des *Fränkischen Tags* über den Tisch. »Lies mal.«

Alfred spült mit einem kräftigen Schluck Kaffee nach, um den letzten Haferbreiklumpen in seinen Magen zu befördern. Möglicherweise bekommt er heute keinen vernünftigen Kaffee mehr, denn eine Zuteilung aus der Thermosflasche seiner Kollegin Dominique Brodbecker ist nicht selbstverständlich.

Während der *Fränkische Tag* zwar ausführlich über den einsamen Tod einer Seniorin in einem 36-Parteien-Hochhaus berichtet und dazu nur ein Foto des betreffenden Hauses zeigt, gab es bei *BILD* offenbar weniger ethische Bedenken. Alfred springt die Titelseite sofort ins Auge, bei seinem Zwischenstopp beim Bäcker.

»Ist das nicht furchtbar?«, bemerkt die Verkäuferin und reicht Alfred die Tüte mit Bamberger Hörnla über die Theke.

»Das Blatt hier? Allerdings.« Er klemmt sich die *BILD* unter den Arm und nickt der Verkäuferin zu.

STARK VERWESTE LEICHE ENTDECKT – KEINER IM HORRORHAUS HAT ES GEMERKT. So titelt das Blatt. Das aus dem Internet gefischte Bild ist so verpixelt, dass es nur mit viel Phantasie als menschliche Leiche zu erkennen ist und das Blatt sich gerade noch in einer rechtlichen Grauzone bewegt. Das Foto stammt laut Bildunterschrift von »lilaspaghettimonster«, ein Name, der Alfred mindestens so aufregt wie die Tatsache der Veröffentlichung selbst. Dass Menschen so kaltschnäuzig sein können, eine Tote zu fotografieren und das Bild ins Netz zu stellen. Dass Journalisten so wenig Hemmungen besitzen, dies auch noch reißerisch aufzubereiten. Aber wenns doch steigende Auflagen bringt! Dann geht jede Ethik flöten. Alfred fröstelt es trotz der Hitze.

Noch auf dem Parkplatz der Bamberger Polizeiinspektion trifft er auf Dominique. Sie stoppt ihr Rennrad direkt vor seiner Kühlerhaube. Wie man auf derart schmalen Reifen überhaupt fahren kann – Alfred verstehts nicht. Aber immerhin tritt die Kollegin noch mit purer Muskelkraft in die Pedale. Von irgendwas muss ihre sportliche Figur ja kommen.

»Morgen.« Dominique nimmt den windschnittigen Helm vom Kopf und schüttelt ihr kurzes und zurzeit kastanienbraunes Haar. »Wunderschönen guten Morgen«, brummt Alfred. Das Schloss seines *VW Golf* klickt. Mittelklassewagen, hatte Grete verlangt, als sie vor ein paar Jahren ihren alten *Ford* Kombi stilllegen ließen. Der Kombi hatte nach drei Kindern – darunter Nachkömmling Mia, gerade achtzehn Jahre alt geworden – seine Schuldigkeit getan. Alfreds zaghafte Versuche, entweder einen *Benz* mit ordentlich PS oder einen SUV – und wirklich nur einen kleinen – zu kaufen, waren von der besten aller Ehefrauen im Keim erstickt worden. Denk ans Klima und dass wir gar nicht oft Auto fahren. Was sollte er dagegen sagen. Immerhin hatte ihm der sparsame *Golf* schon früh die Anerkennung von Kollegin Brodbecker eingebracht. Dominique begrüßte auch die Einführung von Pedelecs in einigen Bamberger Dienststellen. Ihre Begeisterung für Autos mit Elektromotoren hatte sich allerdings schnell wieder gelegt. Akkus verbrauchten ihrer Meinung nach zu viele Ressourcen, waren umweltschädlich in der Entsorgung, und das Laden dauerte zu lange. Wahrscheinlich hatte sie mit allem recht.

Dominiques Blick richtet sich zum Himmel. »Ja, könnte wieder schön werden.«

Sie gehen nebeneinander ins Gebäude, Alfred kommt sich wie immer klein und unförmig neben ihr vor, obwohl Dominique noch Sneakers trägt. Die High Heels stecken vermutlich in dem Rucksack, der ihr über die Schulter hängt. Ihre hohen Absätze sind legendär in der K1, die meisten Beamtinnen, und vor allem die Kommissarinnen, bevorzugen Schuhe, mit denen sie schnell rennen können. Alfred hat es bisher nur einmal erlebt, dass Dominique einen Junkie verfolgte, der sich der Festnahme entziehen wollte. Sie hat damals einfach ihre Pumps ausgezogen und ist barfuß los gesprintet.

Auch auf Alfreds Schreibtisch liegt der *Fränkische Tag*. Eine der Putzfrauen ist so nett, den Stapel Zeitungen früh in all den Büros zu verteilen, die sie für wichtig hält. Das K1 – die Abteilung Mord und Totschlag – gehört auf jeden Fall dazu.

Alfred wirft die *BILD* daneben und zeigt Dominique die Titelseiten. »Was für ein Dreck, oder?«

»Habs schon gelesen, ja. Diesen Pflegedienst von Sonja, den kenne ich übrigens. Den hatte ich anfangs bei Jan.«

Jan, Dominiques schwerstbehinderter Sohn, etwa in Mias Alter, ist seit Wochen in äußerst schlechter Verfassung.

»Und warum nicht mehr?«

»Die Beatmung, die Jan nachts braucht. Wir mussten zu einem Intensivpflegedienst wechseln.«

»Das ... das hast du mir gar nicht erzählt.« Alfred schaut bestürzt. Er mag Dominiques Sohn sehr gerne. Trotz der gravierenden Auswirkungen des Muskelschwundes ist er ein pfiffiger und lebenslustiger Kerl.

Dominique dreht ihm den Rücken zu, als sie sich aus ihrer leichten Windjacke schält und die Sneakers mit den Pumps tauscht.

»Ist auch erst seit Kurzem. Aber ich will ihn nicht weggeben.«

Alfred merkt an Nuancen ihrer Stimmlage, dass es sie große Kraft kostet, die Kontrolle zu behalten.

»Weiß ich doch. Können wir was tun? Du weißt, Grete würde stundenweise nach ihm sehen, Mia auch.«

»Das ist lieb, danke. Aber die vom Pflegedienst sind jetzt rund um die Uhr da. Geht nicht mehr anders.«

Alfred schlägt den *FT* auf, als er an seinem Schreibtisch sitzt. »*Sonjas PflegeEngel*, ja stimmt. Ich frag mich trotzdem, ob da alles nach Vorschrift lief. Wenn die tagelang nicht merken, dass ihre Patientin tot ist ... Und dieses im Internet gepostete Foto der Toten ...«

»Ist schon entfernt«, sagt Dominique.

»Na, wenigstens etwas. Dürfte sich trotzdem wie ein Lauffeuer verbreitet haben.«

»Gibts Hinweise auf eine ungeklärte Todesursache?«

»Denke nicht. Lass uns was arbeiten.«

Als die beiden Kommissare später mit dem Dienstwagen zu einer Zeugenbefragung in einem älteren Fall Richtung Memmelsdorf unterwegs sind, kommt ihnen ein kleines weißes Auto mit der auffälligen Aufschrift *Sonjas PflegeEngel* entgegen. Dominique, die eher unfreiwillig Beifahrerin ist, dreht sich nach dem Wagen um.

»Die Verwahrlosungsverwalter.«

»Hm?«, macht Alfred, der ein Stück Brezel kaut. Man muss ja nach der morgendlichen Haferflockenpampe noch was Vernünftiges in den Magen kriegen.

»Na, Sonja und der Pflegedienst! Ich denke, du hast den Artikel in der *BILD* gelesen.«

Alfred schluckt runter und schüttelt den Kopf. »Nur die Titelseite. Das hat mir schon gereicht. Mir ist beinahe das Frühstück wieder hochgekommen.«

»Rührei mit Speck?« Dominique betrachtet ihn von der Seite und zieht eine ziemlich scheinheilige Miene.

»Schön wärs gewesen. Es gab Haferflocken. Ha-fer-flocken, stell dir vor. Und das für *mich*, den Kriminalhauptkommissar Alfred Meister, wenige Jahre vor seiner verdienten Pensionierung.«

»Gretes Idee?« Dominique kennt Alfreds Frau inzwischen gut, und trotz ihrer Unterschiedlichkeit verstehen sie sich bestens.

Alfred nickt grimmig. »Zwangsläufig, sagt sie. Brot war aus. Die Idee mit dem Rührei hätte ich selber haben können.«

»*Sonjas PflegeEngel*. Du hast also nicht auf Seite drei von Deutschlands beliebtestem Boulevardblatt weitergelesen?« Dominique kommt wieder auf den Punkt.

»Neihein. Erzähls mir einfach, okay?«

»Wenn du derweil ein bisschen schneller fährst? 70 km/h zwischen Bamberg und Memmelsdorf, unser Tacho zeigt 55 ...«

Alfred beschleunigt wortlos und achtet sehr genau darauf, nicht über die erlaubten 70 zu kommen. Nicht nur aus persönlicher Überzeugung. Er findet, dass gerade die Polizei sich an Geschwindigkeitsbeschränkungen halten muss, auch wenn sie in Bamberg eher nachlässig überwacht werden. Dominique teilt seine Ansicht nicht, das weiß er nur zu gut. Deshalb ist er jedes Mal froh, wenn er das Dienstwagensteuer erobert hat.

»Na gut«, stellt Dominique bei erneutem Blick auf den Tacho fest. »Verwahrlosungsverwalter. So hat der Schmierfink von *BILD* den Pflegedienst genannt. Weil die Pflegerin nicht gemerkt hat, wie es um die alte Frau steht. Oder es nicht merken wollte.«

»Pfft«, macht Alfred. »Das gibt doch sicher wieder einen Aufstand in den sozialen Medien. Ich möchte darauf wetten, dass die Pflegelobby sich gleich morgen im *FT* energisch dagegen wehrt.«

»Zu Recht«, findet Dominique. »Trotz Pflegenotstand hängen sich die meisten echt rein. Seit Corona ist alles noch viel schlimmer geworden. Ich kenne das ...« Sie stoppt abrupt, und Alfred schaut kurz zu ihr hinüber.

Ja, Dominique hat durch den hohen Pflegeaufwand ihres Sohnes mehr als genug Erfahrung mit Pflegediensten. Meisters kennen das Problem nicht, beide Elternpaare sind leider längst verstorben.

»Schwarze Schafe gibts überall«, wendet Alfred ein.

Seine Lieblingskollegin hat den Kopf zur anderen Seite gedreht, schaut aus dem Fenster. Wenn Dominique nicht Dominique wäre, nämlich eine taffe und manchmal kühl und distanziert wirkende Ermittlerin, so hätte man fast auf die Idee kommen können, sie hätte Tränen in den Augen.

Die verwesende Hilde Fuchs wird als Foto von »lilaspaghettimonster« im Netz von *Instagram*-Usern aller Couleur tausendfach »gelikt« und erntet nur wenig Hasskommentare. Inzwischen ist das Foto allerdings aus dem Netz verschwunden, und Lina ist fast erleichtert darüber. Sie hat sich tief in Kissen und Laken vergraben und friert. Durchs geöffnete Fenster dringt abendliche Schwüle und wärmt das Mädchen im Bett trotzdem nicht. Immer noch ploppen auf dem Handy Nachrichten auf und kommentieren Linas Leichenfund. Nachdem sie sich am Anfang beim Lesen noch seltsam euphorisch gefühlt hat, werden ihr die immer gleichen blöden Satzfetzen jetzt doch zu viel. Lina tut etwas, was sie sonst so gut wie nie tut: Sie schaltet das Handy aus.

Im gleichen Moment wirds im Flur der Wohnung laut, die kleinen Schwestern trudeln ein und zanken und hämmern an ihre Tür. »Lila!! Lila!!«, schreit der Schwesternchor.

»Lila« deshalb, weil beide als Kleinkinder Linas Namen nicht richtig aussprechen konnten. Oder wollten. Inzwischen sagen alle so zu ihr, und Lina wurde im Netz zu »lilaspaghettimonster«. Spaghetti – ihr Lieblingsessen.

»Haut ab, ich bin krank!«, schreit Lina, ohne Erfolg. Die zwei reißen die Tür auf und fallen ein. Einen Zimmerschlüssel gibts schon ewig nicht mehr.

Während die eine sich hysterisch lachend aufs Bett und damit auf Lina schmeißt, führt die andere mitten im Zimmer einen Tanz auf und singt falsch.

»Lasst mich bloß in Ruhe«, zischt Lina und bäumt sich unter ihrer Decke auf, um die Kleine von sich runterzukriegen. Das klappt nur halb, die Schwester rutscht weiter lachend auf die Bettkante. Dort bleibt sie sitzen und hüpft auf und ab, was ihr einen Faustschlag in den Rücken einbringt. Das Geschrei im Zimmer wird ohrenbetäubend, auch Lina schreit. Sie hat das so satt hier, nie kann sie für sich sein, immer nervt sie einer. Das Schlimme ist, dass Schreien überhaupt nichts bringt. Im Schreien sind ihre kleinen Schwestern tausendmal besser und lauter, und Lina macht sich nur selber fertig damit. Also hört sie auf, zieht ihre Decke unterm dürren Hintern der darauf hockenden Schwester vor, wickelt sich komplett darin ein, dreht sich zur Wand und sagt gar nichts mehr. Das ist die einzige Chance – nichts tun, nichts sagen. Das langweilt die Kleinen sofort. Sie ziehen unter Maulen wieder ab, nicht ohne sich zu beschweren, dass Lina ihnen nichts über die tote Fuchs erzählen will. So eine Leiche in der Nachbarwohnung ist doch mal was anderes, und von Linas tollem Foto im Netz fällt der Strahl der Berühmtheit auf die restliche Familie.

Linas Mutter, die von irgendwoher, nur nicht von der Arbeit, kommt, schließt die Wohnung auf, mit dem Handy am Ohr. Ihre lauten jüngeren Töchter schiebt sie mit der freien Hand ins Wohnzimmer und macht die Tür hinter ihnen zu. Leiser wirds allerdings nicht, die beiden zanken und streiten um das ihnen gemeinsam gehörende Smartphone, Linas altes Handy, das sie sich teilen müssen. Ein Handy, das zwei frühpubertierenden Mädchen zusammen gehört, ist am Ende schlimmer als gar keins.

»Ey ... nee, ich doch nicht. ... Überhaupt hab ich mich heut krankschreiben lassen. Der Gestank von nebenan hat mich echt fertig gemacht«, redet die Mutter ins Telefon. Am anderen Ende ihre Freundin, mit der sie alles, aber auch wirklich alles teilt. Manchmal auch die Männer.

Sie lacht laut. »Mir doch egal! Und weißte was? Bin doch bei dem Doktor, den auch die Leiche von nebenan hatte. Der ist sel-

ber voll die Mumie, gibt mir aber alles, was ich brauche ... Was?
... Nee, heut nur die Krankschreibung. Hab aber mitgehört, wie
die Mädels in der Praxis über die alte Fuchs geredet haben ... Die
Fuchs, die Leiche!!«

Sie zündet sich mit der freien Hand eine Zigarette an.

»Tür zu!«, schreit Lina aus ihrem Zimmer.

»Tür zu!«, äfft die Mutter sie nach und geht auf nackten Füßen
in die Küche. Sie braucht jetzt Kaffee, also Handy zwischen Ohr
und Schulter klemmen und Maschine in Gang setzen. Ihre Freundin labert ihr einstweilen was ins Ohr, von irgendeinem witzigen
Filmchen, das sie im Internet gesehen hat.

»Ey, hör mal zu jetzt. Was die da geredet haben beim Arzt. Die
Fuchs, also die Nachbarin, die Leiche, die hat ne Tochter in Schweden, und die mussten die anrufen. Oder der Doktor, weiß ich nicht
genau. Und die muss sich ziemlich aufgeregt haben, dass die Alte
doch noch fit war und bestimmt nicht einfach so abgekratzt ist.
Denen geht jetzt der Arsch auf Grundeis, weil die Tochter nen Flug
hierher gebucht hat und dann vom Doktor wissen will, warum ihre
Mutter tot ist.« Zigarette an den Mund, tiefer Zug. Die Freundin
findet das nicht so krass und redet schon wieder was anderes.

Lina kommt in die Küche getappt, auch barfuß, ihr kastanienbraunes Haar hängt ihr wirr in die Augen, das Gesicht ist rot.

»Gibts vielleicht was zu essen?«, fragt sie unleidlich und schaut
auf Herd und Spüle, wo sich dreckiges Geschirr, leer gegessene Dosen und Pizzakartons stapeln.

»Nerv nicht«, nuschelt ihre Mutter, weil die Kippe im Mundwinkel hängt. »Ey, Süße, ich hör jetzt auf, die Kids quengeln hier
rum. Bis bahald!«

Lina verdreht die Augen. »Wieso bist du überhaupt da?«

»Bin krank.« Die Mutter drückt die halb gerauchte Zigarette im
Kronkorken einer Bierflasche aus und gibt dem Kaffeeautomaten einen
Klaps auf den Deckel. Damit das heute noch was wird mit dem Kaffee.

»*Ich* bin krank«, behauptet Lina und reißt eine Tüte Chips auf, die ihre Schwestern übersehen haben müssen.

»Das ist das Leichengift. Stell das mal ins Netz. Zu dem krassen Foto. Ey, jeder quatscht mich drauf an. Irre, oder?«

»Das Foto ist raus. Gelöscht.«

Lina lässt Leitungswasser in ein einigermaßen sauberes Glas laufen, klemmt sich die Chipstüte untern Arm und tappt wieder in ihr Zimmer. Sie fühlt sich hundeelend. Vom Leichengift, von den nervigen Schwestern und von einer Mutter, die noch blöder ist als der Rest der Welt.

Es sah merkwürdig aus. Ein vorderes und ein mittleres Bein knickten bei jedem Versuch der Fortbewegung ein. Die anderen vier reichten nicht aus, den Körper auf gewohnte Weise vorwärtszubringen. Kimmi überlegte. Wenn ich drei Beine hätte, könnte ich bestimmt nochmal so schnell rennen. Erst recht mit vier oder sechs Beinen. Doppelt, viermal, sechsmal so schnell? Sehr schnell auf jeden Fall. Das reicht sicher aus, um den großen Jungs zu entkommen. Mit fünf Jahren ist das ein erstrebenswertes Ziel.

Kimmi betrachtete interessiert den Käfer auf den Steinplatten. Sie fand ihn schön, der Panzer schillerte grün. Vielleicht war er auf dem Weg nach Hause zu seiner Frau, die mit ihm hinten im Garten unterm Komposthaufen wohnte. Dort hatte Kimmi jedenfalls einige seiner Art beobachtet. Sie alle hatten sechs funktionierende Beine besessen und waren sehr flink über Laub und Küchenabfälle gewuselt. Der hier vor ihr auf dem Gartenweg würde das nie mehr können. So wie es aussah, würde er es nicht mal bis an den Rand des Wegs schaffen. Die zwei übrigen Beinchen vorne ruderten zwar eifrig, und die Hinterbeine versuchten nachzuschieben, knickten aber regelmäßig weg. Ruder, ruder, schieb, knick. Ruder, ruder, schieb, knick.

Kimmi sang leise vor sich hin: »Ruder, ruder, schieb, knick. Armer Käfer, armer Käfer«, hieß die nächste Strophe. »So kannst nicht leben«, die dritte. War es nicht genauso im Winter gewesen, als ihre Brüder die Amsel mit dem gebrochenen Flügel fanden? Gar nicht weit von hier. Kimmi konnte sich gut an ihre schwarzen Knopfaugen erinnern, die sagten, helft mir doch. Die Brüder halfen ihr. Sie nahmen einen Stein aus dem Garten und erschlugen sie. »Wär eh nix mehr geworden, die Katz hätt sie gefressen«, sagten sie.

Kimmi hatte das damals verstanden. Sie verstand auch jetzt, dass sie handeln musste. Ein Stein war gar nicht nötig. Sie sprang mit einem Satz aus der Hocke hoch, ihr Holzschuh senkte sich im nächsten Moment auf den armen armen Käfer.

»Jehetzt bihist du tohot«, sang Kimmi. Sie hatte ihm geholfen. Kein anderes Tier würde ihn fressen. Der Holzschuh schob die zerbröselten Reste vom Weg aufs Gras.

»Kimmi!!!«, schrie es aus dem Haus. »Essen!!!« Was auch immer die Frau namens Mutter so unter Essen verstand.

Kimmi, die richtig gar nicht Kimmi hieß, hüpfte auf einem Bein den Gartenweg entlang. Wenn sie nur ein Bein hätte, würde jemand auch sie tot machen. Tohot.

Schwester Brigitte isst Chips. Allerdings solche mit wenig Salz und Fett. Sie muss abnehmen, das hat ihr die Hausärztin dringend geraten. Wer mit Mitte vierzig schon so ein Gewicht mit sich herumschleppt, kriegt das auch in späteren Jahren nicht wieder los. Wie viele verschiedene Diäten sie schon ausprobiert hat! Am vielversprechendsten erschien ihr die mit dem Zeitkorridor: Während acht Stunden darf gegessen werden, in den restlichen sechzehn Stunden bleibt der Teller leer. Einige ihrer Kolleginnen aus der Pflege schworen darauf und verkündeten unglaubliche Erfolge. Aber auf welchen Zeitraum sollte Brigitte diese acht Stunden legen? Ziemlich schwierig bei ihrem geteilten Dienst. Früh um sechs ist sie schon unterwegs, um die ersten Patienten zu waschen, zu wickeln, zu spritzen. Aufstehen also um fünf. Ohne was im Magen kann sie nicht aus dem Haus, also tickt die Diät-Uhr ab 5.15 Uhr. Plus acht Stunden: 13.15 Uhr. Da müsste die letzte Mahlzeit für diesen Tag durch sein. Und dann? Legt sie sich meistens ein Stündchen auf die Couch. Gegen 17 Uhr muss sie wieder los, für die abendliche Versorgung der Patienten. Ohne Schokoriegel zwischendurch ist das nicht zu schaffen. Und wenn sie gegen 21 Uhr nach Hause kommt, hängt der Magen erst recht in den Kniekehlen. Also hat sich Brigitte eine Zeitlang mit einem Kniff beholfen: Sie erlaubte sich, während zweier Vier-Stunden-Zeiträume zu essen. Das klappte prima. Führte aber keineswegs zur Gewichtsreduktion, ganz im Gegenteil. »Du musst dem Magen sechzehn Stunden am Stück Nahrung entziehen!«, hielt ihr eine Freundin vor. »Am Stück!«

Brigitte atmet tief durch und nimmt einen Schluck Milchkaffee. Chefin Sonja hat vor noch gar nicht allzu langer Zeit einen Kaffeevollautomaten angeschafft, und das ist einfach herrlich. Früh ein doppelter Espresso mit viel Zucker – nein, viel Süßstoff –, in der Frühstückspause ein Cappuccino mit aufgeschäumter Milch statt Sahne, vor dem Nachmittagsdienst ein Milchkaffee – wenn sie es schafft, ganz ohne Süßungsmittel – und abends vor dem Heimgehen nochmal ein einfacher Espresso – köstlich.

Jetzt sitzt sie im kleinen Aufenthaltsraum ganz außerhalb der sonstigen Pausenzeit, es ist 18 Uhr, die Abendsonne lugt durchs Oberlicht und trocknet ihren verschwitzten Rücken. Die obligatorische Strickjacke hängt über der Stuhllehne. Brigitte wartet auf Sonja, Lagebesprechung. Den Abenddienst hat Claus-Raphael übernommen. Claus-Raphael – was für ein Name. Der so heilig Klingende ist Quereinsteiger in der Altenpflege und seit fast einem Jahr im Team. Das wars dann auch schon. *Sonjas PflegeEngel* sind nur zu dritt.

Die Geschäftsräume des Trios befinden sich im Souterrain von Sonjas Wohnhaus und bestehen lediglich aus einem kleinen Lagerraum und einem winzigen Aufenthaltsraum mit Küchenzeile. Dessen Oberlicht geht zum Garten raus und ermöglicht der Sonne wenigstens am Abend einen Blick aufs Geschehen. Das Haus ist alt, es ist Sonjas Elternhaus, in dem sie mit Mann, Kindern und der pflegebedürftigen Mutter wohnt. Ihre Büroarbeiten erledigt sie an einem schmalen Schreibtisch in ihrem Wohnzimmer. Von dort kommt sie jetzt herunter.

»He Brigitte. Äh – Milchkaffee? Oder schon Espresso?« Sonja kennt die Gewohnheiten ihrer langjährigen Mitarbeiterin. Die beiden Frauen sind fast gleich alt, haben gemeinsam ihre Ausbildung an der Bamberger Berufsfachschule für Pflege und Gesundheit absolviert, sich dann aus den Augen verloren und wieder zusammengefunden, als Sonja sich selbstständig gemacht und eine zweite Fachkraft gesucht hat. Brigitte mit ihrem rosigen, runden Gesicht sieht allerdings ein paar Jährchen jünger aus als die um Augen und Mund herum schon ziemlich faltige Sonja.

»Danke, ich hab vorhin schon einen Kaffee getrunken.« Brigitte deutet auf die Tasse im Spülbecken und schenkt sich ein Glas Mineralwasser ein. Die Chipstüte schiebt sie über den Tisch, als Sonja sich ihr gegenübersetzt.

»Habs vergessen, bist ja wieder auf Diät.«

Sonja nimmt die Wasserflasche und setzt sie gleich so an den Mund. »Sorry, ich trink sie dann auch leer«, sagt sie mit schrägem Blick auf Brigitte.

»Ach, Diät, nee. Ich versuche einfach nur, Zucker wegzulassen. Tagsüber schaffe ichs – abends überfällt mich dann der Heißhunger, und ich durchwühle den Küchenschrank nach Schokolade, die ich vor mir selbst versteckt habe …« Sie muss lachen. »Bin halt ein Zuckerjunkie.«

»Apropos Zucker.« Sonja faltet ihre knochigen Finger auf dem Tisch und runzelt die Stirn. »Zucker ist der Grund unseres Treffens.« Weil Brigitte begriffsstutzig schaut, ergänzt ihre Chefin: »Zucker! Diabetes? Frau Fuchs?!«

Brigitte schlägt sich mit der Hand gegen die Stirn. »Du siehst, bei mir geht der Zuckermangel auf Kosten der Denkfähigkeit. Ja, Frau Fuchs, schlimme Sache, ganz schlimm. Verwahr … Verlosungs … Verwas haben die uns genannt?«

Sonja zieht aus einem Ablagekorb auf dem Tisch den Zeitungsartikel und zitiert: »Ver-wahr-lo-sungs-ver-wal-ter.« Sie schaut auf und fixiert ihre Mitarbeiterin aus wässrig blauen Augen. »Brigitte! Kannst du mir sagen, wie die auf so was kommen? Ist da irgendwas schief gelaufen bei Frau Fuchs? Ich muss das genau wissen. Wir müssen uns wehren, das richtigstellen. Weißt du, dass mir heute schon drei Patienten den Vertrag gekündigt haben? Und das beim derzeitigen Pflegenotstand! Wo die nicht mal wissen, ob sie überhaupt einen anderen Pflegedienst finden werden!«

Brigitte muss schlucken. Sonja hat sehr ruhig gesprochen, ohne Vorwurf in der Stimme, emotionsarm wie immer.

»Du kennst mich doch!«, sagt Brigitte leicht entrüstet. »Und weißt, dass ich sorgfältig arbeite! Aber ich war auch nur einmal die Woche bei Frau Fuchs, das weißt du!«

Sonja schnauft kurz. »Ja, Brigitte, ja, ich kenne dich. Gerade das macht mir Sorgen. Wir sind auch nur Menschen, oder? Uns kann auch was entgehen, oder nicht? Wir stehen alle unter Druck, müssen nach Minuten abrechnen, können uns keine Zeit für ein Gespräch mit den Patienten nehmen ... Alles nicht schön. Bitte erzähl mir trotzdem genau, was du bei deinem letzten Besuch bei Frau Fuchs gemacht hast. Wie sie beieinander war.«

»Also gut. Letzte Woche Dienstag war ich bei ihr, so um neun. Sie hat mir die Tür aufgemacht, sich gefreut, dass ich komme. Ich fand sie sogar munterer als manches Mal davor. Sie war noch im Nachthemd, und wir sind dann ins Bad gegangen. Ich hab ihr beim Ausziehen geholfen und sie aufs Duschbrett in ihrer Wanne gesetzt. Hab sie noch gefragt, ob der Zucker stimmt. ›Alles gut, alles gut‹, hat sie mehrmals gesagt. ›Alles gut‹, das war ihre Lieblingsantwort auf fast jede Frage.«

»Höre ich x-mal am Tag«, wirft Sonja grimmig ein. »Ich *hasse* es. Es passt auf alles und nichts. Hast du nachgehakt, ob sie sich früh gespritzt hat?«

Brigitte nickt. »Ihr Bauch war blau wie Pflaumenmus.«

»Aber hast du nicht immer wieder gesagt, dass sie allmählich dement wird?«

»Ja, schon. Aber Dinge, mit denen sie seit Langem umgeht, vergisst sie nicht so leicht. Und Diabetes hat sie schon seit vielen Jahren. Der Hausarzt hat mich gefragt, ob sie vielleicht lebensmüde war ... Glaub ich nicht. Alle alten Leute sagen mal, es reicht jetzt, und der Herrgott möge sie endlich zu sich holen. Oder? Kennst du doch auch?«

Sonja nickt. »Der Arzt hat doch festgestellt, dass einfach das Herz stehengeblieben ist. Stimmts?«

Jetzt nickt Brigitte. »Er wusste auch, dass sie sich das Insulin selber gegeben hat und hat ihr das zugetraut.«

»Dass sie es doch vergessen oder sich zu viel verabreicht hat?«

»Hätte der Arzt doch gemerkt ... Denke ich zumindest.«

Sonja knetet energisch ihre Hände. »Also gut. Wir beide, du als Pflegekraft, ich als Chefin, wir haben uns nichts vorzuwerfen.« Sie überlegt einen Moment. »Sag mal, Claus-Raphael war nicht bei Frau Fuchs?«

»Hm, doch. Ist aber schon eine Weile her. Als ich die Woche krank war, weißt du noch? Aber selbst wenn er sie nicht so sorgfältig gewaschen hat, hätte ich das längst wieder wettgemacht ...«

»Stimmt. Also, was sollen wir tun? Mein Sohn will eine Gegendarstellung aufsetzen. Die stellen wir dann ins Netz, was meinst du?« Sonja ist jung Mutter geworden, ihr superschlauer Sohn studiert Jura und findet bestimmt die richtigen Worte für solch einen Artikel.

»Ja, gute Idee. Hat sich eigentlich die Tochter von Frau Fuchs bei dir gemeldet?«

Sonja greift in Gedanken in Brigittes Chipstüte und schüttelt sich gleich darauf. »Puh, da fehlt ordentlich Salz ... Die Tochter? Nee, bisher nicht. Hoffentlich macht die uns nicht auch noch Ärger.«

—

Die Tochter von Frau Fuchs ist mindestens so alt wie Linas Klassenlehrerin. Sie hat gut gebräunte Haut und kurzes schwarzes Haar und sieht überhaupt nicht aus wie eine Schwedin. Iris Fuchs-Kleinschmidt ist ja auch keine Schwedin, sondern wegen eines Jobs nach Stockholm gezogen. Frau Fuchs hat den Mädchen davon erzählt, aber sie haben ihr nie richtig zugehört. Nur das gerahmte Foto der Tochter auf der Anrichte haben sie oft betrachtet.

Dass sie nun ausgerechnet Lina in die Arme läuft, passt der gar nicht. Sie hängt mal wieder mit dem Jungen vor dem Haus ab. Besser gesagt: Sie hockt auf einem zerkratzten Stromverteilerkasten, der Junge steht vor ihr und umklammert ihre Knie. Dabei brennt er ihr mit seiner Kippe, die er in der Hand hält, fast ein Loch in die Jeans. Der Tod der alten Frau Fuchs ist schon ein paar Tage her, und der Hype darum hat sich gelegt. Die Pressefuzzis sind abgezogen, über Linas ins Netz gestelltes und längst wieder gelöschtes Foto der Toten redet keiner mehr. Nur ab und zu der Junge noch.

Die Leiche war noch am selben Tag abtransportiert worden. Die dicke Schwester von *Sonjas PflegeEngeln* hatte für die Männer vom Bestattungsdienst die Wohnung aufgeschlossen, Lina hörte sie durch die Wohnungstür reden. Seitdem hatte sich nichts mehr getan, der Leichengeruch war nur langsam abgezogen, Lina hatte ihn allerdings immer noch in der Nase. Weil ihr Mutter und Schwestern zuhause auf die Nerven gingen, war sie am übernächsten Tag schon wieder in die Schule gegangen, trotz Gliederschmerzen. Ihre Mutter machte immer noch krank auf Leichengift. Das hielt sie aber nicht davon ab, gelegentlich zu verschwinden und irgendwen zu treffen, den ihre Töchter lieber nicht kennenlernen wollten.

Jetzt also steigt die Tochter von Frau Fuchs aus einem Taxi. Aus dem Kofferraum will der Fahrer einen Monsterkoffer in Grün metallic wuchten.

»Nein!«, stoppt ihn die gebräunte und gar nicht blonde Schwedin. »Ich bleib nicht hier. Warten Sie bitte.«

»Kostet aber!«

»Ist bekannt. Warten Sie einfach.«

Sie schultert eine ebenso grüne Umhängetasche und steht dann nicht weit vom Stromverteilerkasten, um ihren Blick am Hochhaus entlangwandern zu lassen. Bis hoch unters flache Dach. Lina kanns ungefähr abschätzen. Warum sie die Frau anspricht, weiß sie selber nicht. Wahrscheinlich, weil ihr das Gesabber des Jungen auf den Wecker geht.

»Äh, sind Sie die Tochter von Frau Fuchs?«

Die dreht den Kopf erstaunt zu dem sehr jungen Paar.

»Bin ich. Kennen wir uns?«

Lina rutscht vom Kasten herunter und schiebt den Jungen von sich weg. »Na ja, nicht richtig. Ich … wir wohnen neben Ihrer Mutter. Also wohnten. Also, wir wohnen noch, aber Ihre Mutter ist ja … Tut mir leid.« Blödes Gestotter.

Iris Fuchs-Kleinschmidt mustert sie mit kühlem Blick. »Aha.« Sie kramt in der grünen Tasche und zieht einen Schlüssel hervor. »Dann wollen wir mal. Sind deine Eltern da? Ich hätte Fragen.«

Der Junge steht jetzt hinter Lina und schlingt die Arme um sie. Seine Finger wühlen sich unter ihr T-Shirt.

»Ey cool«, murmelt er, und Lina weiß nicht, ob er ihren nackten Bauch oder das Auftauchen der Schwedin meint. Sie knufft ihn mit ihrer kleinen Faust in den Magen, damit er den Mund hält und nichts von Horrorleiche, Foto im Netz und Presserummel erzählt.

»Ja … nein. Meine Mutter wohnt da. Soll ich mitkommen?«

»Bitte.«

Die Schwedin geht mit großen Schritten auf die Haustür zu.

»Bleib da«, zischt Lina und meint den Jungen. »Ich komm wieder runter.«

Er zieht einen Flunsch, lehnt sich aber an den Stromverteilerkasten und nestelt ein Zigarettenpäckchen aus der Hosentasche.

Der Aufzug steht sogar im Erdgeschoss bereit, das Mädchen und die Frau steigen ein, drinnen riecht es nach Schweiß und abgestandenem Rauch. Iris Fuchs-Kleinschmidt rümpft die Nase. Dass es bis vor ein paar Tagen auch nach Leiche gerochen hat, erwähnt Lina nicht, denn die Leiche war ja die Mutter der Schwedin. Egal ob die ihre Mutter mochte oder nicht – als Leiche will sie sich ihre Mutter bestimmt nicht vorstellen.

Unterwegs hält der Lift im vierten und lässt sich auch durch Linas genervtes Dauerdrücken auf die Taste mit der 12 nicht zum Weiterfahren bewegen. Die Tür geht auf, und der alte Hippie steht davor, mit seinem zotteligen Hund an der Leine.

»He, ihr fahrt hoch? Ich will runter ... was dagegen, wenn ich mitfahre?«

»Allerdings«, sagt die Fuchs-Tochter, »Ihr Hundevieh muss nicht auch noch hier rein!«

Hippie und Hundevieh schauen so belämmert wie treuherzig, und Lina muss sich das Lachen verkneifen. »Lauf halt«, sagt sie zu dem Mann und hört seine Antwort nicht mehr, weil die Tür sich wieder schließt.

»Unverschämt«, findet die Schwedin.

»Ihre Mutter mochte ihn«, sagt Lina, »Er hat ihr manchmal was aus dem Supermarkt mitgebracht.«

»Der?« Iris Fuchs-Kleinschmidt beißt sich auf die Lippen. »Hm. Wer ist denn noch so bei ihr ein- und ausgegangen? Außer dem Pflegedienst? Du und deine Mutter vielleicht?«

Lina ist irritiert. »Äh, nee. Also, wir nicht. Früher schon, da waren meine Schwestern und ich ab und zu bei ihr. Ist aber schon eine ganze Weile her.«

Der Aufzug hält mit einem Ruck im zwölften, die Frau und das Mädchen bleiben im Flur stehen und schauen sich an.

»Und? Ist deine Mutter da?«

Lina fragt sich, was die Schwedin von ihrer Mutter will.

»Keine Ahnung. Sie ist krank.« Klar weiß sie, dass ihre Mutter da ist. Aber die pennt und ist nicht vorzeigbar. Lina schließt die Wohnungstür auf und ruft halblaut »Mama?«, wohl ahnend, dass sie Schlaftabletten eingeworfen hat und nichts hört. »Nee, ist nicht da«, meldet sie deshalb ein paar Sekunden später.

Iris Fuchs-Kleinschmidt schaut zweifelnd und öffnet dann die Tür zur Wohnung ihrer Mutter.

»Komm rein«, sagt sie zu Lina, »und erzähl mir, was du weißt.«

Und so sitzen sie gleich darauf in Frau Fuchs' Küche, bei weit geöffnetem Fenster, weil es immer noch komisch riecht. Die Tochter erfährt erst jetzt, dass es Lina war, die *Sonjas PflegeEngel* alarmiert hat, und dass Lina und Schwester Brigitte als Erste ihre tote Mutter entdeckten. Vom Foto im Internet ist ihr offenbar nichts bekannt, und darüber ist Lina mehr als erleichtert.

»Wer ist noch bei ihr ein- und ausgegangen?«, grübelt die Tochter und klopft mit den Fingern auf den noch von Krümeln übersäten Küchentisch ihrer Mutter. »Irgendjemand muss doch saubergemacht oder die Wäsche gewaschen haben. Der Pflegedienst war es nicht. Wenn ich Hilde gefragt habe, hat sie von einer Nachbarin gesprochen. Verstehst du? Das könnte deine Mutter sein.«

Lina versteht nicht. »Nee, bestimmt nicht. Und die andere Nachbarwohnung steht seit Monaten leer.«

»Sonst jemand aus diesem Haus?«

Lina muss nicht lange überlegen. »Nee, glaub ich nicht. Ihre Mutter ist ja schon lange nicht mehr rausgegangen. Es wohnen viele neue Leute hier – die kannte sie ja gar nicht.«

Iris Fuchs-Kleinschmidt kramt in ihrer Tasche und zieht ein Kärtchen heraus. »Hier ist meine Telefonnummer. Deine Mutter soll mich unbedingt anrufen, wenn sie wieder da ist. Ich suche hier noch Unterlagen heraus, dann bin ich im Hotel. Ich kann hier nicht schlafen.«

Das versteht Lina nur zu gut. »Äh, brauchen Sie mich noch?«

Die Tochter schüttelt den Kopf und macht eine müde Handbewegung. »Geh. Und denk dran: Deine Mutter soll ...«

»... Sie anrufen, ja, ich weiß.« Lina zögert einen Moment. »Frau Fuchs, also ist sie ... ist sie schon beerdigt?«

»Beerdigt ... nein. Ich habe der Einäscherung zugestimmt. Wegen ihres Zustands.«

»Also doch irgendwie beerdigt?« Das Mädchen versteht nicht ganz.

Die Fuchs-Tochter schüttelt den Kopf. »Sie wird feuerbestattet. Ich werde mich jetzt kümmern. Aber es wird kein Grab geben. Ich habe an Baumbestattung oder grüne Wiese gedacht.«

Lina klaubt die Visitenkarte vom Tisch und steckt sie in ihre Jeanstasche. In ihrem ganzen jungen Leben war sie noch auf keiner Beerdigung. Oder Bestattung, wie Hilde Fuchs' Tochter das nennt. Die Großeltern sind lange tot, und sonst kennt sie niemanden, der schon gestorben wäre.

Als Iris Fuchs-Kleinschmidt allein ist, in dieser ihr sehr fremden Wohnung, fühlt sie nur noch Leere, so als hätte ihr das Mädchen von nebenan jegliche Lebensenergie genommen. Ihre Hände schieben lustlos die Post hin und her, die von irgendwem aus dem Briefkasten geholt und auf den Tisch gelegt wurde. Die Briefe sind nicht nur aus den letzten Tagen. Iris hat den Eindruck, ihre Mutter habe sich schon länger nicht mehr um ihre Post gekümmert. Der abgegriffene braune Ledergeldbeutel der alten Frau liegt wie immer zuoberst in der Kommodenschublade. Es ist nur Kleingeld drin, auch sonst finden sich nirgendwo Geldscheine. Dafür ein kariertes Schreibheft mit Eselsohren, in das Hilde Fuchs mit ihrer kleinen steilen Schrift seit Jahr und Tag ihre Ausgaben notiert hat. Iris' Blick fällt sofort auf die Seite, auf der alles mit Rotstift vermerkt ist:

15. Januar 50 Euro

13. März 20 Euro

29. März 70 Euro

1. Mai 100 Euro

14. Mai 20 Euro

23. Mai 30 Euro

2. Juni 70 Euro

17. Juni 100 Euro

17. Juni – kurz vor Hilde Fuchs' mutmaßlichem Tod. 460 Euro insgesamt. Die Überschrift der Seite trägt einen Namen, den Iris auf dem Klingelschild gelesen hat: Marcus Vierling. Der Alt-Hippie aus dem vierten.

»Du siehst voll behindert aus.« So hatte das Mädchen, mit dem sie künftig ihr Zimmer teilen sollte, Kimmi begrüßt. *Das war vor etwa drei Monaten, als Kimmi ins neu renovierte Vorzeigeheim »Kinderschloss« einzog. Der Träger des Kinderheims hatte kurz nach der Wende mit Fördergeldern »Aufbau Ost« ein heruntergekommenes Schlösschen hergerichtet und war mit den bisherigen Zöglingen – etwa vierzig an der Zahl – umgezogen. Dazu kamen ein paar Neue, auch Kimmi. Das Jugendamt war der Meinung gewesen, Kimmis Mutter vernachlässige ihre Kinder.*

Dafür war sie jetzt ganz ohne Mutter und ohne Brüder. Die waren woanders hingebracht worden. Kimmi hatte keine Ahnung, wohin. Sie hatte auch keine Ahnung, wo sie selbst gelandet war. Mit neun Jahren hat man die Landkarte noch nicht so im Kopf. Jedenfalls fuhr die Jugendamtsfrau ungefähr eine Stunde mit ihr über die Autobahn, dann noch weitere dreißig Minuten über Landstraßen, die nur aus Schlaglöchern zu bestehen schienen. Schließlich verschluckte sie dunkler Nadelwald.

»Voll behindert« … *genau diese Worte sagte Kimmi nun auch dem schielenden Rotzlöffel, der am Sommerfest ihr Tanzpartner beim fröhlichen Reigentanz sein sollte. Er glotzte sie durch seine dicken Brillengläser an und gab keine Antwort. Die Erzieherin ließ zum zigsten Mal den CD-Player das Tanzlied plärren und regte sich auf, weil die Kinder die Tanzschritte nicht kapierten. Kimmi konnte sie sofort, sie war bei solchen Sachen geschickt. Ihr jahrelanges Gehampel vor dem Fernseher, wenn irgendwelche Shows liefen, zahlte sich aus.*

Aber sich jetzt mit diesem schielenden Behindi präsentieren zu sollen, das ging ihr gewaltig gegen den Strich. Keiner sah, wie sie ihm blitz-

schnell gegen das Schienbein und dann noch auf den linken Fuß trat. Er heulte sofort los wie ein Baby und warf sich auf den Boden. Natürlich, die Erzieherin glaubte nicht, dass Kimmi ihn getreten haben sollte. Ein Mädchen mit engelsgleichen Locken und großen blauen Augen! Humpelnder Abgang des Spasts. Neuzuteilung eines Tanzpartners. Einer Tanzpartnerin, da Jungs fehlten. Es war ein wenig älteres großes Mädchen, das Kimmi in Windeseile scannte und akzeptabel fand. Der Tanz klappte von da an.

Am Abend schlug die neue Tanzpartnerin Kimmi einen Spaziergang in den nahen Wald vor. Dort legten sie sich aufs weiche Moos und probierten Küsse aus.

Eine Woche lang folgte Kimmi dem Mädchen auf Schritt und Tritt. Klette, nannte das Mädchen sie erst gutmütig, dann zunehmend genervt. Kimmi konnte aber nicht aufhören. Immerzu wollte sie die neue Freundin anfassen, umarmen, streicheln und von ihr angefasst, umarmt und gestreichelt werden. Die andere aber streichelte vor allem ihr Meerschweinchen. Sie war die einzige im ganzen Haus, die wegen ihrer besonders traumatischen Kindheit ein eigenes Tier halten durfte. Ein weißes, weiches Wollknäuel, von dessen Besitz Kimmi leider nur träumen konnte.

Dann kam das Sommerfest, und Kimmi konnte an nichts anderes als den Reigentanz denken. Da durften, da mussten sie sich anfassen. Nichts könnte sie auseinanderbringen.

Aber dann doch. Kurz vor ihrem Auftritt stand der Behindi vor Kimmi, wie aus dem Boden gewachsen. Er hatte als Verstärkung die Erzieherin mitgebracht. Ihr seid wieder ein Paar, teilte die Erzieherin den beiden mit und deutete hinter sich. Das große Mädchen, Kimmis Mädchen, schlenderte Arm in Arm mit Checker über den Platz. Checker, dreizehn Jahre alt und der schönste und am meisten begehrte Heimbewohner unter der Sonne. Des Mädchens neuer Tanzpartner.

Am Abend brachte Kimmi nicht mehr zusammen, wie sie den Reigen überstanden hatte.

Am Abend geschah auch noch etwas anderes: Der Behindi tauchte nicht zum Essen auf. Eine Stunde später zog ihn die Feuerwehr aus dem Schlossteich. Niemand hatte eine Erklärung, wie ein Kind in einem knietiefen Teich ertrinken konnte.

»Verwahrlosungsverwalter.« Grete schüttelt missbilligend den Kopf. »Auf was diese Schreiberlinge immer kommen. Die sollten mal *einen* Tag in der Pflege arbeiten – dann hätten sie vielleicht mehr Respekt vor dem Beruf.«

Grete Meister und Dominique Brodbecker sitzen im *Café Müller* und haben sich nach Kaffee und Kuchen beide ein Bier bestellt. Sie sind keine Prosecco-Frauen; ein ehrliches fränkisches Bier, gebraut nach dem deutschen Reinheitsgebot, ist ihnen das Allerliebste.

Dominique, die wegen der Mühe, ihre langen Beine unter dem kleinen Tisch unterzubringen, eher auf dem Stuhl lümmelt als sitzt, nickt. »Der Job ist nicht einfach.«

»Wie gehts Jan?«, fragt Grete übergangslos.

»Jan. Was soll ich sagen. Du weißt, dass wir jetzt einen Intensivpflegedienst haben?«

»Fred hats mir erzählt. Wie kam denn das? Wir haben uns doch erst vor … vier Wochen? … mit euch getroffen. Da war Jan noch so munter.«

»Es ist die Lunge. Sie arbeitet nicht mehr so, wie sie sollte. War abzusehen. Und trotzdem … wir haben nicht damit gerechnet. Nicht jetzt schon. Nicht in *dem* Alter.«

Jan, Dominiques Sohn, leidet an Muskeldystrophie und kann seit Jahren nur über eine mit dem Kinn zu bedienende Tastatur plus aktivierter Computerstimme mit der Umwelt kommunizieren. Bis vor Kurzem besuchte er noch die Schule der Bamberger *Lebenshilfe* und war ein durchaus gewiefter Schüler, den seine Lehrerin gern auf eine normale Schule geschickt hätte. Wenn, ja wenn denn diese auf solch schwerstbehinderte Schüler ausgerichtet gewesen wäre. Grete weiß, dass sein achtzehnter Geburtstag kurz bevorsteht und Jan sich seit Langem darauf freut.

»Was heißt das genau?«, fragt Grete.

Dominiques Gesichtsausdruck ist so hilflos wie selten. Grete kennt sie vor allem als taffe, coole Kommissarin und Kollegin ihres Mannes, weiß aber, dass sie durchaus eine andere Seite hat.

»Ehrlich? Ich wills nicht wissen. Dass Jan mal nicht mehr da sein könnte – ich kann und will es mir nicht vorstellen.«

»Hast du denn genügend Unterstützung? Außer dem Pflegedienst?«

Dominique gibt ihre lümmelnde Haltung auf und rutscht mit dem Holzstuhl nahe an den Tisch. Sie nimmt einen großen Schluck Bier, bevor sie antwortet. »Jans Vater kommt mit der Situation nicht klar. Er hat jetzt eine Freundin in Köln, ist so gut wie nie da.«

»Und Sigi?« Sigi, Dominiques Lebensgefährtin.

»Sigi. Wir ... trennen uns.«

»Was?? Wie das?« Grete schaut entgeistert. Sie kennt diese liebenswerte Frau seit rund zwei Jahren und fand immer, dass Sigi Dominique auf eine gute Weise geerdet hat. Vor allem kümmerte sie sich liebevoll um Jan.

Dominique macht fast das gleiche erschrockene Gesicht wie Grete. Vielleicht weil sie merkt, dass Grete gerade die Erste ist, der sie von der Trennung erzählt. Aber wem soll sie sich auch sonst anvertrauen? Kriminalhauptkommissarin Dominique Brodbecker hat wenig gute Freunde.

»Wir arbeiten beide viel. In letzter Zeit haben wir uns hauptsächlich um Jans Versorgung gekümmert. Für die Beziehung blieb wahrscheinlich nichts übrig.« Sie zuckt resigniert die Schultern. »Wir haben es selber erst gemerkt, als wir vor Kurzem beide krank und deshalb ans Haus gebunden waren. Jan war zu der Zeit eine Woche im Krankenhaus, du erinnerst dich? Also keine Ablenkung für uns ...«

»Davor hatte ich früher auch Angst«, sagt Grete, »dass wir uns nichts mehr zu sagen haben, wenn die Kinder aus dem Haus sind.«

»Mia ist doch noch da.«

»Na ja, was man so unter ›da sein‹ versteht. Und ehrlich: Wir lieben sie wirklich, schlagen aber drei Kreuze, wenn sie nicht zuhause herumwirbelt und wir alleine sind.«

Dominique lächelt, und Grete weiß, dass das Warmherzige an diesem Lächeln nur ihr gilt. Alfred hats ihr mehrmals bestätigt: Sehr selten kommen er und die Kollegen in den Genuss eines solchen dominiquanischen Gesichtsausdrucks.

»Ihr Glücklichen. Ich gönne es euch, wirklich.«

»Das weiß ich doch. Schade, dass es mit Sigi und dir nicht mehr gut läuft.«

»Sigi ist vorübergehend nach oben gezogen, in die Wohnung von Jans Vater. Er ist kaum noch da. Sigi will mir noch mit Jan helfen, hat aber ein gutes Angebot eines Reisebuchverlags, für den sie fotografieren kann. Das heißt – bald ist sie auch weg.«

Grete legt ihre kleine weiche Hand auf Dominiques Arm. »Sag einfach, wenn du Hilfe brauchst.«

»Noch ein Bierchen?« Die junge Bedienung steht am Tisch und strahlt die Frauen an. Wahrscheinlich hat sie genug leidvolle Erfahrung mit Frauengruppen, die stundenlang an ihren stillen Wassern nippen.

»Ach nee … oder doch? Hm, Dominique?« Grete schaut ihr Gegenüber aufmunternd an.

»Puh, ich muss noch arbeiten heute …«

»Dein Kollege wird jedes Verständnis für eine kleine Bierfahne haben.«

»Der schon, aber die Polizei als solche nicht.«

»Na gut, dann nicht. Zahlen wir?«

Dominique nickt, und die Bedienung zückt ihren Geldbeutel.

Es kommt wie immer: Jede will die andere einladen, keine sich einladen lassen. Also zahlt dann schließlich jede selbst.

Dominiques Rennrad steht am Fahrradabstellplatz der Uni in der Austraße. Grete begleitet sie noch ein Stück. Sie sind ein ungleiches Paar: Dominique, 180 cm groß, heute nicht viel mehr, da sie zum Radfahren flache Sneakers trägt. Model-Figur, enge Jeans, enges T-Shirt. Grete dagegen, gute 20 cm weniger an Länge, mollig und ein rundes, sehr freundliches Gesicht, um das goldblonde Locken wippen.

»Grüß Fred«, trägt Grete ihr noch auf, obwohl sie ihren Mann in wenigen Stunden zuhause sieht.

»Wenn er da ist. Könnte am Schießstand sein. Nicht seine liebste Beschäftigung, wie du weißt.«

Die beiden Frauen umarmen sich kurz, dann entriegelt Dominique ihr Fahrradschloss und zieht den Drahtesel mit Mühe aus dem Ständer. Noch sind Vorlesungen, und jede Studentin, jeder Student in Bamberg ist mit dem Rad unterwegs. Entsprechend chaotisch sieht es an den Abstellplätzen aus. Wie jeden Sommer geht auch der Fahrradklau um, täglich werden bei der Polizei mehrere Diebstähle gemeldet. Dominiques Rad war zwar mal teuer, ist aber inzwischen ziemlich ramponiert, sodass es bei potenziellen Dieben durchs Raster fällt. Wobei ein geklautes Rad momentan ihr geringstes Problem wäre. Was mit Jan wird, drückt ihr deutlich mehr auf den Magen.

Claus-Raphael steht vor Sonjas Haus und pafft. In einer Hand die Zigarette, in der anderen das Handy. Von hinten könnte man ihn für einen durchtrainierten Sportler halten, von vorne – na ja. Zwar hat er kein Gramm Fett zu viel auf den Rippen, ist aber ziemlich klein für einen Kerl. Sein blasses Gesicht mit dem strähnig zurückgekämmten Haar macht ihn gleich wieder unattraktiv. Der Hitze wegen hat er sich unter Sonjas Walnussbaum gestellt und ascht unerlaubterweise auf den Rasen. Sein weißer Kittel ist unter den Armen und auf dem Rücken durchgeschwitzt und eigentlich auch nicht mehr weiß. »Zieh dich um, wenn du so schwitzt«, schärft ihm die Chefin jeden Tag ein, »auch zwei- oder dreimal, ich hab genügend Kittel da.« Aber dann hat ers wieder vergessen und fährt im gleichen Schmuddel-Look zum nächsten Patienten.

Jetzt biegt ein Taxi in die ruhige Wohnstraße ein, Claus-Raphael schaut kurz auf und kennt sogar den Fahrer. Vor wenigen Jahren ist er selbst eine Zeitlang Taxi gefahren. Gerade als er die Hand zum Gruß heben will, hält das Taxi vor dem Haus an und eine Frau mit kurzem, dunklen Haar und grüner Umhängetasche steigt aus. »Warten Sie bitte«, sagt sie in das Taxi hinein. Der Fahrer winkt Claus-Raphael durch die Scheibe zu und grinst.

»Äh, kann ich Ihnen helfen?«

»Wenn Sie von *Sonjas PflegeEngeln* sind?« Die Frau mustert den Mann im nicht ganz so weißen Kittel abschätzend.

»Klar doch.« Er drückt seine Kippe an der Rinde des Nussbaumes aus, auch verboten. »Sonja ist aber unterwegs ...«

»Fuchs-Kleinschmidt. Und Sie?«

»Fuchs-Kleinschmidt? Um was gehts denn?«

Die Frau schüttelt ungeduldig den Kopf. »Rufen Sie Ihre Chefin bitte an. Ob sie jetzt Zeit hat.«

Claus-Raphael setzt ein überlegenes Grinsen auf. »Zeit! Zeit hat sie bestimmt nicht. Aber wie Sie wollen.« Er tippt auf seinem Smartphone herum und fragt dabei erneut, worum oder um wen es denn gehe.

Die Frau bedeutet ihm lediglich mit einer rotierenden Fingerbewegung, er solle Tempo zulegen. Hinter ihr steigt der Fahrer aus dem Taxi und steckt sich eine Zigarette an. »Ich geh ein paar Schritte«, teilt er seiner Kundin mit, entfernt sich aber nur so weit, dass er noch die Chance hat, mitzukriegen, was die feine Dame bei Claus-Raphael will.

»Hi Sonja, ich bins, der Claus. Du, hier ist eine Frau, die meint, sie müsste dich sofort sprechen ...« Dabei grinst er die besagte Frau an. »Hab ihr schon gesagt, dass du keine Zeit hast ... ja, was?«, und zu der Frau hin: »Wie war nochmal der Name?«

»Fuchs-Kleinschmidt«, wiederholt Iris laut und deutlich und ergänzt: »Fuchs! Die Tochter von Hilde Fuchs!«

Claus-Raphaels Gesichtszüge entgleisen. Sonja und Brigitte haben ihn natürlich darüber informiert, dass Frau Fuchs' Tochter auftauchen könnte, um Näheres zu den Todesumständen ihrer Mutter zu erfahren. Warum bloß hat er das nicht gleich kapiert?

»Die Tochter von Frau Fuchs«, murmelt er jetzt ins Telefon. »Ja? Okay, mach ich.« Und zu Iris Fuchs-Kleinschmidt gewandt: »Äh ja, sie kommt. Also, in zehn Minuten ist sie da. Ich soll sie schon mal reinlassen.« Er schaut unschlüssig Richtung Taxi. »Wollen Sies nicht lieber wegschicken? Wird sonst teuer.«

»Sorgen Sie sich nicht um das, was für mich teuer wird«, sagt Iris mühsam beherrscht. Dann dreht sie sich doch um und spricht den Fahrer an, der ein paar Meter weit weg Rauchkringel in die Luft bläst.

»Rufen Sie wieder an und verlangen Sie den Otto! Dann hole ich Sie persönlich ab.« Der Taxifahrer grinst und nickt Claus-Raphael zu.

Sonjas kleines, weißes Auto fährt tatsächlich zehn Minuten später vor. Sie hat drei identische Wagen angeschafft, die sich nur durch die Ziffern im Kennzeichen unterscheiden: 2121, 3131 und 4141. Der Einundzwanziger ist ihrer.

Iris Fuchs-Kleinschmidt erwartet sie im kleinen Aufenthaltsraum des Souterrains. Claus-Raphael hat ihr ein gekühltes Wasser hingestellt und sich selbst in den kleinen Lagerraum verzogen, wo er Medikamente und Verbandsmaterial einräumt.

Auf dem rasanten Heimweg, bei dem Sonja eine rote Ampel ganz und eine Katze fast überfahren hat, brummte ihr der Kopf bei dem Gedanken, was die Tochter von Hilde Fuchs von ihr will. Kennt sie die Veröffentlichung in der Zeitung? Leider gibts bisher keine Gegendarstellung des Pflegedienstes. Sonjas Sohn hat zwar versprochen, sich zu kümmern, aber das müsse juristisch hieb- und stichfest sein. Und dauere deshalb, so ließ der Jurastudent verlauten.

»Mein herzliches Beileid«, wünscht Sonja als Erstes und streckt Iris die Hand hin.

»Das lassen wir lieber«, sagt die und lässt die Hand unbeachtet.

Seit Corona ist Sonja das Verweigern gewohnt, sie selber vermeidet Händeschütteln auch, wenns geht. In diesem Fall erscheint es ihr notwendig, vielleicht auch als Friedensangebot. Wie auch immer, Sonja will gleich mit offenen Karten spielen und sich in jedem Fall vor ihre Mitarbeiter stellen.

Iris Fuchs-Kleinschmidt kommt ihr zuvor. »Ich habe«, und dabei nestelt sie Unterlagen aus ihrer Umhängetasche, »die ärztlichen Befunde meiner Mutter geholt. Diabetes – ja, das wusste ich natürlich. Demenz? Das war mir neu! Dass mich ihr Hausarzt darüber nicht informiert hat, ist ein grobes Versäumnis. Dass er meiner

Mutter erlaubt hat, sich selbst Insulin zu spritzen, ebenso. Ich bin selbstverständlich davon ausgegangen, dass die Insulingabe durch den Pflegedienst erfolgt. Also durch Sie!«

Sie hat sehr schnell gesprochen und fixiert Sonja erst beim letzten Satz.

Dass es auf so etwas hinausläuft, hat Sonja vermutet. »Schauen Sie, Frau Fuchs-Kleinschmidt, das ist wirklich Arztsache, eine solche Verordnung auszustellen. Und …«

»Hätten Sie nicht den Arzt auf die zunehmende Demenz meiner Mutter hinweisen müssen? Das bekommen Sie doch eher mit als er!«, fällt Iris ihr ins Wort.

Sonja nickt. »Ich verstehe Ihre Wut, ehrlich. Aber es gibt viele Abstufungen bei Demenz, die meisten Patienten können eine ganze Zeitlang Alltagsdinge noch selbst erledigen. Vor allem die, bei denen sie schon längere Zeit Routine haben.«

»Und die hatte meine Mutter?« Iris schüttelt ungläubig den Kopf. »Und wenn schon … glauben Sie mir, ich kenne mich mit Demenz aus.« Woher, erläutert sie nicht. »Da gibts Aufs und Abs, und wenn meine Mutter gerade eine schlechte Phase hatte, hat sie vielleicht wirklich vergessen, sich Insulin zu geben.«

»Haben Sie mit dem Arzt darüber gesprochen?« Sonja hat keine Lust, sich den Schwarzen Peter zuschieben zu lassen.

Iris schnauft laut und zieht aus ihrem Papierstapel ein Schreiben heraus. »Hier ein Arztbrief aus dem Klinikum Bamberg. Sie war über Weihnachten dort wegen Herzrhythmusstörungen. Wie Sie sicher wissen?«

Sonja nickt. »Natürlich.« Gut, dass sie vor ein paar Tagen nochmal die Pflegekartei studiert hat.

Iris tippt mit ihrem sorgfältig manikürten Zeigefinger energisch auf das Blatt. »Hier steht, dass bei der Entlassung der Pflegedienst organisiert wurde, zur Körperpflege zweimal täglich. Und …!« Sie hebt die Stimme. »Zur Insulingabe viermal täglich!«

Sonja ist plötzlich die Ruhe selbst. Hier spielt sie ein Heimspiel. Frau Fuchs-Kleinschmidt mag – wie auch viele in Deutschland Lebende – die Abläufe in deutschen Kliniken nicht kennen, Sonja kennt sie umso besser.

»Sehen Sie, Frau Fuchs-Kleinschmidt. In den Krankenhäusern gehts um die Planung einer guten Versorgung bei Entlassung. Also um die ersten ein bis zwei Wochen nach dem Klinikaufenthalt. Alles, was weiter passiert und notwendig ist, entscheidet und verordnet dann der Hausarzt. Und ja, wir waren die ersten Tage ab … ja, das war Silvester … ab Silvester täglich bei Ihrer Mutter. Haben Insulin gespritzt, waren morgens und abends da zum Waschen und Anziehen.«

»Und dann?«

»Dann ging es Frau Fuchs wieder besser. Der Arzt hat eine Folgeverordnung ausgestellt für einmal wöchentliche Hilfe beim Duschen, mehr nicht. Übrigens haben wir – und das ohne Aufforderung – noch ein paarmal überwacht, ob sie sich das Insulin richtig gibt.«

»Wer ist wir? Sie??«

»Meine sehr erfahrene Mitarbeiterin Brigitte, examinierte Krankenschwester, sehr zuverlässig.«

»Und dieser Mann?« Iris schaut in Richtung der angelehnten Tür zum Lagerraum. »Er wirkt ungepflegt.«

Sonja schüttelt den Kopf. »Ihre Mutter war nicht seine Patientin.« Gut umschifft, denn dass Claus-Raphael bei Urlaub oder Krankheit vertreten muss, ist ja klar.

Iris wechselt das Thema. »Da muss noch jemand anderes bei meiner Mutter gewesen sein. Zum Einkaufen und für andere kleine Besorgungen. Sie hat manchmal von einer Nachbarin gesprochen.«

»Kann sein, das weiß ich nicht. Es gibt viele Frauen oder auch Männer, die so etwas privat anbieten. Ein bisschen fragwürdig, denn die sind meist nicht versichert. Also eigentlich Schwarzarbeit.«

»Ich habe dieses Nachbarmädchen getroffen. Lina. Kann es sein, dass deren Mutter die Helferin war?«

Auch da muss Sonja passen. »Wir haben sehr wenig Zeit für die Pflege, alles wird nach Minuten abgerechnet. Da kennt man nicht noch die Nachbarn der Kundschaft. Und soviel ich weiß, hat Brigitte, meine Mitarbeiterin, dieses Mädchen auch erst getroffen, als ... als es zu spät war.«

»Das Mädchen hat Sie angerufen?«

Sonja nickt.

»Was ist mit diesem Hippie im Haus? Der mit dem Hund? Ich habe Notizen meiner Mutter gefunden, dass sie ihm immer wieder größere Geldsummen gegeben hat. Kann er die«, Iris malt Anführungszeichen in die Luft, »Haushaltshilfe‹ sein?«

»Wirklich keine Ahnung. Ich ... wir kennen diesen Mann nicht.«

»Und diese Privatpersonen, die Haushaltstätigkeiten anbieten, wie findet man die?«

Sonja steht auf und geht zu dem kleinen Wandregal, auf dem sich nicht nur Handbücher zur Pflege finden, sondern auch ein paar Flyer. Sie nimmt einige wenige heraus und legt sie vor Iris auf den Tisch. »Das sind ein paar von denen, die wir empfehlen. Dann wird das aber in der Akte notiert. Und bei Ihrer Mutter steht keinerlei Vermerk. Brigitte hat mir gesagt, dass sie immer davon ausgegangen ist, es handelt sich um eine alte Bekannte oder Freundin, die ihr hilft. Also niemand Fremdes.«

Iris steckt die Flyer sowie die Arztunterlagen in die grüne Umhängetasche und wirkt sehr unzufrieden.

Dann fällt doch noch das böse Wort, und Iris Fuchs-Kleinschmidt buchstabiert es fast.

»Ver-wahr-lo-sungs-ver-wal-ter. Was sagen Sie dazu?«

Sie steht vor Sonja, einen Kopf größer und wesentlich attraktiver, obwohl sie einige Jahre älter sein dürfte.

»Presseschmiererei. Gibts das in Schweden nicht? Die wittern überall Skandale. Leider gibt es schwarze Schafe im Pflegebereich. Aber glauben Sie mir, *Sonjas PflegeEngel* gehören nicht dazu. Dafür lege ich meine Hand ins Feuer.« Wie zur Bekräftigung hält sie ihre rechte Hand hoch. Über den Handrücken zieht sich eine blasse lange Narbe, tatsächlich Folge einer Brandverletzung vor zig Jahren. Nebensächlich, das muss Frau Fuchs' Tochter nicht wissen.

»Ihr Wort in Gottes Ohr.« Iris nickt Sonja zu und verlässt Souterrain und Haus ohne Abschiedsgruß.

Das Taxi ruft sie erst auf der Straße an.

Als Brigitte später von der letzten sehr anstrengenden Pflege eines bettlägerigen alten Herrn eintrudelt, sitzt Sonja am Tisch des kleinen Aufenthaltsraumes und hat den Kopf auf den Händen aufgestützt. Claus-Raphael ist längst nach Hause gegangen.

»Die Tochter war da«, sagt Sonja, bevor Brigitte fragen kann. »Ich glaube, wir haben die Kurve gekriegt. Sie kann uns nichts. Warum auch.«

Der Tote im Kanal

»Wir haben einen Toten.« Alfred steht wie aus dem Boden gewachsen vor Dominiques Schreibtisch. Eben war die Kommissarin noch allein. Sie hat sich nach dem Treffen mit Grete und dem ungeplanten Bierchen in einen alten Fall vergraben und wälzt digitale und analoge Akten.

»Nee, oder?«

Alfred Meister nimmt mal wieder ungnädig zur Kenntnis, dass er stehend nicht viel größer ist als Kollegin Dominique Brodbecker sitzend. »Wäre die beschäftigte Dame denn bereit, mit mir zum Kanal zu fahren?«

»Kanal? Wohl eine Wasserleiche?«

Alfred wiegt bedächtig den Kopf. »Zumindest wurde er aus dem Wasser gezogen. Nach erstem Augenschein noch nicht lange tot, vielleicht nur Stunden.«

»Ertrunken?«

»Laut herbeigerufenem Notarzt fraglich. Vor allem gibt es noch keinerlei Hinweise auf seine Identität. Wollen wir?«

Dominique schlüpft unter dem Schreibtisch in ihre hochhackigen Schuhe. »Dachte, ich kann die Zeit bis Feierabend hier verbummeln.«

Alfred grinst. »Wenn du die Mittagspause mit der liebsten aller Ehefrauen verbringen musst, wundert mich das nicht.«

»Frau*en*? Hast du mehrere?«

Alfred macht eine vage Handbewegung. »Der Meister schweigt und genießt.«

Jetzt ist es an Dominique zu grinsen. »Schaffst du doch gar nicht.«

»Stimmt. Ertappt.«

Draußen empfängt die beiden die Hitze wie eine stehende Wand. Dominique flucht über die Jeans, die sie sich zu tragen auferlegt hat – Shorts oder Minirock über nackten Beinen wären im Polizeidienst doch nicht so angebracht. Alfred kennt solche Probleme nicht, er trägt sommers wie winters das Gleiche: eine meist schwarze Jeans mit sehr bequemem Bund und ein im Sommer kurzärmliges, im Winter langärmliges blaues Hemd.

Dominique steigt ohne zu murren auf der Beifahrerseite des Dienstwagens ein. Kurzstrecken ohne maximale Beschleunigung sind nicht so ihr Ding.

Ein Trupp Schüler aus dem *Eichendorff-Gymnasium* überquert die Straße, ohne nach links und rechts zu schauen, und der Dienstwagen bremst ab. Alfred bereut schon, den längeren, aber schnelleren Weg über den Ring gewählt zu haben.

»Ich hätte gute Lust, das Blaulicht aufs Dach zu setzen«, brummt er. »Warum sind Kinder nur so ignorant?«

»Denk dran, Mia könnte dabei sein«, erinnert ihn Dominique.

»Ach ja, Mia. Hat Grete dir erzählt, dass sie jetzt das Klima retten will? Sie ist bei *Fridays for Future* dabei.«

»Ist doch gut. Traurig genug, dass die Kinder aktiver sind als wir.«

»Hm«, brummt Alfred und nimmt Kurs auf den südlichen Stadtrand Bambergs und die Galgenfuhr.

Schon von weitem sehen sie zwei an der Kleingartenanlage geparkte Streifenwagen und einen Sichtschutz, den die Kollegen aufgestellt haben, oben auf dem Damm. Der Notarzt ist schon wieder weg, ein Rettungswagen steht noch bereit, wird aber sicher nicht mehr gebraucht.

»Weißt du mehr? Außer, dass es ein unbekannter Mann ist?«

»Leider nein. Wird jemand vermisst? Mir ist da gar nichts in Erinnerung.«

»Mir auch nicht. Sag mal … Was macht eigentlich die Stellenbesetzung? Kriegen wir bald mal jemanden?«

Seit der Erste Kriminalhauptkommissar – Alfreds und Dominiques Chef – vor einigen Monaten an Krebs verstorben ist, fehlt dem Kommissariat ein Ermittler. Oder eine Ermittlerin. Das heißt, er oder sie fehlte schon lange, da der Erste seit zwei Jahren nicht mehr arbeitsfähig war. Seit Kurzem hält sich nun hartnäckig das Gerücht, dass die Neubesetzung bald erfolgt. Wer dann Teamleiter wird? Alfred und Dominique haben sich beworben, reißen sich aber beide nicht darum.

»Sieht so aus. Ich weiß nicht mehr als du. Was wäre dir lieber, Mann oder Frau?«

Dominique hat das Handschuhfach geöffnet, und Alfred weiß, was sie sucht: Schokolade.

»Du hast gestern die letzte aufgegessen«, erinnert er sie geduldig.

»Wenns sein muss, halten wir auf dem Rückweg bei einem Markt am Berliner Ring.«

»Wenn du meine Entzugserscheinungen so lange aushältst … Und zu deiner Frage: Frau, wenn sie attraktiv ist. Mann, wenn er nicht nervt. Und du?«

Alfred schaut zu ihr hinüber und grinst wieder. »Das Gleiche.«

»Schön, dann sind wir uns ja einig.«

Sie fahren die letzten Meter bis zum Parkplatz der Kleingärten und kommen neben den Streifenwagen zum Halten.

»Wer hat ihn gefunden?«, fragt Alfred den ersten Beamten, auf den er trifft.

»Eine Frau mit einem Hund. Also der Hund, genauer gesagt. Der schnüffelte oben am Damm entlang und hat plötzlich gebellt wie verrückt.«

»Ist sie noch da?«

Der Beamte zeigt auf einen der Streifenwagen. »Sitzt da drin. Hat einen ziemlichen Schrecken bekommen.« Neben dem Auto liegt ausgestreckt ein Schäferhund und blinzelt träge. Der Hund hat den Leichenfund bereits weggesteckt.

»Und die Wasserschutzpolizei?«

»War nicht weit weg und konnte den Toten gleich bergen.« Dominique hat ihre Pumps mit den im Auto deponierten Sneakers getauscht. Jetzt geht sie die Stufen zum Damm hoch und verschwindet hinter dem Sichtschutz. Dieser rahmt die Ruhebank ein, auf der die Kollegen ihr Equipment abgelegt haben. »*Verkehrs- und Verschönerungsverein Bamberg*« liest Alfred, der ihr gefolgt ist, auf dem Schild an der Banklehne. Das Auftauchen einer Leiche ist für die Bank fast rufschädigend.

Auf dem Kanal schaukelt das Boot der Wasserschutzpolizei.

Der Tote liegt jetzt hinter dem Sichtschutz, ausgestreckt auf dem Rücken neben der Bank, als würde er ein Nickerchen machen. Lange kann er nicht im Wasser gewesen sein, es ist kaum faltig aufgequollene Haut, die sogenannte Waschhaut, zu sehen. Er trägt schäbige Hosen, trotz der Wärme ein Shirt mit langen Ärmeln und dem Aufdruck »I love Bamberg«, löchrig und ausgefranst. Das Gesicht wirkt eingefallen, zu lange Bartstoppeln ziehen sich über Kinn und Wangen, die Nase ist gerötet. Alkoholiker? Vielleicht. Die Haare sind weiß und im Nacken zusammengebunden.

Dominique zieht ein paar Einweghandschuhe aus ihrer Gesäßtasche, geht in die Hocke und tastet die Hosentaschen des Toten ab. Nichts drin, außer einem aufgeweichten Papiertaschentuch.

Alfred nickt. »Schön, dann muss ich mich nicht bücken.« Er bringt seit Jahr und Tag zu viel auf die Waage und ist froh, wenn er im Dienst nicht auf die Knie muss. Gern schiebt er sein Übergewicht auf die Kochkunst von Ehefrau Grete, aber Dominique weiß es besser: Der gute Herr Kommissar kehrt in seinen Pausen allzu gern auf ein oder zwei Bierchen und einen Zwischenimbiss ein, und das inzwischen oft im *Schlenkerla*, Bambergs bekanntester Brauerei am Ende der Dominikanerstraße, kurz bevor sie in die berühmte Kneipenstraße – die Sandstraße – übergeht.

»Die Kollegen suchen das Ufer kanalaufwärts ab. Weit kann die Stelle nicht sein, an der er entweder ins Wasser gestürzt ist oder ...«

»... gestürzt wurde.«

»Genau. Ich hoffe, sie finden irgendetwas Persönliches von ihm. Sieht nach Obdachlosem aus.«

»Hm, obdachlos in Bamberg? Er kommt mir entfernt bekannt vor. Soweit man das in seinem jetzigen Zustand noch beurteilen kann.«

Alfred betrachtet den Toten von allen Seiten. »Vom Aufdruck seines T-Shirts her sollte er von hier sein.«

»Durchaus möglich. Armut gibts auch hier bei uns. Alleinstehend, Empfänger von Bürgergeld, vielleicht übermäßiger Alkoholgenuss ...« Dominique schenkt Alfred ein bedeutungsvolles Nicken.

Er versteht mit Verzögerung. »Du meinst aber nicht, dass ich auch mal so enden könnte?«

»Neihein! Aber wenns Grete nicht gäbe ... Also ich halte dich da schon für stark gefährdet.« Sie richtet sich wieder auf und schaut mit gespielter Besorgnis auf den Kollegen herab.

»Spaß beiseite«, wehrt dieser ab. »Wir lassen den Herrn gleich nach Erlangen bringen, in die Gerichtsmedizin.« Alfred winkt einen in der Nähe stehenden Kollegen herbei.

Dominique schaut sich suchend um. »War die Spurensicherung schon da?«

»Ja, zwei Kollegen. Also Kolleg*innen.« Der Beamte lässt eine übertrieben lange Pause vor der weiblichen Endung und verdreht dazu die Augen. »Wir wollen doch korrekt sein. Sie sind mit den anderen Beamten da vorne.« Sein ausgestreckter Arm zeigt kanalaufwärts, in Richtung Schleuse, wo in der Ferne mehrere Uniformierte zu sehen sind, die den Uferrand absuchen. Das Boot der Wasserschutzpolizei hält sich parallel zu ihnen.

»Wenn der Bestatter kommt, kann er den Herrn mitnehmen«, teilt Alfred dem Kollegen mit. »Liegewagen 1. Klasse nach Erlangen.« Die Männer grinsen sich an.

Dann verlassen Alfred und Dominique den Damm über die Treppe, um noch ein paar Worte mit der Spaziergängerin zu wechseln, deren Hund die Leiche aufgespürt hat. Es ist eine ältere, sportlich gekleidete Frau. Sie hat inzwischen wieder etwas Farbe ins Gesicht bekommen. Die Frau geht jeden Tag mit dem Hund den Dammweg entlang, immer um die gleiche Uhrzeit am Nachmittag. Der Mann selber ist ihr hier noch nie aufgefallen. Aber auch sie meint, er käme ihr vage bekannt vor.

»Haben Sie andere Personen in der Nähe gesehen? Man kann hier relativ weit schauen.«

»Nur in der Ferne ein Paar, Jogger wohl, und ein Mann mit seinem Hund. Ich kenne ihn, wir begegnen uns öfter beim Gassi gehen.«

»Wissen Sie, wie er heißt? Wo er wohnt?«

»Ich weiß, wie der Hund heißt – Hektor, so ein Riesenschnauzer, schon ziemlich alt. Ich glaube, der Mann kommt immer hier aus den Kleingärten raus.«

»Und das Paar?«

Die Frau schüttelt den Kopf. »War zu weit weg.«

Dominique und Alfred schauen sich an. Der Mann könnte interessant sein. Nicht als Täter, aber vielleicht hat er jemanden gesehen.

»Danke einstweilen, der Kollege fährt Sie nach Hause.«

»Ach, nicht nötig, jetzt tun mir ein paar Schritte ganz gut. Und dem Hund sowieso.«

In dem Moment klingelt das Diensthandy des Beamten, der bei der Frau geblieben war. Er bedeutet den Kommissaren mit einer Handbewegung, dass jemand vom Suchtrupp an der Strippe ist. »Danke, gebs weiter«, sagt er dann und schaut die Kripokollegen an. »Fund! Die Stelle, an der der Tote wahrscheinlich ins Wasser fiel, und nicht weit davon ein Rucksack. Wir wissen jetzt, wer er ist.«

»*Mamakuschelzeit!*«

Wie Kimmi diesen Ruf hasste. In den drei Jahren, in denen sie jetzt im »Kinderschloss« wohnte, hatte sie sich nicht daran gewöhnen können.

Die Heimleiterin, die alle Kinder fürchterlich nett und alle Erzieherinnen fürchterlich kollegial fanden – Kimmi fand sie nur fürchterlich – stand in ihrer offenen Zimmertür.

Sie flötete erneut »Mamakuschelzeit!« und zuckte gleichzeitig bedauernd die Schultern. Um Kimmi mitzuteilen, dass ihre Mutter sie mal wieder nicht abholen komme, der Hausmeister aber in Bamberg zu tun habe und sie fahren könne.

Natürlich wusste Kimmi inzwischen längst, wo sie gelandet war: Das Kinderheim in Trägerschaft eines Vereins namens KindGerecht! *lag in der thüringischen Pampa, östlich des Thüringer Waldes. Von hier aus war es eine gute Stunde Fahrt nach Bamberg, wo ihre Mutter inzwischen wohnte, in einer heruntergewirtschafteten Sozialwohnung und mit wechselnden Männern. Kimmis Brüder waren in Heimen oder Jugend-WGs gelandet, einer sogar in der Hamburger Ecke. Mit ihnen hatte die Mutter keinen Kontakt. Sie wollte eigentlich schon, aber die Jungs hatten kein Interesse daran. Da sie inzwischen alt genug waren, um selbst darüber zu entscheiden, konnte sie keiner zwingen.*

Kimmi mochte ihre Mutter nicht. Und trotzdem wehrte sie sich nie gegen die wenigen Besuchstermine im Jahr, die über die Vermittlung des Jugendamtes zustande kamen. Eine gute Chance, mal raus zu kommen aus dem Heim, mal in Bamberg herumzustreunen und im Kaufhaus was mitzunehmen. Genauer gesagt: was zu klauen. Darin war Kimmi gut.

Letztes Mal hatte die Mutter sie mit einem klapprigen Auto abgeholt, aber das war sicher inzwischen kaputt. Na ja. Mit dem Kleinbus des Hausmeisters fuhr es sich eh bequemer.

Sein schmieriges Grinsen verursachte Kimmi fast sofort Brechreiz. Sie wusste genau, was er wollte und dass er ihr dafür einen Zwanziger rüberschieben würde. Für Geld machte Kimmi fast alles. Wenigstens war er schnell fertig.

Kurz bevor sie Bamberg erreichten – die Domtürme waren schon gut zu sehen –, reichte ihr der Hausmeister eine Dose Cola und zwinkerte ihr zu. Kimmi spülte mit der warmen Plörre den ekligen Geschmack im Mund runter.

»So, mein blonder Engel, morgen Mittag wieder?«

Kimmis himmelblaue Augen verengten sich zu Schlitzen. »Für nen Hunni. Und ich zieh mich dazu aus.«

»Puh, so viel ... hab ich nicht.« Er kratzte sich am Kopf und glotzte Kimmi lüstern an. »Obwohl ... ein Fuffi ist doch auch okay?« Sie gab ihm keine Antwort.

Dann hielt der Bus vor dem Wohnblock ihrer Mutter. Kimmi schob sich einen Kaugummi in den Mund, stieß die Beifahrertür auf, griff sich ihren Rucksack und rutschte vom Sitz. Dann drehte sie sich nochmal um. »Hundert. Oder du bist deinen Job los.«

Der Mann schaute sie ungläubig an. »Aber Kimmilein, jetzt bleib mal zahm. Wir wollen uns doch vertragen, oder? Ich denk drüber nach – wir sehen uns morgen um zwölf!«

Sie schlug die Tür von außen zu. »Arschloch.«

Wenn sie nur endlich wüsste, wer die Person war, die ihrer Mutter im Haushalt geholfen hat. Iris sitzt im Café *Graupner*, ganz hinten an einem ruhigen Tisch, und grübelt. Der nette Kellner hat ihr schon den dritten starken Kaffee gebracht. Vor ihr liegt das *I-Pad*, daneben ihr Smartphone, mit dem sie die Haushaltshilfen aus den Flyern von *Sonjas PflegeEngeln* abtelefoniert hat. Niemand kannte Hilde Fuchs. Es muss wohl doch so sein, wie diese Sonja vermutet: Eine Nachbarin oder eine Bekannte von früher ist die Helferin. Vielleicht eine der Frauen aus dem Seniorenclub, den Hilde in besseren Zeiten besucht hat. Möglicherweise hat diese Frau ihrer Mutter das Insulin gespritzt. Und einen Fehler gemacht. Es ist nicht so, dass Iris hier Absicht unterstellt. Aber Fahrlässigkeit ist schlimm genug. Und dafür hat sie null Verständnis.

Sie kippt den letzten Schluck Kaffee hinunter und winkt dem Kellner, um zu bezahlen. Die To-do-Liste, die sie auf dem *I-Pad* erstellt hat, zeigt an, was als Nächstes zu tun ist: Mutter von Lina aufsuchen! Auf einen Anruf dieser Nachbarin hat sie bisher vergebens gewartet.

Taxi oder Bus? Iris hat keine Lust auf »Otto«, wobei sie ja einfach das Taxiunternehmen wechseln könnte. Ein paar Schritte zu Fuß zu gehen schadet auch nicht. Auch wenn sie für den warmen Junitag in Bamberg nicht passend gekleidet ist. In Stockholm war es bei Abflug noch relativ kühl.

Bamberg ist voll mit Touristen, die Straßencafés sind überfüllt, an jeder Ecke macht jemand Musik, es stehen Grüppchen zusammen, die reden, gestikulieren, fotografieren. Iris ist in Nürnberg geboren, hat dort bei den *Nürnberger Nachrichten* eine Ausbildung zur Bürokauffrau gemacht, viele Jahre ist es her. Mit ihren Eltern lebte sie nur wenige Jahre in Bamberg, bevor sie ihrem späteren Ehemann nach Schweden folgte, deshalb ist ihre Ortskenntnis nur rudimentär. Den Weg zum ZOB an der Promenade kennt sie inzwischen, dort nimmt sie den Bus. Kurz vor der Endstation muss sie aussteigen, dort hat ihre Mutter gewohnt. Und dort wohnt auch Linas Mutter.

Heute trifft sie das Mädchen nicht vor dem Haus, nur vom Spielplatz in der Nähe ist Kindergeschrei zu hören. Rund um den Kiosk lungern Männer jeder Altersklasse und Herkunft herum, ein Einziger schaut ihr interessiert nach. Vor zehn Jahren hat Iris noch mehr Aufmerksamkeit erregt.

Sie schließt die Haustür auf und fällt im Eingang fast über einen Kinderroller, der achtlos und halb verbogen mitten im Weg liegt.

»Mist«, flucht sie und reibt sich den Knöchel. Dem Roller gibt sie einen Tritt mit dem Fuß. Dem Kind, dem er gehört, scheint er ja auch egal zu sein. Iris hat ohnehin nichts für Kinder übrig. Sie sind laut, kosten Nerven und Geld.

Der Aufzug kommt, und es riecht innen streng, nach einer Mischung aus Knoblauch und kaltem Rauch. Zweimal hält der Lift an, eine dicke Frau mit Stock steigt ein und murmelt etwas in einer unbekannten Sprache, das zweite Mal steht keiner draußen.

Als Iris im zwölften aussteigt, schüttelt die Frau missbilligend den Kopf und drückt mehrmals auf die EG-Taste, dann schließt sich die Tür.

Kurz widersteht sie dem Impuls, die Wohnungstür ihrer Mutter zu öffnen. Sie wird später nochmal reinschauen und ein paar Unterlagen mitnehmen.

Auf ihr Klingeln bei Linas Familie tut sich erst nichts, und sie muss erneut und energisch auf den Knopf drücken. Dann hört sie Schritte hinter der Tür, und eine Frau macht auf, in rosa Leggins, einem überweiten Shirt mit Mickymaus-Aufdruck, verquollenem

Gesicht und wirrem Haar, als käme sie direkt aus dem Bett. Und erst die Fingernägel, als die Frau ihre Hand demonstrativ auf dem Türrahmen ablegt … Lang wie Vogelkrallen, jeder Nagel in einer anderen schrillen Farbe lackiert. An den Spitzen blättert der Lack ab.

»Ja?«, dehnt sie und guckt misstrauisch.

»Fuchs-Kleinschmidt.« Iris deutet auf die Nachbartür. »Die Tochter.«

»Ach … ja, tut mir voll leid, das mit Ihrer Mutter.«

»Sie kannten meine Mutter gut?« Iris macht dieses Mal gar nicht den Versuch, in die Wohnung hineinzukommen, schon der Blick in den unaufgeräumten Flur reicht ihr.

Die Frau gähnt herzhaft und lehnt sich jetzt mit verschränkten Armen an den Türrahmen. »Ach nee, was heißt schon ›gut kennen‹? Kontakt hatten eher die Mädchen, also meine Töchter.«

»Aber Sie haben vielleicht für meine Mutter eingekauft? Ihr mal die Wohnung gesaugt? Bett bezogen?«

Die andere schaut, als wären das Verrichtungen, die ihr auch im eigenen Haushalt gänzlich fremd sind.

»Nee, wer sagt denn das?« Aber es klingt eher so, als habe sie urplötzlich ein schlechtes Gewissen, weil ihr nie die Idee kam, ihrer Nachbarin mit solchen Dingen zu helfen.

Iris kramt in der grünen Umhängetasche und zieht die Flyer heraus. »Hier, schauen Sie. Es gibt solche Dienste, private Dienste. Kennen Sie einen davon?« Sie hält der Frau die Flyer hin.

Die wirft nur einen flüchtigen Blick darauf und schüttelt den Kopf. Anschwellendes Gejohle aus einem weiter unten liegenden Stockwerk unterbricht das Wohnungstürgespräch. Der Krach kommt näher, mehrere Kinder trampeln in einem Affenzahn das Treppenhaus herauf, rempeln Iris an, schreien, dass einem fast die Ohren abfallen und rennen die Treppe wieder hinunter.

»Haltets Maul!«, faucht Linas Mutter die Bande in unerwarteter Lautstärke an, aber die hören das gar nicht.

»Ach, diese blöden Kids.« Sie fasst sich an die Stirn. »Das hält man doch im Kopf nicht aus. Kaum sind meine weg, schreien die hier rum.«

Iris' Schädel brummt ebenfalls vom einen auf den anderen Moment. Mitleid mit der Frau vor sich hat sie allerdings nicht.

»Jetzt denken Sie nach. Irgendjemand muss regelmäßig bei meiner Mutter gewesen sein. Außer Sonjas *PflegeEngeln* und diesem verkommenen Subjekt mit dem Zottelhund.«

»Marcus«, lacht die Frau auf. »Ja, der. Ich glaub, der hat Ihre Mutter ganz schön abgezockt.«

»Oh ja, das habe ich bemerkt.« Iris klingt bitter. »Aber jetzt denken Sie mal nach – wer außer ihm könnte noch bei meiner Mutter gewesen sein?« Sie möchte die Frau am liebsten schütteln, wie sie da so ohne jede Körperspannung am Türrahmen lehnt, als würde sie umfallen ohne diese Stütze.

»Ja ja, ich überleg ja schon. Ich hab einmal – wirklich nur ein einziges Mal – eine Frau gesehen, der sie aufgemacht hat. Also eine Frau, die nicht ins Haus gehört und die ich nicht kenne. Keine Ahnung, wer das war.«

Na toll. »Und, wie sah sie aus?«

Linas Mutter zuckt die Schultern. »War Winter. Dicke Jacke, Strickmütze, hab eigentlich nichts von ihr gesehen.«

Das wars dann wohl. Iris' Hoffnung, die geheimnisvolle Helferin schnell zu finden, zerplatzt.

»Der Name klingt rumänisch, oder? Mihai Petrescu?«

Der Dienstwagen der Kommissare steht mit weit geöffneten Türen am Sendelbach im Schatten eines ausladenden Baumes. Alfred wischt sich den Schweiß von der Stirn, und Dominique trinkt die Wasserflasche aus ihrem Rucksack auf einen Zug aus.

»Ja, gut möglich. Er hatte aber die deutsche Staatsangehörigkeit, Spätaussiedler vielleicht? Sechsundfünfzig Jahre war er alt – überleg mal, ungefähr in meinem Alter. Sah doch aus wie siebzig, oder?«

»Fishing for compliments?«, fragt Dominique. »Aber ja, du hast recht. Warum haben wir ihn denn in der Kartei?«

»Nix Wildes. Ein paar Ladendiebstähle vor ein paar Jahren, Schnaps in der Regel, auch mal ...« Alfred wischt auf seinem Handy-Display herum, ein Kollege aus der Polizeiinspektion hat ihm Details zu Herrn Petrescu geschickt, »auch mal ... Bücher!« Er schaut Dominique an.

Sie ist selbst mit ihrem Smartphone zugange und gerade auch fündig geworden. »Mihai Petrescu – der Verdichter! Titel eines Zeitungsartikels im *Fränkischen Tag* vor zwei Jahren. Verdichter, Dichter? Also durchaus jemand, der Bücher liest.«

»Aha.« Damit kann Alfred nicht gar zu viel anfangen. »Was soll das sein, ein Verdichter?«

»Moment.« Dominique vergrößert den Artikel und murmelt vor sich hin. »Hier, ich habs. Also, er ›verdichtet‹ Gedichte, bringt sie sozusagen auf den Punkt. Leider kein Beispiel dabei. Aber jetzt weiß ich auch, woher er mir bekannt vorkommt.«

»Aus der Zeitung?«

»Nee. Der stand gelegentlich in der Innenstadt am Gabelmann und deklamierte. Aber eben keine ewig langen Gedichte, sondern oft nur ein Wort oder einige wenige. Sehr seltsam.«

»Immerhin hatte er einen festen Wohnsitz, und weißt du, wo?«

»Du wirst es mir gleich sagen.«

»In der Concordiastraße! Nicht zu weit weg vom *Schlenkerla*! Und das heißt?«

»Wir fahren dorthin?«

»Sehr richtig. Und?«

»Werten unsere Recherche dann im *Schlenkerla* aus?«

»Der Kandidat hat hundert Punkte!«

»Die Kandidatin.«

Alfred stöhnt. »Ja ja, Frau Gendersternchen. Oder Sternch*in? Wie hätten wirs denn gern?« Aber dann sieht er das breite Grinsen in Dominiques Gesicht und weiß, dass sie ihn mal wieder gar nicht ernst nimmt.

Die polizeilichen Kollegen waren inzwischen nicht untätig und befragten die Kleingärtner. Jetzt tritt einer an den Dienstwagen der Kommissare heran und berichtet. »Leider keine neuen Erkenntnisse. Hektors Herrchen ist nichts Ungewöhnliches am Ufer aufgefallen, auch der Name des Toten sagt ihm nichts.«

Alfred seufzt. »Macht einfach weiter. Vielleicht hat doch jemand etwas am Kanalufer gesehen. Wir fahren jetzt zur Wohnung des Toten.«

Eine Toreinfahrt zwischen abblätterndem Mauerwerk, dann ein weitläufiger Innenhof von marodem Charme. Ein verrosteter Gartentisch steht mitten auf dem Weg, die daneben gestapelten leeren Bierkisten dienen wohl als Sitzgelegenheiten. Die Pflastersteine auf dem Boden sind von Moos überwuchert, an einem Spalier längs der Hofmauer ranken Wildrosen.

Alfred bleibt verdutzt mitten im Hof stehen. »Weißt du was? Hier war ich schon. Und zwar nicht nur einmal. Hier«, er deutet auf die schäbige Tür des kleinen Hinterhauses, »hat ein Schulfreund von mir gewohnt. Mit seinem Vater und zwei Bullterriern. Die waren allerdings lammfromm, sobald sie ein Stück Wurst zwischen die Zähne gekriegt haben.«

»Und? Hat ers aus dem Hinterhof herausgeschafft, dein Kumpel?«

»Wenn ich das wüsste ... Hab ihn aus den Augen verloren.«

»Alles ziemlich heruntergekommen. War das früher auch schon so?«

»Na ja. Ich denke schon. Aber wer wie ich in einem sterilen Mehrfamilienhaus mit strikter Haus- und Putzordnung aufgewachsen ist, findet diese Art zu leben eher aufregend. – Fand.«

Dominique reibt mit der Hand ein kreisförmiges Guckloch in das verstaubte Fenster neben der Haustür und schaut durch. Alfred sucht vergebens eine Klingel, die Tür ist verschlossen, und auf sein energisches Klopfen öffnet keiner. Nicht, dass irgendwo ein Namensschild wäre, aber laut Einwohnermeldeamt ist genau dies das Domizil des Verdichters.

»Siehst du was?«

»Nicht wirklich. Nur den Flur. Da stehen ein paar alte Schuhe, sonst nichts.«

»Klingeln wir im Vorderhaus? Vielleicht hat jemand einen Schlüssel.«

So ist es dann auch. Die stark geschminkte Inhaberin der Erdgeschosswohnung betrachtet misstrauisch die beiden Kripobeamten. »Was'n mit dem Mihai? Hat er doch wieder gesoffen?«

»Gehört Ihnen das Anwesen hier?«, fragt Alfred zurück.

Sie schüttelt den Kopf. »Meinem Mann. Ist aber grad im Knast. Also mach ich hier alles.« Sie wischt ihre Finger an ihrer Leopardenleggins ab. »Nur Wasser. Hab grad gewischt.«

Dann verschwindet sie für eine Minute in der dunklen Wohnung und kehrt mit einem Schlüssel zurück.

»Ich komme mit. Falls ihm was passiert ist.«

Dominique nimmt ihr den Schlüssel aus der Hand und schüttelt den Kopf. »Herr Petrescu ist nicht in seiner Wohnung. Lebt er allein? Hat er irgendwo Familie?«

»Äh, ja, also er wohnt allein. Familie? Wenn, dann hat er die in Rumänien. Aber wo ist Mihai denn?«

»Laufende Ermittlungen, Sie verstehen. Bleiben Sie hier. Falls wir noch Fragen haben.«

Alfred und Dominique spüren förmlich die neugierigen Blicke im Rücken, als sie wieder auf die Straße treten. Der Dienstwagen parkt direkt auf dem Gehsteig, und Dominique holt Einweghandschuhe und Schuhüberzieher heraus. »Wir schauen erst mal. Und holen dann die KT.«

So machen sie es. Dass die Leopardenhosenfrau hinter der Fensterscheibe eines zum Hof gehenden Zimmers steht, ignorieren sie einfach.

»Lehrerin ist sie wohl nicht gerade«, sagt Alfred grinsend, während er die Haustür aufschließt.

»Oh, sag das nicht. Jan hatte in der *Lebenshilfe* eine Zeitlang eine Lehrerin, die ziemlich genauso gekleidet war. War übrigens sehr nett.«

Dann stehen sie im muffig riechenden Flur des Hinterhofhauses und schauen in die drei offenstehenden Räume: eine spartanische Küche mit einer nachträglich eingebauten Duschkabine in der Ecke, ein winziges Schlafgemach mit Bett und ein weiteres Zimmer, das nur aus Bücherregalen zu bestehen scheint. Unter der Last der Literatur sind einige durchgebrochen, sodass weitere Bücherstapel auf dem Boden Platz gefunden haben. Eine durchgesessene, kleine Couch liegt ebenfalls voll mit Büchern. Dazwischen Schreibpapier, vollgekritzelt, und an den wenigen freien Wandstellen DIN-A4-Blätter, auf denen sehr groß nur einzelne Wörter vermerkt sind:

ERNST
GITTER STÖHNEN SCHLOSS
MONDLICHT
WEINEN FRIEREN BRENNEN
TRÄNENLOS.

Dominique deutet mit der Hand darauf. »Solche Wörter hat er am Gabelmann vorgetragen.«

»Da war er schnell fertig.«

»Nicht einmal, immer wieder.«

»Um Geld zu sammeln?«

»Ich glaube nicht. Laut dem Artikel im *FT* gings ihm einfach um seine Kunst.«

»Was man so unter Kunst versteht«, seufzt Alfred. Dann nimmt er sein Telefon zur Hand. »Lass uns die Spürnasen von der KT dazu holen. Vielleicht findet sich irgendwo etwas, das auf seinen Mörder hinweist.«

Dominique stöbert in der Küche herum. Sie hat den altmodischen Küchenschrank geöffnet und schiebt Tassen ohne Henkel und gesprungene Teller hin und her, zieht dann eine Pappbox mit Zetteln und Stiften heraus. Dazwischen steckt eine Medikamentenschachtel, noch verschlossen und mit Haltbarkeitsdatum 2025.

»Was ist das?«, fragt Alfred von der Tür her.

Dominique schaut ihn an. »Sieht so aus, als wäre unser Verdichter Diabetiker gewesen.«

»Sie war Diabetikerin«, sagt Iris bestimmt schon zum dritten Mal. Die Beamtin, die ihr Anliegen aufnimmt, scheint taub zu sein. Oder sie nimmt Iris nicht so ganz ernst. Mal ehrlich: Da meldet eine kurzfristig aus Schweden angereiste Tochter in Bamberg einen Mordverdacht an ihrer Mutter. Einer sechsundachtzigjährigen, pflegebedürftigen Dame, die friedlich in ihrem Bett eingeschlafen ist. Gruselig klingen allerdings die folgenden Tage, in denen die Verwesung zugenommen und niemand den Tod der alten Frau bemerkt hat.

»Nochmal von vorn«, sagt die Beamtin und nagt an ihrem Kugelschreiber. »Sie glauben, Ihre Mutter wäre noch am Leben, wenn ihr das Insulin ordnungsgemäß gespritzt worden wäre? Und wer, meinen Sie nochmal, hätte dies tun sollen?«

Iris Fuchs-Kleinschmidt rollt genervt die Augen und stellt ihre grüne Umhängetasche mit einem Rumms auf den Boden.

»Das! Weiß! Ich! Nicht! Der Pflegedienst, der Arzt, eine dubiose Helferin, jeder schiebt die Verantwortung auf den anderen! *Sonjas PflegeEngel* – die Verwahrlosungsverwalter? Nicht gelesen? Und wenn Sie mich fragen, hängt dieser Hippie aus dem Haus mit drin. Vielleicht hat er das Insulin verabreicht? Damit sie nicht mehr aufwacht und er an ihr Geld kommt?«

»Hat denn Geld gefehlt?«

»Was weiß ich – im Portemonnaie waren nur Münzen. Und der verwahrloste Typ hat dauernd Geld von meiner Mutter geschnorrt. Hier!« Sie hält als Beweisstück das kleine Heft hoch, in dem die entsprechenden Beträge vermerkt sind. »Hier hat meine Mutter genau notiert, was er von ihr bekommen hat. Also muss sie ja immer Bargeld im Haus gehabt haben.«

Die Beamtin nimmt wortlos das Heft entgegen und blättert oberflächlich darin. »Ist Ihre Mutter schon beerdigt?«

»Morgen.«

»Hm. Warten Sie mal kurz.« Sie geht in einen hinteren Raum und zieht die Tür hinter sich zu.

Iris hat keine Geduld mehr. Vielleicht war es eine blöde Idee, zur Polizei zu gehen. Was wollen die schon machen. Wenn die jedem Fall von Pflegevernachlässigung mit Todesfolge nachgingen, hätten sie viel zu tun. Aber so hat sie wenigstens das Gefühl, etwas unternommen zu haben, bevor sie wieder nach Schweden fliegt. Es würde sie schon beruhigen, wenn die Polizei diesem Hippie mal auf den Zahn fühlen würde. Oder auch Sonjas *PflegeEngel* genauer unter die Lupe nähme.

Dann kommt die Beamtin zurück. Ihr Gesichtsausdruck hat sich von »na ja« zu »aha!« verändert, das sieht Iris auf einen Blick.

»Können Sie warten? Die zuständigen Kommissare sind in etwa einer halben Stunde da. Bitte dort drüben«, sie zeigt auf drei Plastikstühle an der Wand, »Platz nehmen.«

»Was'n los? Hat Grete dir gesagt, dass das Abendessen ausfällt?«
Dominique, gerade vom stillen Örtchen des *Schlenkerla* zurück,
schaut auf Alfred herab. Der starrt mit gerunzelter Stirn auf sein
Handy.

»Das war die Wache. Dort steht eine Frau, die behauptet, ihre
Mutter sei aufgrund von Fahrlässigkeit ums Leben gekommen. Und
weißt du, wer die Mutter ist?«

Dominique zuckt die Schultern und nimmt einen großen
Schluck Wasser. Auf ihrem Teller dampft ein mächtiger Kloß,
die dicke Scheibe Schweinsbraten hängt bis über den Tellerrand.
Vor Alfred dagegen steht eine dicke, mit Hackfleisch und brauner
Rauchbiersauce gefüllte Bamberger Zwiebel, mittlerweile sein Leib-
gericht, das es nicht überall gibt, im *Schlenkerla* aber schon. Seine
Angewohnheit, zu jeder möglichen Tageszeit zwecks Stärkung und
Fallbesprechung hier einzukehren, hat Dominique gern und schnell
übernommen. Dass die Stärkung dabei einen etwas größeren Raum
einnimmt als der fachliche Austausch, stört sie beide nicht.

»Der Fall aus der Zeitung, die alte Frau, die tagelang tot in der
Wohnung lag, *Sonjas PflegeEngel*, die Verwahrlosungsverwalter.«

»Aber das war doch kein Mord?«

»Glaub ich auch nicht. Aber was mich stutzig macht: Die Tote hatte
Diabetes, und die Tochter vermutet, ihre Mutter habe zu viel oder zu
wenig Insulin bekommen. Konkret beschuldigt sie einen Bewohner des
Hochhauses, in dem ihre Mutter wohnt. Gewohnt hat. Aber auch auf
den Pflegedienst und den Hausarzt ist sie nicht gut zu sprechen.«

Alfred sieht an Dominiques steiler Falte zwischen den Augenbrauen, dass sie jetzt ganz Ohr ist.

»Die Parallele zu unserem aktuellen Fall? Der Verdichter war ebenfalls Diabetiker …«

»Jep. Vielleicht gibts irgendwelche Querverbindungen. Ich hab der Kollegin gesagt, dass wir gleich kommen.«

»Gleich?« Dominique zückt Messer und Gabel und macht sich über ihr Essen her.

Alfred, der schon vor dem Anruf einen Großteil seiner Bamberger Zwiebel in den Magen verbracht hat, nickt.

»Gleich heißt: nach dem Essen. Ein gutes Essen wird kalt …«

»… eine Leiche ist es schon«, vervollständigt Dominique Alfreds obersten Leitsatz.

»Vielleicht können wir die tote Frau aus dem Hochhaus noch obduzieren lassen«, nuschelt Alfred mit vollem Mund. Dann schluckt er und spült mit einem kräftigen Schluck Bier nach.

»Hm, gut«, sagt Dominique und meint das Essen.

Leider hat die Befragung der Leopardenhosenfrau im Vorderhaus des Verdichters rein gar nichts gebracht. Sie kennt den Mann zwar seit Jahren und soviel sie wusste, ging die Miete pünktlich ein – dafür sorgte das Sozialamt. Dass der Mann Diabetes hatte und Medikamente brauchte, war ihr völlig unbekannt. Sie hat nie wahrgenommen, dass er sich Insulin gespritzt hat. Auch welchen Hausarzt er hatte, wusste sie nicht. Eventuelle Familienangehörige aus Rumänien seien nie in Bamberg aufgetaucht, und Freunde kenne sie keine. Wenn, dann müsse man rund um den Gabelmann suchen, an dem Ort, an dem Mihai Petrescu seine Gedichte rezitierte. Was man so Gedichte nennt … Die Leopardenhosenfrau hatte abschätzig gelacht, und die Kommissare hatten sich gefragt, inwieweit sie Fachfrau für deutsche Dichtung war.

»Wollen wir?«, meint Alfred und schielt bedauernd zum Nebentisch, an dem eine Schafkopfrunde gerade frisches Bier ordert.

Bezahlen, den Dienstwagen in der Concordiastraße holen und zur Polizeiinspektion düsen, das alles dauert nicht einmal zehn Minuten. So trifft die Kripo in Gestalt einer sehr großen, gutaussehenden Frau und eines kleinen, dicken Mannes genau vierzig Minuten nach dem Anruf der Beamtin auf der Dienststelle ein.

»Frau Fuchs-Kleinschmidt? Die Kommissare sind jetzt im Haus. Ein Kollege bringt Sie ...«

Iris gibt die leere Wasserflasche zurück, die sie während der Warterei vor dem Verdursten gerettet hat. Dann folgt sie einem Beamten durchs Treppenhaus und mehrere Gänge bis ins Büro der Kripo. »K1« steht an der Tür.

»Brodbecker«, Alfred deutet auf Dominique, die ebenfalls mit einer Wasserflasche in der Hand an ihrem Schreibtisch lehnt, »und Meister.« Zeigefinger auf sich selbst. »Bitte nehmen Sie Platz, Frau ...?«

»Iris Fuchs. Fuchs-Kleinschmidt. Es geht um meine Mutter, Hilde Fuchs.«

Dann braucht es so gut wie keine Nachfrage mehr. Iris erzählt minutiös von ihrem Verdacht und ihren eigenen Befragungen und Erkenntnissen. Insbesondere die Erwähnung des Alt-Hippies, Marcus Vierling, stößt bei den Beamten auf Interesse. Und die Sache mit dem Diabetes.

»Wo befindet sich der Leichnam Ihrer Mutter im Moment?«, fragt Alfred nach.

»Beim Bestattungsinstitut«, antwortet Iris leicht genervt. »Morgen ist die Bestattungsfeier.«

»Nicht, wenn der Richter aufgrund Ihres Verdachtes eine Obduktion anordnet«, widerspricht Alfred.

»Obduktion?« Jetzt schaut Iris irritiert. »Was wollen Sie denn an Asche obduzieren? Meine Mutter wurde bereits verbrannt.«

Die Urne ist bauchig und glänzt dunkelbraun. Sie thront auf einer Stele, zu deren Füßen ein einzelner Kranz aus roten Rosen und weißen Lilien liegt. Das Schmuckband mit der Aufschrift »In Liebe – Deine Iris« ist sorgfältig drapiert.

Nur wenige Menschen haben im Abschiedsraum Platz genommen: Iris Fuchs-Kleinschmidt, drei alte Frauen und ein alter Mann sowie Schwester Brigitte im weißen Kittel. Dominique Brodbecker fällt durch ihre klackenden hochhackigen Pumps auf, als sie ein paar Minuten zu spät den Raum betritt. Über ihren engen Jeans trägt sie trotz Sommerhitze dem Anlass entsprechend einen auf Taille geschnittenen schwarzen Blazer. Sie schiebt sich in die letzte Bank. Iris runzelt die Stirn beim Anblick der Polizistin. Was will die denn hier?

Der Pfarrer, ein gutaussehender, junger Mann, kommt durch die Seitentür, die Hände gefaltet, die Augen zu Boden gerichtet. Er verharrt mit dem Rücken zur Trauergemeinde vor der Stele und murmelt ein Gebet.

Iris kennt ihn nicht, sie hat die Feier komplett über das Bestattungsinstitut organisieren lassen und ausdrücklich darum gebeten, keinen Schmus über ihre Mutter zu erzählen. Ein paar biografische Daten und gut. Dass sie ihren Lebensabend genießen konnte, dass sie friedlich eingeschlafen ist – all das kann ja nun wirklich nicht behauptet werden. Iris hat beim Gespräch im Institut bestürzt festgestellt, dass sie nicht mehr viel über ihre Mutter weiß. Vielleicht hätte sie das Nachbarmädchen – Lina, oder? – dazu befragen sollen. Wenn sie und ihre Schwestern früher bei Hilde Fuchs ein- und ausgegangen sind, haben sie sie vielleicht besser gekannt als die eigene Tochter.

Iris weiß nicht einmal, wer diese vier alten Gestalten mit Hut sind, die ihrer Mutter die letzte Ehre erweisen. Aus dem Seniorentreff vielleicht? Und soll sie das Quartett im Anschluss noch auf eine Tasse Kaffee einladen? Lieber nicht, es gibt nichts, worüber sie mit ihnen reden könnte. Außer über die Todesumstände ihrer Mutter. Das kann jetzt die Kommissarin übernehmen. Wozu ist sie sonst anwesend? Die dicke Schwester von *Sonjas PflegeEngeln* kann sie gleich durch die Mangel drehen.

In ihre Gedanken hinein leiert der Pfarrer eine Bibelstelle herunter, seine lahme Art zu reden steht in völligem Kontrast zu seinem ansehnlichen Äußeren. Dann öffnet sich erneut knarrend die Tür des Andachtsraumes, und eine dürre Gestalt in verblichenen Jeans und ausgewaschenem Hemd schiebt sich herein. Dass der sich das traut! Iris wirft Marcus Vierling einen bösen Blick zu. Und nicht nur Iris, auch der Pfarrer schaut ungnädig und fährt dann in seinem Text fort. Wenigstens hat der Hippie seinen Köter zuhause gelassen, der würde gerade noch hier fehlen. Er bleibt mit gefalteten Händen neben der hinteren Bank stehen, nur eine Armlänge von der Kommissarin entfernt.

Die restlichen Minuten des katholischen Ritus' rauschen an der trauernden Tochter vorbei. Es ist alles zu unwirklich. Das Ausräumen der Wohnung wird sie einem privaten Dienst übergeben. In ein paar Stunden wird sie im Flieger nach Stockholm sitzen, morgen wieder ihrer Arbeit im Verlag nachgehen. Sie wird ihre Mutter als junge Mutter in Erinnerung behalten, nicht als alte hinfällige Frau, die sie am Schluss gewesen ist. Den Gang zum Urnenfeld muss sie noch hinter sich bringen, dann ist es vorbei.

Das freundliche Licht der Morgensonne, um die Wette zwitschernde Vogelstimmen, Bäume und Büsche in sattem Grün – all das passt nicht zum kleinen Trauerzug, der hinter dem Pfarrer her durch die Grabreihen bis zum Urnengrabfeld geht. Überraschenderweise stand das Mädchen Lina vor der Tür, in schwarzen Jeans und schwarzem T-Shirt, und schloss sich dem Zug an. Der Hippie wollte sich doch glatt vor der Kapelle eine Selbstgedrehte anzünden, erst im letzten Moment schien ihm einzufallen, dass sich das nicht gehört, und er krümelte das schiefe Ding in seine Hosentasche. Dafür zieht er jetzt beim Gehen einen zerknitterten Fünf-Euro-Schein aus dieser Tasche und betrachtet ihn mit Wehmut, bevor er zu Iris aufschließt und ihn ihr hinhält.

»Abzahlung Ihrer Schulden?«, fragt Iris leise und mit spöttischem Unterton.

Der Hippie wehrt ab. »Für Blumen.«

Iris nimmt den Schein, ohne sich zu bedanken.

Die Kommissarin geht als Letzte, ihre Pumps klacken auf dem asphaltierten Weg und verstummen erst, als die Gruppe vor der Urnenwiese zum Halten kommt. Noch ein paar nichtssagende Worte des Pfarrers, dann versenkt ein Friedhofsangestellter die Urne im vorbereiteten Loch.

Iris steht eine ganze Weile mit gesenktem Kopf vor diesem Loch, bekommt nicht mehr mit, was hinter ihr geschieht.

»Sie und Sie und du …« Dominique Brodbecker pickt sich drei Menschen heraus, mit denen sie reden will: den Hippie, die Pflegerin, das Mädchen. »Sie können mir hier ein paar Fragen beantworten«, die Kommissarin deutet auf eine im Schatten stehende Bank in der Nähe, »oder Sie melden sich heute Nachmittag, spätestens morgen früh, in der Polizeiinspektion. Also?«

Als Iris sich nach einem laschen Händedruck des Pfarrers umdreht, sieht sie, wie Marcus Vierling hinter der Kommissarin zu der Bank trottet. Schwester Brigitte und Lina stehen noch da und reden leise.

Die vier alten Bekannten ihrer Mutter haben schon Strecke gemacht, zwei mit Stöcken, einer mit Rollator, nur eine Frau läuft noch ohne Gehhilfe.

Sei's drum. Sie will ihren Flieger bekommen. Die Polizei hat ihre Kontaktdaten.

Dominique hockt noch keine fünf Minuten mit dem Hippie auf der Friedhofsbank, als sich Schwester Brigitte von *Sonjas PflegeEngeln* nähert.

»Entschuldigung bitte – ich müsste wirklich dringend los, Patienten warten. Können wir vielleicht …?«

»Kein Problem«, sagt Dominique. »Wann haben Sie denn Dienstschluss?«

»Heute gegen 15 Uhr.«

»Kommen Sie zur Polizeiinspektion, Schildstraße.«

»In Ordnung. Ich werde da sein. Kann aber auch etwas später werden.«

Brigitte nickt den beiden zu und verabschiedet sich von Lina. Die setzt sich auf ein Mäuerchen, baumelt mit den Beinen und widmet sich ihrem Smartphone. Und Dominique dem Hippie.

»Also, Herr Vierling, erzählen Sie mal: Wie war Ihr Verhältnis zu Hilde Fuchs?«

Der Hippie fühlt sich sichtlich unwohl neben der schicken Kommissarin. Er fährt sich mehrmals durchs verfilzte Haar und zupft dazwischen an den Ärmeln seines Hemdes. Nutzt allerdings beides nichts, weder Haar noch Hemd wirken dadurch ordentlicher.

»Ist ne nette alte Frau gewesen, echt, ganz lieb. Wissen Sie, ich hatte so ne Mutter, die eigentlich keine war …« Er durchfurcht erneut sein Haar und zwirbelt an seinem fusseligen Bart herum.

»Sie haben für Frau Fuchs eingekauft?«

»Ja ja, fast jede Woche.« Marcus Vierling nickt eifrig. »Die konnte ja nicht mehr so laufen, wissen Sie.«

»Sie hat Ihnen Geld gegeben.« Eine Feststellung, keine Frage.

Er nickt wieder und sieht nicht aus, als hätte er ein schlechtes Gewissen. »Ich durfte immer den Rest behalten. Nicht viel!« Er schaut treuherzig zu Dominique. »Immer so fünf Euro, auch mal zehn.«

»Frau Fuchs' Tochter hat ein kleines Heft gefunden, da sind größere Beträge verzeichnet, die Sie der alten Frau schulden.«

»Ja ja«, sagt er wieder, »das hat sie mir geliehen. Bin immer mal knapp bei Kasse ...«

Dominique ertappt sich dabei, wie auch sie sich durch die Haare fährt. Sie kann dem Mann ohnehin nichts nachweisen. Keiner weiß, wie viel Bares bei Hilde Fuchs in der Wohnung herumlag. Selbst wenn er das Geld genommen hat – ein Beweis, dass er auch beim Sterben nachgeholfen hat, ist das noch lange nicht. Seine DNA-Spuren in der Wohnung würden ebenfalls nichts bedeuten. Und von Hilde Fuchs ist nur noch Asche übrig.

Also Themawechsel. »Haben Sie mitbekommen, ob außer Ihnen und dem Pflegedienst noch jemand Frau Fuchs unterstützt hat?«

Der Hippie überlegt nur kurz. Zu kurz nach Dominiques Eindruck. »Nee, eigentlich nicht. Sie hat mal gesagt: Du machst die Einkäufe, Marcus. Die Brigitte duscht mich. Wenn ich noch was brauche, nehm ich mir jemanden. So ähnlich.«

»Frau Fuchs hat sich Insulin gespritzt. Haben Sie ihr dabei geholfen?«

Vierling zupft energisch an seinem Hemdsärmel. »Nee, wirklich nicht. Bin doch kein Pfleger. Wer sagt denn so was?«

Dominique schüttelt den Kopf. »Niemand. Aber verraten Sie mir noch eins: Sind Sie arbeitslos? Oder von was leben Sie?«

»Na, Bürgergeld halt. Hab keinen Anspruch auf richtiges Arbeitslosengeld.«

»Zu wenig gearbeitet?«

Er nickt. »Ich war Erzieher ... na ja, den Chefs immer zu antiautoritär. Deshalb.«

Dominique kann sichs vorstellen. »Sie können dann gehen.«

Er erhebt sich umständlich und streckt ihr die Hand hin. Nicht nur wegen seiner gelben und unter den Rändern schwarzen Fingernägel sieht Dominique davon ab, ihm die Hand zu geben, und begründet »Corona, Sie wissen schon.«

Er geht zögernd ein paar Schritte und wendet sich dann nochmal der Wiese zu, auf der ein frisches Erdhäufchen von der eben versenkten Urne zeugt. Dort bleibt er stehen, bekreuzigt sich und murmelt vor sich hin.

Ob er betet? Dominique kann sichs sogar vorstellen. Vielleicht war er früher nicht nur Hippie, sondern auch Jesus-Jünger.

Sie lehnt sich einen Moment auf der Bank zurück und schaut in den wolkenlosen Himmel. Ist da oben wer? Grete, Alfreds Frau, glaubt fest daran. Sie muss sie bei Gelegenheit mal fragen, warum ihr Gott es zulässt, dass alte Menschen in ihren Wohnungen sterben und verwesen, ohne dass es jemand merkt.

Dominique atmet tief ein und aus, dann wandert ihr Blick vom Himmel zurück auf die Erde und fixiert ihre nächste Gesprächspartnerin.

»Lina?«

Das Mädchen schaut irritiert auf. Dominique kennt diesen entrückten Blick von Jan. Als er noch imstande war, virtuelle Spiele mit seiner Kinntastatur zu steuern. Wenn sie ihn störte, sah er aus, als wäre er gerade aus einem fernen Universum auf die gute alte Erde geplumpst.

»Jaaa …« Sie hüpft von der Mauer und schlendert zur Bank.

»Setz dich einen Moment. Darf ich du sagen?« Sie fragt lieber, denn Kollege Alfred würde größten Wert darauf legen, dass sie bei Befragungen niemanden einfach duzt.

»Klar. Bin erst vierzehn.«

Die Kommissarin nickt. So sieht Lina auch aus, auch wenn sie mit ihren schwarz ummalten Augen und den enganliegenden Klamotten wie sechzehn wirken will. Eigentlich möchte Dominique dem Mädchen nur der Form halber ein paar Fragen stellen. Und um Iris Fuchs-Kleinschmidts Beschwerde nachzugehen. Mehr Infos verspricht sie sich von der Pflegekraft. Brigitte.

Und so wiederholt Lina geduldig, was sie auch Iris schon gesagt hat: Nein, in letzter Zeit hat weder sie noch ihre Familie Kontakt zu Frau Fuchs gehabt. Nein, auch ihre Mutter hat keinerlei Erledigungen für die Nachbarin gemacht. Nein, sie hat auch nie jemand anderen vor der Wohnung gesehen, keine fremde Frau, keinen fremden Mann. Bekannte aus der Nachbarschaft? Auch nicht.

»Okay«, seufzt Dominique.

»Äh – darf ich Sie was fragen?« Lina richtet ihre großen rehbraunen Augen auf die Kommissarin.

»Klar.«

»Wie kommt man denn zur Polizei? Also, um so was zu machen wie Sie? So Todesfälle aufklären und so?«

»Oh!« Dominique zieht die Augenbrauen hoch. »Hab ich da Nachwuchs vor mir? Bewirb dich einfach, wenn du mit der Schule fertig bist. Deine Noten sollten nicht zu schlecht sein. Sportlich bist du, oder?«

»Na ja.« Lina muss lachen. »Geht so. Ich hab Handball gespielt in der Schule, früher. Bin eigentlich zu klein dafür.«

»Du wächst noch«, behauptet Dominique, »ich war in deinem Alter auch noch kleiner. Also ein bisschen.«

»Danke«, sagt Lina, »Sie sind nett.«

Das hat ihr auch noch niemand gesagt. Dominique greift in ihre Hosentasche. »Ich geb dir meine Karte. Wenn du irgendwann Fragen hast. Oder dir zu Frau Fuchs noch was einfällt.«

Jetzt strahlt Lina über das ganze Gesicht. »Super, danke.«

Dominique ist selber verblüfft, mit wie wenig Worten dieses Mädchen glücklich zu machen ist.

———

Lina lässt das keine Ruhe. Vor allem, weil sie bisher keinen einzigen Gedanken an ihre spätere Berufswahl verschwendet hat. Niemand in der Familie oder im Bekanntenkreis beschäftigt sich mit etwas annähernd Interessantem. Die meisten zocken am Handy, die Jungs streamen Action und Pornos, die Mädchen folgen wie besessen Influencerinnen und wollen später mal genau dasselbe machen. Bisher ist Lina stillschweigend davon ausgegangen, dass sie sich auch irgendwann in einem eigenen Blog präsentieren wird. Womit? Kein Plan. Seit sie das Foto der toten Hilde Fuchs gepostet hat, spukt ihr im Kopf herum, so etwas mal beruflich zu machen. Aufsehenerregende Bilder und News posten, gesponsert von gut zahlenden Werbefirmen. Müssen ja nicht immer Tote sein. Der Kick, den ihr das verschafft hat, war allerdings nur von kurzer Dauer. Zurück blieben unangenehme Leere und Angewidertsein von der Anhimmelei des Jungen und ihrer Freundinnen.

Diese Kommissarin dagegen – die macht doch was wirklich Sinnvolles. Und Lina hat ihre Karte. Sie darf sich bei ihr melden, wenn sie Fragen hat. Seitdem zermartert sie sich das Gehirn, was das für Fragen sein könnten. Fragen, die andere nicht stellen, Fragen, die der Kommissarin zeigen könnten, dass Lina ernsthaft an dem Job interessiert ist.

Andere Möglichkeit: Es würde ihr noch etwas einfallen, das für die Polizei im Zusammenhang mit Hilde Fuchs' Tod wichtig sein könnte. Irgendein Detail, auf das bisher niemand geachtet hat. Obwohl Lina es für ausgemachten Quatsch hält, dass die Tochter von Frau Fuchs meint, beim Sterben ihrer Mutter hätte jemand nachgeholfen. Lina war ja dabei, als der alte Hausarzt die Frau untersucht hat: In dem Alter stirbt man eben, hat er gesagt. Alt genug war die Fuchs, hinfällig auch.

Doch dann bekommt Lina genau dieses Detail von ihrer Mutter geliefert, als sie aus der Schule kommt. Eigentlich war sie nur die letzten beiden Stunden in der Schule. Nach der Beerdigungsfeier auf dem Friedhof und dem Gespräch mit der Kommissarin lohnte es sich fast nicht mehr.

Ihre Schwestern lungern vor dem Haus herum, beide mit rot bemalten Mündern und verrutschtem Kajalstrich um die Augen, dauerkichernd.

Linas Mutter macht immer noch krank und telefoniert gerade mit ihrer Freundin, als Lina die Wohnungstür aufschließt.

»Ey, ja, war heute … nee, ich doch nicht. Die Lina war dort … Moment, kommt grade. Liiiina!!!«

»Hm?« Lina steht im Türrahmen, ihre Mutter liegt rauchend auf der Couch. Der verwaschene Kimono ist aufgegangen und zeigt die nackte magere Brust. Widerlich.

Tiefer, süchtiger Zug an der Zigarette und Deuten Richtung Küche. »Hab …äh … Pommes und Hamburger gekauft. Für jede einen.«

Welch Wunder, es gibt was zu essen, wenn auch Fast Food.

Ihre Mutter lacht laut, meint aber damit ihre Freundin am anderen Ende der Strippe. Lina will schon in die Küche verschwinden, da hört sie es: »Diese … Schwedin, die Tochter, die denkt, die Alte wurde gekillt, stell dir vor!« Albernes Lachen. »Mit was? Weiß ich doch nicht … Die von der Polizei dachten, ich wär drüben gewesen … Nee, das war eine andere. Die … ich glaub, die kennt den Hippie von unten …«

Lina ist plötzlich hellwach. Eine andere?

Eine Weile kommen von ihrer Mutter nur noch »Hähs« und »Achs« und: »Quatsch, ich geh nicht zur Polizei. Sollen doch selber sehen, was sie rausfinden …«

Dann Themenwechsel. Ihre Mutter erzählt was von einem Mann, den sie kennengelernt hat. Das will Lina gar nicht hören.

Sie sitzt kurz darauf am Küchentisch, beißt in den schon kalten Hamburger und denkt nach. Die freie Hand schiebt mechanisch Krümel der letzten undefinierbaren Mahlzeit Richtung Tischkante.

Sucht die Kommissarin nicht nach der großen Unbekannten, die bei Hilde Fuchs war? Und nun hat Linas Mutter eine fremde Frau gesehen, weiß sogar, dass die mit dem Hippie verbandelt ist, will aber damit nicht zur Polizei gehen? Über den Vierling müsste sich doch herausfinden lassen, wer die Unbekannte ist!

Lina verliert keine Zeit. Sie tauscht die schwarzen Klamotten gegen verwaschene Jeans und Top und öffnet die Wohnungstür. Im gleichen Moment hält der Aufzug im zwölften, ihre Schwestern purzeln heraus, die eine zerrt an der Hand den Jungen mit.

»Dein Lover!«, schreit sie und schüttet sich aus vor Lachen, als sie sich an Lina vorbei in die Wohnung schiebt und sie dabei mit ihren kleinen Fäusten in die Seite boxt. Die andere macht obszöne Gesten, und Lina fragt sich wirklich, seit wann die Mädchen so verdorben sind.

»Ey Alder, sind die anstrengend«, stöhnt der Junge und rauft sich die Haare.

Er kommt ihr jetzt sehr ungelegen.

»Äh, kannst du unten auf mich warten?« Sie deutet mit dem Kinn ins Innere der Wohnung. »Hier ist grad schlecht. Meine Mutter ist krank ..., und ich muss schnell was erledigen.«

Er versucht, sie an sich heranzuziehen und trifft mit dem Mund auf ihr Ohr, weil sie den Kopf wegdreht. Lina schiebt ihn energisch zurück und Richtung Aufzugtür. »Geh runter, ich komm gleich.«

Er grinst dämlich, macht aber doch ein paar Schritte in den Aufzug hinein. Lina nimmt die Treppe, immer drei, vier Stufen auf einmal, bis sie im vierten ist. Hoffentlich ist der Vierling schon da und nach der Begräbnisfeier nicht in einer Kneipe versackt. Obwohl, sie glaubt nicht, dass er viel Alk trinkt. Ist eher so der Junkie, oder er wars früher mal.

Energisches Klingeln, drinnen bellt der Bernhardiner. Schlurfende Schritte, dann öffnet der Hippie.

»He«, sagt er und schiebt mit dem Knie den zotteligen Hundekopf nach hinten. Schaumiger Geifer bleibt an seiner Hose hängen.

»Wegen Frau Fuchs«, sagt Lina und trippelt schnell mit ihren Füßen, als würde sie sich zum Joggen warm machen.

»Willst reinkommen?«

»Nee, hab nur ne Frage. Meine ... Mutter hat dich mit der Frau gesehen, die manchmal bei der Fuchs war. Und die Polizei sucht diese Frau ...« Lina weiß, dass sie nicht diplomatisch ist, aber schließlich hat sie keine Erfahrung mit Ermittlungsstrategien. Noch keine. Sie muss bei dem Gedanken ein bisschen grinsen.

Marcus Vierling ist ein gutmütiger Mensch, sonst hätte er diesem neugierigen Mädchen wahrscheinlich die Tür vor der Nase zugeschlagen. »Na und?«, brummt er deshalb und fasst nach unten zwischen seine Knie. Denn dort schiebt sich jetzt der dicke Hundekopf durch und lässt sich kraulen.

»Ne Freundin von dir?«, fragt Lina.

Der Hippie wiegt den Kopf. »Na ja, Freundin ... wie mans nimmt. Kenn die halt.«

Dann fängt er plötzlich heiser an zu singen: »Micaee – lahaha!«

Lina begreift schnell. »So heißt sie? Michaela?«

»Micaela«, korrigiert Vierling, »kennst du nicht das Lied von Bata Illic?«

Lina schüttelt den Kopf. Nie gehört.

Dann wird Marcus Vierling eindringlich. »Hör. Ich hab ihr versprochen, dass ich sie nicht verrate. Die kriegt Geld vom Amt, weißte. Und die Fuchs hat sie schwarz bezahlt. Das darf keiner wissen.«

Lina weicht einen Schritt zurück, der Hund hat sich durch Vierlings Beine geschoben und reckt seine geifernde Schnauze gefährlich nah in Richtung Linas Bauch.

»Schwörs!«, verlangt Vierling.

Genau das wird Lina nicht tun. »Ich muss los«, murmelt sie und eilt so schnell wieder auf den nächsten Treppenabsatz nach unten, dass Marcus Vierling ihr nur ein weiteres verzweifeltes »Schwöhörs!« nachrufen kann.

Jetzt muss Lina nur noch den Jungen loswerden. Dann wird sie die Kommissarin anrufen und ihr das erhoffte Detail nennen. Einen Namen. Micaela.

Zwei Jahre lang ging das so. Kimmis Mutter hatte kein Auto mehr, der Hausmeister übernahm die Fahrdienste und das gerne. Auch wenn es ihn immer teurer kam, Kimmi war gnadenlos. Mit vierzehn hatte sie genug von ihm. Auf der letzten gemeinsamen Fahrt – der Transporter hielt kurz auf einem einsamen Wanderparkplatz – kotzte sie ihm den klebrigen Schritt voll. Die Ohrfeige, die er ihr gab, war die erste und gleichzeitig die letzte. Das war überhaupt das Letzte, was er in diesem Leben tat. Kimmi besaß ein Springmesser, schon lange, zu ihrer eigenen Sicherheit. Der Hausmeister riss erstaunt seine Schweinsäuglein auf und fasste mit der Hand an seinen Hals. Die Frage, die er wohl stellen wollte, ging in einem gurgelnden Schwall von Blut unter. Auch Kimmi war voll Blut. Das Messer in ihrer Hand kriegte der Beweisführung halber noch ein paar Fingerabdrücke des Mannes neben ihr und blieb im Wagen zurück. Da sie kein Handy hatte, musste sie die einsame Thüringer Landstraße entlang gehen, bis von weitem ein Fahrzeug in Sicht kam. Kimmi kam ins Wanken, stolperte und fiel auf den Randstreifen. Niemand bezweifelte später, dass hier eine versuchte Vergewaltigung unter Bedrohung mit einem Messer stattgefunden hatte. Dass das Mädchen dann das Messer zu fassen bekam und in Notwehr den Täter erstach, grenzte an ein Wunder.

Kimmi blieb ein paar Tage zur Beobachtung im Krankenhaus, wo sie sogar Besuch von ihrer Mutter bekam. Das war wichtig, denn auf der Kinderstation wimmelte es nur so von besorgten Müttern. Jetzt sorgte sich auch jemand um Kimmi. Als Geschenk hatte die Mutter etwas ganz Besonderes dabei: Das neue Handy von Nokia, endlich. Und ein neues Messer, zu ihrer Sicherheit. Ansonsten wussten sie sich nicht viel zu sagen. Die Mutter: »Werd bald gesund, meine Kleine. Komm mich bald besuchen.« Kimmi: »Danke, Mama, mach ich.«

Die Fahrt hatte sich dieses Mal wahrlich gelohnt.

Brigittes weißes Shirt zieren große Schweißflecken, unter den Armen, am Rücken, am Bauch. Den Kittel, den sie während der Pflege trägt, hat sie ausgezogen und auf die Rückbank des Einunddreißigers geworfen – Brigitte fährt das kleine, weiße Dienstauto mit der Zahl 3131 im Kennzeichen. Die Baumwolle dieser Kittel ist derart dicht gewebt, dass sie sich halb erstickt fühlt, wenn sie ihn länger als eine halbe Stunde tragen muss. Also nach jedem Hausbesuch aus- und später wieder anziehen. Jetzt, als sie in der Schildstraße parkt, um den Termin bei der Kriminalpolizei wahrzunehmen, wäre sie froh, ein trockenes und frisches Shirt dabei zu haben. Sie kann ihren eigenen Schweiß riechen, und das ist alles andere als angenehm. Außerdem hat Brigitte Angst – vor der Kommissarin, vor ihren Fragen, davor, dass sie doch etwas falsch gemacht hat bei Hilde Fuchs. Vielleicht hat sie einen Fehler begangen, der ihr selber gar nicht bewusst geworden ist. Wenn die Polizei sie am Wickel hat und ihr ein Vergehen nachweisen kann, dann nutzt ihr Sonjas Rückendeckung auch nichts.

»Oh Gott, oh Gott«, stöhnt Brigitte, als sie sich aus ihrem vierrädrigen Backofen schält. Das Auto hat zwar eine Klimaanlage, aber der letzte Patient wohnt keine fünf Minuten Fahrzeit von der Polizei weg, und auf der kurzen Fahrstrecke ist das Wageninnere nicht abgekühlt. Vor allem, nachdem es während des Pflegeeinsatzes gut vierzig Minuten lang in der prallen Sonne gestanden hat.

Zehn Minuten später sitzt Brigitte im Büro der Kriminalkommissare, einem nur mäßig kühlen Raum. Vor ihr steht eine Flasche Mineralwasser und ein Glas.

Die sehr attraktive Kommissarin, Frau Brodbecker, rollt sich mit ihrem Drehstuhl ihr gegenüber – Brigitte würde sich sicherer fühlen mit einem Schreibtisch dazwischen.

Sie sind allein, die Türen zu den Nachbarbüros geschlossen.

»So«, sagt Dominique Brodbecker und schaut Brigitte an, deren Blick im gleichen Moment völlig gebannt an einem Computerausdruck auf dem Schreibtisch klebt. Wasserleiche Mihai Petrescu hat auf dem Foto zwar die Augen geschlossen, seine Gesichtszüge sind aber wegen der nur kurzen Liegezeit im Wasser gut erkennbar.

Die Kommissarin bemerkt es und deutet darauf. »Kennen Sie diesen Mann?«

»Ist er tot?«, flüstert Brigitte.

»Ziemlich. Hier … ist ein Foto, auf dem er noch lebt.« Sie kramt aus einem Papierstapel einen schon älteren Zeitungsartikel über den Verdichter, da ist er deklamierend am Gabelmann abgelichtet.

»Ja, ich kenne ihn. Kannte ihn«, sagt Brigitte tonlos.

»Woher?«

»Der ist stadtbekannt. Aber unser Pflegedienst hatte ihn auch mal als Patienten, ganz kurz.«

»Insulin?«

»Äh … ja? Woher wissen Sie …«

»Wir haben Medikamente bei ihm gefunden.«

Brigitte nickt, und ganz langsam tröpfelt eine Erkenntnis in ihr Bewusstsein, die zwangsläufig auch die Kommissarin haben muss: Zwei Tote innerhalb kurzer Zeit, beide Insulin-Patienten, beide Kunden von *Sonjas PflegeEngeln* …

»Es ist eine ganze Weile her«, beeilt sie sich deshalb zu sagen. »Also zumindest ein paar Monate. Der Mann war gerade aus dem Krankenhaus entlassen und hatte eine Verordnung für die Insulingabe. Ich glaube, erst ich … und dann mein Kollege … wir waren maximal drei Wochen bei ihm.«

Brigitte wischt sich den Schweiß von der Stirn, und dieses Mal schwitzt sie nicht wegen der sommerlichen Hitze.

»Und dann?«, fragt Frau Brodbecker weiter.

»Na ja, das ist öfter so. Dass das Krankenhaus etwas verordnet und dann die Patienten nicht wollen, dass der Pflegedienst weiter kommt. Oder der Hausarzt stellt keine Folgeverordnung aus. Oder die Krankenkasse genehmigt es nicht.«

»Weil?«

»... weil gerade das Spritzen mit dem Pen von den Patienten auch selbst gelernt werden kann. Das machen die meisten selber, ist nicht schwer.«

Die Kommissarin nickt.

»Kennen Sie andere Personen, mit denen Herr Petrescu zu tun hatte? Freunde oder Bekannte?«

Brigitte überlegt. »Einmal war eine Frau bei ihm, als ich kam. Seine Freundin, nehm ich an. Einiges jünger als er, ganz hübsch.«

»Name?«

»Sie hat sich nicht vorgestellt. Und ich wollte nicht zu neugierig sein.«

»Wir machen ein Phantombild. Gleich, wenn wir hier fertig sind.«

»Na ja, soo gut hab ich die nicht mehr im Gedächtnis, eigentlich gar nicht ...« Und als die Kommissarin die Stirn runzelt: »... aber ich versuchs.«

»Gut. Jetzt zu Frau Fuchs. Erzählen Sie mir bitte genau, wie Ihre Besuche bei der alten Frau abliefen. Wer sich noch um sie gekümmert hat. Was Sie beim Auffinden der Toten wahrgenommen haben.«

Brigitte wiederholt Wort für Wort, was sie und Sonja auch schon der Tochter gegenüber beteuert haben.

Mitten hinein klingelt das Telefon. »Brodbecker«, meldet sich die Kommissarin leicht genervt, aber dann ändert sich ihr Gesichtsausdruck.

»Danke, dass du anrufst … aha, das hat er zu dir gesagt, interessant … nein, es war richtig, die Info weiterzugeben. Mach dir keine Sorgen. Hat vielleicht gar keine Bedeutung.«

Dominique legt auf und schaut Brigitte an. »Sagt Ihnen der Name Micaela was?«

Alfred Meister hat schlechte Laune. Seine Trefferquote beim Schießtraining ließ sehr zu wünschen übrig. Er will sich nicht vorstellen, wie es sein wird, wenn er eines Tages die Waffe ziehen und tatsächlich abdrücken muss.

»He.« Dominique stupst ihn leicht an der Schulter an. »Träumst du?«

»Ja, schlecht«, knurrt Alfred. Er hat sich ächzend am Schreibtisch niedergelassen, Dominique hockt sich auf die Schreibtischkante. Sie deutet auf den PC-Bildschirm.

»Nachricht schon bekommen? Wir kriegen jemand Neues. Eine *Sie.* Gut, oder?«

»Aha. Weißt du einen Namen?«

»Esen.«

»Essen? Klingt gut. Ich hoffe, sie heißt nicht nur so, sondern mag auch gern und gut essen ...«

»Aber Herr Kollege!« Dominique hebt tadelnd den Zeigefinger. »Nix Essen. Esen, mit einem s. Vorname Nilay.«

»Türkin?«

»Türkischer Herkunft. Morgen ist ihr erster Tag.«

»Wo war sie vorher?«

»Keine Ahnung. In Bamberg kennt sie keiner. Sie hat sich hierher versetzen lassen.« Dominique umrundet Alfreds Schreibtisch und setzt sich an ihren eigenen. Ihre Tastatur klappert kurz, dann hat sie die gewünschte Info. »Sie kommt aus Dresden. War dort auch bei der Kripo.«

»Eine Türkin aus Sachsen in Franken!« Alfred lacht. »Ob das gut geht ... Wie alt?«

»Das steht hier nicht. Aber warum guckst du nicht selber in deine Nachrichten?«

»Hab doch dich.« Alfred kramt in seiner Aktentasche und fördert eine Bäckertüte zutage. »Bin heute früh nicht mal dazu gekommen, mein Hörnla zu essen.« Er beißt mit genießerischem »Mmh!« ein großes Stück ab und hält Dominique die Tüte hin. »Isnochwasda.«

Sie nickt, nimmt sich das zweite Hörnla und spendiert im Gegenzug besten Kaffee aus der eigenen Thermosflasche.

Zwischen zwei Bissen bittet Alfred darum, auf den neuesten Stand der Ermittlungen gebracht zu werden. Ein Obduktionsergebnis des Verdichters liegt leider noch nicht vor. Seit der skurrile Pathologe mit dem Spitznamen Dr. Tod in den Ruhestand gegangen ist, warten sie immer länger auf Resultate aus Erlangen. Die neue Kollegin dort ist ebenfalls eigen, aber anders als ihr Vorgänger. Vor allem setzt sie Prioritäten in ihrer Arbeit, die mit den Erfordernissen der Kriminalpolizei nicht immer harmonieren.

Dominique tunkt ihr Hörnla in den Kaffeebecher und stopft sich den vollgesogenen Teil des Gebäckstücks in den Mund.

»Na ja, die Bestattungsfeier war nicht sonderlich ergiebig«, sagt sie schließlich. »Eher das, was sich danach noch getan hat. Die Kleine, Lina, hat angerufen.«

»Lina?«, fragt Alfred begriffsstutzig.

»Na, das Nachbarmädchen. Das auf den Verwesungsgeruch aus Frau Fuchs' Wohnung aufmerksam geworden ist.«

»Ach ja, die.«

»Die ist clever. Sie hat rausgekriegt, dass es doch eine unbekannte Helferin gab, eine Micaela.« Bei der Namensnennung zieht Dominique die Augenbrauen hoch. »Die wiederum ist eine Freundin des Alt-Hippies aus dem Haus. Heißt: Den müssen wir nochmal sprechen. Er war übrigens auch auf dem Friedhof.«

»Und? Was hast du für einen Eindruck von ihm?«

»Harmlos. Gibt offen zu, dass er Geld von Frau Fuchs genommen hat. Wozu soll er sie dann umbringen, wenn sie es ihm freiwillig gibt?«

»Und sonst – was Neues vom Verdichter?«

»Na ja, Patho steht noch aus, weißt du ja. Aber auch bei ihm war Schwester Brigitte von *Sonjas PflegeEngeln* zugange – ebenfalls wegen Insulingabe. Und sie hat eine Freundin bei ihm angetroffen, von der wir nun eine eher schlechte Phantomzeichnung haben. Ich schick sie dir auf deinen PC.«

»Ein bisschen zu viel Zufall, oder?«

»Ach, ich weiß nicht.« Dominique streckt sich auf ihrem Stuhl und stöhnt. »Ich hab so gar keinen Bezug zu den Fällen. Klingen beide nach natürlichem Tod.«

»Geht mir auch so. Ermitteln wir trotzdem weiter? So lange nichts Dringenderes ansteht?«

Ziemlich energisches Klopfen an der Bürotür verhindert die weitere Diskussion. Gleichzeitig mit Alfreds »Ja!« öffnet sich die Tür, und eine Frau kommt herein. Mittelgroß, langes, schwarzes, lockiges Haar – fast ein bisschen wie bei Schneewittchen. Nur hatte die Märchenfigur wahrscheinlich keine überdimensionale Sonnenbrille auf der Stirn. Und trug keine Marlene-Hose und weiße Bluse.

»Herr Meister? Frau Brodbecker? Wollte nur kurz hallo sagen. Ich bin Nilay Esen, Ihre neue Kollegin.«

Dominique hat der Blitz getroffen. Das ist noch nie passiert. Nicht ihr, der taffen, coolen Kommissarin, die sich nie aus der Reserve locken lässt und deren Augen höchstens feucht werden, wenn es um ihren Sohn geht. Sie und Nilay Esen schauen sich an, und ein Feuerwerk explodiert im Raum. Sogar Alfred bekommt es mit, auch wenn er noch nicht recht deuten kann, um was es genau geht.

Dominique und Nilay wissen sofort Bescheid: So fühlt sich Liebe auf den ersten Blick an.

Nach Smalltalk zu dritt – wer ist wer, was gibts gerade zu tun, welchen Papierkram für Neue muss Nilay abarbeiten – sagt Dominique: »Wenn du Lust hast – duzen ist okay? –, zeig ich dir heute Abend was von der Stadt.« Sie klingt dabei, als seien ihre Stimmbänder mit einem Mal aus Samt und Seide.

Die schöne Türkin lächelt wie Scheherazade aus Tausendundeiner Nacht. »Nichts täte ich lieber!«

Alfred ist vor allem erleichtert, dass die Neue lupenreines Hochdeutsch spricht. Sächseln erträgt er nur schwer, und türkisch gefärbtes Deutsch weckt zu viele Assoziationen an schräge Nummern schräger Comedians.

»Willst du gleich mitkommen zu einer Befragung?«, schlägt er Nilay vor, hat aber im selben Moment eine andere Idee, er weiß auch nicht warum. »Ach, Dominique, fahr du doch mit der Kollegin zu diesem Herrn Vierling. Ich bin im Rückstand mit Schreibkram. Wegen der Schießerei heute Vormittag.«

»Schießerei??« Nilays schwarze Augen werden noch größer. »In Bamberg scheint ja einiges los zu sein.«

»Nein, nein, nur Training am Schießstand ...«

Nilay lacht. »Ach so. Na logisch fahr ich gern mit dir mit, Dominique. Dann sehe ich jetzt schon was von der Stadt.«

So fängt das an mit den beiden Frauen.

Noch am gleichen Abend landen sie in Nilays kleiner, romantischer Dachgeschosswohnung im Haingebiet, vergessen zu essen, was sie sich vom Inder mitgenommen haben, und liegen lange verknotet auf Nilays Futonbett.

»Wie konntest du wissen, dass ich Frauen mag?«, fragt Nilay in Dominiques Armbeuge hinein.

»Und du?«, fragt Dominique zurück.

Sie schauen sich an und müssen lachen.

»Ich hab in deinen Augen gesehen, dass du auf mich abfährst. Und du?«

»Dito.« Dominique küsst Nilay und kann immer noch nicht glauben, wie das passiert ist.

Von Bamberg hat die Neue übrigens nichts gesehen außer Feierabendverkehr und das wenig attraktive Hochhaus, in dem Hilde Fuchs zu Tode kam und Marcus Vierling den beiden Kommissarinnen Rede und Antwort stehen musste.

Was sie herausgefunden haben, wird Alfred am nächsten Tag erfahren. Der Fall ist gerade nicht so wichtig, gewisse körperliche Bedürfnisse haben einfach Vorrang.

Schlaflose Nächte sind nichts Neues für Hippie Marcus. Eigentlich ist er gut zehn Jahre zu spät geboren, um ein richtiger Achtundsechziger gewesen zu sein. Für ihn nicht die Gnade, sondern die Last der späten Geburt. Das wäre voll seine Zeit gewesen. Immer high, psychedelische Musik, Explosionen von Farben, mal mit der einen, mal mit der anderen ins Bett, gern auch mit zweien oder dreien gleichzeitig, oder auch Sex mit einem schönen Mann. Mit dem Hippie-Bus nach Indien, Baghwan-Jünger sein, meditieren, Gras rauchen, Liebe machen. Gut, ein bisschen von allem hat er sich in den ausgehenden Siebzigern noch geholt, ausgeflippte Frauen gabs genug um ihn herum, bei seinem Job. Eigentlich wollte er Politik studieren und dann als Journalist für linke Blätter schreiben. Aber mit dem Abi hats nicht geklappt, also ging er nach West-Berlin – auch um dem Wehrdienst zu entkommen – und bewarb sich als Praktikant für lau in einem der antiautoritären Kindergärten. »Kinderladen« hießen die damals. Fast drei Jahre lang, dann stand sein Laden vor der Wahl: Pleite gehen und Kinder wie Mitarbeiter auf die Straße setzen oder doch öffentliche Gelder beantragen. Mit der Auflage, mindestens eine Person aus dem Team zur Erzieherausbildung zu schicken, floss zunächst Geld aus der Staatskasse. Das Kollektiv legte Marcus Vierling nahe, die geforderte Ausbildung zu machen, auch wenn sie scheiße wäre. Die anderen hatten andere Berufe gelernt und andere Ausbildungen abgebrochen, keiner verfügte aber über die notwendige pädagogische Qualifikation. Marcus machte die Ausbildung Spaß – ganz entgegen seiner Erwartung. Als er mit leidlich gutem Abschlusszeugnis wieder vor der Tür des Kinderladens stand, musste der kurz darauf trotzdem dicht machen. Weil der frisch gebackene Erzieher ganz gut mit älteren Kindern und Jugendlichen konnte, bewarb er sich in entsprechenden Einrichtungen. Die wechselte er allerdings von Zeit zu Zeit. Antiautoritäre Erziehung war in den Achtzigern in staatlichen Häusern nicht gern gesehen und in kirchlichen komplett verpönt.

Als Marcus Vierling jetzt um Mitternacht mehr im Bett sitzt als liegt und eine Selbstgedrehte raucht, geht ihm die ganze vergangene Zeit durch den Kopf. Und das Gespräch mit den beiden Kommissarinnen vor ein paar Stunden. Die eine, die große Schöne, war die vom Friedhof. Im Schlepptau hatte sie ihre neue Kollegin, eine süße Schwarzhaarige, die wenig sagte. Marcus ist zwar kein Psychologe, aber er hat sich in seinen Berufsjahren eine gewisse Menschenkenntnis zugelegt. Und dass die zwei sich erst seit gut einer Stunde kannten, das hielt er für ein komplettes Märchen. Sogar ihn hat das erotische Knistern zwischen den beiden Kommissarinnen erfasst, und das, obwohl Marcus Vierling sich wahrlich nur noch schemenhaft an sein letztes sexuelles Abenteuer erinnern kann. Dass die Große, Frau Brodbecker, ihn rundheraus nach Micaela gefragt hat, trug zur Steigerung seiner Erregungskurve bei. Ja, er hatte einmal was mit der gehabt, peinlich im Nachhinein. Micaela ist viel jünger als er, bestimmt fünfzehn oder zwanzig Jahre, genau weiß er das nicht.

Jetzt ärgert er sich sehr über Lina, bei der er sich wegen Micaela verplappert hat. Hat die doch den Mund nicht halten können. Dummes Gör.

»Nee, das ist nicht, was Sie denken«, hat er versucht, gegenüber den Beamtinnen abzuwiegeln.

»Was denke ich denn?«, hat die Kommissarin gefragt.

»Nee, nee, nee«, hat er mehrmals wiederholt. »Die war vielleicht ein- oder zweimal bei Frau Fuchs, ganz umsonst, wissen Sie, die hat ihr nur geholfen, wenn ich grad nicht konnte.«

Der spöttische Blick der Frau Brodbecker hat ihm klar gemacht, dass sie ihm nicht glaubt.

»Uns interessiert nicht, ob Ihre Freundin sich was dazu verdient hat. Vielleicht hat Frau Fuchs ihr einfach Benzingeld gegeben. Das wäre völlig okay.«

Nein, Marcus Vierling ist nicht auf den Kopf gefallen. Die Kommissarin wollte ihm eine Falle stellen. »Eine Brücke bauen« hätte sie es vielleicht genannt.

Er kann der Polizei da eh nicht helfen. Erst neulich hat er aus einer Laune heraus Micaelas Handy angerufen – die Nummer war nicht mehr vergeben. Wo sie jetzt wohnt, ist ihm nicht bekannt.

»Nachname? Adresse?«, hat die Kommissarin nachgebohrt.

Dass er beides nicht weiß, hat sie ihm offenbar nicht geglaubt. Dabei kann er sich wirklich nicht an den vollen Namen erinnern. Nur daran, woher er sie kennt. Denn auch das wurde er gefragt.

»Na, ich war Erzieher. Und Micaela eine der Jugendlichen in meiner Gruppe.«

Bei der Frage nach dem Wann und Wo ist er dann ausgewichen und hat sich auf sein schlechtes Gedächtnis berufen.

Der Tote
am Fuß der Treppe

Sechs Wochen später

Bamberg erlebt die vierte tropische Nacht in Folge, und das ist nicht die erste Serie in diesem Jahr. Beschert sonst ein nachrichtenarmes Sommerloch den Zeitungslesern Berichte über ausgebüxte Kätzchen oder den ersten Preis für die schönste Balkonbepflanzung, so ist es dieses Jahr einmal mehr die mörderische Hitze in Franken. Dazu kommen ausgedörrte Böden, historisch niedrige Wasserstände in Flüssen und Seen, verendete Fische, Blaualgenbefall, Sorge um die wenig gefüllten Trinkwasserspeicher. Es hat seit Wochen nicht geregnet. Klimawandel? Nein, Klimakatastrophe!

Grete Meister wischt sich einen Liter Schweiß von der Stirn, als sie vom Einkaufen nach Hause kommt. Sie wuchtet die Lebensmittelbox auf den Küchentisch und schüttelt den Kopf, weil der Zettel mit dem Vermerk »Wasser kaufen!!!« immer noch da liegt. Wollte Fred nicht auf dem Heimweg von der Arbeit Wasserkästen einladen? Na ja, vielleicht denkt er auch ohne Zettel dran.

Das Telefon klingelt – Meisters haben noch Festnetz –, und Grete überlegt, ob sie zuerst Milch, Joghurts und Quark in den Kühlschrank räumen oder erst ans Telefon gehen soll.

Die angezeigte Nummer ist ihr unbekannt.

»Meister?«

»Ah, Frau Meister, ich habs schon x-mal probiert. Hier ist Truckenbrodt, ich bin die Mutter von Chiara, Mias Freundin. Haben Sie schon gehört, was die Mädels gerade machen?«

»Neiiin …«, dehnt Grete und kann sich nicht erinnern, schon mal mit Frau Truckenbrodt telefoniert zu haben.

»Gehen Sie mal ins Internet, *CityNews* Bamberg. Unsere Töchter haben eine Kette quer über den Pfisterberg gespannt und sich daran festgemacht.«

»Was??? Wieso das denn? Heute ist doch *Fridays-for-Future*-Demo ...«

»Eben. Sie legen den gesamten Verkehr über die Brücke lahm. Polizei und Feuerwehr sind ausgerückt, um die Demonstranten da wegzukriegen. Wollte Ihnen nur Bescheid sagen. Weil Ihr Mann doch bei der Polizei ist ...«

Grete versteht nicht ganz. »Ja schon. Aber er ist bei der Kripo ... Und Mia ist volljährig. Außerdem hat sie recht, oder nicht? Wenn mir die Hitze nicht so zu schaffen machen würde, wäre ich mitgegangen ...«

Frau Truckenbrodt lässt noch ein paar kritische Bemerkungen zu überengagierten Klimaschützern los und legt dann auf.

Grete schnauft durch. Der Telefonanruf hat ihr einen erneuten Schweißausbruch beschert. Jetzt erst mal das Zeug in den Kühlschrank räumen. Dann was trinken. Dann im Internet gucken, was Tochter Mia so macht. Und vielleicht doch den Vater der festgeketteten Tochter informieren.

Alfred schwitzt auch. Die Diensträume im Polizeigebäude sind nicht klimatisiert. Kollegin Nilay hilft sich mit gekühltem Tee mit Zitrone, den sie von zuhause mitbringt. Auch Alfred bekommt einen Becher ab. Dominique hat seit einer Woche Urlaub und verbringt diesen am Bett ihres Sohnes. Es steht nicht gut um Jan.

Die Ermittlungen im Fall des aus dem Kanal gefischten Verdichters Mihai Petrescu stagnierten und kamen nach einem unspektakulären Obduktionsbefund – viele Vorerkrankungen, Hinweis auf Drogenkonsum – ganz zum Erliegen. So hat Alfred Zeit, die neue Kollegin in diverse Vorgänge bei der Mordkommission einzuweihen. Sie und Dominique waren noch kurze Zeit den wenigen Spuren im Fall Hilde Fuchs nachgegangen, aber außer, dass beide Tote Insulin brauchten und kurz denselben Pflegedienst nutzten, hatte es keine Gemeinsamkeiten gegeben.

Vielleicht ließen die Kommissarinnen auch nicht genug Sorgfalt walten – Alfred entging natürlich nicht, dass die beiden was miteinander hatten. Ein Verhältnis? Eine Liebesbeziehung? Ihn informierte ja keiner …

Jetzt sitzt Nilay ihm gegenüber und kaut auf ihrer Unterlippe, während sie auf den in einer Ecke geparkten Ventilator schielt, der unbeschäftigt verstaubt. Er stammt noch aus Zeiten des Energieüberflusses und bleibt ausgeschaltet. Es gilt Strom zu sparen.

Um die an Mord und Totschlag arme Sommerzeit sinnvoll zu überbrücken, hat das gesamte Team einen sogenannten Cold Case ausgegraben und rollt diesen akribisch wieder auf. Kurz vor der Jahrtausendwende hatte es während der Bamberger Sandkirchweih, in der Nacht von Samstag auf Sonntag, einen bestialischen Mord an einem achtzehnjährigen Mädchen gegeben. Das Opfer war in den frühen Morgenstunden von Festbesuchern gefunden worden – verblutet am Ufer der Regnitz, mit unzähligen Messerstichen in Hals und Brust getötet, das Gesicht bis zur Unkenntlichkeit zerschnitten. Der Freund des Mädchens galt lange als dringend tatverdächtig, letztendlich musste die Polizei ihn aber laufen lassen, da ihm die Tat trotz eines handfesten Motivs nicht nachgewiesen werden konnte. Das Motiv: Das Mädchen hatte am Abend auf der Sandkirchweih heftig mit einem anderen geflirtet. Mehrere Personen hatten beobachtet, wie der Freund ausrastete, den Nebenbuhler mit Faustschlägen traktierte und das Mädchen ziemlich unflätig beleidigte. Kurz darauf herrschte aber wohl wieder eitel Sonnenschein, zumindest waren keine weiteren Pöbeleien mehr aufgefallen. Am nächsten Morgen war das Mädchen tot, der Junge sturzbetrunken und zunächst nicht vernehmungsfähig.

Der Unmenge an DNA-Spuren auf der Haut und der Kleidung des Mädchens konnten keine konkreten Personen mehr zugeordnet werden. Wahrscheinlich hatte es in der dichten Menschenmenge eine Unzahl von Berührungen und Umarmungen gegeben.

»Der Fall macht mich fertig«, sagt Nilay, als das Telefon klingelt. Alfred schaut irritiert vom Bildschirm auf den Telefonapparat. Es ist Grete, die ihren Mann über seine festgekettete Tochter unterrichtet.

»Hab schon mitgekriegt, dass auf der Pfisterbrücke was los ist«, brummt er. »Ich geh mal hin, Grete, nur für dich. Ein bisschen frische Luft wird mir guttun.«

Das mit der frischen Luft ist natürlich sprichwörtlich gemeint. Die Luft in Bamberg steht wie eine Wand, und Alfred hat keine Ahnung, wie er die paar Minuten Fußweg von der Schildstraße bis zur über die Bahngleise führenden Brücke ohne Hitzschlag überleben soll.

»Kommst du mit, Nilay? Muss nach meiner Tochter sehen. Sie hockt angekettet auf dem Asphalt und hat sicher Durst.«

»Klar, mach ich. Vielleicht braucht sie einen kühlen Tee?« Nilay schlängelt sich in ihrem weißen Sommerkleidchen um den Schreibtisch herum und angelt nach ihrer Thermosflasche. Ihr dichtes schwarzes Haar thront heute in Form eines überdimensionalen Dutts auf dem Kopf. An den Ohren baumeln Geflechte aus dünnen silbernen Fäden. Ihr niedliches Aussehen täuscht allerdings. Nilay kann durchaus hart sein, wenn ihr einer dumm kommt. Und sie hat einen schwarzen Gürtel in Karate. Den besitzt nicht mal Dominique.

Mit dem Tapetenwechsel für die beiden Kommissare wird es allerdings nichts. Denn in der Bürotür stoßen sie mit einem der Kollegen aus dem Team zusammen. Spitzname »Knopf«, weil er angeblich an Kounpounophobie – Knopfphobie – leidet. Er hat selbst schon mehrmals erzählt, dass seine Frau ihm Hemden und Jacken zuknöpfen muss, weil ihm vor dem Anfassen der glatten runden Dinger graust.

»Alfred! Hallo, Frau Esen ... Ihr wisst schon Bescheid??«

»Ja«, brummt Alfred, »Klimademo auf dem Pfisterberg.«

»Was, Klimademo? Nein, ich meine den Toten in Hallstadt ...«

Alfred und Nilay schauen sich an.

»Besser, oder?«, sagt Nilay ungerührt. »Fahren wir?«

Glücklicherweise kommt es nicht so oft vor, dass ein zwölfjähriger Junge seinen Großvater mit gebrochenem Genick findet. Rocco hat gar nicht gleich verstanden, was da los ist. Dass Opa Josef nicht hört, wenn er klingelt, ist nichts Neues, aber er hat ja einen Schlüssel. Die alte, ausgetretene Holztreppe ins Obergeschoss endet gleich hinter der Haustür. Und hier lag der alte Mann, schräg und verdreht auf der Seite, ein Bein seltsam abgewinkelt. Rocco dachte zuerst, Opa hätte mal wieder getrunken. Kam leider öfter vor, aber auch nicht so oft, dass sich die restliche Familie Sorgen machen musste. Der alte Mann hatte sein Leben trotz allem noch im Griff. Nur das Mittagessen brachten sie ihm täglich – aus der nahen Pizzeria, die Familie Bernardi führte, seit Senior Luigi Bernardi in den Sechzigerjahren nach Hallstadt gekommen war, um hier sein Glück zu machen. Heute führt Sohn Francesco mit seiner deutschen Frau Rita das Geschäft. Von den Alten lebt nur noch Ritas Vater, Josef Berner. Und Enkel Rocco hat die Aufgabe, täglich nach der Schule ein Töpfchen Pasta oder eine Pizza bei Opa Josef abzuliefern. Jetzt im August ist er ein bisschen früher dran als sonst, sind schließlich Ferien.

Während die Pizza Prosciutto auf dem Schuhschrank kalt wird, rüttelt Rocco an der Schulter seines Opas und kriegt ihn doch nicht wach. Rocco ist keiner, der gleich heult und wegrennt. Lieber schaut er erst mal selber, was los ist. Also fasst er vorsichtig mit der Hand unter Opas Kopf. Die andere Hand zieht an der Schulter, und so kann er den alten Mann ein Stück zur Seite drehen. Es ist nicht so sehr die blutverkrustete Platzwunde an der Stirn, die den Jungen doch erschreckt, sondern es sind die offenen, starren Augen von Josef Berner. Und dass der Kopf sich wie bei einer Eule unnatürlich überdrehen lässt. Rocco hält die Luft an und überlegt kurz, ob er seine Eltern überhaupt gerade stören kann. Die Pizzeria und vor allem der große schattige Biergarten waren brechend voll mit hungrigen Mittagspäuslern, als Rocco vorhin wegging. Besser heimlaufen als anrufen. Vorsichtig bettet er Opa Josefs seltsam lockeren Kopf auf eine alte Strickjacke aus der Garderobe und rennt dann auf schnellstem Weg nach Hause.

Zehn Minuten später geht der Notruf bei der Rettungsleitstelle ein. Die Notärztin kann nur noch den Tod des alten Mannes feststellen. Die Hämatome an seinen Oberarmen gefallen ihr allerdings nicht. Und so wird auch die Polizei verständigt, die in Gestalt von Alfred Meister und Nilay Esen etwa eine Stunde nach Roccos Fund in Hallstadt eintrifft.

Der alte Mann liegt nicht mehr am Fuß der Treppe, die Sanitäter haben sich ihn zurechtgerückt, um eine Reanimation zu versuchen. Hat nicht geklappt, obwohl der Sturz die Treppe hinab – denn um einen solchen handelt es sich zweifelsfrei – erst ein bis zwei Stunden her sein kann und Josef Berner laut Einschätzung der Notärztin zunächst noch gelebt hat.

Jetzt sitzt die heulende Tochter am Wohnzimmertisch des Vaters, die Arme auf der Wachstuchdecke aufgestützt, die Hände vor dem Gesicht. Mit am Tisch zwei ältere Frauen, die sich als Nachbarinnen vorstellen und wortreich versuchen, Rita Bernardi zu trösten. Den Jungen haben sie wieder zurück in die Pizzeria geschickt, dort hält der Vater mit den Angestellten den Laden am Laufen. Ein Lokal kann nicht einfach so schließen, nur weil ein Familienmitglied plötzlich stirbt.

Alfred überlässt Nilay das Gespräch mit der Tochter. Er selbst wirft einen letzten Blick auf den Toten, der soeben abgeholt wird, und stapft dann die ausgetretenen Treppenstufen hinauf. Er hat bereits telefonisch die Kriminaltechnik angefordert. Wegen deutlicher

Blutspuren auf der Treppe trägt er Überzieher über seinen Schuhen. Der obere Stock des Hauses liegt im Dunkeln, es riecht muffig und ist sehr warm. War jemand mit dem alten Mann hier oben? Laut Familie lebt er schon viele Jahre allein, war eigenbrötlerisch, ohne viel Kontakt zu anderen Menschen. Nur zu Enkel Rocco hatte er eine innigere Beziehung.

Alfred stößt mit dem Ellenbogen die einzige Zimmertür auf, es ist das Schlafzimmer. Ein grauer Schatten springt ihn an und faucht. Nur die Katze. Schneller als ein Gedanke ist sie die Treppe hinunter gehuscht. Oben riecht es nach Urin, von Katze oder Mensch. Das Bett ist ungemacht, allerdings liegt über einem Stuhl eine Garnitur Bettwäsche bereit. Auf einer Kommode, deren Furnier an mehreren Stellen abplatzt, sind Wäschestücke teils zusammengefaltet, teils liegen sie noch ungeordnet auf einem Haufen. Vermutlich war der alte Mann kurz zuvor hier beschäftigt gewesen. Oder jemand anderes?

Alfred weigert sich, ein Muster zu sehen. Und doch erinnert ihn dieser Fall an den Fund des Verdichters vor wenigen Wochen und an die schon verweste Leiche der Hilde Fuchs. Eigentlich alles Todesfälle, die eine natürliche Ursache nahelegen – und trotzdem irgendwie komisch sind.

Er öffnet das kleine Schlafzimmerfenster und kann doch nicht durchatmen, denn von draußen kommt nur tropisch heiße Luft herein. Durchzug lässt sich nicht herstellen, neben dem Schlafzimmer gibt es nur ein kleines Bad mit einem Oberlicht, die Tür steht offen, das Fenster auch. Bringt aber nichts.

Nilay winkt ihn ins Wohnzimmer, als er wieder nach unten kommt. Sie hat die Nachbarinnen weggeschickt und der Tochter ein Glas Wasser geholt. Die schnäuzt sich gerade ihre rote Nase und schaut Alfred aus wässrigen Augen an.

»Frau Bernardis Vater hat vor einigen Monaten einen Pflegegrad bekommen. Es kam wohl gelegentlich eine Helferin. Die könnte da gewesen sein.«

»Von einem Pflegedienst?«

»Eben nicht. Eine Frau, die auf eigene Rechnung arbeitet.«

»*Nette Nachbarn*!«, wirft Rita Bernardi ein. »So nennt sich der Dienst. Oh Gott, wenn die etwas damit zu tun haben! Ich mach mir solche Vorwürfe. Aber ich hab doch immer zu wenig Zeit, um mich um ihn zu kümmern ...«

»Kennen Sie den Dienst? Haben Sie die Telefonnummer?«, fragt Alfred.

»Ehrlich gesagt – ich kenne die nicht. Und die Telefonnummer? Da muss ich suchen.«

»Kann Ihr Vater sie irgendwo aufgeschrieben haben?«, fragt Nilay.

Frau Bernardi schüttelt den Kopf. »Das weiß ich nicht.«

Alfred fasst sich in den Hemdkragen und lockert ihn. Das ist aber so was von heiß hier drin. »Hatte Ihr Vater Diabetes?«, fragt er unvermittelt, wohl wissend, dass der Mann an diesem Sturz gestorben ist – zunächst egal, ob mit oder ohne fremde Einwirkung.

Wieder müdes Kopfschütteln. »Nicht dass ich wüsste. Er hat wirklich nur wenig Hilfe gebraucht. Ein bisschen bei der Wäsche, beim Saubermachen ...«

»Hat die Helferin ihm zum Beispiel das Bett bezogen?«

»Ja, sicher ...«

Alfred nickt Nilay zu. »Ich warte noch auf die KT. Nilay, hilfst du bitte Frau Bernardi, den Flyer der *Netten Nachbarn* zu suchen? Wenn diese Nachbarn so nett sind, werden sie uns sicher weiterhelfen.«

Schöne Menschen begehen in der Regel keine Morde, oder? Mörder haben fiese Visagen, sind gezeichnet vom Leben, wirken verschlagen und böse. Und sind meistens Männer. Nur zehn bis fünfzehn Prozent aller geplanten Morde gehen aufs Konto von Frauen.

»Sie ist eine Schönheit«, sagten die Besucher im Kinderheim, wenn sie Kimmi zu Gesicht bekamen.
»Sie ist ein Biest«, sagten die Pädagogen. Außer einem, der sie offenbar mochte. Ihn zu verführen, klappte damals nicht, er schien zu wissen, was sich gehörte.
Pflegeeltern, die Kimmi zu sich nehmen wollten, hatten sich über die Jahre keine gefunden. Und wenn doch, hätte sie zu verhindern gewusst, dass sie auf Dauer dort bleiben kann. Im Kinderheim ließen sich Erwachsene und Kinder viel leichter gegeneinander ausspielen als in einem engen familiären Kokon.
Aber dann: Kimmi wurde bald siebzehn, die Mittlere Reife hatte sie mit Hängen und Würgen geschafft. Das pädagogische Team vertrat die Ansicht, sie müsste sich nun um eine Lehrstelle bewerben. Nicht so einfach im thüringischen Niemandsland. Hier hatten nach der Wende viele Firmen Pleite gemacht, qualifizierte Arbeitskräfte waren gen Westen abgewandert, die touristische Wiederentdeckung des grünen und bewaldeten Bundeslandes war noch nicht so richtig in Schwung gekommen. Weil Kimmis Mutter in Bamberg lebte, fand es das Jugendamt an der Zeit, den Fall wieder an Bayern zurückzugeben. Eine rührige Sozialarbeiterin organisierte für Kimmi einen Platz in einer betreuten Jugendwohngemeinschaft. Kimmi hatte Mitspracherecht und war sofort einverstanden. München oder Berlin – das wäre ihr zwar lieber

gewesen, aber auch Bamberg war um Längen besser als ein kleines thü-ringisches Dorf.

Und so zog sie kurz vor der Jahrtausendwende um. Dass sie gleich in den ersten Tagen bei ihren Streifzügen durch die Stadt dieses Mädchen wieder traf, das vor vielen Jahren ihre Tanzpartnerin im Heim gewe-sen war und sie dann so schmählich wegen des schönen Checker fallen gelassen hatte, war eigentlich gar kein so großer Zufall. Denn auch die andere landete nach einer Odyssee durch mehrere Pflegefamilien in ei-ner betreuten Einrichtung in Bamberg. Nicht in derselben wie Kimmi, aber auch in einer mit WG-Charakter.

Es war Sandkirchweih in Bamberg. Kimmi hatte noch zwei Wo-chen frei, sollte sich eingewöhnen in der neuen Umgebung, denn am 1. September würde es losgehen mit der Lehre, Verkäuferin im Einzel-handel. Die Stelle hatte ihre neue Bezugsperson am Jugendamt für sie gefunden, ein junger Sozialpädagoge, frisch von der Hochschule, sehr engagiert. Ihr war völlig egal, was sie tun sollte, Hauptsache, sie ver-diente dabei Geld. Wobei mehr als das schmale Azubi-Salär natürlich besser gewesen wäre.

Also auf zur Sandkirchweih, gemeinsam mit der WG-Truppe, zwei Mädchen, zwei Jungs. Um elf am Abend sollten sie spätestens wieder zuhause sein, ziemlich spießig, mit siebzehn war man doch kein Klein-kind mehr. Nach dem ersten Bad in der Menge – die Sandstraße ist bei bestem Sommerwetter so voll wie eine Sardinenbüchse –, setzte sich Kimmi ab. War nicht schwer, sie kam einfach nicht mehr zur Gruppe zurück, nachdem sie ihr Glas am Getränkestand abgegeben hatte.

Und da sah sie sie wieder: die dralle Achtzehnjährige mit dem kastanienbraunen Pferdeschwanz, umschwärmter Mittelpunkt einer Clique Jungs, nicht auszumachen, ob einer davon ihr Freund war, sie flirtete mit allen.

Kimmi wusste selbst nicht, wie ihr geschah. In einer Art Flashback machte sich all das an Zurückweisung, Kränkung und Verletzung, was sie in ihrer Kindheit und Jugend hatte erleben müssen, von einem auf den anderen Moment an dieser einen Person fest. Vielleicht weil sie die Erste gewesen war, an die Kimmi ihr ganzes Herz gehängt hatte. Und die ihr Herz zuerst genommen und es ihr dann eiskalt gebrochen hatte.

Sie schob sich in die Gruppe, die Jungs johlten und drängten ihr Bierkrüge zum Anstoßen auf. Einer fasste sie um die Taille und wollte sie küssen. Kimmi war ein Hingucker, allein ihre blonden Locken und ihr ebenmäßiges Filmstargesicht machten Männer schwach. Und dumme Jungs sowieso.

Aber ihr gings um das Mädchen, und sie begrüßte sie herzlich, mit Floskeln wie »Weißt du noch?« und »Ach, früher, im Kinderheim« und »Toll, dich hier zu treffen«.

»Wir gehen mal ein bisschen alleine rum, ihr wisst schon, Weibergespräche«, teilte sie den Jungs mit, die die Mädels zwar bedauernd, aber doch großmütig ziehen ließen.

Die andere war ziemlich hacke, Kimmi noch nicht, aber sie torkelten doch mehr als dass sie gingen Richtung Regnitz runter. Kimmi kaute Kaugummi und redete irgendwas, das Mädchen lachte immerzu und erinnerte sich eigentlich gar nicht richtig an Kimmi und schon gar nicht daran, was sie ihr angetan hatte. Wie kann man sich an Kimmis alles verschlingende Liebe nicht erinnern? Wie war es möglich, dass nichts davon im Spatzenhirn des Mädchens hängen geblieben war?

»Dein weißes Meerschweinchen«, stellte Kimmi noch die letzte Testfrage, »was ist aus dem geworden?« Die andere lachte nur dumm und wusste offenbar von nichts mehr.

Was dann kam, entsprang weder einem Plan, noch hatte es etwas mit einem kühlen Verstand zu tun. Es war einfach die logische Folge einer tiefgehenden und schwerwiegenden Enttäuschung, die Kimmi in ihrem ganzen Leben nicht mehr fühlen wollte.

Es war spät, weit nach elf, und es war dunkel da unten am Wasser und unter der Brücke. Und das Mädchen schaute nur sehr erstaunt, als Kimmi zustach, einmal, zweimal, viele Male und zum Schluss in das nichts begreifende Gesicht.

»Doch Tee?« Nilay hält ihre Isolierflasche hoch und nickt Alfred aufmunternd zu.

Der sitzt erschöpft auf seinem Drehstuhl und transpiriert. Ganz entgegen seiner Gewohnheit hat er die zwei oberen Hemdknöpfe geöffnet. Ein paar zu lange Brusthaare lugen hervor, aber egal. Muss ein übergewichtiger und zu kurz geratener Kommissar von achtundfünfzig Jahren sich das im Sommer noch antun? In unappetitlichen Mordfällen recherchieren, bei fast 40 Grad in der Mittagszeit? Auf der Rückfahrt noch die gegen genau diese klimatischen Umstände demonstrierende Tochter bemitleiden, an der sich ein ebenso schwitzender Feuerwehrmann mit einem Bolzenschneider zu schaffen machte? Als Alfred ankam, war der Verkehr schon weiträumig umgeleitet worden. Um einen Stau und leider auch gewaltsame Übergriffe von wütenden Autofahrern auf die Demonstranten zu verhindern. Irgendjemand hatte einen notdürftigen Sicht- und damit auch Sonnenschutz neben dem Häufchen Demonstranten aufgestellt. Nutzte wenig, da die Sonne fast senkrecht am Himmel stand.

Mia kauerte am Boden, ihre braun gebrannten Beine steckten in ausgefransten Shorts, darüber ließ ein ausgeblichenes Hemd den Bauchnabel frei; über ihren grün gefärbten Rastahaaren trug sie einen alten Strohhut, der Alfred vage bekannt vorkam. Hatte den nicht Grete vor zwanzig Jahren am Strand in Kroatien getragen?

»Geht schon, Paps, danke. Hab Wasser gekriegt.« Sie und ihre Mitdemonstranten hatten die schwere Eisenkette mehrmals verknotet und um Arme und Beine geschlungen, sodass es eine Heidenarbeit war, die Kette zu lösen. Der Feuerwehrler tat das mit Umsicht und Ruhe. Alfred nahm die Fürsorge der Ordnungskräfte gegenüber den jungen Demonstranten wohlwollend zur Kenntnis. Auf welcher Seite man gerade steht, heißt ja noch lange nicht, dass man in anderer Rolle und an anderem Ort nicht gern die Seite wechseln würde.

»Bist du zu dieser *Letzten Generation* übergelaufen?«, fragte Alfred seine Tochter trotzdem. »Die sich überall da festkleben, wo es am meisten stört?«

Mia deutete mit einer Kopfbewegung in Richtung der anderen Jugendlichen. »Max macht gelegentlich bei denen mit. Und hat uns überzeugt, dass wir mehr tun müssen als freitags auf dem Maxplatz zu stehen und Schilder hochzuhalten.«

Eine weitere uniformierte Kollegin erkannte den Vater der jungen Klimaschützerin.

»Wir haben hier alles im Griff, Herr Meister. Sie können sich in Ruhe der Mörderjagd widmen ...« Es klang eher spöttisch als nett.

»Das tu ich tatsächlich«, hatte Alfred geantwortet und Mia über den Strohhut gestrichen. »Bis heut Abend, Kind.«

»Wenn wir nicht noch festgenommen werden.« Mia verdrehte dazu die Augen, nahm die väterliche Ansprache aber weitaus gnädiger entgegen als noch vor wenigen Jahren. Sie ist erwachsen geworden, kein Zweifel.

Nilay hatte im Dienstwagen gewartet und dem mit viel Ächzen und Stöhnen einsteigenden Kollegen zugenickt. Sie wirkte ungewohnt blass unter ihrem sonst bronzefarbenen Teint.

Alfred fiel es auf. »Alles in Ordnung mit dir?«

Sie zuckte die Schultern. »Mir ist ein bisschen flau. Lass uns voranmachen, damit wir wieder ins Kühle kommen.«

Jetzt in der Dienststelle verschwindet Nilay direkt aufs Klo. Da die Büros wegen der Urlaubszeit und eines ungewohnt hohen Krankenstandes kaum besetzt sind, legt Alfred erst mal die Beine hoch und auf den Wasserkasten. Dann nimmt er sich den Flyer der *Netten Nachbarn* vor, den Rita Bernardi der Polizei übergeben hatte.

WIR LASSEN EUCH NICHT ALLEIN!
SIE KÖNNEN NICHT MEHR ALLEINE EINKAUFEN?
SIE KÖNNEN SICH NICHTS KOCHEN?
NICHT MEHR PUTZEN UND AUFRÄUMEN?
SIE WOLLEN JEMANDEN ZUM ZUHÖREN?
WIR SIND FÜR SIE DA!
EURE NETTEN NACHBARN!

Darunter eine Handynummer, die sie bisher weder erreichen noch zuordnen konnten. Prepaid halt.

Bis die Kriminaltechnik alle relevanten Spuren in dem Haus in Hallstadt gesichert hat, wird einige Zeit vergehen.

Ob das heute überhaupt noch klappt? Der müßige Blick auf den als Beinablage dienenden Kasten ruft dem Herrn Kommissar in Erinnerung, dass er für zuhause ebenfalls Wasser besorgen muss. Also heute früher Feierabend machen? Grete würde es freuen. Wenn sie überhaupt zuhause ist. Das weiß man bei modernen Frauen nie.

Alfred braucht eine Weile, bis er realisiert, was das für ein Geräusch ist, das von Nilays Schreibtisch zu ihm herüberweht. Der helle Glockenton ihres Handys, klar. Es wandert vibrierend bis zur Tischkante und wird gleich darüber rutschen, wenn er es nicht stoppt. Also hoch wuchten, Handy retten. Der Blick fällt automatisch aufs Display: Dominiques Nummer. Geht ihn also nichts an.

Aber er hatte eh vor, seine Lieblingskollegin nach ihrem Befinden zu fragen. Und dem von Jan. Das könnte er jetzt machen, natürlich von seinem eigenen Telefon aus. Wo Nilay bleibt? Make-up nachbessern muss sie wahrlich nicht.

Alfred wählt Dominiques Nummer, sobald Nilays Handy stumm ist.

»Alfred?«

»Grüß dich, Dominique. Will mal hören, wie es dir geht. Also euch.«

»Danke.« Ihre Stimme klingt belegt. Vielleicht liegts auch an der Telefonverbindung, Dominique hat in ihrem Haus oft schlechten Empfang. »Jan schläft fast nur noch – ich komme kaum raus.«

»Da verpasst du nichts, es ist brütend heiß. Sag mal ... willst du heut am späteren Abend mit uns hoch zum *Spezi-Keller* gehen? Grete freuts bestimmt.«

»Danke, Kollege, das ist ... gut gemeint. Aber Nilay wollte eigentlich vorbeikommen. Ich erreiche sie nicht. Ist sie schon nach Hause?«

»Nein nein. Ich glaube, unser neuer Fall ist ihr ein bisschen auf den Magen geschlagen. Sieht mal wieder nach Mord oder Totschlag aus.«

»Soll ich kommen?« Dominiques Angebot ist mit Sicherheit ehrlich gemeint, aber nicht wirklich annehmbar. Alfred weiß, dass sie momentan nichts lieber täte als arbeiten – wenn ihr Kind daheim einigermaßen gut versorgt wäre. Gut versorgt mag Jan ja sein, aber ein möglicherweise sterbendes Kind nur dem Pflegedienst zu überlassen, das ist nicht Dominiques Ding.

Alfred hat eine Idee. »Wenn du was tun willst – dann einen Anruf für uns.«

»Mach ich, schieß los.«

Und so erzählt Alfred ihr vom heutigen Fall und der nicht erreichbaren *Netten Nachbarin*, die sie unbedingt aufstöbern wollen, um zu klären, wie Josef Berner zu Tode kommen konnte. »Du weißt ja, wir rufen mit unterdrückter Nummer an. Vielleicht geht deshalb niemand ran. Und du hast doch einige alte Handys bei dir rumliegen, oder? Noch von deinem Ex? Gib dich als mögliche Patientin aus oder als Angehörige.« Im gleichen Moment schlägt er sich mit der Hand an die Stirn. »'Tschuldige, Dominique, das bist du ja auch – Angehörige. Ist grad etwas zu viel verlangt, oder?«

»Nein, gar nicht, mach dir keinen Kopf. Ich kann mir gut einen Fall ausdenken, der nichts mit mir und Jan zu tun hat. Ich ruf dich an, sobald ich Erfolg habe, okay? Grüß Nilay. Sie soll sich melden.«

Das tut er ungefähr eine Minute später, als Nilay hereinkommt. Ihre Reaktion fällt allerdings anders aus, als Alfred erwartet hat.

»Ich geh nach Hause, tut mir leid. Mir ist nur noch schlecht … Sags bitte Dominique, ich kann heute nicht mehr telefonieren.«

Sein besorgtes Angebot, sie nach Hause zu fahren, lehnt Nilay ab.

Marcus schlurft die Kapuzinerstraße entlang und steuert das öffentliche WC an der Unteren Brücke an. Der Bernhardiner zockelt hinterher, ohne Zug an der Leine, die schleift auf dem Boden. Solange sein Herrchen pinkelt, wartet er geduldig, an einen Laternenpfahl angebunden. Nicht mal die fesche Hündin, die schwanzwedelnd und fiepend hinter ihrer Besitzerin hertänzelt, interessiert ihn. Hund und Herr sind aus dem Alter raus, in dem man leichtfertig Liebschaften beginnt.

Marcus Vierling hat in der Regel nur einen Gedanken: Wo er wieder ein bisschen Geld herkriegen kann, um Tabak und eine schöne Flasche Wein zu kaufen. Für seine sonstige Lebenshaltung wie Essen oder Kleidung braucht er nicht viel. Leider hat er ein paar Schulden bei früheren Kumpels – er weiß selber nicht mehr so genau, wofür eigentlich –, und die rücken ihm regelmäßig auf die Pelle, um wieder eine Rate einzutreiben. Ansonsten scheuen sie sich durchaus nicht, ihm mit einem sauberen Schnitt erst durch die Hundekehle, dann durch seine eigene zu drohen. Marcus hat keine Ahnung, ob die Typen wirklich so abgebrüht sind, dass sie einen Mord begehen würden, aber er will es lieber nicht darauf ankommen lassen.

Nun ist leider seine beste Geldquelle versiegt – die gute Frau Fuchs hat das Zeitliche gesegnet, und das tut dem alten Hippie herzlich leid. Er mochte sie wirklich. Anfangs hat er ihr auch immer wieder kleine Beträge zurückgezahlt. Die letzten Monate nicht mehr. Sie hat nie danach gefragt. Marcus bildet sich ein, dass er wie ein Sohn für Hilde Fuchs war. Bei der schrecklichen Tochter kein Wunder. Außerdem lebt die weit weg und hat sich eh nur selten um die Mutter gekümmert.

Während er also über die Lösung seiner Geldprobleme nachgrübelt, latscht er den Fluss entlang Richtung Geyerswörth, den zottelligen Hund immer im Schlepptau. In den kleinen Gassen am Fuß des Dombergs wohnen alteingesessene Bamberger, aber auch Leute, die sich keine teuer sanierte Wohnung leisten können. Marcus hat da mal jemanden besucht – eine sehr steile enge Holztreppe führte zu der Wohnung des Kumpels im ersten Stock. Was heißt Wohnung, ein dunkles Zimmer mit niedriger, bedrohlich durchhängender Decke, knarzendem Holzfußboden, schimmligen Ecken. Eine versiffte Küchenzeile auf dem Flur, eine gesprungene Kloschüssel neben einer ewig nicht geputzten Sitzbadewanne.

Gar nicht weit weg von dieser Bleibe, über die er im Rückblick ein bisschen grinsen muss, stößt er fast mir ihr zusammen. Im ersten Moment findet er es ganz selbstverständlich, sie gerade jetzt zu treffen, wenige Wochen, nachdem die Polizei ihn so interessiert nach ihr gefragt hat. Micaela. Micaeeela-ha-ha!

Würde er sie nicht schon gekannt haben, dann würde er jetzt glauben, ein Engel sei ihm erschienen. Heißt dieses feine goldene Gespinst, das man an Weihnachten über die Christbäume legt, nicht auch Engelshaar? Wenn jemand Engelshaar besitzt, dann Micaela. Wenn jemand die Gesichtszüge eines Engels hat, dann Micaela. Wenn jemand spricht wie ein Engel, dann Micaela. Und tatsächlich ist auch eine Art Engel über ihren gesamten rechten Oberarm tätowiert. Ein schwarzer Engel allerdings. Der ist neu. Marcus weiß nur von einem kleinen Tattoo auf einer ihrer Hüften. Es war ein verunglückter Totenkopf, von irgendeinem Dilettanten gestochen. Den schwarzen Engel muss ein Könner tätowiert haben.

Was Micaela sagt, hat leider wenig Engelsgleiches.

»He, pass doch auf, Blödmann.« In dem Korb, dessen Henkel über ihrem Arm hängt, scheppert etwas.

Dann erkennt sie ihn. »Ach, Marcus, du.«

Sie krault den Bernhardiner am Kopf, der dicke Hundeschädel bohrt sich in ihren Bauch, Micaela ist nicht sehr groß.

»Hey, Kleine!« Marcus ist so erfreut wie verlegen, sie zu treffen. »Ist ja 'n Ding. Dass ich dich einfach so hier treffe. Hab versucht, dich anzurufen, hast wohl ne neue Nummer?«

Micaela zuckt die Schultern. »Kann schon sein. Muss aber weiter ...«

»Wohnst du hier?« So schnell gibt Marcus Vierling nicht auf.

»Meine Mutter.« Sie deutet mit dem Kinn vage nach links.

»Ah so.« Jetzt weiß er nicht mehr, was er sagen wollte. Ach, doch, die Sache mit der Polizei. Und Hilde Fuchs. »Wart mal kurz, ist vielleicht wichtig. Weiß nicht, ob du's mitbekommen hast. Die Frau Fuchs in meinem Haus, weißt schon, für die du ab und zu was erledigt hast ... Die ist gestorben.«

»Ah«, sagt Micaela nur und klingt nicht sehr interessiert. »Sie war doch steinalt, oder?«

Sie holt mit der Zunge einen Kaugummi aus einer Backentasche, bläst ihn auf und lässt die Blase platzen.

Noch ein letztes Wuscheln über den Bernhardinerkopf, und Micaela geht mit einem kurzen »Na dann, bis die Tage«.

In Marcus' Gehirn hat sich was verkantet, er findet keinen Satz darin, der sich sinnvoll anschließen könnte. Es erscheint ihm gerade völlig überflüssig, dass Frau Fuchs' Tochter und die Polizei so einen Aufstand um den Tod der alten Frau gemacht haben. Was soll Micaela auch dazu sagen? Nach wenigen Malen Staubsaugen oder was auch immer sie bei der alten Fuchs erledigt hat? Sie hat doch recht: Alt genug war die.

Marcus und der Hund schauen dem kleinen blonden Engel nach, der da in seinem kurzen blauen Kleidchen davon schwebt und um die nächste Häuserecke verschwindet. Er könnte sich ohrfeigen für sein hölzernes Benehmen. Warum bloß fühlt er sich immer so wertlos, wenn er ihr begegnet? Ist nicht er ihr Erzieher gewesen, damals im Heim? Und sie war das schwierige Heimkind? Warum ist sie ihm dann so haushoch überlegen?

Marcus blickt auf seinen Hund hinunter, und der guckt zu ihm hoch, als wolle er sagen: Da hat sie uns einfach stehen lassen, uns beide, aber mich hat sie wenigstens gestreichelt …

»Gehn wir«, sagt Markus resigniert, und Herr und Hund setzen sich in Bewegung, Richtung Hain, ins Grüne. Bäume lindern Liebeskummer. Und helfen dem Hund, sein Revier zu markieren. Ganz so abgeklärt gegenüber Liebesdingen sind die beiden dann doch nicht.

Frankenbrunnen ist aus im Getränkemarkt. Den letzten Kasten Sprudelwasser schnappt sich ein Typ in Anzug und Krawatte. Für Alfred und Familie Meister bleibt nur die teurere Marke in Medium. Er lädt vier Kästen ins Auto; wer weiß, wie lange die Hitzewelle noch anhält. Wir könnten genauso gut Leitungswasser trinken, sagt Grete immer. Alfred gibt ihr zwar Recht – was bei Ehefrauen gut ankommt –, kauft aber trotzdem spritziges Mineralwasser in Flaschen.

Er ist früh dran und beschließt, bei Dominique vorbeizufahren. Am Telefon herauszuhören, wie es ihr wirklich geht, ist schwierig. Er schaut der Kollegin lieber ins Gesicht. Außerdem will er unbedingt den aktuellen Fall mit ihr besprechen. Nicht, dass Nilay die Kompetenz fehlen würde. Er kommt auch gut mit ihr aus. Aber nichts geht über Dominiques Verstand und Kombinationsgabe. Alfred hofft sehr, dass ihr diese Vorzüge über der Sorge um Jan nicht verloren gegangen sind.

Bamberg ist wie ausgestorben. Die Stadt scheint komplett verreist zu sein. Die Flughäfen haben diesen Sommer Rekordzahlen an Fluggästen gemeldet, alles will weg und das so weit wie möglich. Alfred würde es verstehen, wenn es die Mehrheit in den kühleren Norden zöge. Aber Hinz und Kunz fliegt gen Süden, wo es noch heißer und unerträglicher ist als in Franken. Erlebnishunger nach den Corona-Jahren? Weltuntergangsstimmung? Geld auf den Kopf hauen, das doch nur ständig an Wert verliert? Er kann sich alles vorstellen.

Auch in Dominiques ruhiger Wohngegend parkt so gut wie kein Auto. Nur am Wendehammer ihrer Straße ist eine Familie damit beschäftigt, ein Wohnmobil vollzupacken. Der Vater schleppt Kisten und Taschen heran, zwei kleine Jungs und ein Hund jagen einem Fußball hinterher und rennen den Vater fast um. Von irgendwoher ruft eine Frau. Bestimmt die gestresste Mutter.

Alfred klingelt. An allen Fenstern des Hauses sind die Rollläden heruntergelassen, Tribut an die Hitze.

Dominique öffnet fast sofort. Sie ist barfuß, deshalb erträglich groß, trägt ausgewaschene Shorts und ein mit Essensresten bekleckertes weißes T-Shirt. Alfred versucht, nicht zu lange auf ihre wohlgeformten langen Beine zu schauen. Ein Blick in ihr Gesicht ernüchtert ihn eh. Sie hat dunkle Ringe unter den Augen, ihr sonst immer gut gestyltes kurzes Haar steht struppig nach allen Seiten ab.

»Alfred, du. Komm rein.« Sie tritt einen Schritt zurück, und wohltuende Kühle empfängt ihn im dunklen Hausflur.

»Wie gehts Jan?« Und: »Soll ich die Schuhe ausziehen?«, fragt er flüsternd.

Sie schüttelt den Kopf, und er hofft, dass sich das nur auf die Schuhe bezieht.

»Komm in die Küche. Da ist es am erträglichsten. Jan wird gerade gewaschen.«

Tatsächlich hört er Wasserplätschern und eine leise Stimme aus dem hinteren Teil der Wohnung, dort muss das Badezimmer sein.

»Jemand vom Pflegedienst?«

Dominique nickt. »Du kommst wegen der *Netten Nachbarn*. Ich hab jemanden erreicht. Erst vor wenigen Minuten.«

Sie geht ihm voraus in die Küche, holt zwei Gläser von einem Regal und eine Flasche Wasser aus dem Kühlschrank. Spritzig! Alfred trinkt dankbar.

Dann sitzen sie sich gegenüber, und bevor Dominique zu reden beginnt, legt Alfred ihr die Hand auf den Arm. »Wart mal kurz. Bevor wir zum Geschäftlichen kommen. Wegen Nilay. Es ging ihr nicht so gut heute, bestimmt die Hitze. Sie ist nach Hause, will sich ausruhen.« Er versucht, seine Stimme unbesorgt klingen zu lassen, auch wenn ihm selber Nilays Zustand Gedanken macht. Dass nur die Hitze schuld ist, glaubt er eigentlich nicht; die Kollegin hat mehrfach betont, dass ihr hohe Temperaturen nichts ausmachen. Und nicht nur, weil sie in der Türkei geboren ist.

Wieder nickt Dominique und sieht sehr müde aus. »Sie hat mir eine *WhatsApp* geschickt, danke.«

»Jetzt will ich aber vor allem hören, was hier los ist. Sieht nicht nach erholsamem Urlaub aus.«

Dominique nimmt einen großen Schluck Wasser, dann stützt sie den Kopf in die Hände und schaut Alfred an. »Jan wird sterben, Alfred. Vielleicht nicht heute oder morgen. Aber bald. Ich … ich kann momentan nicht zur Arbeit kommen. Ich könnte aber …«

»Scht«, sagt Alfred bestimmt. »Bleib bei ihm, solange es nötig ist. Das ist jetzt echt wichtiger als die Arbeit. Jan, der braucht dich *jetzt*, unsere Fälle sind in der Regel schon …«

»Tot«, ergänzt Dominique. »Sprichs ruhig aus. Aber was ich sagen will: Ich kann euch von hier aus unterstützen. So was wie heute – ein Telefonat führen, was für euch herausfinden. Das lenkt mich ab.«

Er hofft, dass sie es ihm nicht ansieht, aber Alfred ist mehr als froh über ihr Angebot. »Danke, Dominique. Dann … lass uns arbeiten, okay?«

Dominique langt nach hinten auf ihre blank geputzte Küchenarbeitsfläche und greift sich einen kleinen Block.

»Erst war nur die Mailbox dran, und ich hab um Rückruf gebeten. Der kam dann, wenige Minuten später.«

Alfred beugt sich gespannt vor. »Frau? Mann?«

»Frau. Klingt recht jung, hat aber keinen Namen genannt, auch auf meine Nachfrage nicht.«

»Angst vor dem Arbeitsamt?«

»Möglich. Sie sagte, sie wird mir ihren Namen erst dann nennen, wenn ein Einsatz zustande kommt.«

»Was hast du ihr erzählt?«

»Dass mir nach einem Sportunfall eine Wirbelsäulen-OP bevorsteht und ich dann wochenlang Hilfe brauche. Dass ich alleinstehend bin, mir niemand etwas besorgen kann. So in der Art.«

»Und?«

»Sie wollte wissen, ob ich noch jünger sei …, weil sie in der Regel Senioren helfen. Dass genau das mein Problem ist, hab ich ihr erklärt. Senioren haben oft einen Pflegegrad und können einen regulären Pflegedienst kommen lassen. Das ginge bei mir nicht. Sie schien aber nicht recht darauf anzuspringen.«

»Hast du was mit ihr ausgemacht?«

»Ich wollte. Aber sie ist nicht darauf eingegangen. Sie meinte, ich soll anrufen, kurz bevor ich aus dem Krankenhaus entlassen werde.«

»Mist.« Alfred lehnt sich enttäuscht zurück.

»Geht noch weiter. Ich hab auf einem Treffen bestanden. Hab gesagt, ich wolle ihren Dienst erst kennenlernen und müsse mich auf ihre Hilfe verlassen können.«

»Ah, sehr gut. Was hat sie gesagt?«

»Geschwurbel. Dass sie das versteht …, dass sie sich meldet, wenn sie Zeit hat …«

»Doch Mist.«

»Stimmt. Ich hab sie gefragt, aus wie vielen Mitarbeitern die *Netten Nachbarn* bestehen. Auch da ist sie sehr vage geblieben. Sie könne je nach Bedarf auf mehrere Helfer zurückgreifen.«

»Ehrlich, das klingt alles nicht sehr seriös. Habt ihr über Bezahlung gesprochen?«

»Ja. Sie verlangt 20 Euro pro Stunde, je nach Aufwand könne es aber auch mehr sein.«

»Ist das ein fairer Preis?«

»Weit unter dem Stundensatz von Pflegediensten. Wobei die natürlich richtig ausgebildet sind.«

Bevor Alfred antworten kann, sind schnelle Schritte auf dem Flur zu hören, und im nächsten Moment steht ein stämmiger Pfleger im weißen T-Shirt in der Küchentür.

»Oh Entschuldigung, du hast Besuch.«

Über Dominiques blasses Gesicht läuft ein kleines Lächeln. »Das ist mein Kollege, Alfred Meister. Alfred, das ist Benno vom Pflegedienst, Jans bester Freund.«

»Freut mich, hallo Benno.«

»Grüß Sie, Herr Meister.«

»Ist Jan fertig?«, fragt Dominique.

»Geduscht, gewickelt und im weißen Hemd. Nur der Schlips fehlt noch.« Benno scheint denselben schrägen Humor zu haben wie sein Pflegling Jan.

»Ich komme.« Dominique steht auf und schaut unschlüssig auf ihren Kollegen. »Lass uns telefonieren, okay? Wir haben hier unser festes Ritual, ich lese Jan vor dem Mittagsschlaf immer ein Stündchen vor. Harry Potter. Ist sein Lieblingsbuch.«

Alfred steht auf und verabschiedet sich. »Grüß ihn von mir. Von uns. Erzähl ihm von Mia, sie hat sich heute auf dem Pfisterberg festgekettet.«

»Sei froh. Lieber eine Tochter in Ketten als ein fast komatöser Sohn.«

Auch das noch. Zu Marcus' schattiger Bank wehen aus der Ferne Sprachfetzen herüber, die sich wie die Aufführung eines Theaterstücks anhören. Er hat sich auf der Bank ein bisschen langgelegt, in der Nähe des kleinen Sees im Hain, damit der Hund Wasser schlabbern kann. Hat er auch zur Genüge getan und sich dann am Fuß der Bank ausgestreckt und in den Hundehimmel geträumt. Marcus hört an seinen wohligen kleinen Fiepgeräuschen, dass es sich um angenehme Träume handeln muss.

Die Plakate sind ihm vorhin an manchem Baum aufgefallen: »Bamberger Poetenfest! Die Lokalpoeten treten auf!«

Da hat sich die Stadt wohl was einfallen lassen, um das sommerlich träge Kulturleben in Gang zu bringen. Aber Gedichte ... Die waren Marcus seit jeher ein Graus. Schon in der Schule konnte er sich keine einzige Zeile merken. Und wenns nicht grad lustige Verse waren, verstand er sowieso nicht, was der Verfasser damit sagen wollte.

Sein Gedächtnis war schon als Schüler schlecht. Heute als ziemlich alter Mann – wird er nicht sechzig nächstes Jahr? – denkt er manchmal, er könnte dement sein. Noch nicht so schlimm wie Hilde Fuchs, aber auf gutem Weg dorthin. Folge seines zeitweise heftigen Drogenkonsums vielleicht. Auch mit Micaela hat er den einen oder anderen Joint durchgezogen. Natürlich erst, als sie aus dem Heim raus und erwachsen war. Da traf er sie in Bamberg wieder und nicht ganz zufällig. Früher, als Erzieher, fand er es wichtig, mit den Ehemaligen in Kontakt zu bleiben. Zu hören, ob sie noch die Spur hielten. So etwas zu erfahren, war nicht weiter schwer. Pädagogen der verschiedensten Einrichtungen trafen sich immer wieder – bei Arbeitskreisen, auf Fortbildungen, bei Seminaren. Marcus zum Beispiel war mit einer Mitarbeiterin des Bamberger Jugendamtes befreundet, und sie informierte ihn regelmäßig über Micaelas Werdegang.

Er rappelt sich mühsam aus der Horizontalen auf. Der Bernhardiner, von einer Sekunde auf die andere wach, blinzelt ihn an, ohne allerdings den kleinsten Muskel zu bewegen. Marcus tätschelt seinen Kopf.

»Bist mein Guter, ja, fein, schlaf ruhig weiter.«

Er streckt den steifen Rücken und macht die Beine lang. Wie immer ist er viel zu warm angezogen für heiße Sommertage. Aber einer wie er geht nicht in kurzen Hosen. Die ewig gleichen alten Jeans, ein nicht ganz sauberes T-Shirt, das ist Sommergarderobe genug.

Aus der Ferne hört er ein paar Leute klatschen, Beifall für die heimische Dichtkunst. Seine Gedankenkette bleibt mit einem Mal in Reimen und Versen hängen, irgendwie. Und da schiebt sich eine wohlbekannte Gestalt vor sein inneres Auge, eine Gestalt, die er schon seit Wochen nicht mehr zu Gesicht bekommen hat. Ein Bamberger Dichter, genauer gesagt der Mihai, der *Ver*dichter, wie der sich selbst gern genannt hat.

Wenn ich dichten müsste, würd ich mich bestimmt auch dauernd verdichten, hat Marcus manchmal zu ihm gesagt und gemeint, witzig zu sein. Der Mihai hat das nicht verstanden. Er erklärte ihm dann lang und breit, dass mit Verdichten nicht das Scheitern an passenden Versen gemeint sei, sondern das Komprimieren von Verszeilen.

Also bist du so was wie ein Kompressor, hat Marcus weiter gewitzelt und nur Kopfschütteln von Mihai geerntet.

Jedenfalls: Den hat er schon ewig nicht mehr gesehen. Auch nicht am Gabelmann, wo er manchmal deklamierte. Ob er bei diesem Poetenfest heute mitmacht? Marcus beschließt, sich auf seinem Rückweg mal nach ihm umzuschauen.

Bin anscheinend doch nicht so ganz vergesslich, wenn mir der Mihai wieder eingefallen ist, freut sich Marcus. Obwohl es ihn gar nicht schreckt, möglicherweise dement zu werden. Dann ist endlich Schluss mit dem mühsamen Alltag. Er kriegt einen schönen Platz im Heim, jeden Tag drei Mahlzeiten, ein frisch bezogenes, gut riechendes Bett. Nur den Hund wird er nicht mitnehmen können. Aber er ist alt und dann bestimmt schon tot.

Eine Zeitlang liefs richtig gut für Kimmi. Obwohl sie die Lehre im Einzelhandel nach drei Wochen hingeschmissen hatte und in jedem ihr aufgezwungenen Kurs scheiterte. Ihr rühriger Betreuer und das Arbeitsamt schafften es schließlich, ihr einen Job in einer Kfz-Werkstatt zu besorgen, obwohl sie keine Ausbildung hatte. Der Chef bestand darauf, sie zunächst als ungelernte Hilfskraft zu beschäftigen und dann zu schauen, ob er ihr eine Lehrstelle anbieten würde. Kimmi gefiel ihm. Und nicht, weil all seine Gesellen und Lehrlinge sich die Köpfe nach der blonden Schönheit verrenkten, die da hinter der Scheibe am Schreibtisch des Meisters lümmelte. Auch nicht, weil er selber an sexuellen Abenteuern mit jungen Mädchen interessiert war. Wobei – so jung war Kimmi zu dem Zeitpunkt nicht mehr. Ihr zwanzigster Geburtstag lag wenige Tage zurück. Dem Chef gefiel ihr wacher Verstand, den er in ihren Augen sah, und die wenigen Fragen, die sie stellte, überzeugten ihn von ihrem Interesse an handwerklicher Arbeit.

So wars dann auch. Kimmi stellte sich in der Werkstatt sehr geschickt an und lernte bald, den Gesellen bei Autoreparaturen zur Hand zu gehen. Dass dann doch kein Lehrvertrag zustande kam, lag einfach daran, dass Kimmi sich weigerte, jemals wieder eine Schulbank zu drücken. Berufsschule inklusive. Der Chef konnte sie nicht davon überzeugen, so geduldig er ihr auch zu erklären versuchte, welche Chance die Ausbildung für sie sei.

»Ich maloche für Sie«, versprach Kimmi, »aber Schule? Neee!«

Sie wohnte inzwischen in einer eigenen kleinen Wohnung in einem hässlichen Mehrparteienhaus im Stadtteil Gereuth, die Kfz-Werkstatt lag allerdings in Gaustadt. Kimmi steuerte sie täglich mit ihrer alten Vespa an. Die hatte ein Werkstattkunde zur Entsorgung abgegeben, und Kimmi möbelte sie mit Hilfe eines zweiradkundigen Mechanikers wieder auf.

Beziehungen gabs keine in dieser Zeit, wenn man mal von alkoholdiktierten One-Night-Stands absah. Denn Saufen konnte Kimmi wie ein Mannsbild, und bei Betriebsfesten trank sie durchaus den einen oder anderen Kollegen unter den Tisch. So lange sie am nächsten Tag trotz Kater ihre Arbeit machte, wurde das akzeptiert.

Gelegentlich besuchte sie ihre Mutter, die von Hartz IV lebte und immer fetter wurde. Sie lag eigentlich Tag und Nacht nur vor der Glotze und zog sich eine Soap nach der anderen rein. Nicht mal einen Kaffee konnte sie ihrer Tochter anbieten. Kimmi wusste selbst nicht, warum sie das tat, aber sie holte jedes Mal zwei Döner beim türkischen Imbiss und schaute dann fasziniert zu, in welchem Tempo ihre Mutter den Döner hinunterschlang. Essen war Beschäftigungstherapie: Wenn sie kauten, mussten sie sich nicht unterhalten. Zudem quasselten die Fernsehakteure so laut, dass man den Ton hätte herunterdrehen müssen, um sich zu verstehen. Weder Kimmi noch ihre Mutter hatten daran Interesse.

»Hast du was von den Jungs gehört?«, fragte Kimmi manchmal und meinte ihre Brüder.

Dann erzählte ihre Mutter irgendwelche Geschichten von früher und merkte nicht einmal, dass sie den aktuellen Stand der Dinge gar nicht kannte. Kimmi selber hatte keine Möglichkeit zu recherchieren, das Bamberger Telefonbuch gab nichts her. Vielleicht waren die Jungs adoptiert worden und hatten ihre Namen geändert. Wahrscheinlicher war allerdings, dass sie in irgendwelche kriminellen Geschichten verwickelt waren. Vielleicht saßen sie längst im Knast.

Auch die Stippvisiten bei ihrer Mutter waren also auszuhalten. Keine Stürme tobten in dieser Zeit in Kimmis Innerem, keine Bedrohung von außen erschien so schlimm, dass sie sich wehren musste.

Am nächsten Tag bittet Nilay um Schreibtischarbeit.

»Ich bin nicht so ganz auf der Höhe. Eine Magenverstimmung oder so.« Sie streicht mit der Hand über ihren Bauch.

Alfred hebt die Augenbrauen, und Nilay beeilt sich zu versichern, dass es bestimmt nichts Ansteckendes sei.

»Willst du nicht doch nach Hause gehen?«, bietet er an und hofft gleichzeitig, dass sie bleibt, denn die Personaldecke ist momentan mehr als dünn.

»Nein, nein, geht schon«, beschwichtigt Nilay wie erwartet.

Sie deutet auf ihre rote Thermosflasche. »Mein Wundertee wirds schon richten.«

Alfred nickt, schnappt sich seine eigene Tasse und stellt sie mit einem tiefen Seufzer unter die sofort heiß zischenden Düsen des neuen Kaffeevollautomaten. Nein, es ist nicht so, dass die Umweltfreaks unter den Kollegen in der Diskussion um eine sinnvolle Kaffeezubereitung unterlegen sind. Davon mal abgesehen: Der Automat war ein Geschenk der Frau ihres verstorbenen Teamleiters. Sie brachte ihn kurz nach der Beerdigungsfeier vorbei. Als Dankeschön für die würdevoll gestaltete Trauerfeier durch die Kollegen und weil ihr eigener Mann ein Befürworter dieser Art von Kaffeezubereitung war. Und es kam dann wie immer: Einem geschenkten Gaul schaut man nicht ins Maul.

So zischt und dampft das Gerät nun täglich Dutzende Male vor sich hin. Wenn zu Anfang jeder das schwarze Gebräu in den höchsten Tönen lobte, so zeigt sich inzwischen Unlust und Desinteresse, wenn das Display fordert: Brühgruppe reinigen! Also hat Alfred kurzerhand zum längst bewährten Spülplan einen zusätzlichen

Brühgruppenreinigungsplan erstellt. Was in keiner Weise heißt, dass der auch eingehalten wird.

»Kann gar nicht sein, dass ich schon wieder dran bin. Ich war erst letzte Woche …«, heißt seitdem die Ausrede fast jedes männlichen Kollegen. Die Beamtinnen sind da gewissenhafter.

Zurück zur Arbeit, mahnt sich Alfred im Stillen, während er die gefüllte heiße Kaffeetasse in Empfang nimmt. Aber die Interna belasten ihn doch mehr, als ihm lieb ist. Wer zum Beispiel wird neuer Teamleiter – nach mehr als zwei Jahren Vakanz? Alfred und Dominique haben sich beide beworben – nach persönlicher Absprache, dass die Beförderung des einen keinen Einfluss auf die gleichberechtigte Stellung des anderen haben wird. Ob weitere Bewerbungen aus anderen Abteilungen vorliegen, wissen sie nicht.

Die Personalsituation trägt jedenfalls nicht zu Alfreds Wohlbefinden bei – zu viele Stellen sind unbesetzt. Jetzt noch Dominiques Ausfall. Und muss er sich Sorgen um Nilay machen? Hoffentlich nicht.

»Chef! Vorsicht, du kleckerst.« Nilay schüttelt den Kopf. »Wie verträgst du überhaupt einen heißen Kaffee bei den Temperaturen … Trink was Kühles, oder besser Lauwarmes. Zu heiß oder zu kalt ist schlecht. Da muss der Körper zusätzlich arbeiten, um herunterzukühlen oder zu erwärmen. Und man schwitzt wieder mehr.«

»Ja ja«, brummt Alfred, »das muss ich mir alles schon zuhause anhören.«

Nilay lächelt ihn allerdings so entwaffnend an, dass Alfred selber grinsen muss. »Dominique hat dir wohl beigebracht, wo meine wunden Punkte sind?«

Sie wiegt ein bisschen den Kopf. »Vielleicht.«

Dann: »Ich hab schon recherchiert: Zu den *Netten Nachbarn*. Und der angegebenen Telefonnummer. Das sind leider alles Sackgassen. Ein Gewerbe namens *Nette Nachbarn* ist natürlich nicht angemeldet, das Handy ist ein Prepaid …«

»Wir könnten es orten. Falls die Dame sich nicht mehr bei Dominique meldet. Und das Handy nicht ausgeschaltet bleibt.«

Er hat Nilay morgens als Erste über Dominiques Telefonat am Abend vorher informiert.

»Meinst du wirklich, wir sollten Dominique mit diesem Fall belasten?«, fragt Nilay jetzt. Sie nimmt einen großen Schluck Tee und streicht sich wieder über den Bauch. Den nach Alfreds Ansicht nicht vorhandenen Bauch.

»Sie hat ausdrücklich darum gebeten, dass wir sie einbinden. Und ich bin sicher, dass sie uns deutlich sagt, wenn sie etwas nicht übernehmen kann. Aus welchen Gründen auch immer. Oder wie schätzt du sie ein?« Alfred stellt die letzte Frage gewollt beiläufig. Schließlich hat ihn keine der beiden Frauen über den aktuellen Beziehungsstand informiert. Aber um die Frage zu beantworten, muss man ja nicht unbedingt eine Liebesbeziehung haben.

»Hm«, macht Nilay und sagt doch tatsächlich: »So gut kenne ich sie noch nicht.« Dann, zögerlich: »Ist es wirklich so, dass Jan nicht mehr lange zu leben hat? Dazu äußert sich Dominique nämlich nie. Und ich habe wirklich Angst davor, dass es so sein könnte ...«

»Es ist so«, sagt Alfred traurig, »sie hats mir gestern bestätigt. Wenige Wochen vielleicht, oder auch Tage, das weiß niemand so genau.«

Nilay schweigt und starrt angestrengt auf ihren Bildschirm. Dann blinzelt sie und sucht nach einem Taschentuch. Alfred schaut derweil in seine Kaffeetasse, als würde er dort eine erträgliche Antwort auf so etwas Unzumutbares wie den Tod finden. Denn dass ein Sohn vor der Mutter stirbt, das ist einfach nicht recht. Das kann doch auch Gretes Gott nicht wollen.

Dann platzt eine der Kolleginnen aus dem Team herein und merkt gar nicht, in was für eine düstere Stimmung Alfred und Nilay gefallen sind. Sie heißt Gabi, »Gabi mit i«, wie sie immer betont, und sie siezt ältere Kollegen grundsätzlich.

»Herr Meister! Sie werden jetzt nicht glauben, was wir gerade erfahren haben!« Gabi ist noch jung, und ihr rundes Gesicht strahlt, als hätte sie gerade persönlich den schlimmsten Serienmörder aller Zeiten dingfest gemacht.

»Schießen Sie los!«

Sie zieht sich einen Stuhl an Alfreds Schreibtisch heran und berichtet ihm atemlos. »Die KT hat über Nacht die Spuren im Fall Berner ausgewertet und uns rübergeschickt, um sie durchs System laufen zu lassen. Routine, Sie wissen schon.«

Alfred nickt ungeduldig und klopft mit den Fingern auf den Tisch. »Weiter.«

»Jetzt halten Sie sich fest. In Josef Berners Schlafzimmer hat die KT auch den Inhalt des Papierkorbs mitgenommen und untersucht, klar. Und …« Sie schaut Alfred mit großen Augen an, was diesen schier zur Weißglut treibt. Er hasst nichts mehr, als wenn Kollegen ihre Berichte ewig ausdehnen und nicht auf den Punkt kommen.

»… da war ein Kaugummi drin. Und jetzt kommts: Die DNA an diesem Kaugummi ist identisch mit der DNA an einem anderen Kaugummi! Nämlich …«, sie macht schon wieder eine Kunstpause, »… nämlich dem, der vor vielen Jahren bei einem anderen Mordfall sichergestellt wurde und damals niemandem zugeordnet werden konnte. Und sie ist weiblich …«

»Das Mädchen auf der Sandkirchweih!«, sagt Nilay und springt wie elektrisiert auf. »Ich habe mich gestern noch mit den verschiedenen Fundstücken vom damaligen Tatort beschäftigt … Stimmts?« Sie baut sich vor dem Stuhl der Beamtin auf, als wolle sie sie hypnotisieren, damit sie Nilays Schlussfolgerung bestätigt, egal ob sie richtig ist oder nicht.

Aber Gabi nickt. »Exakt. Ist das nicht unglaublich? Wir rollen diesen alten Fall wieder auf und kriegen sofort eine Spur dazu?«

Alfred runzelt die Stirn, er ist skeptisch. »Das müssen wir zu hundert Prozent wasserdicht kriegen. Könnt ihr euch erinnern –

der Fall Peggy vor ein paar Jahren? Als beim Fund von Körperteilen Peggys plötzlich eine DNA-Spur der NSU-Mörder auftauchte? Und sich dann herausstellte, dass da bei der Spurensicherung etwas zusammenkam, was gar nichts miteinander zu tun hatte?«

Nilay geht wieder zu ihrem Schreibtisch, setzt sich hin und tupft mit einem Taschentuch über ihre Stirn. »Das wäre mir zu viel Zufall. Aber klar, muss abgesichert werden.«

»Macht das mal«, sagt Alfred zu der jungen Beamtin, die eifrig nickt und aufspringt.

»Ich kümmere mich!« Noch in der Tür dreht sie sich erneut um. »Aber wenn der Kaugummi wirklich zur gleichen Person gehört – dann ist das der Knaller!«

Alfred verliert keine Zeit. Die sensationelle Nachricht von der identischen Kaugummi-DNA könnte zur Lösung gleich zweier Mordermittlungen führen: Im Fall Josef Berner und im Sandkirchweihmord, der seit einem Vierteljahrhundert ungelöst in alten Akten verstaubte.

»Kein Zweifel«, haben ihm die Kollegen aus der Kriminaltechnik bestätigt und damit auch die ungewollte Kontaminierung beider Kaugummi-Fundstücke ausgeschlossen.

Trotzdem: Es wäre zu schön, um wahr zu sein. Und so beschließt Alfred, zur Sicherheit auch Familie Bernardis DNA abzugleichen. Schließlich könnte auch Rita Bernardi den Kaugummi im Abfallkorb ihres Vaters entsorgt haben. Und damals bei der Sandkirchweih gewesen sein ...

Allerdings lehnt Frau Bernardi am Telefon rigoros ab, jetzt um die Mittagszeit zur Bamberger Kriminalpolizei zu kommen. Wenn, dann müssten sich die Herren schon selber in Bewegung setzen.

»Es gibt auch Damen bei der Polizei«, brummt Alfred ins Telefon, obwohl er sich gemeinhin unter »Damen« einen anderen Frauentyp vorstellt als den, den Nilay oder Dominique bedienen.

»Auf nach Hallstadt!«, sagt er und nickt Nilay aufmunternd zu. Die hält sich an ihrem Teebecher fest und ist ziemlich blass um die Nase.

»Ich glaube, ich komme nicht mit. Wenn du nichts dagegen hast, fahre ich nach Hause und lege mich ein bisschen hin. Dann gehts vielleicht nachmittags wieder.«

»Nein, dann bleibst du ganz zuhause. Ich mach das alleine.«

Alfreds Bauch grummelt auch, allerdings nicht wegen einer Magenverstimmung, sondern weil er schon mindestens vier Stunden nichts mehr gegessen hat. Das Stück Apfelkuchen, das vom Geburtstag einer Kollegin am Vortag übriggeblieben war, zählt da nicht. Und wenn er schon dienstlich in eine Pizzeria muss, dann kann er doch gleich die heimische Gastronomie unterstützen, oder nicht? Hitze hin oder her, Alfred hat immer Appetit. Und eine knusprige frische Pizza aus dem Steinofen ist doch mal was anderes als Bratwürste mit Kraut aus dem *Schlenkerla*.

Nilay widerspricht ihm nicht, schnappt ihre Tasche und verlässt den Raum.

»Soll ich dich fahren?«, ruft Alfred ihr noch hinterher, aber sie wird vermutlich den Bus nehmen. Wäre blöd, wenn sie im Bus kotzen müsste, aber im Dienstwagen ist das auch nicht lustig.

Eine gute halbe Stunde später sitzt Alfred unter einer ausladenden Kastanie im Garten der Hallstadter Pizzeria. Rita Bernardi ist mehr als froh, dass der Herr Kommissar erst in Ruhe essen möchte, denn sie hat gerade alle Hände voll zu tun. Sohn Rocco hockt auf den Steinstufen, die zu einer heute verwaisten Terrasse hinaufführen, und dillert an einem Tablet herum. Immer wieder wirft er verstohlene Blicke auf den dicken Kommissar, der sich ein kühles Bier schmecken lässt und ihn gerade anlächelt.

Rocco steht langsam auf, klemmt sein Tablet unter den Arm und kommt an Alfreds Tisch.

»Hallo, Junge. Setz dich, wenn du willst.«

Das macht der Junge, sagt aber nichts. Alfred hat Mitleid mit ihm, schließlich war er es, der seinen Opa mit gebrochenem Genick gefunden hat. Das würde auch ein Erwachsener nicht einfach wegstecken.

»Rocco, oder?«

Er nickt, und Alfred sieht jetzt, dass Rocco kaut – Kaugummi kaut. Was natürlich nichts zu sagen hat, denn erstens ist er zwölf Jahre alt und hat nichts mit einem Mord von vor fünfundzwanzig Jahren zu tun, zweitens ein Junge. Trotzdem – wenn mehrere weibliche Familienangehörige gerne Kaugummi kauen, muss jeglicher Zusammenhang mit den beiden Fällen ausgeschlossen werden. Deshalb ist er ja auch da.

»Rocco, du warst doch immer mittags bei deinem Opa, um ihm Essen zu bringen. Stimmts?«

Rocco nickt. »Wir haben Ferien, da mache ich das immer. Als er noch konnte, ist er früher manchmal auch zum Essen hergekommen.«

»Er hatte doch eine Helferin, wie deine Mutter sagt. Kennst du sie?«

Erneutes Nicken und Schnalzen mit dem Kaugummi.

»Mag sie auch Kaugummis?« Alfred versucht, es wie einen Scherz klingen zu lassen.

Rocco zuckt die Schultern. »Weiß nicht. Die ist immer raus aus dem Zimmer, wenn ich gekommen bin. Aber mein Opa hat sie gemocht. Glaube ich.«

»Weißt du, wie sie heißt? Oder hast du mal gesehen, wie sie gekommen ist? Mit welchem Auto?«

Kopfschütteln. Dann grinst er. »Opa hat gesagt, meine Perle kommt. Lustig, oder?«

Alfred nickt bestätigend. »Also kein Auto?«

Schulterzucken. »Weiß nicht. Hab nicht darauf geachtet.«

»Rocco!!!«, schreit Francesco Bernardi aus dem ebenerdigen Küchenfenster. »Komm essen!«

»Ciao, commissario!«, flötet Rocco, schnappt sein Tablet und verschwindet Richtung Kücheneingang.

Ach ja, Essen. Dagegen hätte Alfred jetzt auch nichts. Zwei Minuten später steht eine Pizza Speciale im XXL-Format vor ihm, und Rita Bernardi warnt:»Vorsicht! Teller ist heiß! Essen Sie in Ruhe, in einer halben Stunde wird es leerer hier, dann bin ich bei Ihnen. Noch ein Bier?«

Wer kann da widerstehen.

Alfred hat erst die halbe Pizza verspeist, als sein Handy Laut gibt. Dominique. Sie klingt müde und besorgt.

»Nilay hat mich kurz angerufen. Was ist denn mit ihr los? War ihr nicht gestern schon übel?«

Alfred schluckt runter und tupft mit der Serviette den Mund ab.

»Sie meint, eine Magenverstimmung. Oder was denkst du?«

»Ich weiß nicht. Seit es Jan so schlecht geht, seh ich Gespenster …«

»Ist doch klar. Jetzt mach dir mal keinen Kopf. Nilay ist ein großes Mädchen und weiß sich zu helfen. Wie gehts dir, wie gehts Jan?« Gleich nach einem eventuellen Rückruf der *Netten Nachbarn* zu fragen, verkneift er sich.

»Nichts Neues«, sagt Dominique. »Aber Benno, Jans Pfleger, hat nächste Woche Urlaub, und bis jetzt ist keine Vertretung in Sicht …« Sie spricht nicht weiter.

»Ach je. Können wir irgendwie helfen?«

»Ich muss wohl selber herumtelefonieren, lass mal, Alfred. Und da du gleich danach fragen wirst: Diese *Nette Nachbarin* hat noch nicht wieder angerufen. Aber Nilay hat mir von der Übereinstimmung bei der Kaugummi-DNA erzählt.«

»Verblüffend, was? Ich bin gerade in Hallstadt und will nochmal sämtliche Kontaktpersonen von Josef Berner abfragen.«

»Lass mich raten. Du sitzt in der Pizzeria, isst Pizza und trinkst Bier.« Dominiques Ton lässt den sonstigen Schalk vermissen, nach großen Scherzen ist ihr wohl nicht zumute.

»Volltreffer«, gibt Alfred zu, »ist nett hier.«

»Was ich eigentlich sagen wollte … Freut euch nicht zu früh. Du weißt, dass damals auf der Sandkirchweih zwar ein relativ frisch ausgespuckter Kaugummi neben der Leiche des Mädchens gefunden wurde – aber der muss noch lange nicht von der Täterin stammen. Das kann jede x-beliebige Kirchweihbesucherin gewesen sein. Zufällig eben auch die spätere Helferin von Josef Berner.«

»Ich weiß. Trotzdem: Es ist die erste heiße Spur überhaupt, zumindest was den alten Fall angeht. Aber danke fürs Mitdenken.«

»Immer gern. Wir hören uns.« Sie legt auf.

Alfred isst auch die halbe lauwarme Pizza noch mit Genuss und zückt dann sein Notizbuch, als Rita Bernardi an seinen Tisch kommt und sich setzt. Sie hat sich ein großes Wasser mitgebracht und nimmt einen Kaugummi aus dem Mund, bevor sie trinkt.

Zwar hat Sonjas Sohn inzwischen eine mit juristischen Fachbegriffen gespickte Klarstellung zum Thema »Verwahrlosungsverwalter« in den sozialen Medien gepostet, aber eigentlich ist der Fall Hilde Fuchs längst Schnee von gestern. Sonja hat in dieser Sache nichts mehr von der Polizei gehört, auch Brigittes Befragung nach dem Tod des Verdichters hatte kein Nachspiel.

Umso mehr erschrickt Sonja, als sich an einem gewittrigen Nachmittag im August die Kommissarin am Telefon meldet. Frau Brodbecker. Sonja hat sich für ihre Abrechnung mit den Krankenkassen ins Souterrain verzogen, hier ist es einigermaßen kühl. Brigitte und Claus-Raphael sind noch bei Patienten, sodass sie ihre Ruhe hat.

»Sie erinnern sich?«, fragt die Kommissarin.

»Jaaaa …«, dehnt Sonja und gräbt fieberhaft in ihrem Hirn, was die Polizei denn noch von ihr wollen könnte. »Wegen Frau Fuchs?«

Einen kurzen Moment ist es still in der Leitung. »Nein, mein Anruf hat nichts damit zu tun. Ich meinte eher, ob Sie sich an mich als Kundin erinnern. Oder besser gesagt an meinen Sohn Jan. Wir hatten Sie früher als Pflegedienst.«

Jetzt klingelts bei Sonja. »Puh ja, stimmt. Wie gehts ihm denn?«

»Schlecht. Wir haben einen Intensivpflegedienst. Der hat bisher auch die Körperpflege mit übernommen. Und nun«, sie zögert einen Moment, »gibt es da einen Engpass. Könnten Sie uns helfen? Einmal am Tag wenigstens, den Rest schaffe ich selber. Und nur für etwa drei Wochen.«

»Hm, wir sind echt am Limit. Obwohl uns nach der Hetze in den Zeitungen Leute gekündigt haben …«, Sonja muss das mal loswerden, »… sind wir lange schon wieder voll. Am frühen Morgen geht gar nichts.«

»Oh, da würde ich mich total nach Ihnen richten. Jan muss nicht mehr zur Schule. Sie können kommen, wann Sie wollen.«

Sonja überlegt. Die Kommissarin klingt sehr hilfebedürftig, fast resigniert. Und es kann ja nicht schaden, jemandem einen Gefallen zu tun, den man selber irgendwann wieder braucht.

»Gut. Kanns ein Mann sein? Dann würde ich Ihnen Claus-Raphael schicken. Sie müssten vorher vorbeikommen, um den Vertrag zu unterschreiben.«

Frau Brodbeckers Erleichterung ist durchs Telefon spürbar.

»In Ordnung. Ich komme morgen.«

Nach dem Telefonat sitzt Sonja eine Weile vor ihrem Computer-Bildschirm, ohne wirklich darauf zu schauen oder ihre Tastatur zu bedienen. Ja, sie kann sich gut an Jan erinnern. Er war ihr jüngster Patient seit Gründung ihres Pflegedienstes. Ein lustiges Kerlchen, und er ging sehr gern in die Schule der *Lebenshilfe*. Klar, auch vor ein paar Jahren war schon abzusehen, dass er kein hohes Alter erreichen würde, nicht einmal das eines mittelalten Erwachsenen. Darüber gesprochen hat Sonja damals nicht. Mit den Eltern nicht und mit Jan schon dreimal nicht. Waren Jans Eltern damals nicht schon getrennt gewesen? Ob der Vater weggezogen ist? Als Pflegekraft kriegt man so manche familiäre Schieflage mit, in der Regel bei sehr alten Menschen. Da trifft man auf überforderte Ehepartner oder Kinder, die sich nicht kümmern. Auch das ist nicht schön. Aber den Tod von alten Patienten steckt man doch leichter weg. Wenn ein Kind oder ein Jugendlicher stirbt, ist das ganz anders. Sonja will gar nicht darüber nachdenken, wie sie selbst mit so einer Situation umgehen würde. Ob es klug ist, Claus-Raphael zu Jan zu schicken? Er lässt es doch manches Mal an Einfühlungsvermögen fehlen. Aber sie selbst und Brigitte sind mit Patienten mehr als ausgelastet, ein paar stehen noch auf der Warteliste, so dass sie Jan Brodbecker eigentlich gar nicht vorziehen dürfte. Da die Wartekandidaten aber auf weiblicher Pflege bestehen, ist das okay. Sonja könnte problemlos noch ein oder zwei weitere Mitarbeiter beschäftigen. Vor allem für Menschen mit Pflegegrad 1 oder 2 – was die allein schon an hauswirtschaftlicher Unterstützung bräuchten! Da haben die großen Sozialdienste, die unter dem Dach der *Caritas*, der *Diakonie* oder der *Arbeiterwohlfahrt* agieren, viel mehr Möglichkeiten, Angebote zu machen. Die Sonja nie machen könnte. Deswegen gibt sie dann ihre Flyer aus, in denen Hausfrauen, Rentnerinnen oder Studentinnen ihre Dienste für den Haushalt anbieten. Oft schwarz natürlich, aber es ist nicht ihre Verantwortung, das nachzuprüfen. Eine solche Frau muss wohl bei der vor Wochen verstorbenen Frau Fuchs gewesen sein. Manchmal sprechen Sonja und Brigitte noch von ihr. Schon deshalb, weil Brigitte sich noch heute in der Erinnerung an die verwesende Leiche der Frau fürchterlich gruselt.

Oben geht die Haustür. Da sie mit Wumms zugeschlagen wird, kann das nur Claus-Raphael sein. Wenige Sekunden danach ein gewaltiger Donnerschlag. Klingt, als käme endlich der ersehnte Regen. Sonja schüttelt ihre trüben Gedanken ab, die jetzt gleich in die ewige Verzweiflung über den Pflegenotstand übergegangen wären.

»Hallöchen«, grüßt Claus-Raphael schwungvoll und wuchtet seine Tasche auf den Tisch. »Kann ich noch schnell dokumentieren? Oder brauchst du länger am PC?«

Er stellt sich dicht neben Sonja und schaut auf den Bildschirm. Sie nimmt seine Ausdünstung nach Schweiß und Zigarettenrauch wahr und seufzt. »Ich kann unterbrechen. Willst du dir einen Kaffee holen? Ich muss dich kurz wegen eines neuen Patienten informieren.«

»Immer gern.« Claus-Raphael ist süchtiger Kaffeetrinker und schüttet die schwarze Brühe in sich hinein, als sei sie Wasser.

Er schnappt sich seine Tasse von einem kleinen Hängeregal, sie trägt die fröhliche Aufschrift »Lieblingsmensch« und war ein Geschenk einer längst verstorbenen Patientin. Zwar nicht für Claus-Raphael, aber er hat sie sich wie selbstverständlich angeeignet. Der Vollautomat füllt »Lieblingsmensch« zischend mit schwarzem Kaffee.

Sonja setzt sich samt Wasserflasche an den kleinen Tisch, Claus-Raphael gegenüber, und schiebt seine ausgebeulte und außen fleckige Arbeitstasche auf die Seite. Dann erzählt sie ihm von Jan und den zu erwartenden Besonderheiten bei dem Einsatz. Gute Zusammenarbeit mit den Leuten vom Intensivpflegedienst, respektvoller Umgang mit Patient und Familie, und leider die Möglichkeit, dass jederzeit Jans Tod eintreten kann. Claus-Raphael nickt zu allem und sagt: »Kein Problem, mach ich«.

»Jans Mutter ist Polizeikommissarin«, schärft sie ihm nochmals ein, »da dürfen keinerlei Fehler passieren. Unser guter Ruf hängt davon ab.«

»Klar doch. Ich werde den Jungen behandeln, als wärs mein eigener.«

Sonja runzelt die Stirn. Claus-Raphael als Vaterfigur hatte sie bisher nicht auf dem Schirm.

Alfred betrachtet nachdenklich das Tütchen mit den Speichelproben auf dem Beifahrersitz. Er steuert gemächlich durch den Bamberger Nachmittagsverkehr, alle Fenster des Dienstwagens sind geöffnet. Der Fahrtwind bringt etwas Abkühlung, doch sobald er an einer Ampel steht, steht auch die Luft im Fahrzeug wieder. Gen Westen brauen sich am Himmel allerdings dunkle Wolken zusammen.

Rita Bernardi war sehr kooperativ, auch wenn ihr die Bestürzung anzumerken war, dass die Polizei sie und ihre Familie als Täter im Visier hatte. »Die Speichelproben nehmen wir nur, um Sie und Ihre Angehörigen sicher als Täter auszuschließen«, hat Alfred natürlich gesagt. Sie war sofort damit einverstanden, ebenso ihr Mann und die Küchenhilfe. Was der Kommissar aber bezweckte, als er sie eingehend nach Namen von Menschen befragte, die in irgendeinem ungelösten Fall vor einem Vierteljahrhundert eine Rolle gespielt hatten, verstand sie nicht. Sie kannte weder das damals ermordete Mädchen noch jemanden aus ihrem Umfeld. Obwohl sie und das Mordopfer altersmäßig gar nicht weit auseinanderlagen und sich in Bambergs Jugendszene hätten begegnen können. Rita Bernardi erinnerte sich nicht einmal an den Sandkirchweihmord, obwohl er wochenlang Thema Nummer Eins im *Fränkischen Tag* war. Die DNA-Proben würden zweifelsfrei belegen, ob Rita oder gar die Küchenhilfe damals in die Nähe der Ermordeten gekommen waren. Francesco Bernardi kommt nicht in Frage. Trotzdem – seine DNA zu haben, schadet nicht.

»Ich muss detailliert wissen, mit wem Ihr Vater in der letzten Zeit Kontakt hatte. An der Dame von den *Netten Nachbarn* sind wir dran, bis jetzt allerdings ergebnislos.«

»Da war kaum jemand, der meinen Vater besucht hat«, versicherte Frau Bernardi ihm. »Er hat einmal zwei Wochen lang Essen auf Rädern bekommen, als die Pizzeria geschlossen war. Wir sind in dieser Zeit in Urlaub nach Italien gefahren, zu Verwandten von Francesco. Das war«, sie überlegte kurz, »in den Pfingstferien.«

Alfred notierte sich Name und Telefonnummer des Lieferdienstes. »Hat diese Frau von den *Netten Nachbarn* zufällig Kaugummi gekaut?«, wollte er dann noch wissen.

Rita Bernardi wusste es nicht. Und dass ihr nicht einleuchtete, was am Kaugummi-Kauen so interessant für die Polizei war, sah man ihrer Mimik an. Kein Krimi-Fan, vermutete Alfred.

»Diese *Nette Nachbarin* muss her«, murmelt er jetzt vor sich hin, als er in die Schildstraße und gleich darauf in die Einfahrt der Polizeiinspektion einbiegt. Zeitgleich entlädt sich krachend der erste Donnerschlag, und einzelne dicke Regentropfen fallen auf die Windschutzscheibe. Gerade so geschafft, denkt Alfred. Als er seinen Parkplatz erreicht hat, wählt er Dominiques Nummer.

Es läutet eine ganze Weile, bis sie dran geht.

»Ach du«, sagt sie ein bisschen kurzatmig.

»Klingt nicht begeistert«, stellt Alfred fest.

»Im Gegenteil. Ich freu mich, dich zu hören. Sonst gehts in meinen Telefonaten doch fast nur noch um Pflegeprobleme, fehlende Kostenübernahmen, Ärger mit Hilfsmitteln für Jan ... Ätzend.«

»Glaub ich dir«, sagt Alfred mitfühlend. »Ich will auch nur fragen, ob sich die Frau von den *Netten Nachbarn* gerührt hat?«

»Leider nein. Ich hab ihre Nummer erneut angewählt, das Telefon ist abgeschaltet. Ob sie doch Dreck am Stecken hat und misstrauisch geworden ist?«

»Warum sollte sie? Wenn sie davon lebt, hauswirtschaftliche Dienste anzubieten, müsste sie doch froh sein, wenn Kunden sich melden.«

»Ja schon. Ich wollte sie aber erst kennenlernen, ohne sie schon konkret zu beauftragen.«

»Na ja, ist alles Spekulation. Ich setze mal einen Kollegen auf die Suche an. Wenn wir sämtliche Pflegedienste abtelefonieren und die den Flyer der *Netten Nachbarn* ausgeben, finden wir sie vielleicht.«

»Lass mich das machen. Ich hab eine Liste aller Pflegedienste vor mir liegen. Ach, übrigens – *Sonjas PflegeEngel* kommen ab nächste Woche zu Jan. Hab sonst niemand anderes gefunden.«

»Du traust ihnen?«

Dominique schnauft hörbar durch. »Was soll ich machen? Es ist fast unmöglich, auf die Schnelle Ersatz für Benno zu bekommen.«

»Gab ja auch keinerlei Beweis, dass die Pflegekräfte bei Frau Fuchs geschlampt haben.«

»Oder beim Verdichter. – Was ist mit Nilay los?« Die Frage kommt unvermittelt.

Alfred zögert einen Moment mit der Antwort. Sprechen die beiden nicht mehr miteinander?

»Wohl immer noch Magenverstimmung«, sagt er vorsichtig. »Mach dir keine Gedanken, sie ist nicht aus Zucker.«

Kimmis Zeit bei der Autowerkstatt endete in einem Desaster. Als am Annahmeschalter eine neue Mitarbeiterin anfing, wenig älter als Kimmi, sehr hübsch, sehr weiblich, erwachte in Kimmi wieder der alte unstillbare Hunger. Sie verstanden sich zunächst gut, gingen sogar ein paar Mal nach der Arbeit etwas trinken. Bis Kimmi merkte, dass sie einen Konkurrenten hatte, einen Kfz-Mechaniker, der sich kurz vorher von seiner langjährigen Freundin getrennt hatte und nun der Neuen am Empfangstresen den Hof machte. Die schien durchaus offen für seine Avancen und gab Kimmi immer öfter einen Korb, wenn sie eigentlich mit ihr verabredet war. Was sie damit bei Kimmi anrichtete, merkte sie gar nicht. Die war bis zum Anschlag gereizt an dem Tag, als die beiden jungen Frauen gemeinsam einen Neuwagen zu einem Kunden bringen sollten. Kimmi sollte vor Ort noch einige Einstellungen am Auto vornehmen, hatte aber zu der Zeit keinen Kfz-Führerschein, sodass die Kollegin am Steuer saß. Es ging zunächst auf die A73 und Richtung Nürnberg, dann nahmen sie die Ausfahrt Richtung Ebermannstadt. Dort in der Nähe, in einem kleinen Kaff in der Fränkischen Schweiz, wurden sie von dem Kunden erwartet.

Die Wagenlenkerin plauderte arglos übers letzte Wochenende und darüber, wie gut sich ihre Beziehung zum Werkstattkollegen angelassen hatte. Dass es in Kimmi kochte, merkte sie nicht. Auch nicht, dass Kimmi dieses Mal zu allem bereit war, selbst wenn es ihren eigenen Tod bedeutete.

Es ging alles ganz schnell. Zu Beginn einer engen, aufwärts führenden Kurve stieß Kimmi einen unartikulierten Schrei aus und griff ins Lenkrad. Der Wagen brach sofort aus, krachte aber nicht wie von Kimmi gedacht an die rechts aufsteigende Felswand, sondern drehte seitwärts Richtung Tal und überschlug sich hier auf einer abschüssigen Wiese.

Nach diesem filmreifen Stunt blieb er auf dem Dach liegen und qualmte, fing aber kein Feuer. Die beiden jungen Frauen kriegten nichts davon mit.

Zufall, dass mehrere Hundert Meter weiter ein Traktor seine Runden drehte und der Bauer das Wrack entdeckte, kurz bevor er die Heimfahrt antreten wollte.

»Ich hab gedacht, die sind tot«, erzählte er später völlig aufgelöst der Polizei. Das waren sie aber nicht. Die Wagenlenkerin trug zwar schwere, aber keine lebensbedrohlichen Verletzungen davon. Kimmi hatte sich lediglich einen Arm gebrochen und ein Schleudertrauma erlitten. So lag sie also mal wieder im Krankenhaus und erfuhr erst zwei Tage später, dass sie beide überlebt hatten. Ihre Mitfahrerin allerdings hatte einen kompletten Filmriss und konnte sich auch später nicht an den Hergang des Unfalls erinnern. Glück im Unglück, fand Kimmi und fühlte sich leerer als jemals zuvor.

Die Finger des Jungen grabbeln in ihr Bikinihöschen. Lina schiebt sie unwillig weg.

»Ey, ich bin so geil auf dich«, sabbert er ihr ins Ohr und legt seine nikotingelben Finger auf ihre kleine Brust. Wie kann man so jung sein und schon so gelbe Finger haben.

Lina dreht sich von der Seite auf den Rücken und setzt sich auf. Statt den Jungen schaut sie die Regnitz an, in der einzelne Köpfe von Schwimmenden auszumachen sind. Das Hainbad ist an diesem heißen Augustnachmittag in den Ferien ungewöhnlich leer. Entweder sind alle Bamberger in Urlaub gefahren, oder es ist den meisten einfach zu heiß, um ihr kühles Heim für einen Badbesuch zu verlassen.

»Ich hol mir ein Eis«, sagt Lina, greift sich ihr Handy und das kleine bunte Täschchen, in dem sie ein bisschen Kleingeld und den Haustürschlüssel aufbewahrt.

»Bring mir eins mit«, sagt der Junge träge, dreht sich auf den Rücken und angelt mit einer Hand nach dem Zigarettenpäckchen, das zerdrückt neben ihm im Gras liegt.

»Geld?«

»Geld?«, fragt er begriffsstutzig, dann grinst er und klopft sowohl eine Zigarette als auch einen Fünf-Euro-Schein aus der Packung.

»Lad dich ein«, sagt er und gibt Lina den Schein.

Sie schlendert müßig über die Wiese Richtung Kiosk. Was geht ihr der Kerl auf die Nerven. Sie weiß nicht, warum sie überhaupt noch mit ihm zusammen ist. Vielleicht weil es cool ist, einen Freund zu haben? Hat nicht jedes Mädchen mit vierzehn.

Die Schlange am Kiosk ist überschaubar, sie stellt sich an und hört mehr aus Langeweile mit, was die Jugendlichen vor ihr reden. Zwei Mädchen und ein Junge, älter als Lina.

»… jetzt kriegen wir ne Anzeige, stellt euch vor«, sagt die eine. Da sie mit dem Rücken zum Kiosk steht, um mit den anderen sprechen zu können, sieht Lina sie von vorne.

Sie ist nicht viel größer, aber älter als Lina, und kräftiger, hat ein rundes, ziemlich hübsches Gesicht unter aufgetürmten, grün gefärbten Rastazöpfen. Lina mag diese Weltverbesserinnen mit ihren Filzhaaren eigentlich nicht, aber wider Willen findet sie die hier irgendwie interessant.

»Echt, Mia? Das kann doch wohl nicht sein«, sagt der Junge, ein großer Dünner mit tief in die Augen hängenden Ponyfransen. »Kann da dein Vater nix machen?«

Das Mädchen, das Mia heißt, sticht dem Jungen einen Zeigefinger in den Bauch. »Will ich das? Nee, natürlich nicht.«

Er zuckt die Schultern und legt einen Arm um die Schultern des anderen Mädchens. Sie ist genauso dünn und groß wie er und hat ebenso dünne Fransen.

»War aber krass, dass er vorbeikam bei unserer Kettendemo auf der Brücke«, stellt das dünne Mädchen fest.

»So isser«, bestätigt Mia, »Bulle durch und durch, aber irgendwie auch cool.«

Eine Polizistentochter also, denkt Lina, aber eine, die sich nicht ans Gesetz hält.

Dann ist das Trio dran und bestellt zweimal Eisschokolade und einmal Spaghetti-Eis. Sie setzen sich an einen freien Plastiktisch.

Dass Lina drei Minuten später mit den zwei *Flutschfingern* am Stiel über die langen Flossen des Dünnen stolpert und er sie gerade noch auffängt, war so nicht geplant. Ihre gerade gekauften Eis liegen auf dem Boden und zerfließen auf den heißen Steinplatten fast sofort zu buntem Matsch.

»Ey, tut mir voll leid, ich kauf dir neue«, sagt der Dünne und drückt Lina auf einen freien Stuhl. Die wirft einen flüchtigen Blick Richtung Wiese und Flussufer und sieht nur den angewinkelten Arm ihres Freundes; eine Zigarette steckt zwischen seinen Fingern. Sie beschließt, dass er warten kann.

»Chiara«, sagt das dünne Mädchen und nickt Lina zu.

»Ich bin Mia. Und du?«, sagt die mit den Rastazöpfen.

»Lina.«

»Der Lange da«, Mia deutet auf die Rückansicht des Jungen in den grünen Badeshorts, «ist Max und Chiaras Freund.«

Lina sitzt leicht angespannt zwischen den älteren Mädchen, ihre Finger knibbeln an ihren Knien herum.

»Wieder zwei *Flutschfinger*?«, ruft der Dünne vom Kioskfenster herüber. »Oder darfs was anderes für die Lady sein?«

Ein kurzer Blick auf die schokoladig und sahnig gefüllten Becher der Mädchen und Lina beschließt: »Ich nehm auch eine Eisschokolade.« Soll ihr Freund doch auf sein Eis warten.

So kommts, dass Lina zum ersten Mal in ihrem Leben auf junge Leute trifft, die so ganz anders sind als die, die in ihre Klasse gehen oder im Hochhaus wohnen. Sie sind Umwelt- und Klimaschützer und haben erst vor Kurzem eine große Protestaktion auf der Pfisterbrücke durchgezogen. Lina hat nichts davon gehört, ihre Familie bezieht keine Tageszeitung. Und ihre Mutter merkt nicht mal, dass sie gefilterte Nachrichten aufs Smartphone kriegt – nur Zeug über Stars und Influencer, über Fingernageldesign und künstliche Wimpern. Das Smartphone ist intelligenter als seine Besitzerin und hat längst gespeichert, dass Politik ihr keine Nachricht wert ist.

Zum zweiten Mal innerhalb weniger Wochen hat Lina das Gefühl, dass es da noch mehr gibt in der Welt, was sie interessieren könnte. Dass die Hitzetage im Sommer gar nicht mehr abreißen, findet sie schon lange nicht mehr toll. Was hilfts, wenn man zwar süße Sommerklamotten anziehen kann, es aber so ätzend heiß draußen ist, dass keiner Lust hat, rauszugehen?

»Kann man bei euch noch mitmachen?« Hat sie das wirklich gerade gefragt? Lina wundert sich über sich selbst.

»Immer doch«, sagt Mia. »Komm übermorgen einfach dazu, wir treffen uns bei mir. Gib mir mal deine Nummer, ich schick dir die Adresse aufs Handy.«

Das Eis in ihrer Schokolade ist verlaufen, als Lina den Becher endlich leer trinkt. Mia, Chiara und Max stehen auf und umarmen sie, als sie geht. Lina geht das runter wie Öl: drei neue Freunde zu haben, älter als sie und bestimmt Gymnasiasten.

Dass sie zwei *Flutschfinger* besorgen wollte, hat sie komplett vergessen. Und der Junge ist bäuchlings auf dem Badehandtuch eingeschlafen, Schultern, Rücken und Beine schon krebsrot. Lina deckt ihn mit ihrem Handtuch zu, bevor sie ans Ufer rennt und in die Regnitz springt. Glück, kommt ihr in den Sinn, so fühlt sich Glück an.

»Ich hoffe, das passt so?« Der junge Polizeianwärter stellt eine dampfende Kaffeetasse auf Alfreds Schreibtisch.

Der schaut irritiert auf. »Wie? Was?«

»Kaffee. Hier.« Er deutet auf die Tasse.

»Oh!« Das kennt der Herr Kommissar nun gar nicht. Dass ihm jemand unaufgefordert Kaffee bringt.

»Sehr freundlich, danke. Milch drin?«

Der junge Kollege nickt. »Sagen Sie Bescheid, wenn wir Ihnen noch was abnehmen können.«

»Ja ja«, antwortet Alfred zerstreut, »hab euch ja schon mit Arbeit eingedeckt, danke.«

Er nippt am Kaffee und findet ihn zwar brühend heiß, aber ungewöhnlich gut. Sein Blick geht frustriert auf die beiden verwaisten Schreibtische im Büro. Er hat heute den Kollegen angeboten, dass gern auch jemand in seiner Nähe arbeiten kann. Aber die wenigen Beamten, die gerade verfügbar sind, haben selber genug Platz in ihren Büros.

Nilay hat sich heute Morgen krankgemeldet, und Alfred macht sich nun doch Sorgen. Bisher kam sie auch mit dem Kopf unterm Arm zur Arbeit. Genau wie Dominique. Mit seiner Lieblingskollegin hat er immerhin telefoniert. Sie erzählte ihm, dass die Sekretärin der *Caritas*-Sozialstation meinte, den Namen *Nette Nachbarn* schon mal gehört zu haben. Sie versprach, ihr Team zu fragen, ob jemand diese Dienstleister persönlich kennt. Das könne aber dauern, so Dominique, denn die Dame sei gerade samt Büromaterial umgezogen und habe noch nicht alle Kartons ausgepackt.

Nun hat Alfred sich aufgrund der vorhandenen Erkenntnisse nochmals einen Überblick über die derzeit anhängigen Fälle verschafft und die Zusammenfassung den Kollegen auf ihre PCs geschickt.

»Also, was haben wir«, beginnt er, als das Häuflein aufrechter Polizeibeamter und er eine halbe Stunde später im Besprechungsraum zusammensitzen. Die Bildschirmdatei ist auf dem Whiteboard sichtbar.

»Na, wenn mans genau nimmt, haben wir aktuell nur den Fall Josef Berner aufzuklären«, wirft Kollege Knopf ein, aber Gabi mit i fällt ihm ins Wort. »Und was das mit dem toten Mädchen auf der Sandkirchweih zu tun hat. Oder nicht? Herr Meister?«

»Was sagt denn die Pathologie zum Berner?«, fragt Knopf in der Runde.

Bevor Alfred antwortet, muss er einen großen Schluck Wasser aus der Flasche trinken. Der Kaffee vorhin hat ihn doch ordentlich zum Schwitzen gebracht. »Frau Dr. Hartmann haben wir gleich per Video-Call bei uns, es gibt wohl Neuigkeiten.«

Er schaut auf seine Armbanduhr, ein analoges Uralt-Modell, das ihm sein Vater vererbt hat. »Ein paar Minütchen noch. Und selbstverständlich haben wir mindestens zwei Fälle aufzuklären, selbst wenn sich herausstellt, dass die Kaugummi-Kauerin bei Josef Berner damals nur zufällig in der Nähe des toten Mädchens war. Kinder, die Kaugummi kauen, können wir für die damalige Täterschaft wohl ausschließen. Ab wann wäre jemand zu einer brutalen Tat wie dem Mord an dem Mädchen fähig?« Er schaut fragend in die Runde.

»Eher erwachsen, oder?« »Quatsch, kann auch eine Jugendliche sein.« »Wir hatten schon zwölf- bis vierzehnjährige Täter …« Die Meinungen gehen auseinander.

»Dann nehmen wir als frühestmögliches Alter zwölf Jahre an. Wenn die Frau, die aktuell ihren Kaugummi bei Josef Berner ausgespuckt hat, also vor fünfundzwanzig Jahren ein zwölfjähriger Teenager war, heißt das?«

»Dass sie heute ein Mindestalter von siebenunddreißig Jahren haben muss«, meldet sich der junge Polizeianwärter von hinten. Wenigstens einer, der schnell im Rechnen ist. Dass er inzwischen von allen nur noch kurz und knapp »Azubi« genannt wird, stört ihn nicht. »Ein Meister muss doch einen Azubi haben«, hatten die Kollegen schon vor Wochen festgelegt. Dass sie außerdem Alfred und Dominique hinterrücks »den Meister und die Domina« nennen, ist dem Ermittlerduo nicht verborgen geblieben.

»Sehr gut. Wir suchen also eine Frau von mindestens siebenunddreißig Jahren, eventuell nicht älter als Anfang bis Mitte vierzig, wenn die Kaugummi-Spuckerin auf der Sandkirchweih aus der Clique des toten Mädchens stammte. Das ist natürlich nur Spekulation. Aber der Freund des Mädchens hat immerhin damals erzählt, dass sie im Lauf des Abends eine Bekannte getroffen haben. Soll hübsch gewesen sein. Den Namen wusste er nicht.«

Während Alfreds Zusammenfassung gibt der PC Laut, und Kollege Knopf schaltet Frau Dr. Hartmanns Konterfei frei, sodass sie in Übergröße vom Whiteboard auf die Polizistenrunde hernieder blickt.

Die neue Pathologin ist so ziemlich das Gegenteil des vor Kurzem pensionierten, hageren Dr. Tod. »Tod« war natürlich nur sein Spitzname. Kaum jemand, der nicht schriftlich mit ihm zu tun hatte, kannte seinen echten Namen. Die Neue hat ein Gesicht so rund wie der Vollmond, und ihre große runde Brille verstärkt diesen Eindruck noch. Sie ist Hamburgerin, und ihre spitzen *St*- und *Sp*-Laute sorgen für ungewohnte Töne bei der Bamberger Polizei.

»Guten Tag!«, grüßt sie förmlich und norddeutsch in die Runde und erhält darauf erst recht mehrere fränkische »Grüß Gott« – auch von denen, die nicht an den Mitgegrüßten glauben.

»Wir haben nachge*st*ellt, wie Herr Berner zu Tode gekommen sein muss«, beginnt sie ohne Umschweife. »Der alte Mann *st*and mit dem Rücken zur Haustreppe, bevor er hinunterge*st*ürzt ist. Hinterge*st*ürzt *wurde*, eindeutig. Das beweisen die Hämatome an den Oberarmen. Er hat sich gewehrt, wenn auch nicht sehr. Leider haben wir an der Leiche keine Fremd-DNA festgestellt.«

»Können Sie Näheres über Täter oder Täterin sagen?«

Frau Dr. Hartmann nickt. »Wir konnten anhand der Größe des Toten und der Position der Hämatome die ungefähre Körpergröße des Täters schätzen. 160 bis 165 Zentimeter.«

»Sicher?«

»Ganz sicher.«

Unvermittelt taucht in der oberen rechten Ecke des Bildschirms ein aus einem Auge und einem behaarten Nasenloch bestehendes Gesichtsfragment auf. »Gute Arbeit, meine Nachfolgerin!«, sagt ein unsichtbarer Mund. Frau Dr. Hartmann sieht keine Veranlassung, zur Seite zu rücken, sodass Dr. Tod doch hinter ihr zurücktreten muss, um erkannt zu werden.

»Der Kollege aus dem Ruhestand unterstützt uns. Personalmangel.« Die Pathologin bleibt todernst, Dr. Tod dagegen lächelt hinter ihr.

Dann wird der Bildschirm dunkel und Alfreds Fakten-Datei wieder sichtbar.

Kollege Knopf ergänzt die Datei unaufgefordert um die neuen Erkenntnisse.

»Da haben wir doch schon ein kleines Täter-Profil. Oder Täterin, wenn wir an die *Nette Nachbarin* denken«, freut sich Alfred. »Und ehrlich: Wenn wir nicht so knapp an Personal wären wie die Pathologie offenbar auch, würde ich die Todesfälle von vor wenigen Wochen auch nochmal aufrollen. Diese Frau Fuchs und vor allem der in den Kanal gefallene Verdichter.«

»Warum das denn?«, wollen die Kollegen wissen.

»Kann ich euch sagen. Auch da gibts die schöne unbekannte Helferin. Bei Frau Fuchs eine Micaela, beim Verdichter eine Hübsche mit kurzem Namen. Und jetzt bei Josef Berner die *Nette Nachbarin*. Ist mir echt zu viel Zufall.«

»Können aber doch verschiedene Frauen sein«, meint Gabi.

»Vielleicht, vielleicht auch nicht. Was wir nun sicher wissen, ist, dass bei Josef Berner nachgeholfen wurde. Wir sollten erneut sein Umfeld filzen. Also an die Arbeit. Fahrt nach Hallstadt raus, befragt erneut die Familie, die Angestellten, die Nachbarn, nehmt die KT mit. Die Bernardis gewähren euch ohne Einschränkungen Zugang. Die Tochter will wissen, wer schuld ist am Tod ihres Vaters.«

Claus-Raphael

Der Einundvierziger macht Mucken. Vor allem am Berg zieht die Karre nicht richtig. Und Berge gibt es in Bamberg doch ein paar, es ist wie Rom auf sieben Hügeln erbaut. Claus-Raphael quält das Auto die Eisgrube hinauf und hofft, der Motor möge bis zum Oberen Stephansberg durchhalten. Dort wartet sein neuer Patient auf ihn, frisch aus der Klinik entlassen und hüftoperiert. Davor hat sich Brigitte um ihn gekümmert. Seit neuestem bekommt er alle Patienten, die nicht unbedingt auf weiblicher Pflege bestehen.

Wenn der Einsatz nicht zu lange dauert, bleibt noch Zeit für ein angenehmes Mittagspäuschen auf dem *Spezi-Keller*. Er macht es wie die Bamberger und geht »auf den Keller«, was nichts anderes heißt, als in die Biergärten zu pilgern, die einst auf kühlen Kellern angelegt wurden. Die Gewölbe im Besitz verschiedener Brauereien dienten und dienen noch heute der Lagerung der Bierfässer. Bei schönem Wetter ziehen wahre Karawanen von Durstigen den Stephansberg oder Kaulberg hinauf, um den *Wilde-Rose-Keller,* den *Spezi-Keller* oder den *Greifenklau* aufzusuchen. Auch Claus-Raphael dürstet heute danach. Anschließend muss er dem Sohn der Kommissarin einen ersten Besuch abstatten. An den weiteren Tagen will er versuchen, den jungen Mann am Vormittag in seinem Dienstplan unterzubringen.

Parkplätze gibts hier oben natürlich keine, sodass Claus-Raphael den weißen Pflegedienst-Flitzer halb auf den Bürgersteig stellt. Vielleicht hat er Glück, und die Ordnungshüter verschonen ihn, wenn sie das Schild »Pflege im Einsatz« hinter der Windschutzscheibe sehen.

Das kleine alte Haus des Patienten ist schnell gefunden. Es gibt nur drei Klingelschilder, und Claus-Raphael hätte den Namen über dem seines Patienten fast übersehen. Als er ihm aber doch ins Auge springt, bleibt fast sein Herz stehen. Es ist ein ihm sehr bekannter Name. Sienkiewicz. Kein Name, der in Bamberg an jeder Haustür steht.

Seine Hände zittern von einem auf den anderen Moment, als er die Tasche abstellt und sich eine Zigarette anzündet, noch im Türrahmen stehend, damit er von den Fenstern des Hauses aus nicht gesehen werden kann. Die Person namens Sienkiewicz wohnt unterm Dach, das untere Klingelschild gehört zu Claus-Raphaels Patient im Erdgeschoss.

Er raucht hastig zu Ende, schultert erneut die Tasche mit den Pflegeutensilien und läutet. Erst mal die Lage sondieren, vielleicht kann sein Patient ihm etwas über die Mitbewohnerin unterm Dach erzählen.

Eine halbe Stunde später, nach dem Strümpfe-und-Hose-Anziehen und dem Thrombose-Prophylaxe-Spritzen, ist er nicht viel schlauer. Er sähe die Frau von oben kaum, meinte der alte Mann, es rumple nur ab und zu in der Wohnung und der Fernseher laufe sehr laut, sonst wisse er nichts.

Claus-Raphael steht unschlüssig im Treppenhaus. Er hat die Frau sehr lange nicht mehr gesehen, wahrscheinlich erkennt sie ihn gar nicht. So etwa mit zwanzig hatte er ein kurzes Gespräch mit ihr – war das überhaupt in Bamberg gewesen? Er selber war nach einer verkorksten Jugend wieder nach Oberfranken zurückgekommen, dealte ein bisschen, zog dann nach Hof zu einer gutmütigen älteren Frau, kam vor ein paar Jahren zurück nach Bamberg. An die Frau namens Sienkiewicz hatte er einfach nicht mehr gedacht. Heißt nicht, dass er davon ausging, sie könne auch gestorben sein. Er verschwendete einfach keinerlei Gedanken an sie, sie war in seinem Leben eine Nicht-Person.

Claus-Raphael fasst einen Entschluss, ohne sich die Konsequenz zu überlegen. Seine Tasche lässt er unten stehen und steigt langsam die Treppe hinauf. Es riecht genauso nach alter Frau, wie es in den Wohnungen seiner anderen alten Patientinnen muffelt. Er hasst diesen Geruch und kann ihn nur mit viel Nikotininhalation davor und danach ertragen. Von der Wohnungstür im Dachgeschoss blättert Farbe ab, rund ums Schloss ist das Holz verkratzt und verschrammt. Drinnen läuft der Fernseher so laut, dass er vor der Tür versteht, um was es geht. Ein Verkaufssender, der eine Halskette aus echtem Gold anbietet, ein echtes Schnäppchen, nur noch 118, nein 99, nein 78 Stück verfügbar, entscheiden Sie sich schnell, rufen Sie jetzt an!

Neben der Wohnungstür lehnen ausgetretene Frauenschuhe an der Wand, beide im Bereich der großen Zehen deutlich ausgebeult. Hallux valgus, Claus-Raphael hat viele solcher Füße gesehen, seit er bei Sonja arbeitet.

Klingeln oder nicht? Und was dann? Hallo, ich bin Claus-Raphael, einst Clärchen genannt, weil ich so klein war. Ich habe den Namen gehasst. Kennen Sie mich noch?

Seine Hände zittern wieder und greifen erneut in die Hosentasche. Die Kippe will nicht brennen, endlich dann doch. Das Schild an der Wand »Rauchen verboten!« interessiert ihn herzlich wenig. Seine Knie sind so weich, dass er sich einen Moment hinsetzen muss, auf die obere Treppenstufe. In der Wohnung drinnen gehts jetzt um einen extra weichen Kaschmirpullover, handgestrickt, rufen Sie jetzt an, so eine Gelegenheit kommt nie wieder!

Ob sich die Bewohnerin Goldkette und Kaschmirpullover leisten kann? Sie hat früher schon Sachen bestellt und dann nicht bezahlt.

Als wäre es Gedankenübertragung, schlägt drinnen die Türglocke an, sehr schrill, sodass Claus-Raphael aufspringt und die Treppe hinunter hastet bis zu seiner Tasche und dann unten in der Haustür mit dem Paketboten zusammenstößt.

»Oh!«, sagt der Mann vom Lieferdienst, »gehören Sie zu Sienkiewicz? Können Sie der Frau das Paket hochbringen? Bin in Eile.« Und schon drückt er Claus-Raphael einen breiten und schweren

Karton in die Arme, sagt »danke, nichts für ungut« und ist zur Tür hinaus.

»Hallo, bringen Sie mir was rauf?«, ertönt von ganz oben eine dünne Stimme.

Das geht eindeutig zu weit. Claus-Raphael knallt den Karton auf den Boden vor den Briefkästen und verschwindet aus dem Haus. Soll die Alte doch sehen, wie sie an ihr Zeug kommt.

Jans rechte Hand ist sehr kalt. Dominique nimmt sie in ihre beiden Hände und massiert sie so lange, bis sie sich etwas wärmer anfühlt. Ihr Sohn schaut sie an, und nur seine Augen lassen vermuten, dass er lächeln würde, wenn er könnte. Die enganliegende Sauerstoffmaske verhindert jede Mimik.

Dominique packt beide Hände ihres Sohnes unter die Decke. Hier in seinem abgedunkelten Zimmer ist es trotz der Hitze draußen angenehm kühl. Sie streicht ihm ein paar dünne Haarsträhnen aus der Stirn und steht auf.

»Gleich wird dein neuer Pfleger auftauchen, mein Lieber. Döse noch ein bisschen, ich komme dann mit ihm zu dir.«

Jans Augen folgen seiner Mutter, als sie hinausgeht. Es fällt ihr jedes einzelne Mal schwer, ihren Sohn zu verlassen – nicht wissend, in welchem Zustand er sein wird, wenn sie das Zimmer wieder betritt.

Dominique geht barfuß und mit dem Smartphone in der Hand auf ihre schattige Terrasse. Sie wählt Alfreds Dienstnummer, er ist sofort am Apparat.

»Nichts Neues von den *Netten Nachbarn*«, teilt sie ihm mit, bevor er fragen kann. »Das Telefon ist weiter ausgeschaltet. Orten lassen also zwecklos.«

»Hm«, macht Alfred. »Dann bringe ich dich mal auf den neuesten Stand.« Er berichtet von den Ergebnissen der Pathologie und den daraus abgeleiteten Annahmen über die Täterschaft im Fall Josef Berner.

Dominique reagiert nicht so begeistert, wie Alfred das erwartet hätte. »Ehrlich? Die Tätermerkmale bei Josef Berner mögen zutreffen – aber daraus eine Serie abzuleiten? Dazu sind mir die Tötungsarten zu untypisch. Josef Berner: Tödlicher Sturz mit Nachhilfe. Das Mädchen auf der Sandkirchweih: Tötung durch mehrere Messerstiche. Die beiden Fälle der letzten Wochen: Einmal laut Hausarzt natürlicher Tod einer sehr alten Frau, einmal Sturz in den Kanal. Auch wenn Frau Fuchs und der Verdichter beide Diabetiker waren – dass das die eigentliche Todesursache ist, können wir nicht mehr nachweisen. Oder hatte Josef Berner auch Diabetes?«

»Wohl nicht.« Alfred klingt resigniert. »Aber trotzdem liegt ein Zusammenhang der Fälle Berner und Sandkirchweihmord nah.«

Dominique ist nicht überzeugt. »Zufall. Aber wenn du noch ein Team nach Hallstadt geschickt hast, kommt ihr der Sache vielleicht näher.«

Sie überlegt, ihren Kollegen erneut nach Nilay zu fragen, doch das Klingeln an der Haustür sorgt dafür, dass beide das Telefongespräch beenden.

Eigentlich wollte Dominique sich noch umziehen, bevor der Pfleger kommt. Sie trägt zuhause nur Shorts und ein schulterfreies Top. Aber der Mann von *Sonjas PflegeEngeln* wird im Lauf seiner Berufstätigkeit schon mehr nackte Haut gesehen haben, wenn auch in der Regel von weitaus älteren Menschen.

Als Dominique die Tür öffnet und dem ungepflegt wirkenden, kleinen Mann im nicht mehr ganz so weißen Kittel gegenübersteht, bereut sie, sich nicht etwas mehr übergezogen zu haben. Ihr Gehirn hat sofort ein Adjektiv für ihn parat, und das heißt »schmierig«. Puh, nicht so einer für ihren Sohn Jan. Kein Vergleich zu Benno, der leider für drei Wochen nach Bali geflogen ist.

»Tag, Frau Brodbecker«, sagt er, und Dominique fragt: »Sie sind Herr …?«

»Stark. Aber sagen Sie Claus-Raphael zu mir. Macht jeder.« Er tritt ohne abzuwarten über die Schwelle und geht schnurstracks in den großen offenen Wohnbereich, von dem aus mehrere Türen in verschiedene Zimmer führen.

Dominique ist sein taxierender Blick über ihr knappes Top, die Shorts und ihre langen braunen Beine nicht entgangen. Abschätzend? Lüstern? Sie mag solche Typen nicht.

»Nehmen Sie bitte einen Moment Platz.« Sie deutet auf den großen schwarz verspiegelten Esszimmertisch. »Wasser?«

»Gern.« Dass der Pfleger gerade auf dem *Spezi-Keller* Pause gemacht und dort zwei Radler gekippt hat, kann sie nicht wissen. Er verträgt einiges, man merkt ihm Alkohol nicht so schnell an.

Dominique holt ein Glas Wasser aus der Küche und setzt sich ihm gegenüber.

»Ihre Chefin hat Sie informiert? Mein Sohn verbringt die weitaus meiste Zeit des Tages im Bett und unter seiner Sauerstoffmaske. Wir haben einen Intensivpflegedienst. Momentan aber nur eine Person. Sie müssten in den nächsten drei Wochen die tägliche Körperpflege übernehmen.«

»Kein Problem.« Claus-Raphael trinkt das Glas auf einen Zug leer.

Dominique sieht mit einem Blick, dass er starker Raucher ist, und sie riecht es auch. Das mag sie gar nicht. Ein nach Rauch stinkender Mann, der Jan zu nahe kommt. Benno ist Gelegenheitsraucher, vor allem abends und im Freundeskreis, aber vor Pflegeeinsätzen zu rauchen, das geht bei ihm gar nicht. Seine Arbeitgeberin weiß das sehr zu schätzen.

»Und wenn Sie bitte nicht rauchen, bevor Sie zu uns kommen. Oder die Kleidung wechseln.«

Oha, das gefällt dem Herrn gar nicht. Seine Mimik entgleist kurz.

»Schwierig«, sagt er und grinst.

»Aber machbar«, erwidert Dominique ungerührt. »Gehen wir zu meinem Sohn. Ich helfe Ihnen beim Drehen.«

Sie sieht ihm an, dass er widersprechen will, es aber dann lässt. Wahrscheinlich ist er einer von denen, die sich nicht gern bei der Arbeit über die Schulter schauen lassen. Umso besser, wenn sie dabei ist.

Dominique geht ihm voraus in Jans Zimmer, das ebenso wie das Wohnzimmer einen Ausgang zur Terrasse hat. Wann immer die Temperaturen angenehm sind, schiebt Dominique das Pflegebett hinaus ins Freie. Jan liebt es, unter den üppig rankenden und duftenden Rosen zu liegen, auch wenn er es nicht mehr sagen kann.

Claus-Raphael schlurft hinter ihr her, und Dominique fühlt seinen Blick auf ihrem Hintern so deutlich, als würde er sie mit seinen Nikotingriffeln anfassen.

Die Krankmeldung steckt in der rechten Tasche von Nilays langer heller Leinenhose. Soll sie selbst bei den Kollegen vorbeigehen? Oder den Zettel per Post schicken? Die Hausärztin hat eine Magen-Darm-Grippe diagnostiziert, und Nilay wundert sich, wie wenig die Medizinerin sich für weitere Symptome interessiert hat. Aber das Wartezimmer war proppenvoll, trotz ständiger Aufforderung in den Medien, die Arztpraxen bei Erkältungsanzeichen erst gar nicht zu betreten. Leider ist – wie während der Corona-Zeit – keine Krankschreibung per Telefon mehr möglich. Eine Option, die Nilay aber eh nicht gewählt hätte. Sie hatte die leise Hoffnung gehegt, die Ärztin würde bei einer persönlichen Konsultation genauer nachfragen. Und ihr auf den Kopf zusagen, was mit ihr los ist. Hat sie aber nicht. So blieben Nilay die Selbstdiagnose und der Gang in eine Apotheke nicht erspart.

Jetzt sitzt sie im kühlen und noch wenig besuchten Innenhof des *Café Leander* und trinkt Pfefferminztee mit Zitrone. Das tut gut, und ihr Bauch entspannt sich etwas. Sie wird im Supermarkt in der Innenstadt noch ein paar Lebensmittel besorgen und dann nach Hause gehen.

»Alles gut bei dir?« Die Studentin, die hier als Bedienung jobbt, lächelt Nilay strahlend an.

»Danke, ja. Ich nehm noch einen.« Nilay deutet auf das fast leere Teeglas.

Neben dem Glas liegt ihr Smartphone, als stille Aufforderung, endlich all die entgangenen Anrufe und Nachrichten zu beantworten, die in den letzten Tagen aufgelaufen sind.

Nilay weiß es selber. Sie sollte sich bei Dominique melden. Bei der Frau, die ihr seit der ersten Stunde ihrer Arbeit bei der Bamberger Polizei den Kopf verdreht hat. Die Frau, mit der sie zwar wenige, aber sehr intensive Liebesstunden verbracht hat. Und der sie jetzt doch nicht sagen kann, was mit ihr los ist. Denn Dominique hat andere Sorgen. Sie verliert gerade ihr einziges Kind. Das ist die denkbar ungünstigste Situation, um ihr beizubringen, mit welchem Problem sich Nilay herumschlägt. Vor allem: Wie es überhaupt zu diesem Problem kommen konnte.

Die laut lachende Frauengruppe, die im Hof des Cafés einläuft, hat ausgerechnet den großen Tisch neben Nilays kleinem reserviert. Sie sind Kolleginnen, Lehrerinnen in den Sommerferien, wie den hin und her fliegenden Gesprächsbrocken zu entnehmen ist. Die gute Laune der Frauen könnte ansteckend sein, wenn Nilay dafür empfänglich wäre.

Sie bezahlt, als ihr zweiter Tee kommt, und trinkt ihn so zügig wie möglich aus. Dann schiebt sie ihre übergroße Sonnenbrille vom Haar auf die Nase und verlässt den Café-Hof.

Selbst Nilay ist die brütende Hitze zu viel, der Asphalt strahlt gnadenlos zurück, was die Sonne ihm an Wärme geschickt hat. Sie hält sich an den Häuserwänden, geht Richtung Gabelmann. Schon von weitem fällt ihr das Grüppchen Menschen auf, das vor den Sitzblöcken zusammensteht, Teelichte in den Händen hält und einem Mann mit grauem Haarkranz in der Mitte lauscht. Die Männer tragen Hosen und Hemden in gedeckten Farben, die wenigen Frauen lange braune oder schwarze Röcke, eine ein kurzes schwarzes Cocktailkleid. Eine Trauerfeier? Ist jemand Stadtbekanntes gestorben? Nilay wohnt zu kurz in Bamberg, um sich im Lokalgeschehen auszukennen.

Wie andere neugierige Bamberger auch tritt sie näher an die Gruppe heran und hört zu.

Der graue Haarkranz in der Mitte rezitiert etwas. Gedichte? Eher Fragmente von Gedichten. Nilay versteht nur Bruchstücke, weil er den Kopf nach unten hält und in seinen struppigen grauen Bart nuschelt. Es scheint um Liebe zu gehen, und um Tod. Um Einsamkeit. Um Freundschaft und Feindschaft.

Neben der Kommissarin tuscheln zwei Hausfrauen, deren Körbe voll mit am Markt gekauftem Grünzeug sind.

»Wissen Sie zufällig, wer die Leute sind?«, fragt Nilay die beiden leise.

»Nee, wirklich ned«, antwortet die eine ein bisschen zu laut. »Des sinn fei echt lauder Spinner, mein ich.«

»Penner und Hippies«, ergänzt die andere.

Sie lachen ein bisschen und schlendern schwatzend weiter.

Die Frau vor Nilay dreht sich unwillig um. Sie gehört zu dem Grüppchen mit den Teelichten, ist eine von denen im langen dunklen Rock. Ihre ärmellose, graue Bluse hat Schweißflecken unter den Armen und lässt welke, weiche Oberarme sehen. Die altmodische, kleine Brille wird am Nasensteg nur noch von einem Pflaster zusammengehalten.

»Entschuldigung«, murmelt Nilay, »ich wollte nicht stören.«

Die andere nickt gnädig und fragt dann doch. »Haben Sie den Mihai auch gekannt?«

»Mihai?« Irgendwas klingelt bei Nilay, und zwei Sekunden später fällt ihr ein, wem sie den Namen zuzuordnen hat.

»Der Dichter?«

»*Ver*dichter«, korrigiert die Frau.

»Pscht«, zischt ihr Nebenmann, aber dann ist die kleine Feier schon zu Ende, denn der graue Haarkranz in der Mitte fordert alle auf, ihre Teelichte auf einem der Steinquader abzustellen. Dort sind auch Wiesenblumen niedergelegt. Und ein Packen schlecht kopierter Blätter.

»Nehmt euch was mit«, fordert der Haarkranz die Trauergemeinde auf, »Mihais Gedichte sind sein Vermächtnis. Und genau hier ist der Ort, an dem er sie gerne vorgelesen hat.«

»Ist das nicht schon ein paar Wochen her, dass der Dichter gestorben ist?«, fragt Nilay die Frau im langen Rock und schiebt sich hinter ihr durch die Gruppe Richtung Steinquader.

Ein anderer Mann antwortet von der Seite. »Wir haben es erst vor Kurzem erfahren. Traurig, sehr traurig das Ganze. Verscharrt ist er auch schon, und wir wissen nicht mal, wo.«

»Fragen Sie bei der Stadt nach«, empfiehlt ihm Nilay, »vermutlich hat er eine anonyme Bestattung erhalten, auf einer Wiese zum Beispiel.« Sie kennt diesen Vorgang aus Dresden.

Der Mann beäugt sie misstrauisch, aber Nilay hat keine Lust, sich als Polizistin zu outen. Ihr ist sowieso schon wieder schlecht. Aber ein paar der kopierten Gedichte wird sie mitnehmen, Alfred interessiert sich immer noch für diesen Fall. Sie kann sie ihm mit ihrer Krankmeldung ins Büro reichen.

Niemand hindert sie daran, von den Blättern zu nehmen. Warum auch, es sind genug da, und das Interesse der Trauernden ist nur mäßig.

Nilay faltet die Blätter zusammen, steckt sie ebenfalls in ihre Hosentasche und geht Richtung Lange Straße. Sie muss noch einkaufen, und der Apothekenkauf in ihrer Tasche wartet auf seine Anwendung.

Rocco liegt bäuchlings auf dem Bett und tippt auf seinem Handy herum. Heute ist Ruhetag in der Pizzeria. Rita und Francesco Bernardi nutzen den Tag, um im Haus von Josef Berner aufzuräumen. Die Kriminaltechniker haben am Vortag nicht nur sämtliche Schränke durchsucht, sondern auch jedes Fitzelchen Papier in dem alten Haus umgedreht, jedes Deckchen hochgehoben, jedes Stück Nippes auf den Kopf gestellt. Das Ergebnis war gleich null. Das heißt, nicht ganz. In einer Schublade mit durchlöcherten Socken fand eine Beamtin sorgfältig gerollte Geldscheine, und Rita Bernardi staunte nicht schlecht, als sie sie ausgehändigt bekam. Es waren D-Mark-Scheine im Wert von fast achttausend Mark.

Rita war das nicht bekannt, ihr Vater betonte immer, er sei arm wie eine Kirchenmaus. Das Geld kam wie gerufen, der Steinbackofen in der Pizzeria wird bald seinen Geist aufgeben.

Rocco weiß davon nichts. Er wollte beim Aufräumen helfen, aber seine Mutter meinte, er würde ihnen nur im Weg stehen.

Auf das Spiel auf seinem Smartphone kann er sich aber auch nicht recht konzentrieren. Zu deutlich ist ihm noch das Bild seines toten Opas vor Augen. Wie leer sein Blick war, wie lose sich der Kopf anfühlte, den Rocco auf die Strickweste gebettet hat. Ob Großvater Josef noch merkte, dass sein Enkel bei ihm war? Schön wäre das, aber sehr wahrscheinlich ist es nicht.

Rocco legt das Handy weg, dreht sich auf den Rücken und hangelt nach einem Buch im Regal über dem Bett. Es ist ein alter Bildband mit Lokomotiven, sein Opa hat es ihm erst vor Kurzem gegeben, denn Rocco liebt Züge. Er setzt sich auf und nimmt das Buch auf den Schoß. Schon beim Aufschlagen der ersten Seite fühlt er sich mit seinem Opa verbunden. Sie haben das früher oft gemacht – gemeinsam Bücher angeschaut. Meist solche, die was mit Technik zu tun hatten. Autos, Züge, Schiffe, auch Traktoren.

Als er weiterblättert, fällt ein bunter Flyer aus den Seiten. Rocco glaubt erst, es ist ein Autoprospekt, denn auf der Titelseite sind lauter weiße Kleinwägen abgebildet. Dann sieht er, dass »*Sonjas PflegeEngel*« draufsteht und die Menschen, die aus den Autofenstern winken, weiße Kittel tragen. Sofort fällt ihm ein, dass der dicke Kommissar ihn nach der Helferin von Opa Josef gefragt hat. Die, die Rocco selber kaum zu Gesicht bekommen hat. Ob sie von diesem Pflegedienst war? Ob das die Polizei interessieren würde?

Rocco schaut sich den Flyer genauer an. Opas »Perle« ist nicht darauf zu erkennen. Aber auf die Rückseite hat sein Opa etwas gekritzelt. Der Junge hat diese Schrift noch nie lesen können. Sie sieht irgendwie anders aus. Doch genau so hat Josef Berner in der Schule schreiben gelernt, und in seinen letzten Lebensjahren ist er mehr und mehr dazu übergegangen, sie auch wieder beim Schreiben zu benutzen.

»Schreib doch bitte so, dass wir es lesen können«, hat Rita Bernardi oft genug gebeten. Besonders dann, wenn ihr Vater ihr seine Einkaufszettel in die Hand drückte und die auch in *Sütterlin* verfasst waren.

Sütterlin, so heißt die Schrift, jetzt fällts Rocco wieder ein. Komischer Name. Zitterling würde besser passen, so zittrig wie die aussieht. Aber das lag vielleicht nur an der unruhigen Hand seines Opas. Die nun nie mehr was schreiben wird.

Die Augen des Jungen werden ein bisschen nass. Er hat den alten Mann wirklich gemocht. Aber anstrengend war er zum Schluss. Gut gerochen hat er auch nicht mehr. Alles kein Grund, ihn die Treppe hinunterzustoßen. Denn dass Derartiges passiert sein muss, ist Rocco völlig klar, auch wenn die Eltern es vor ihm verheimlichen wollen. Warum sonst schwirrt ständig die Polizei hier herum? Rocco weiß: Er muss diesen Pflegedienst-Flyer seiner Mutter zeigen. Und die muss ihn dem Kommissar geben. Ist vielleicht wichtig. Und wenn Rocco helfen kann, den plötzlichen Tod seines Großvaters aufzuklären, dann ist es künftig vielleicht leichter, an den alten Mann zu denken.

Nach dem Unfall kehrte Kimmi nicht mehr zu ihrer Arbeit in der Werkstatt zurück. Sie vermisste das Schrauben an den Autos nicht einmal. Vor allem wollte sie nicht auf die mit ihr verunglückte Kollegin treffen. Womöglich erinnerte die sich doch irgendwann an die Sekunden vor dem Unfall? Kimmi war das eigentlich egal. Sie hatte nur keine Lust, wegen der Geschichte in den Knast zu wandern. Geplant war das Ding ja anders gewesen. Kimmi und die andere sollten hops gehen. Hat nicht geklappt.

Die Veränderung kam schleichend: Zwar verließ Kimmi ihre Wohnung noch, um beim Nahkauf ums Eck Fertigpizza und Dosenbier zu kaufen, auch mal Schnaps, wenn er im Angebot war. Die Besuche bei ihrer Mutter stellte sie jedoch komplett ein. Alle vier Wochen ließ sich Kimmi bei dem zwei Straßen weiter praktizierenden Hausarzt blicken, einem alten Allgemeinarzt ohne Doktortitel, der für seine Patientenfreundlichkeit bekannt war. Sprich: Er verschrieb so ziemlich alles, was gewünscht war, und stellte jedem einen Krankenschein aus, der sich krank zu fühlen glaubte. Also auch Kimmi.

Wobei sie kaum noch unterscheiden konnte, ob ihr aus Unlust oder aus körperlicher Schwäche die Energie fehlte, etwas in Angriff zu nehmen. Da sie schon von jeher nicht viel auf die Waage brachte, ließ der körperliche Verfall nicht lange auf sich warten. Ihr blondes Engelshaar wurde stumpf, ihr Gesicht hager, dunkle Ringe lagen unter den Augen, ihre Rippen stachen spitz hervor.

Längst fühlte sich kein Jugendamt mehr für sie zuständig, Kimmi blieb sich selbst überlassen. Die gut gemeinten Versuche ihres Chefs, sie wieder in die Werkstatt zu locken, schlugen fehl. Die paar Arbeitskollegen, die sich um sie gesorgt hatten, hörten bald auf, ihre Handynummer zu wählen. Das Festnetztelefon, das sie bei Einzug in die Wohnung eher desinteressiert vom Vormieter übernommen hatte, klingelte schon lange nicht mehr. Zwei, drei Jahre ging das so.

Umso mehr erschrak Kimmi, als der Apparat eines Winterabends in ihren bierseligen Couchschlaf schrillte. Sie hatte vergessen, die Heizung hochzudrehen, Füße und Hände waren eiskalt, und ihre Finger hangelten noch halb im Schlaf nach dem Telefonhörer auf dem Tisch. Hätte sie sich Zeit gelassen, einen klaren Gedanken zu fassen, wäre sie wohl nicht dran gegangen.

»Hallo, meine Süße!«, säuselte eine hohe dünne Frauenstimme am anderen Ende der Leitung. »Ich bins, deine Mama. Warum besuchst du mich denn nicht mehr?«

Keine neuen Erkenntnisse im Fall Josef Berner: Weder die Durchsuchung seines Hauses brachte etwas, noch stimmten DNA-Proben aus dem Umfeld des Toten mit der alten Kaugummi-DNA überein. Und vor Alfred liegt ein Stapel kopierter handschriftlicher Blätter, die Nilay samt ihrer Krankschreibung an der Pforte abgegeben hat. Blätter mit Gedichtfragmenten, die den Polizeihauptkommissar äußerst depressiv stimmen. Der Verdichter fährt noch posthum volle Breitseite gegen Staat und Polizei. Einige seiner Werke beschäftigen sich mit Polizeigewalt, vor allem mit der gewaltsamen Auflösung illegaler Demos, das alles ist Jahrzehnte her. Mihai Petrescu kann derartige Aufmärsche in Deutschland gar nicht selber erlebt haben. Möglicherweise handelt es sich um Staatsgewalt in Rumänien, die dort in seiner Jugend allgegenwärtig war, so genau geht das aus den bruchstückhaften Werken nicht hervor, die häufig nur aus einzelnen verdichteten Worten bestehen. Aus der Vielzahl politischer Themen sticht aber ein Blatt hervor, und zwar schon allein deshalb, weil Mihai eine kleine Zeichnung an den Rand gesetzt hat. Soll wohl ein Engel sein, ein schwarzer allerdings, und auch die letzte Zeile heißt »Schwarzer Engel«. Verdichtet aus den drei vorigen Zeilen:

»Aus Wolken gefallen, schwer mit Regen.

Mir den Blick verstellt, die Sicht geblendet.

Hoffnung gegeben, Hoffnung geraubt.

Schwarzer Engel.«

Hm. Alfred hats nicht so mit Liebesgedichten. Falls das überhaupt eins sein soll. Es weicht zumindest von den anderen wirren Pamphleten ab, und er legt es auf die Seite, um später darüber nachzudenken. Mihai Petrescu ist gerade nicht sein vordringlicher Fall.

»Wollen wir?« Kollege Knopf aus dem Nachbarbüro schaut zur Tür herein. »Die Mannschaft ist vollzählig. Na ja, wir sind zu dritt.« Alfred verzieht schmerzlich das Gesicht. Welch trauriges Häuflein. »Ich komme.«

Er holt eine Wasserflasche aus dem Kasten unterm Stuhl und ärgert sich, dass er keinen Vorrat im Kühlschrank des Pausenraums deponiert hat. Mit ein paar Unterlagen unterm Arm geht er nach nebenan.

Hier haben sich Kollege Knopf, Gabi mit i und Azubi um einen kleinen Arbeitstisch versammelt. Gabi und Azubi trinken eisgekühlte Cola, Knopf trotzt der Hitze mit heißem Kaffee.

»Gut, Leute.« Alfred lässt sich auf dem freien Stuhl nieder.

»Wie machen wir weiter? Dominique sieht nicht unbedingt einen Zusammenhang zwischen dem alten und dem neuen Fall. Trotzdem: Holt euch bitte nochmal alle alten Kontakte des Mädchens her, das damals auf der Sandkirchweih ermordet wurde. Wir halten zunächst an der These fest, dass eine heute mindestens siebenunddreißig Jahre alte Frau an beiden Taten beteiligt sein könnte. Wir suchen weiter eine *Nette Nachbarin*. Ist die Ortung bereit? Sobald die entsprechende Handynummer wieder aktiv ist?«

Gabi nickt. »Ist veranlasst.«

»Gut. Familie Bernardi können wir ausschließen. Hab ich eh nicht dran geglaubt. Die Pizza aus dem Steinbackofen war zu gut ...« Alfred grinst.

»Ein Mann als Täter kommt im Fall Berner nicht in Frage, oder?« Azubi hat den Überblick verloren.

»Warum das? Die Frau, die bei Josef Berner Kaugummi entsorgt hat, gehörte zwar nicht zur Familie, muss den alten Mann aber nicht zwangsläufig die Treppe runter gestoßen haben.«

»Aber mehr Kontakte als diese Helferin soll er doch nicht gehabt haben?«

»Der Essens-Lieferdienst während Familie Bernardis Urlaub ...«

»Scheidet aus, ist länger her, als der Papierkorb bei ihrem Vater geleert wurde. So hats Frau Bernardi gesagt.«

In die Überlegungen des Teams hinein klingelt Alfreds Handy. Auf dem Display erscheint die Telefonnummer einer ihm gut bekannten Pizzeria in Hallstadt. So ein Zufall aber auch. Rita Bernardi ist dran und erzählt ihm kurzatmig etwas von einem Flyer, den Sohn Rocco aus einem Bildband von Opa Josef gefischt hat. Und den die Kriminaltechnik gar nicht hätte finden können, weil das Buch nämlich in Roccos Kinderzimmer stand.

»Können Sie die Rückseite abfotografieren? Auf der die handschriftliche Notiz Ihres Vaters steht?«

Er lässt das Handy sinken und schaut stirnrunzelnd in die Kollegenrunde.

»Auch Josef Berner hatte Kontakt mit *Sonjas PflegeEngeln*. Der Enkel hat einen Flyer in einem Buch gefunden. Mit einer handschriftlichen Notiz von Josef Berner darauf. Zwar in alter deutscher Schrift – *Sütterlin*, falls euch das was sagt. Aber Tochter Rita beschäftigt eine Küchenhilfe, die ihr schon immer beim Lesen von Einkaufszetteln des alten Berner geholfen hat. Sie schickt mir ein Foto des Flyers sowie die Übersetzung. Müsste gleich da sein. Vielleicht bringt uns das weiter.«

In die kleine Runde kommt Bewegung.

»Ich hol mal Getränkenachschub«, sagt Gabi. »Ist ja nicht auszuhalten hier.«

»Wollen wir trotzdem was zu essen bestellen? Ich hab irgendwie Appetit auf Pizza aus dem Steinbackofen …«

»In Hallstadt ist heute Ruhetag«, sagt Alfred bedauernd. »Bestellt irgendwo anders. Für mich eine große Speciale mit extra viel Käse. Ich schick euch einstweilen Frau Bernardis Mail auf die Rechner. Sobald sie eingeht.«

Nach kurzer Pause sind alle wieder am Platz, Alfred nimmt gern die kühle Coke entgegen und holt dann den Scan des Pflegedienst-Flyers aufs Whiteboard. Sichtbar wird die Rückseite mit Anschrift und Telefonnummer von *Sonjas PflegeEngeln*. Darunter Gekritzel in *Sütterlin*.

Alfred Meister schaut auf Rita Bernardis Mailtext mit der Übersetzung und liest laut vor. »Pfleger heißt Claus-Raphael. Kann ich jederzeit anrufen.« Dahinter eine Handynummer.

Er richtet es schon am zweiten Tag seines Einsatzes so ein, dass er den neuen Pflegefall am frühen Vormittag versorgen kann. Das hängt vor allem damit zusammen, dass sein Nikotinbedarf im Lauf des Tages steigt, ebenso die Sucht nach Koffein. Oft bieten ihm Angehörige Kaffee an, wenn er länger mit einem Pflegling zu tun hat. Frau Brodbecker tut dies nicht. Wahrscheinlich hält sie Mineralwasser für gesünder. Wegen der anhaltenden Hitze nimmt Claus-Raphael es gnädig an.

Als er am frühen Morgen bei Sonja den Einundvierziger und seine Einsatztasche abholte, konnte die Chefin sich eine Bemerkung über seine propere Erscheinung nicht verkneifen.

»Was ist denn mit dir los? So weiß und gut gebügelt war dein Kittel schon lange nicht mehr. Hast wohl eine neue Freundin?«

Claus-Raphael grinste. Sollte Sonja das doch glauben. Dabei hatte sie noch nicht einmal gesehen, dass er einen weiteren Kittel zum Wechseln ins Auto gelegt hatte. Er wollte auf keinen Fall die Frau Kommissarin gegen sich aufbringen. Als sie ihm am ersten Tag geholfen hatte, Jan für die Ganzkörperwäsche zu drehen, war ihre Nähe so prickelnd, dass Claus-Raphael auf Wiederholung hofft. Gestern hat sie ihn allerdings allein arbeiten lassen. Er hörte sie irgendwo telefonieren. Solche groß gewachsenen taffen Frauen törnen ihn ebenso an wie sie ihm gelegentlich Angst machen. In seiner Familie waren alle klein, die Mutter, die Geschwister. Wahrscheinlich auch der Vater, an den er sich nicht erinnern kann und von dem es nur ein verwackeltes Foto in einer Schuhkartonsammlung gab. Die jüngeren Geschwister hatten andere Väter, aber auch von denen weiß er nicht mehr viel.

Er parkt den Einundvierziger direkt vor dem Haus von Familie Brodbecker. Die Kommissarin und ihr Sohn wohnen unten. Aber auch auf dem Klingelschild für das obere Stockwerk steht »Brodbecker«. Er würde zu gern etwas über ihre Familienverhältnisse wissen. Das kann man allerdings schlecht fragen. Er klingelt spaßeshalber oben und ist gespannt, wer ihm öffnet. Der Türöffner summt, er drückt die Haustür auf, von oben kommt eine schmale Frau mit auffällig großer Nase die Treppe herunter.

»Sie sind vom Pflegedienst?«, fragt sie und mustert ihn kritisch.

»Bin ich. Claus-Raphael. Hab ich nicht bei Brodbecker geklingelt?«, fragt er scheinheilig.

Die Frau nickt. »Es ist egal, wo Sie klingeln. Wir hören das unten und oben. Frau Brodbecker ist gerade nicht da, ich lasse Sie rein.«

»Sie sind …?«, versucht Claus-Raphael sein Glück.

»Ich wohne oben«, sagt die Frau nur und schließt die untere Wohnungstür auf.

Sie gehen in Jans Zimmer, der allerdings nicht alleine ist. Eine stämmige Frau saugt gerade seine Speiseröhre ab und scheucht die Ankömmlinge mit einer Handbewegung wieder hinaus.

Claus-Raphael weiß, wie unangenehm dieses Absaugen für Patienten ist. Zumindest für Patienten im Wachzustand. Er ist mehr als froh, dass er solche Handgriffe nicht machen muss. Auch nicht machen darf.

Kurz darauf ruft die Frau vom Intensivpflegedienst ihn und die andere Frau herein. »Danke Sigi, ich konnte gerade nicht aufmachen, Entschuldigung.« An den Mann von *Sonjas PflegeEngeln* gewandt: »Frau Brodbecker meinte, Sie kämen erst gegen Mittag?« Auch sie mustert ihn argwöhnisch.

»Ich konnts früher einrichten«, sagt er und steht unschlüssig im Zimmer.

Die Frau namens Sigi ist an Jans Pflegebett herangetreten und streicht ihm über die Wange. »Na, Großer? Hat die Marlies dich wieder gequält, was? Jetzt machen wir dich ein bisschen frisch, was meinst du?«

»Ich komme allein zurecht«, sagt Claus-Raphael und stellt seine Tasche demonstrativ auf einen Stuhl neben dem Bett.

»Das mag schon sein. Ich helfe Ihnen trotzdem. Und es wäre nett, Sie würden Jan auch Guten Morgen sagen.«

Der Junge im Bett rührt sich nicht, nur die Augen über der fest sitzenden Sauerstoffmaske verfolgen das Tun an seinem Bett.

»Guten Morgen, Jan«, sagt Claus-Raphael zu dem blassen, spitzen Gesicht und grinst die Frau namens Sigi an. Er kann vermutlich schlecht verbergen, dass sich sein Mitgefühl für den Patienten in Grenzen hält. Und dass es ihm lieber gewesen wäre, Dominique würde Seite an Seite mit ihm arbeiten und wohlwollend zur Kenntnis nehmen, dass er und sein Kittel frisch und rauchfrei sind.

Die Frau will gerade etwas erwidern, als Claus-Raphaels Handy in der Hosentasche klingelt.

»Kann ich kurz?« Er wartet keine Antwort ab, nimmt das Telefon heraus und tippt die grüne Taste an.

»Ja?«

»Sie sind *Sonjas PflegeEngel*?«, fragt eine ihm unbekannte männliche Stimme.

»Jaaa … Also, ein Mitarbeiter.«

»Namens Claus-Raphael Stark?«

»Bin ich. Und wer spricht da?«

»Meister, Kripo Bamberg. Wir haben ein paar dringende Fragen an Sie.«

Alfred Meister ist sauer. Dass *Sonjas PflegeEngel* in all ihre Fälle verstrickt sind, gefällt ihm gar nicht. Zu viel Zufall. Noch bedenklicher findet er, dass Dominique für ihren Sohn Jan ebenfalls auf diese »Verwahrlosungsverwalter« angewiesen ist. Gleich, nachdem er Claus-Raphael erreicht und umgehend in sein Büro in der Schildstraße bestellt hat, ruft er Sonjas Handynummer an, die ihm der Pfleger gegeben hat.

Die Chefin ist sofort am Apparat.

»Sind Sie im Büro? Dann schauen Sie bitte nach, wann Ihr Pflegedienst bei einem Mann namens Josef Berner in Hallstadt eingesetzt war.«

Sein strenger Ton schüchtert Sonja ein. »Berner?«, wiederholt sie. »Sagt mir gar nichts ... Ich schau nach, einen Moment bitte.«

Alfred hört sie vor sich hin murmeln und klopft ungeduldig mit den Fingern auf den Schreibtisch.

Nach wenigen Sekunden sagt Sonja: »In unserer Kartei gibt es keinen Josef Berner. Wann soll das denn gewesen sein?«

Auch das hat Alfred natürlich herauszufinden versucht. Ohne Ergebnis. Rita Bernardi war selbst erstaunt gewesen, dass ihr Vater Kontakt mit einem Pflegedienst gehabt haben soll. Sie konnte nur einen möglichen Zeitpunkt nennen, und das war vor etwa einem halben Jahr, als Josef Berner kurz wegen eines Prostata-Eingriffs stationär behandelt wurde und ihm von der Klinik geraten worden war, sich nach der Entlassung Hilfe durch einen Pflegedienst zu holen.

»Vielleicht hat er da verschiedene Dienste genannt bekommen? Und einen angerufen? Wenn ja, dann habe ich das nicht gewusst. Er wollte doch nie Hilfe von außen. Wir haben uns umso mehr gewundert, dass er diese Frau von den *Netten Nachbarn* akzeptiert hat.«

»Kann Ihr Mitarbeiter Claus-Raphael ohne Ihr Wissen bei diesem Patienten gewesen sein?«, fragt Alfred.

Sonja schnauft hörbar. »Das hoffe ich doch nicht. Ich kann ihn anrufen, wenn Sie wollen.«

»Nicht nötig.« Alfreds Ton klingt frostig. »Ich spreche selbst mit ihm.«

Die Nächste, die er anruft, ist Dominique.

»Ja?« Sie ist außer Atem.

»Bist du zuhause?«

»Komme im Moment zur Tür rein, ich war einkaufen. Moment mal ...« Alfred hört Stimmen in Dominiques Hintergrund, dann sehr nah eine Männerstimme.

»Wie, Sie gehen? Sind Sie denn fertig?« Dominique, sehr laut.

Dann eine weitere Frauenstimme; Alfred meint, am Tonfall Sigi zu erkennen. Sigi, Dominiques Verflossene, die in der oberen Wohnung wohnt und Dominique bei Jans Versorgung unterstützt.

Das anschließende misstönende Kratzen im Ohr lässt darauf schließen, dass der Apparat irgendwo abgelegt wurde.

Alfred schwitzt so arg, dass er noch einen Hemdknopf öffnet und sich mit einer herumliegenden Akte Luft zufächelt. Ob er den Ventilator einschalten soll? Aber dann denkt er an Tochter Mia und ihr Engagement für den Klimaschutz und verwirft den Gedanken wieder.

»Bin wieder da«, meldet sich endlich Dominique. »Sorry. Dieser Claus-Raphael von *Sonjas PflegeEngeln* verschwindet schon wieder, hat angeblich einen dringenden Termin.« Sie hört sich sarkastisch an.

»Ja, und zwar mit mir«, sagt Alfred grimmig. »Deshalb rufe ich dich auch an.« Und dann berichtet er ihr von den neuen Erkenntnissen im Fall Berner.

Dominique ist nicht begeistert. »Der Typ gefällt mir eh nicht. Würde mich nicht wundern, wenn er sich bei seinen Pflegefällen durchschnorrt. Ich werde versuchen, ihn wieder loszuwerden.«

»Tu das. Kann durchaus sein, dass er unser gesuchter Täter ist. Laut Frau Dr. Hartmann ist die Person, die Josef Berner gestoßen hat«, Alfred ahmt dabei das spitze »st« der Pathologin nach, »nicht sehr groß. Wie groß ist der Pfleger?«

»Sehr klein. Eins sechzig etwa. Du meinst, er hat Josef Berner die Treppe hinuntergestoßen?«

»Ach, ich meine gerade gar nichts. Mal sehen, was die Befragung gleich bringt.«

»Tut mir leid, Alfred«, sagt Dominique müde. »Ich würde euch gerne mehr helfen. Wenn mir noch ein guter Gedanke kommt, rufe ich dich an. Okay? Ich muss jetzt zu Jan.«

»Klar doch. Alles Gute für dich, euch. Ich knöpfe mir jetzt diesen Claus-Raphael vor, das kannst du mir glauben ...«

Wenn er wenigstens rauchen könnte. Seit einer Stunde sitzt Claus-Raphael nun schon in diesem kahlen freudlosen Vernehmungsraum der Bamberger Polizei. Seit über einer Stunde hatte er keine Zigarette mehr. Der Nikotinentzug macht sich deutlich bemerkbar. Er hält die Hände im Schoß fest ineinander verschränkt, damit sie nicht zittern. Schlimmer ist der Kopfsalat: Er kann keinen klaren Gedanken fassen.

»Wär mal eine Pause drin?«, fragt er nun doch, in bemüht freundlichem Ton.

»Weil?« Der dicke Kommissar schaut nicht mal auf, blättert in Unterlagen, denen er während der ganzen letzten Stunde schon scheinbar zusammenhanglos irgendwelche Tatbestände entnommen und sein Gegenüber damit konfrontiert hat.

»Na ja, Rauchpause?«

»Wenn wir hier fertig sind.«

Also dann. Weiter Hände kneten. Versuchen, Ordnung in den Kopf zu kriegen.

»Sie konnten mir bisher nicht plausibel erklären, wie Sie an Josef Berners Adresse gekommen sind. Was genau Sie bei dem alten Mann gemacht haben. Zum wiederholten Mal: Ihre Chefin hat mir versichert, dass Josef Berner kein Kunde von *Sonjas PflegeEngeln* war.«

Alfred Meister schaut ihm direkt in die Augen, auch er bemüht sachlich. Dass er zunehmend gereizt ist von den Ausflüchten und den angeblichen Erinnerungslücken des Mannes vor ihm, das ist ihm trotzdem anzusehen.

»Sobald ich den Eindruck habe, dass die Geschichten, die Sie mir hier auftischen, einigermaßen logisch sind, kriegen Sie Ihre Rauchpause. Versprochen.«

Claus-Raphael holt tief Luft. »Dass Sonja eventuell die Daten gelöscht hat ...«

»... haben Sie auch schon x-mal behauptet«, fällt Meister ihm laut ins Wort. »Ihre Chefin ist allerdings überzeugt, den Namen Berner nie gehört zu haben. Oder ist sie dement?«

»Vielleicht«, sagt Claus-Raphael pampig und denkt gleichzeitig fieberhaft nach, was er dem Kommissar noch erzählen könnte, das diesem als Belohnung eine Zigarette für ihn wert wäre.

»Woher hatte Josef Berner den Flyer von *Sonjas PflegeEngeln*?«

»Vom Krankenhaus?«

»Vom Krankenhaus. Mag sein. Aber wenn Herr Berner die Telefonnummer des Pflegedienstes angerufen hat, ist ja in der Regel Ihre Chefin dran. Oder wie oft kommt es vor, dass Sie ans Telefon gehen?«

Claus-Raphael tut, als müsse er überlegen, und sagt dann gereizt: »Na vorhin, als Sie die Büronummer angerufen haben, war ich doch auch dran, oder? Wir haben eine Rufumleitung. Sonja hat ja selber Patienten ...« Allerdings ist es so: Selbst wenn er zufällig einen Anruf entgegennehmen würde, müsste er Sonja informieren und sie entscheiden lassen, ob ein neuer Patient angenommen werden kann. Aber soll er mit der Wahrheit herausrücken? Dass eine gute Bekannte von ihm als Pflegekraft auf der geriatrischen Station arbeitet und ihm gelegentlich die Namen potenzieller Kunden zukommen lässt? Die er dann abseits von offiziellen Pflegeverträgen für seine Leistungen zur Kasse bitten kann? Nur zu dumm, dass er seine eigene Handynummer ausgerechnet auf Sonjas Flyer notiert hat. Aber der alte Mann hat darauf bestanden. Claus-Raphael hatte ihm zumindest eingeschärft, ihn bei Bedarf immer direkt anzurufen. »Dann bin ich schneller bei Ihnen, als wenn meine Chefin mich erst informieren muss.« So ähnlich hat er das begründet.

Kriminalhauptkommissar Alfred Meister ist mit seiner Geduld am Ende. »Soll ich Ihnen sagen, wie das ablief?«, fragt er in scharfem Ton. »Ja, vielleicht waren Sie am Telefon, als Josef Berner anrief. Vielleicht hatten Sie Order, keine neuen Patienten anzunehmen. Dafür aber Lust auf ein kleines unangemeldetes Nebeneinkommen. Und so sind Sie auf eigene Faust und Rechnung bei dem alten Mann in Hallstadt aufgekreuzt.«

Claus-Raphael schaltet in Windeseile um und versucht ein harmlos-einfältiges Lächeln. »Da sind Sie mir auf die Schliche gekommen. Ja, so wars dann wohl. Das tut mir auch total leid. Und ist nur ein einziges Mal vorgekommen.«

Das Gesicht des Kommissars spricht Bände. Die heilige Unschuld nimmt er ihm nicht ab. Trotzdem scheint es zu reichen, was Claus-Raphael gerade zugibt.

»Gut.« Kriminalhauptkommissar Meister klappt den schmalen Ordner auf dem Tisch zu. »Kurze Pause. Danach listen Sie mir auf, seit wann und an welchen Tagen genau Sie bei Josef Berner waren. Lückenlos. Dass Sie nur einmal dort waren, ist ein nettes Märchen. Außerdem lassen Sie sich von unseren begabten Fotografen porträtieren und eine Speichelprobe nehmen.«

Kimmi, Ende zwanzig

Warum Kimmi sich nach dem Anruf ihrer Mutter wusch, saubere Kleidung anzog, einen Rest Pizza mit harter angetrockneter Salami heiß machte und aß, wusste sie selbst nicht so genau. Sie tat es sicher nicht aus Liebe zu einer Frau, die einen Stall voll Kinder auf die Welt gebracht hatte, um sie dann zu vernachlässigen und in Heime und Pflegestellen abzuschieben.

Tatsache war, dass in der Zeit, in der Kimmi sich zuhause verschanzt und fast aufgegeben hatte, ihr Kontakt zueinander eingeschlafen war. Kimmi brauchte ihre Mutter nicht, die Mutter brauchte Kimmi nicht. Bis jetzt. Kimmi war ihre Autowerkstatt-Ersatzfamilie abhandengekommen. Die Mutter hatte körperlich so abgebaut, dass sie – auch auf Drängen des Sozialamtes – auf die Idee kam, ihre Tochter könne ihr doch helfen. »Eltern sind für ihre Kinder da, wenn die klein sind. Und wenn die Eltern dann Hilfe brauchen, sollten die Kinder für sie da sein.« So ähnlich hatte die Frau vom Sozialamt das formuliert. Das erzählte ihr die Mutter später und sorgte für einen Lachanfall bei Kimmi. »Als wenn du je für mich da gewesen wärst, als ich klein war …«

In Moment des Anrufs der Mutter sprang sie aber an wie ein lange nicht in Bewegung gesetzter Automotor.

Weil sie zu schwach zum Gehen oder auch Busfahren war, suchte Kimmi ihr letztes Geld zusammen und ließ sich per Taxi zur Adresse ihrer Mutter fahren. Die wohnte seit Kurzem in einem alten zweistöckigen Haus unterm Dach. Zu dem Zeitpunkt war sie kaum mehr fähig, die Haustreppe rauf- und runterzukommen. Eine Frau, nicht viel älter als fünfzig und schon ein körperliches Wrack.

Viel mehr als eine Bestandsaufnahme war Kimmi beim ersten Besuch nicht möglich. Die Wohnung: eine Müllkippe – ähnlich ihrer ei-

genen. Die Maßnahmen: aufräumen, wegwerfen, putzen. Machbar. Ihre Mutter: körperlich und geistig auf Talfahrt, auf dauernde Hilfe angewiesen, auf Kimmis Hilfe angewiesen.

Sie dachte nicht weiter darüber nach, warum sie das machte, aber Kimmi verbiss sich regelrecht in die neue Aufgabe. Was nebenbei zur Folge hatte, dass sie auch für sich selbst einkaufte, kochte und putzte, den Briefkasten wieder leerte, ihre Rechnungen bezahlte und sich regelmäßig auf dem Arbeitsamt meldete. Die Sachbearbeiterin bei der Agentur schlug ihr einen Kurs als Pflegehelferin vor. Ein Beruf mit Potenzial, leicht zu lernen. Auch innerhalb der Familie immer nützlich.

So trabte Kimmi in den nächsten beiden Jahren jeden Vormittag zu ihrem Kurs, absolvierte Praktika bei Pflegediensten, Heimen und im Krankenhaus und besuchte zweimal pro Woche ihre Mutter. Ihre Anleiter stellten ihr nur gute Beurteilungen aus: lernbegierig, fleißig, gründlich. Wer zwischen den Zeilen las, konnte auf Einzelgängertum und Gefühlsarmut schließen. Aber Menschen in pflegenden Berufen sind Mangelware, und kein Arbeitgeber schaute deshalb zu genau hin.

Soziale Anerkennung bei ihrer Arbeit war Kimmi egal. Ihre neue Tätigkeit verschaffte ihr lediglich ein geregeltes Einkommen und eine bürgerliche Fassade.

Wichtig war, was zwischen ihr und ihrer Mutter ablief. Ein neues Mutter-Tochter-Verhältnis, mit umgekehrten Vorzeichen. Die Frau, die sie in die Welt gesetzt und im Stich gelassen hatte, war plötzlich davon abhängig, dass Kimmi sie nicht gleichfalls im Stich ließ. Ein neues Gefühl für Kimmi. Ein Gefühl von Kontrolle und Macht. Das gab ihr Auftrieb und Halt, verschaffte ihr eine ungewohnte Art von Befriedigung. Auch wenn es den tief in ihr nagenden Hunger nicht stillte. Und sie wusste, dass es nicht von Dauer sein würde.

Zunächst aber hatte ihre Mutter eines Tages eine Überraschung für sie parat, die eine völlig neue Saite bei Kimmi zum Klingen bringen sollte: Bei einem Besuch der Tochter zeigte sie angewidert auf einen verschmutzten Käfig auf ihrem genauso dreckigen Küchenboden. Im

Käfig saß verängstigt in einer Ecke ein winziges Meerschweinchen, weiß und mit roten Augen wie kleine Rubine. Eine alte Frau aus dem Haus hatte es ihr vor ihrem Umzug ins Pflegeheim gebracht, weil sie es nicht dorthin mitnehmen konnte. Oder wollte.

Kimmi aber sah und wollte es.

»Das isst gerne Indivensalat«, sagte die Mutter. »Endiviensalat«, verbesserte Kimmi automatisch und wunderte sich, dass ihre Mutter eine Salatsorte kannte. Ihr selber war sie wenigstens von der Auslage im Supermarkt geläufig. Denn Salat stand in der Regel nicht auf ihrem Speiseplan. Das würde sich jetzt ändern.

Noch am selben Tag wurde Meerschweinchen Angelo zu ihrem Mitbewohner und ihrem besten und einzigen Freund.

So weit ist es schon gekommen. Alfred Meister sitzt allein im *Schlenkerla*. Wenigstens eine stattliche Bamberger Zwiebel und ein frisch gezapftes Bier leisten ihm Gesellschaft. Nicht mal seine Lieblingsbedienung, eine gestandene Fränkin, hat Dienst, aber darüber ist Alfred nicht böse. Sie kann ziemlich neugierig sein. Andere Damen seiner Wahl sind leider verhindert: Dominique wegen der Pflege ihres Sohnes, Nilay wegen nahrungsfeindlicher Darmtätigkeit und Grete, die beste aller Ehefrauen, ist mit einer Freundin unterwegs.

Nun allerdings hockt sich einer der Stammgäste zu ihm, ein alteingesessener Bamberger Gärtner, kurz davor, seine Freiflächen im Gärtnerviertel für immer aufzugeben. Alfred hats im *Fränkischen Tag* gelesen. Der Gärtner liefert sich seit Jahren einen erbitterten Kampf mit der Stadt Bamberg. Um mehr Unterstützung und Wertschätzung und um so profane Vergünstigungen wie Parkerlaubnis in der schmalen Heiliggrabstraße. Dass Kunden, die Wert auf unbehandeltes und regionales Obst und Gemüse legen, dafür auch noch Strafzettel kassieren, geht dem Gärtner gewaltig auf den Senkel.

Sein dröhnendes »Grüß Gott!« und energisches Klopfen auf den Holztisch machen dem Kommissar klar, dass es jetzt aus ist mit dem einsamen Mahl. Dabei wollte Alfred das erzwungene Alleinsein eigentlich nutzen, um seine Gedanken im Fall Berner zu ordnen.

»Bitte sehr, Ihr Bier.« Die zweifellos aus Hochdeutschland stammende Bedienung serviert dem Gärtner sein Frischgezapftes.

»Vergelts Gott!« Ein kräftiger Zug, und das Bierglas ist halb leer.

»Schmeckts?«, eröffnet er dann die Unterhaltung mit seinem Tischgenossen.

Alfred brummelt Unverständliches mit vollem Mund. Er weiß genau, was als Nächstes kommt, denn der gute Mann kennt ihn natürlich. Nicht, dass er selbst sich jemals als Polizist geoutet hat. Dafür hat schon die Stammbedienung gesorgt. Die zudem gerne behauptet, sie würde den Herrn Kommissar bisweilen bei Ermittlungen unterstützen. Wenn man die Sache sehr großzügig betrachtet, war das tatsächlich ein einziges Mal der Fall gewesen. Zumindest konnte sie Informationen zu einer verdächtigen Person beisteuern. Mehr aber auch nicht.

»Du sochamol – der alde Berner – is des dei Fall?«, fragt auch schon der Gärtner.

Viel kann er darüber nicht wissen. Es gab zum Glück nur eine kleine Notiz im *FT*, der aber sowohl Berners Identität als auch die von der Polizei vermutete Fremdeinwirkung zu entnehmen war. Außerdem steht heute eine Todesanzeige in der Zeitung, in der Familie Bernardi den gewaltsamen Tod von Vater, Schwiegervater und Opa beklagt.

Alfred nickt notgedrungen und schiebt sich sofort ein großes Stück Bratwurst in den Mund, um nicht viel reden zu müssen.

»Weißt, miä ham Domaadn und Zwiefeln an die Pizzeria gliefert, scho seid Jahrn.« Der Gärtner nickt versonnen und trinkt sein Bierglas leer. »Den alden Berner kennmer a.«

»Gut?«, fragt Alfred nun doch.

»Ha, wie mer sich hald so kennt.«

Aha. Zum Glück verlangt das allzu schnell gekippte Bier danach, weggebracht zu werden. Der Gärtner stemmt sich umständlich hoch, und Alfred wundert sich nicht, dass er mit der Gärtnerei aufhört. Überhaupt – wer tut sich heute noch körperliche Arbeit im Freien und bei jedem Wetter an? Lieber hocken alle vor ihrem PC und sind im Netz unterwegs. Dass davon kein Gemüse wächst, keine Straße geteert wird und keine Ware von A nach B kommt, scheint niemanden zu interessieren.

Ich schweife ab, denkt Alfred und seufzt ein bisschen. Er nutzt den Toilettengang seines Tischgenossen, um zu zahlen. Beim Rausgehen klingelt sein Telefon. Das Büro ist dran.

»Meister.«

»Herr Meister, wir sichten gerade noch Material, das die Kriminaltechnik aus Hallstadt mitgebracht hat. Unter anderem auch Fotos von Josef Berners Haus und der Umgebung. Da ist eine Bank gegenüber vom Haus, vor der allerdings eine große Kastanie steht. Mit sehr dichtem Blattwerk.«

»Eine Bank?«, fragt Alfred. »Was interessiert uns eine Sitzbank, wenn nicht grad unser Täter drauf sitzt?«

»Nein, nein, eine Bank zum Geldabheben. Also genauer gesagt: der Eingang zur Bank ist zu sehen.«

»Ja, und weiter?« Alfred hat mal wieder seine Umstandskrämerin Gabi mit i am Telefon, die ewig nicht zur Sache kommt.

»Na ja, weil der Baum so dicht belaubt ist, haben wir das jetzt erst gesehen …« Schon wieder eine Kunstpause.

»Was???« Alfred wird laut.

»Die Kamera. Der Eingang der Bank ist natürlich kameraüberwacht. Nehmen wir mal an, der Baum hat keine Blätter, dann erfasst sie vermutlich auch den Eingang zu Josef Berners Haus.«

———

Die Abendsonne sitzt wie eine Riesen-Orange auf dem Dach des Nachbarhochhauses. Lina hockt auf dem Stromverteilerkasten vor dem Haus. Sie lässt ihre braunen Beine baumeln und tippt gelegentlich auf ihrem Handy herum. Der Junge hat Hausarrest. Er hat sie heute den Tag über mit gefühlt tausend *WhatsApp*-Nachrichten bombardiert. Eigentlich macht er zurzeit ein vierwöchiges Praktikum in einem Elektrofachmarkt, im Rahmen einer Bildungsmaßnahme für schwer auf dem Arbeitsmarkt vermittelbare Jugendliche. Und solche, die schon mindestens zweimal eine Lehrstelle geschmissen haben. Auf den Jungen treffen beide Merkmale zu. Lina hat deshalb auf entspannte Sommerferien gehofft, zumindest tagsüber. Auch wenn ihr manchmal furchtbar langweilig ist, ihre überdrehten Schwestern sie nerven und ihre Mutter sich alle Naslang bei der Arbeit krank meldet und zuhause auf der Couch rumhängt.

Heute allerdings ist der Junge bei seinem Praktikumsplatz rausgeflogen, und darüber hält er sie nun viertelstündlich auf dem Laufenden. Macht seiner Empörung darüber Luft, vor allem weil ihm der Diebstahl eines hochwertigen Smartphones vorgeworfen wird, was natürlich jeglicher Grundlage entbehrt. Denn er sei unschuldig. Lina glaubt ihm sogar. In Folge des Rauswurfs hat er allerdings gewaltigen Ärger mit dem Bildungsträger bekommen, und zuhause gabs einen Riesenkrach. Sein Vater fährt zwar Lkw und kommt meist nur am Wochenende nach Hause, aber in seiner Abwesenheit führt die Mutter ein strenges Regiment. Sie ist ein Drachen, Lina hat sie ein- oder zweimal erlebt und fand in diesen Momenten sogar ihre eigene Mutter erträglich. Der Drachen jedenfalls hat dem Jungen Hausarrest erteilt. Im Verlauf der letzten Stunde hat er in mehreren Nachrichten seinen Plan zum Abhauen geschildert. Ist nicht ganz so einfach vom dritten Stock eines Mehrfamilienhauses aus. Vom Zusammenknoten seiner Betttücher ist die Rede, vom Aus-dem-Fenster-Werfen seiner Matratze und anschließendem gewagten Sprung, auch von der Außer-Gefecht-Setzung seiner Mutter mittels Schlaftabletten in Wein. Lina antwortet schon gar nicht mehr, so abstrus klingt das alles.

Außerdem hat sie andere und bessere Dinge im Kopf. Morgen wird sie im Babenberger Viertel erwartet. Von den Jugendlichen aus dem Hainbad: Mia, Chiara und Max. Und darauf will sie sich vorbereiten. Mit fundiertem Wissen und vielleicht schon eigenen Ideen. Die Aktion auf dem Pfisterberg, von der ihr die drei erzählt haben, findet sich immerhin in mehreren Berichten in den sozialen Medien wieder. Lina scrollt zwar auch über das entsprechende Meinungsgelaber bei *X*, aber da ist wenig dabei, was ihr wirklich Informationen bringt.

Sie liest nach, was die Bamberger Aktionsgruppe *Fridays for Future* bisher auf die Beine gestellt hat. Und dass es gewisse Sympathien zu Protestaktionen der *Letzten Generation* gibt. Mit Sekundenkleber auf dem Asphalt festkleben wollten sich die Jugendlichen aber nicht. Wobei die benutzten Ketten durchaus auch ihren Zweck erfüllten. *Letzte Generation* – der Begriff lässt Lina trotz der Hitze frösteln. Das klingt nach Katastrophe, nach Weltuntergang. Mit solchen Szenarien hat sie sich bisher nicht beschäftigt. In der Schule gabs einschläfernde Infos der Biologielehrerin zum Thema. Wenn die Frau referiert, knackt jeder weg, Interesse hin oder her.

Eigentlich sollte sie sich jetzt wirklich im Unterricht anstrengen, um bessere Noten zu bekommen. Wenn sie den Hauch einer Chance haben will, um sich bei der Polizei zu bewerben, braucht sie den Realschulabschluss. Von dem ist Lina aber weiter entfernt als die Erde von der Sonne. Sie wird nicht mal einen akzeptablen Hauptschulabschluss hinkriegen, wenn sie so weiter macht wie bisher.

Schon die Versetzung ins nächste Schuljahr hat sie nur mit knapper Not geschafft. Du bist doch nicht dumm, sagt fast jeder Lehrer zu ihr. Stimmt, das ist sie wahrscheinlich nicht. Doch wozu die ganze Anstrengung? Ihr hat sich bisher einfach noch nicht erschlossen, wozu die Lernerei gut sein soll, wenn sie eh in einer Fabrik endet wie ihre Mutter. Und um Bloggerin oder Influencerin zu werden, braucht sie weder gute Noten noch eine Ausbildung. Nur ein hübsches Gesicht (hat sie), ein bisschen technische Ausstattung (darauf spart sie) und lukrative Werbeverträge. Über die hat sie sich noch keine Gedanken gemacht, das wird sich schon ergeben.

Lina schreibt dem Jungen, der sich anscheinend für die Matratzen-Sprung-Variante entschieden hat, noch eine letzte Nachricht, und die heißt »Spring bloß nicht.«

Die Mutter

In der Nacht ist das Thermometer wieder nicht unter 20 Grad gefallen. Bei Meisters stehen sämtliche Fenster im Haus weit offen, natürlich nur im oberen Stockwerk. Alfred wälzt sich die ganze Nacht von einer Seite auf die andere, während Ehefrau Grete ruhig neben ihm schlummert, nackt, wie ihr Gott sie schuf. Alfred trägt zumindest eine seiner geräumigen Boxer-Shorts.

Grete reagiert auch nicht auf seine kitzelnden Finger an ihrer Schulter, und so stemmt sich Alfred um halb sechs früh aus dem Bett und macht eine halbherzige Dehnübung am offenen Fenster. Er muss hier weder Spanner noch Bewunderer fürchten, denn das Schlafzimmer liegt zum Garten hin. In den Ästen der beiden Apfelbäume zwitschern Dutzende Vögel um die Wette und nehmen keinen Anstoß an einem halbnackten Polizeikommissar.

Mias Zimmertür ist geschlossen, Alfred nimmt wohlwollend an, dass sie zuhause ist und ebenso tief schläft wie ihre Mutter. Ohne seine Damen kann er sich wenigstens ein deftiges und unkommentiertes Frühstück gönnen. Zwei Scheiben Roggenbrot mit Butter beschmieren, drei Eier mit etwas Milch verquirlen, einen Rest Speck in der Pfanne auslassen, eine Tomate aus eigenem Anbau klein schneiden und mit in die Pfanne geben. Als Tribut an die Gesundheit.

Den Kaffee kocht er extra stark und füllt den Rest für Grete in eine Thermoskanne. Sie kann ihn sich ja mit heißem Wasser verdünnen.

Der *Fränkische Tag* steckt im Briefkasten, was will man mehr an solch einem Morgen, der wahrscheinlich wieder unerträgliche Hitze und unerquickliche Ermittlungen bringt.

Alfred lässt sich gerade mit der Zeitung an der Küchenbar nieder, als sein Handy klingelt. Wer will denn um diese Zeit schon was von ihm?

Nilay. »Alfred? Guten Morgen.«

»Du?«, fragt Alfred alarmiert, »alles in Ordnung, oder …?«

Statt zu antworten, stellt sie eine Gegenfrage. »Hast du kurz Zeit heute, im Büro?«

»Wie, Zeit? Meinst du, für dich? Ist doch was mit dir? Du bist doch nicht ernstlich krank?«

Nilay reagiert nur auf den ersten Teil der Frage. »Für mich, ja. Gegen zehn könnte ich vorbeikommen.«

Alfred schnaubt. Wieder so eine Sache, die ihm auf die Nerven geht: wenn Frauen nicht mit der Sprache herausrücken. Kennt er allzu gut von Grete. Bei ihm setzt so etwas das schlimmste Kopfkino in Gang. Dass Grete ihn verlassen will, dass sie eine unheilbare Krankheit hat, dass einem der Kinder etwas zugestoßen ist … Er wüsste nicht, was ihn mehr treffen würde. Bei Nilay kann er sich nur das mit der schlimmen Krankheit vorstellen. Und das ist Unglück genug.

»Du willst mir nicht am Telefon sagen, was los ist?«, startet er wenigstens einen Versuch.

Nilays »Nein« kommt sehr schnell. »Bis später, Alfred.«

Toll. Jetzt schmeckt ihm nicht mal mehr sein Frühstück.

Wenig später im Büro trommelt Alfred die verbliebene Mannschaft zusammen.

»Leute, es gibt Arbeit. Einer fährt nach Hallstadt und stattet der Bank gegenüber Josef Berners Haus einen Besuch ab. Wir brauchen das, was die Kamera dort aufgezeichnet hat. Zeitlich so weit zurück wie möglich. Sehen wird man nur was können, wenn das Blattwerk der Bäume noch nicht so dicht ist, also Frühjahr, Frühsommer.« Er nickt dem Kollegen Knopf zu. »Ich kümmere mich um einen Beschluss, falls die Bank Probleme macht.«

Zu Gabi gewandt: »Sie fahnden mal bitte in unserer Verbrecher-
kartei nach Claus-Raphael Stark. Ob er Vorstrafen hat, et cetera
pp. Finden Sie auch heraus, ob es bei ihm Familie gibt, wo er her-
kommt, ob er eine Berufsausbildung hat.«

»Und ich?«, fragt Azubi.

»Du rufst *Sonjas PflegeEngel* an und informierst die Chefin über
die Alleingänge ihres Mitarbeiters. Sie soll selber entscheiden, ob sie
gegen ihn vorgeht oder nicht. Uns muss das jetzt nicht interessieren.«

Als die Kollegen sich zur Ausführung ihrer Aufträge verzogen
haben, nimmt Alfred sein Telefon zur Hand und wählt die Nummer des zuständigen Staatsanwalts. Er braucht eine Funkzellenauswertung und Handydaten von Claus-Raphael. Wer weiß, vielleicht
gehört er ja zu den *Netten Nachbarn* und hat auch Hilde Fuchs und
den Verdichter kurz vor ihrem Tod besucht. Kaugummi-DNA hin
oder her.

Gut, dass der Rauchmelder nicht losgegangen ist. Die letzte noch brauchbare Pfanne ist jetzt auch verkohlt und unbenutzbar. Marcus Vierling entsorgt die angebrannten Nudeln mit dem schwarz verfärbten Ketchup im Abfalleimer. Er hat sein Essen beim Fußballgucken glatt vergessen. Erst als der Hund seinen zotteligen Kopf vom Fußboden hob, Richtung Küche schnupperte und zu winseln anfing, ist es ihm wieder eingefallen. Mist. Was jetzt? Er hat fast nichts mehr im Haus, müsste einkaufen gehen. Geld ist aber alle. Noch vor Kurzem wäre er in solch einer Lage mit dem Aufzug zu Hilde Fuchs hochgefahren, hätte Geld gepumpt und für die alte Frau gleich mit eingekauft. In diesem Fall hat sie die geliehenen Beträge gar nicht aufgeschrieben. Schließlich tat er ja auch was für sie, und das durfte belohnt werden.

Im letzten Winter – Hilde Fuchs war nicht mehr so mobil wie früher und außerdem vergesslich – hatte sie ihn gefragt, ob er nicht auch ihre Wohnung saugen könne. Oder die Vorhänge waschen und die Fenster putzen. Marcus hatte sich mit vielen »Hms« und »Mal sehn« gewunden, bevor er kleinlaut zugab, dass ihm solche Dinge überhaupt nicht liegen. Sie musste ja nicht wissen, dass auch seine eigene Wohnung schon jahrelang keinen Staubsauger oder Wischlappen mehr gesehen hatte. Vorhänge gabs bei ihm nicht, durch die Fenster fiel noch genügend Licht – also, was solls. Wenn ihn – und das war selten – Dreck und Staub auf dem Boden störten, tats die Kehrichtschaufel. Oder ein feuchtes Küchenpapier, wenn was klebte.

»Ich kenn jemanden, Der kann dir vielleicht helfen. Ich kümmer mich«, hatte Marcus Vierling der alten Frau damals versprochen.

Und er hielt Wort.

Micaela, die er in den letzten Jahren immer wieder zufällig in der Stadt traf, suchte Arbeit. Ob sie irgendeinen Minijob hatte oder von der Stütze lebte, erzählte sie ihm nicht. Aber Marcus Vierling war einst nicht nur ihr Erzieher, sondern ganz kurz auch ihr Liebhaber gewesen, und in beiden Rollen fühlte er sich ihr verpflichtet.

Zufällig erreichte er sie am dritten Adventssonntag sofort unter der Telefonnummer, die sie ihm gegeben hatte.

»Kannst du hellsehen?«, fragte sie ihn. »Gerade ist mein neuer Flyer fertig. Ich biete Haushaltshilfe für Senioren an. Name und Adresse der Frau?«

Schon am nächsten Tag klingelte Micaela im Hochhaus bei Marcus Vierling, und er brachte sie nach oben zu Hilde Fuchs. Danach, so hatte sie versprochen, würde sie nochmal bei ihm vorbeikommen. Marcus hatte kühles Bier und eine Tüte Chips besorgt. Als sie später auf dem abgewetzten Cordbezug seiner Couch saß, Bier aus der Flasche trank und der alte Bernhardiner schockverliebt seinen großen Kopf zwischen ihren Beinen versenkte, war Marcus Vierling so glücklich wie schon lange nicht mehr. Sein Engel war zurück und verlieh seiner schäbigen Wohnung den unwirklichen Glanz von Weihnachten. Der schwarze Engel auf Micaelas Haut blieb unter einem weißen T-Shirt-Ärmel verborgen.

Noch bevor Alfred seine ausgeschwärmte Truppe wieder um sich versammeln kann, steht Nilay in der Tür. In einer ihrer cremefarbenen Marlene-Hosen, einem ärmellosen Pulli mit Rollkragen, hochgestecktem Haar und trotz gebräunter Haut seltsam blass. Der Anblick des Rollkragens lässt Alfred sofort in seinen eigenen Hemdkragen fassen und diesen lockern.

»Stör ich?«, fragt sie.

»Gerade nicht. Der Fall ist sozusagen in der Schwebe. Ich hoffe auf baldige Bewegung. Setz dich doch, Nilay. Und sag mir, wie es dir geht.«

Er deutet auf Dominiques Schreibtischstuhl gegenüber und schiebt Nilay eine noch verschlossene Wasserflasche über den Tisch.

Während sie sich setzt und dann die Hände auf dem Schreibtisch faltet, fliegt erneut die Tür auf.

»Hab kein Klopfen gehört«, brummt Alfred und beäugt den jungen Polizisten missbilligend.

Der bleibt abrupt stehen. »Oh Entschuldigung, Sie sind ja da. Ich störe, oder …? Bringe nur die Post.« Er legt zwei Briefkuverts auf den Tisch und geht langsam rückwärts Richtung Tür, ohne Nilay aus den Augen zu lassen.

»Hallo Frau Esen«, stottert er und wird rot bis über beide Ohren.

»Ein Verehrer«, stellt Alfred fest, als er wieder draußen ist und die Tür geschlossen hat.

Nilay lächelt nicht mal. Sie heftet ihre großen dunklen Augen auf Alfred und beginnt zögerlich zu reden.

»Verehrer interessieren mich gerade nicht, Alfred. Ich muss etwas mit dir besprechen. Auch wenn es vielleicht noch zu früh ist. Kann ich mich auf deine Diskretion verlassen?«

Alfred weiß nicht, ob er grinsen oder ernst bleiben soll. Aber der Kollegin ist es offenbar auch ernst. Also nickt er bestätigend. »Sowieso.«

»Ich habe anfangs auch an eine Magen-Darm-Sache gedacht.« Sie schraubt die Wasserflasche auf und nimmt einen großen Schluck.

»Oh weh.« Jetzt sieht Alfred wirklich keinen Grund mehr zu grinsen. »Doch was Schlimmeres?« Er mag gar nicht darüber nachdenken, was Nilay gleich sagen wird. Seit ihrer aller Chef an Krebs gestorben ist und sämtliche Kollegen plötzlich über fällige Vorsorgeuntersuchungen nachgedacht haben, ist Krebs auch für Alfred Damoklesschwert Nummer eins.

»Ja. Äh, nein. Also eigentlich nicht.«

»Nilay!!! Kannst du bitte weniger in Rätseln reden? Raus mit der Sprache, komm schon. Ich werde schon nicht vom Stuhl fallen.« Sagt er und befürchtet genau das.

»Ich bin schwanger.«

Schwanger? Alfred glaubt, sich verhört zu haben. Er starrt Nilay an, die den Kopf gesenkt hält und einen Stift auf dem Schreibtisch hin und her rollt, als gehöre diese Handbewegung zu ihrem Geständnis.

»Ich versteh nicht«, stottert Alfred, »du bist doch … also, du magst doch Frauen, oder? Dominique, oder nicht? Und wie … äh, wann konntest du … ach verdammt, geht mich wohl nichts an.« Er rauft sich in komischer Geste das spärliche Haupthaar, und Nilay, die ihn jetzt doch anschaut, kriegt ein schiefes Lächeln zustande.

»Es war ein Ausrutscher. Mein Abschied in Dresden vor ein paar Wochen. Gefühlsduselei, viel Alkohol, ein netter Kollege … na ja, wie so was halt passiert.«

»Du musst mir das nicht erzählen«, beteuert Alfred. »Viel wichtiger ist, was du jetzt machen willst. Sagst du es dem … Mann? Dem ehemaligen Kollegen? Und … was ist mit Dominique?« Während er es ausspricht, merkt er, dass er sich am meisten Sorgen darum macht, wie seine Lieblingskollegin diese Nachricht auffassen wird. Denn dass sie weiterhin sehr verliebt in Nilay ist und unter der plötzlichen Distanz zu ihr leidet, das hat Alfred wohl bemerkt.

Nilay dreht sich zur Seite, schaut aus dem Fenster. Hat sie Tränen in den Augen? Wäre kein Wunder.

»Das ist genau mein Problem«, sagt sie leise. »Nicht der Mann. Aber Dominique. Und dass sie gerade ihr einziges Kind verliert.«

Es ist zwar nicht der Supermarkt, in dem Dominique sonst einkauft, aber er liegt in der Nähe von *Sonjas PflegeEngeln*. Nach ihren Erledigungen geht sie die paar Schritte zu Fuß. Vor dem Haus ist nur das Auto mit der Kennzeichen-Zahl 2121 geparkt. Anzunehmen, dass Brigitte und Claus-Raphael unterwegs sind und die Chefin die Stellung hält. Alfred hat Dominique am Vorabend noch per *WhatsApp* mitgeteilt, dass es keinen Grund gab, Claus-Raphael festzuhalten, sie aber schauen soll, dass sie ihn loswird. Deshalb ist sie hier.

Während sie klingelt, legt sie den Kopf in den Nacken und schaut in die Krone des Walnussbaumes. Der Baum ist ein besonders stattliches Exemplar, voll mit Nüssen, und er erinnert die Kommissarin an viele Bastelstunden mit Jan, in denen sie Nussschalen zu kleinen Booten und zu allerlei Tierfiguren verarbeitet haben. Jetzt kann Jan nicht mal mehr Nüsse essen, außer in flüssiger Form.

Da sich nichts rührt, klingelt sie nochmal. Im gleichen Moment biegt Sonja im Laufschritt um die Ecke. Sie ist leicht außer Puste.

»Entschuldigung, ich war ganz hinten im Garten.« Sonja wischt ihre erdigen Hände an den eh schon schmutzigen Bermuda-Shorts ab, in denen dünne Beine stecken. Erst dann erkennt sie ihre Besucherin. »Frau Brodbecker??«

»Richtig. Haben Sie einen Moment? Es geht um die Pflege meines Sohnes. Und den Mitarbeiter, den Sie dafür abgestellt haben.«

Sonja seufzt einmal tief und drückt dann mit der Schulter gegen die Haustür. Sie war nicht abgeschlossen.

»Kommen Sie rein. Ich wasch mir nur kurz die Hände.«

Das tut sie und nimmt dann Dominique mit ins Familienwohnzimmer, einen nicht besonders großen Raum mit Blick in den Garten. Ein Esstisch ist ans Fenster geschoben, sodass drei Personen daran sitzen können. Mehr Platz ist nicht, denn das Wohnzimmer beherbergt ja auch Sonjas eigentlichen Arbeitsplatz.

»Bitte.« Sonja deutet auf den Tisch. »Ich hole uns noch was zu trinken.«

Als sie mit einem Krug Wasser, in dem mehrere Minzblätter schwimmen, und zwei Gläsern zurückkommt, wartet sie gar nicht das Anliegen der Kommissarin ab.

»Jemand von Ihren Kollegen hat mich vorhin angerufen. Claus-Raphael ist mir ja gestern ausgefallen, weil er zur Polizei musste. Heute ist er allerdings wieder da. Sie müssen sich keine Sorgen machen.«

»Oh doch, das muss ich.« Dominique merkt wohl, dass Sonjas Gedanken in eine etwas andere Richtung zielen als ihre.

»Mir geht es weniger um den inoffiziellen Nebenerwerb Ihres Mitarbeiters. Sie wissen ja sicher, warum er vernommen wurde? Der Todesfall von Josef Berner?«

Sonja schaut die Kommissarin mit großen Augen an. »Aber er hat den Mann doch nicht etwa umgebracht? Einer, der schwarz arbeitet und seine Chefin hintergeht«, dabei wird ihr Gesichtsausdruck deutlich grimmiger, »muss deshalb ja kein Mörder sein.«

Dominique bleibt ruhig. »Nein, natürlich nicht. Das klären alles meine Kollegen. Ich selber habe Urlaub und bin momentan nicht involviert.« Dass sie Alfred von zuhause aus unterstützt, muss ja keiner wissen. »Die neuerliche Entwicklung hat für mich nur bestätigt, dass der Mann für seinen Beruf nicht geeignet ist.«

Sonja wiegt den Kopf. »Na ja, er hat keine qualifizierte Pflegeausbildung, das stimmt. Bis jetzt hat sich da aber noch niemand beschwert … Jeder unserer Patienten ist froh, dass überhaupt jemand kommt.«

»Mein Sohn liegt im Sterben«, sagt Dominique sehr langsam und deutlich. »Ich will nicht, dass er in seiner letzten wertvollen

Lebenszeit von jemandem gewaschen wird, der kein Einfühlungsvermögen hat. Der nach Rauch stinkt. Und der meinem Hintern
mehr Aufmerksamkeit schenkt als seinem Patienten.«

Beim letzten Satz steigt Sonja dunkle Röte ins Gesicht, und sie
ringt nach Worten. Dominique fragt sich, ob sie sich für Claus-Raphael schämt oder ob sie wegen der vorgebrachten Anschuldigun-
gen empört ist.

Bevor Sonja antwortet, trinkt sie ihr Wasserglas in einem Zug
leer.

»Das sind harte Vorwürfe«, bringt sie endlich heraus. »Das ...
das werde ich mit Claus-Raphael besprechen. Mit dem Qualmen
... das hab ich ihm schon mehrfach gesagt, glauben Sie mir. Aber
ich hab kein Personal. Entlassen kann und werde ich ihn nicht.«

»Das ist Ihre Sache. Er wird aber mein Haus nicht mehr betreten. Ich möchte Sie bitten ... und wirklich inständig bitten«,
Dominiques Ton wird weich und sehr leise, »Schwester Brigitte für
uns abzustellen. Ich ... brauche sie. Wirklich.«

Eine Frau, die aussieht wie ein Engel, findet immer wieder neue Ver-
ehrer. So ging es auch Kimmi. Sie musste gar nichts dazu tun. Sie ging
nur durch die Innenstadt, mit schwingendem Rock und offenem blon-
den Haar, schon zwinkerte ihr einer zu und lud sie auf einen Kaffee
ein. Sie saß mit den Männern in der Eisdiele bei der Martinskirche, in
einem der zahlreichen Cafés in der Austraße oder auf der Oberen Brü-
cke. Gelegentlich ging sie mit einem der Typen mit. Wenn er ihr gefiel,
wenn er ordentlich rasiert war, wenn er Geld hatte. Kein einziges Mal
nahm sie einen Mann mit zu sich nach Hause. Zwar war ihre Woh-
nung inzwischen aufgeräumt, aber das war auch alles. Gemütlich, an-
heimelnd war sie nicht. Kimmi redete sich ein, keinen Wert darauf zu
legen. In Wahrheit wusste sie nicht, wie das geht – sich ein heimeliges
Zuhause zu schaffen. Einzig für Angelo, ihr weißes Meerschweinchen,
gestaltete sie liebevoll ein kleines Paradies inmitten der Käfiggitter.

Einer der Typen, mit denen Kimmi sich traf, wohnte mit seiner
Schwester zusammen, einer kleinen Brünetten, im gleichen Alter
wie Kimmi. Der Mann selber war bestimmt zehn Jahre älter, seine
Schwester kochte und putzte für ihn. Sie hatten eine geräumige Alt-
bauwohnung im Haingebiet, mit hohen stuckverzierten Decken, einem
altmodischen Bad mit einer Badewanne, die auf Füßen stand, und
einem Wintergarten mit vielen Pflanzkübeln. Den mochte Kimmi be-
sonders. Die Schwester des Mannes hatte ein Händchen für Pflanzen.
Und für Kimmi. Als der Mann bei einem ihrer Treffen kurz mit dem
Auto wegfuhr, um Zigaretten und Wein zu holen, kam die Schwester
aus ihrem Zimmer und ging zu Kimmi im Wintergarten. Legte ihre
kleine Hand auf Kimmis Knie und fragte sie, ob sie mal zusammen
Radfahren wollten. So begann das mit den beiden Frauen, und wie-

der hatte Kimmi eine verhältnismäßig glückliche Zeit. Bis der Bruder merkte, dass Kimmis Interesse gar nicht mehr ihm galt. Bis er deshalb seine Schwester terrorisierte, ein sensibles Persönchen, das auf jede Gemeinheit hin in Tränen ausbrach. Bis die Schwester aus reiner Not heraus und weil sie glaubte, auf das Wohlwollen ihres Bruders angewiesen zu sein, mit Kimmi brach.

Wieder ein Flashback, wieder wies ein Mensch Kimmis alles verzehrende Liebe zurück. Aber dieses Mal sollte der wirklich Schuldige büßen. Kimmi traf sich daraufhin nur noch einmal mit dem Mann. In ihrem Rucksack fand sich einiges an verschreibungspflichtigen Medikamenten, aus dem Vorrat ihrer Mutter. Arzneien, aus denen man lieber keinen Cocktail herstellen sollte. Der Mann trank gerne und wahllos. Auch seinen letzten Cocktail.

Lina hat nicht damit gerechnet, dass Mias Mutter zuhause ist und ihr die Tür öffnet. Eine kleine, füllige Frau mit wippenden, blonden Locken.

»Hereinspaziert, junge Dame. Du bist Lina? Die anderen sitzen auf der Terrasse. Geh einfach geradeaus durch.«

Lina überlegt, ob sie die Schuhe auf der Matte abtreten soll, aber bei Ballerinas mit dünner Sohle ist das schwierig. Frau Meister deutet ihr Zögern richtig und winkt ab. »Ist doch trocken. So etepetete sind wir nicht.«

»Danke«, haucht Lina und trippelt durchs dämmerige Haus Richtung Hinterausgang.

Drei Köpfe, einer mit grünen, verfilzten Rastazöpfen, zwei mit langen, dünnen Fransen, beugen sich über ein Tablet auf dem Tisch. Das Tablet gibt Gesprächsfetzen und vereinzelte Schreie von sich. Vielleicht schauen sie einen Film?

»Voll beknackt!«, ruft Max und haut mit der flachen Hand auf den Tisch. Dabei schaut er auf und sieht Lina, die unschlüssig im Türrahmen steht.

»He Lina, komm doch rein. Äh, raus.«

Die Mädchen heben die Köpfe und reden gleichzeitig. »He Lina.«

Also gut. Zumindest wissen sie noch ihren Namen. Und wundern sich auch nicht, dass sie wirklich gekommen ist. Lina hatte bei jedem ihrer Schritte zur Verabredung große Zweifel, ob die anderen sie wirklich dabeihaben wollen. Sie, eine viel zu junge, viel zu dumme Mittelschülerin aus einem Hochhaus, in dem drei Viertel der Bewohner *Hartz IV* beziehen. *Hartz IV*, den Begriff kriegt sie nicht aus dem Kopf. Heißt ja jetzt Bürgergeld, ist aber nicht viel besser.

Lina hat sogar den ersten Bus vorbeifahren lassen. Wobei der eh zu früh gewesen wäre. Beim Aussteigen im Babenberger Viertel hat sie auf der Anzeige geschaut, ob gleich wieder ein Bus zurückfährt. Als tatsächlich einer kam, ist sie dann doch nicht eingestiegen. Und zum Haus von Familie Meister gegangen.

Als sie jetzt mit den drei älteren Jugendlichen am Tisch sitzt, fühlt sich das zwar fremd an, aber auch richtig. Und aufregend.

»Ma ... am!«, schreit Mia und schaut zu einem offenen Fenster im ersten Stock hoch. »Können wir Eiskaffeehee?«

Grete Meisters blonder Schopf taucht oben auf. »Aber gern, mein Schatz. Du kennst den Weg in die Küche? Max hilft dir bestimmt!« Sie nickt lächelnd in Richtung Max und ist wieder verschwunden.

Mia seufzt theatralisch, und Lina weiß nicht, wie ernst das gemeint ist.

»Hotel Mama hat heut geschlossen«, sagt sie ergeben, und zu Max gewandt: »Sherlock, folgen Sie mir unauffällig.«

Schon halb in der Terrassentür, dreht sie sich nochmal zu Lina um. »Oder magst du lieber Eisschokolade?«

»Kalter Kaffee ist bei der Hitze besser«, fällt Max ihr ins Wort und nickt Lina zu. »Bist ja kein Kind mehr, oder?«

Chiara legt den Arm um Linas Schultern. »Lass dich nicht ärgern. Die sind nur albern. Komm, ich zeig dir mal das Video von unserer letzten Aktion auf dem Pfisterberg. Wir werten das gerade aus. Was gut lief und was scheiße.«

»Warum macht ihr das eigentlich? Also, ich meine, ich weiß schon warum. Aber was kann das ändern?«

Chiara schaut Lina irritiert an und beginnt, auf einer Haarsträhne herumzukauen. »Das ist genau das, was wir jetzt eine halbe Stunde lang diskutiert haben. Warst du irgendwie schon als Geist anwesend, oder was?«

»Vielleicht, ja. Ich hab auf der Herfahrt überlegt, ob es überhaupt etwas nützt, wenn ich hier dabei bin ...«

Chiara lacht. »Na, hast du doch damit schon bewiesen. Wenn du die zentrale Frage stellst, ohne Genaueres zu wissen.«

War das jetzt ein Kompliment? Lina weiß nicht so recht.

»Schau dir mal das ganze Video an«, schlägt Chiara vor. »Dann sind wir alle auf dem gleichen Stand.«

Das macht Lina, und Chiara schnappt sich unterdessen den auf dem Terrassenboden liegenden Gartenschlauch und fängt an, Familie Meisters dürren Rasen und die Büsche zum Nachbargrundstück vollzuspritzen. »Es regnet!«, schreit sie enthusiastisch und hüpft mit dem Schlauch in der Hand wie ein Derwisch durch den Garten.

»Heheee!« Der Kopf der Hausherrin erscheint wieder am oberen Fenster. »Lass das mal, Frau Umweltschützerin!«

Chiara schaut perplex nach oben und stellt die Wasserzufuhr ab. »Sorry, wollte nur mal für Sie gießen …«

»Mann, Chiara, wir gießen mit Regenwasser!«, belehrt Mia sie und dirigiert Max und ein Tablett mit vier Gläsern Eiskaffee zum Tisch.

Lina schaut nach oben zum Fenster mit Frau Meisters Kopf und sieht, wie die nickt und wieder nach drinnen verschwindet.

»Regenwasser?«, fragt Max, während er die Gläser abstellt. »Es hat seit Wochen nicht geregnet.«

»Wir haben eine Zisterne.« Mia deutet auf eine Gartenecke mit einer grün gestrichenen Pumpe und einer dort sichtbaren rostigen Metallplatte im Boden. »Ist sehr ergiebig. Und jetzt leg den Schlauch hin, Chiara, wir machen weiter.«

Viel später am Mittag – nach einem weiteren Eiskaffee, vier großen Portionen Spaghetti mit einer Tomaten-Zucchini-Soße und heftigen Diskussionen darüber, inwieweit die kleine *Fridays-for-Future*-Gruppe wirklich solch umstrittene Festkettaktionen durchführen sollte, schneidet Mia ein ganz anderes Thema an.

»Weißt du, Lina, mein Paps ist ja bei der Kripo. Und er hat eine supernette Kollegin, Dominique. Und Dominique hat einen Sohn, Jan, der sehr krank ist und vielleicht nicht mehr lange lebt, und …«

»Wart mal kurz – heißt die Kollegin vielleicht Brodbecker mit Nachnamen?«, unterbricht Lina.

»Jaaa – woher weißt du?«

Lina überlegt nur eine Sekunde, ob sie es erzählen soll, aber ja, warum nicht, sie hat ja nichts verbrochen. Im Gegenteil, sie hat versucht, der Kriminalpolizei zu helfen.

Und so schildert sie kurz, dass in dem Haus, in dem sie wohnt, eine alte Frau gestorben ist. Dass diese Frau mehrere Tage unentdeckt in der Wohnung lag und sie, Lina, deshalb den Pflegedienst alarmiert hat. Dass die Polizei kam und auf der Suche nach einer Nachbarin oder Helferin der alten Frau war. Und sie, Lina, weiterhelfen konnte. Und bei der Gelegenheit Frau Brodbecker kennengelernt hat.

»Vielleicht geh ich später auch zur Polizei«, sagt sie und erschrickt fast, dass sie es zum ersten Mal laut ausspricht.

»Cool«, meint Max, »hab ich mir auch schon überlegt.«

Chiara prustet los und wuschelt ihm durchs Fransenhaar. »Du und Bulle. Dich haut ja jeder Dieb aus den Latschen.«

Max nimmts nicht krumm und winkelt großspurig einen Arm an, um seinen nicht vorhandenen Bizeps sehen zu lassen.

»Also gut«, unterbricht Mia das Geplänkel. »Ist ja super, dass Lina Dominique kennt. Ich wollte euch vorschlagen, dass wir was mit Jan machen könnten …, ihn zusammen besuchen oder so. Damit seine Mutter mal weggehen kann. Zum Friseur. Oder zur Arbeit. Was meint ihr?«

Chiara und Max sind sofort dabei, und Lina nickt ebenfalls heftig. Egal, was es ist – mit ihren drei neuen Freunden ist sie zu allem bereit. Sie ist jetzt wirklich Lina und nicht mehr »lilaspaghettimonster«. Und sie kann sich an keinen einzigen Tag in ihrem jungen Leben erinnern, an dem sie sich so wohlgefühlt und dazu noch ein so super leckeres Essen bekommen hat.

Nachdem Nilay gegangen ist, sitzt Alfred eine Weile an seinem Schreibtisch, ohne irgendetwas zu tun. Nicht mal ans Telefon geht er. In Geheimnisse eingeweiht zu werden, die er vor anderen, ihm nahestehenden Menschen verbergen muss – das ist gar nicht sein Ding. Der einzige Trost: Nilays Geheimnis wird nicht lange eines bleiben. Sie ist entschlossen, ihr Kind zu bekommen, das hat sie ihm klipp und klar gesagt.

»Das ist vielleicht meine einzige und letzte Gelegenheit, Mutter zu werden«, so waren ihre Worte. Dass es ihr gleichzeitig schwer zu schaffen macht, genau jetzt Mutter zu werden, während Dominique am Muttersein verzweifelt, war ihr deutlich anzusehen.

Was die Schwangerschaft von Nilay für sein gerade neu formiertes Ermittlerteam heißt, darüber will Alfred gar nicht nachdenken. Eine schwangere Kollegin, eine Kollegin in Trauer um ihr Kind und er selbst – nicht mehr der Jüngste und körperlich Fitteste.

Kollege Knopf, den er zu der Bank nach Hallstadt geschickt hat, reißt ihn aus seinem trüben Gedankenkarussell. Er lässt sich auf Dominiques Bürostuhl plumpsen und wischt sich stöhnend den Schweiß von der Stirn. Die Knöpfe seiner Uniformjacke sind geöffnet, und Alfred fragt sich, wie er das alleine geschafft hat.

»Zieh halt die Jacke aus«, sagt er zu ihm.

»Oh jahaaa«, stöhnt Knopf und schält sich umständlich aus der Uniform. Nachdem er auch die Hemdsärmel hochgekrempelt hat, berichtet er. »Die Filialleiterin war ganz unkompliziert. Sie hätte zwar zur Absicherung gern noch einen Beschluss – forderst du den an? –, ist aber mit mir zusammen die Kameraaufzeichnungen durchgegangen. Wir haben Glück. Weil in der Bank im letzten

Herbst an mehreren Tagen verdächtige Kapuzen-Träger gesichtet wurden und nicht ausgeschlossen werden konnte, dass ein Geldautomat gesprengt werden soll oder sogar ein Überfall vorbereitet wird ...« Der Kollege holt tief Luft, da ihm bei der Länge des Satzes die Puste ausgegangen ist, »... jedenfalls, da hat die Bank nun die Aufzeichnungen nicht mehr überschrieben, sondern gespeichert. Seit September und bis heute. Hier drauf.« Er legt die Datenträger auf den Tisch.

Das ist mal eine gute Nachricht. Alfred reibt sich die Hände.

»Du hast schon reingeschaut?«

Der Beamte nickt. »Grob zumindest. Und nur daraufhin, ob Josef Berners Haus von der Kamera erfasst wird. Zwar gerade noch so, also die halbe Haustür, aber man kann eindeutig sehen, wer das Haus betritt und verlässt. Und das seit etwa Mitte Oktober, da ist das Blattwerk der Bäume ausgedünnt genug. Dann durchgehend bis Mitte März, und ab da und bis heute eher unscharf, also wegen der Blätter.«

»Du weißt, was das heißt?«

Alfreds Gegenüber nickt ergeben. »Stundenlang Video gucken. Ich schau, wen ich einbinden kann. Schickst du mir die Fotos der Personen, die wir suchen?«

Da wirds schon schwieriger. »Claus-Raphael Stark ist kein Problem, den haben wir aktuell abgelichtet. Die Funkzellenauswertung seines Handys wird uns auch weiterhelfen – für die Zeit, in der die Kamera nicht durch die Bäume gucken konnte. Interessant sind aber auch sämtliche Frauen, die das Haus betreten und in unser erstelltes Profil passen. Rita Bernardi, die Tochter, natürlich ausgenommen.«

Während des letzten Wortwechsels ist auch Kollegin Gabi hereingekommen, die in Claus-Raphaels Vorleben schnüffeln sollte. Sie zieht sich einen Stuhl an Alfreds Schreibtisch heran.

»Ich kann beim Auswerten der Aufzeichnungen helfen«, sagt sie.

Alfred nickt. »Haben Sie was gefunden?«

»Ja und nein. Der gute Mann hat wohl eine schwere Jugend gehabt. Pflegefamilien, Heim, Jugendwohngruppe, alles in anderen Bundesländern. Keine Ausbildung. Kurze Ehe, dann wieder geschieden. Keine Kinder. Eine Mutter gibt es wohl noch, hab aber unter ihrem damaligen Namen niemand gefunden. Vielleicht wieder verheiratet oder gestorben. Stark ist erst vor wenigen Jahren aus Hof nach Bamberg gezogen, eine ganze Weile ist er Taxi gefahren. Als das Taxigeschäft während des Corona-Lockdowns einbrach, wurde er entlassen. Das Arbeitsamt hat ihm so eine Art Schnellkurs bezahlt, mit dem er beispielsweise in Kliniken als Stationshilfe hätte arbeiten können. Eine richtige Pflegeausbildung hat er nicht. *Sonjas PflegeEngel* haben ihn wegen Personalnot trotzdem angestellt.«

»Vorstrafen?«

»Ein paar Jugendsünden, ein bisschen gedealt und einmal eine Anzeige wegen Körperverletzung, da war er Mitte dreißig. Er hat damals einen Kumpel übel zugerichtet, aber der zog die Anzeige wieder zurück.«

»Na gut. Wir werden bald wissen, ob und wo seine DNA bei Josef Berner zu finden ist. Außerdem gleichen wir sie mit dem Sandkirchweihmord ab. Da gabs genügend DNA, die nicht zuzuordnen war.«

Kollegin Gabi runzelt die Stirn. »Zu der Zeit hat er nicht in Bamberg gelebt.«

»Mag sein. Aber viele, die weggezogen sind, kommen zum Feiern und Freunde treffen zur Kirchweih wieder her. Ihr habt doch beide in den letzten Tagen an dem Fall gearbeitet und das Umfeld des toten Mädchens genau durchleuchtet … Irgendwas Relevantes gefunden?«

Knopf verschränkt die Arme im Nacken und dehnt seinen Rücken nach hinten. »Wir haben alle Jugendlichen aus dem Umfeld des Mädchens nochmal unter die Lupe genommen. Könnte ja einer oder eine in den folgenden Jahren straffällig geworden sein. War aber nichts. Wir haben sogar das damalige WG-Personal durchleuchtet – alle sauber.«

Alfred nickt. »Gut. Dann an die Arbeit. Ich werd eine kurze Essenspause zuhause einlegen, dann unterstütze ich euch.«

Grete hat Urlaub in dieser Woche und ihn mit der Aussicht auf eine dicke Scheibe Leberkäse mit Spiegelei und Bratkartoffeln geködert. Man braucht ja eine Grundlage für anschließendes stundenlanges Sitzen vor immer derselben Kameraeinstellung.

Sonja erreicht Claus-Raphael auf dem Handy. Er ist mit dem Einundvierziger unterwegs und fährt rechts ran, weil er keine Freisprechanlage hat.

»Dein Einsatz bei Jan Brodbecker ist gestrichen«, sagt Sonja barsch. »Du tauschst mit Brigitte. Kannst bei zwei Patientinnen von ihr das Strümpfe-Anziehen übernehmen.«

Claus-Raphael zieht mit einer Hand eine Zigarette aus dem Päckchen auf dem Beifahrersitz. »Und wieso?«

»Frau Brodbecker hat sich über dich beschwert. Wir reden später, ich muss selber los.« Und schon hat sie aufgelegt.

Er zündet den Glimmstängel an und inhaliert tief. Na, das wars dann mit der appetitlichen Frau Kommissarin. Auch egal. Aber er hasst es, alten Frauen die Kompressionsstrümpfe anziehen zu müssen. Die Dinger sind so was von straff und eng, dass es richtig Kraft kostet, sie über dicke fleischige Altfrauenbeine zu ziehen. Brigitte hat den Dreh raus. Er nicht.

Zuerst ist allerdings die Versorgung des alten Manns am Stephansberg dran. Der in dem verfallenden Haus wohnt, an dessen Klingelschild er kürzlich den Namen Sienkiewicz entdeckt hat. Noch hat er dort nicht geklingelt, noch kam es zu keinem zufälligen Zusammentreffen mit der Mieterin. Das Risiko verschafft ihm eine Art morbiden Kick. Wenn die Frau ihn einmal gesehen und erkannt hat, gibts kein Zurück mehr. Vor allem traut er sich selbst nicht mehr über den Weg. Zu tief haben sich Wut und Hass in ihm eingegraben. Nichts, was er in sich hineingefressen hat, ist vergessen. Claus-Raphael ist eine Zeitbombe, die jederzeit hochgehen kann.

Während er den Einundvierziger durch den mittäglichen Bamberger Verkehr steuert und mit der schlecht ziehenden Karre schließlich durch die Eisgrube zum Stephansberg hinauf zuckelt, spürt Claus-Raphael deutlich das Brodeln in sich. Es hat mit dem demütigenden Verhör durch den dicken Kommissar am Vortag zu tun. Er hat ihn wie einen Schwerverbrecher behandelt, und das nur wegen ein paar nebenher verdienten Kröten. Es hat aber auch mit der gerade erfahrenen Abfuhr durch Frau Kriminalkommissarin Brodbecker zu tun. Was glaubt diese Schlampe eigentlich, wer sie ist? Ist ihr ein einfacher Pfleger nicht gut genug für ihren bloß noch wie ein Greis dahinvegetierenden Herrn Sohn? Sitzt auf dem hohen Ross und macht ihn wegen eines bisschen Zigarettenrauchs runter … Sonst gabs ja wohl keinen Grund zur Beschwerde. Oder was hat sie Sonja sonst noch aufgetischt? Hat er den jungen Prinzen nicht nass genug gemacht beim Waschen? Hätte er ihn oder die Mutter mehr hofieren müssen? Den jungen Mann vielleicht zum Schluss noch parfümieren und einen Hofknicks vor ihm machen sollen? Diese dumme Pute … jetzt kann sie sehen, wo sie bleibt. Er ärgert sich maßlos darüber, dass die Chefin nicht hinter ihm steht. Die hätte den Auftrag für die weitere Pflege doch einfach ablehnen können, wenn die Kommissarin mit ihm nicht einverstanden war. Was muss Sonja da den Dienstplan durcheinanderbringen und Brigitte einsetzen? Hat wohl Schiss vor der Obrigkeit … Was nach den Schlagzeilen über *Sonjas PflegeEngel* als »Verwahrlosungsverwalter« sogar nachvollziehbar ist.

Claus-Raphael haut aufs Lenkrad. Weil er wütend ist und weil nicht mal im Parkverbot am Stephansberg irgendeine Lücke zum Auto abstellen frei ist. Wenn er richtig sieht, haben die Falschparker alle schon Knöllchen an der Scheibe. Gut so, dann haben die vom Parküberwachungsdienst die Runde bereits hinter sich. Er stellt den Wagen dreist mit dem Heck vor eine Garageneinfahrt. Wenn sich der Garagenbesitzer nicht allzu doof anstellt, kommt er trotzdem raus. Oder rein. Nicht Claus-Raphaels Problem. Bisher hat Sonja seine Strafzettel bezahlt.

Gleichzeitig mit ihm kommt ein Behindertenfahrzeug der *Malteser* vor dem Haus des alten Mannes zum Stehen. Es hält in zweiter Reihe, wo auch sonst. Ist was mit seinem Patienten? Er und die junge Sanitäterin stehen gemeinsam vor den Klingelschildern, als die Haustür von innen aufgedrückt wird und eine gedrungene Gestalt sichtbar wird.

»Ah, Frau Sienkiewicz, Sie sind schon unten. Kommen Sie, ich hake Sie unter.«

Claus-Raphael ist vor Schreck einen Schritt zur Seite getreten und kommt fast ins Stolpern, weil der Gurt seiner Pflegetasche an einem krummen rostigen Nagel in der Hauswand hängenbleibt. Die Frau, die jetzt von der Sanitäterin halb aus der Tür geschleift wird, sieht gar nicht zu ihm auf. Sie ist klein, sehr dick und sehr unbeholfen.

»Mir ist so schwindlig«, sagt sie mit dünner piepsiger Stimme, die so gar nicht zu ihrem drallen Körperbau passt.

»Wo ist denn Ihr Rollator? Im Hausflur? Soll ich ihn holen?«

»Nein nein, der ist doch in der Wohnung.«

Da sie stehenbleibt und offenbar keinen Schritt mehr weitergehen kann, steigt auch der *Malteser*-Fahrer aus und fasst Frau Sienkiewicz am anderen Arm.

»Auf gehts, junge Frau. Das schaffen wir doch. Bei Ihrem Arzt holen wir den Rollstuhl aus der Praxis, damit klappts besser.«

Bevor die beiden *Malteser* ihre Patientin komplett in ihr Fahrzeug verfrachtet haben und bevor Claus-Raphael im Haus verschwinden kann, dreht sich Frau Sienkiewicz doch noch zu ihm um. Ihre Augen weiten sich vor Erstaunen, und Claus-Raphael hofft, dass sein gepiepster Name in den Einsteiganweisungen ihrer Helfer untergegangen ist.

»Weil du mit deinen Fällen so eingespannt bist.« Grete streicht ihrem Mann zärtlich über den dünn behaarten Hinterkopf.

Alfred mampft mit Genuss schon die zweite Portion. Seine Frage an die beste aller Ehefrauen, wie er zu diesem extra gekochten Verwöhnessen kommt, ist damit hinreichend beantwortet. »Ich bin im siebten Leberkäs-Himmel«, nuschelt er kauend. »Dank dir, meine Liebe.«

Grete setzt sich mit einer Tasse Kaffee ihm gegenüber. Weil er so ungern an der Küchenbar isst und das Thermometer draußen inzwischen auch im Schatten weit über dreißig Grad zeigt, hat sie ihrem Mann die Mahlzeit im Wohnzimmer serviert. »Immerhin hab ich heute schon zweimal gekocht. Deine vegetarische Tochter hat sich Spaghetti gewünscht. Und ihre Freunde haben auch ordentlich reingehauen.«

»War wohl ein konspiratives Treffen hier?«, fragt Alfred und schluckt den letzten Happen runter. »*Fridays for Future* in Aktion?«

»Mhm. Was hältst du denn davon? Ich meine, recht haben sie auf jeden Fall. Aber die Mutter von Chiara, Frau Truckenbrodt, die ruft ständig bei mir an und schimpft. Dass der Zweck nicht die Mittel heiligt, und so. Und dass wir … stell dir vor, sie hat gesagt, ›wir‹, also du und ich … dass wir doch bei der Polizei seien und deshalb auf unsere und natürlich auch auf ihre Tochter einwirken müssten …«

»Quatsch«, sagt Alfred unwillig. »Ich bin froh, dass Mia was macht, von dem sie überzeugt ist. Ist noch gar nicht lange her, da hat mich ihr sinnloses Internetgesurfe genervt. Und dass es mit ihren Freundinnen immer nur um irgendwelche Blogs und Mode und so was ging. Hast du für mich auch ein Tässchen Kaffee?«

Grete nickt und lächelt ein bisschen hinterhältig. »In der Kanne, Fred. Die Küche befindet sich gleich ums Eck.«

»Ja, geh ja schon«, brummt Alfred.

Als er wieder bei ihr am Tisch sitzt, nimmt Grete den Faden ihres Gesprächs wieder auf. »Ja, da bin ich auch froh. Sind ziemlich nett, ihre Mitstreiter im Umweltschutz. Chiara und Max und das neue Mädchen, Lina. Sie ist zwar noch sehr jung, aber recht aufgeweckt. Mia meint, du kennst sie von einem eurer Fälle?«

Alfred überlegt. »Lina? Sagt mir was. Komm aber grad nicht drauf. Aber ich hab noch ein ganz anderes Problem.«

»Na, rück schon raus.«

Wie immer kann sich Alfred felsenfest darauf verlassen, dass Grete die ihr anvertrauten Details aus seinem Arbeitsalltag für sich behält. Und dieses Mal handelt es sich nicht einmal um Polizeiarbeit.

»Es geht um Nilay.«

»Nilay? Ich kenn sie ja noch gar nicht. Lass sie uns doch mal gemeinsam mit Dominique zu uns einladen. Also, wenn es Dominique überhaupt danach ist … Ich muss sie dringend anrufen.«

»Das ist Teil des Problems«, seufzt Alfred. »Hab dir doch erzählt, dass sich da was anbahnt zwischen den beiden. Wobei keine wirklich darüber gesprochen hat. Aber ich bin ja nicht ganz blöd.«

»Und wo ist das Problem? Dass sie im gleichen Team sind?«

»Ja, wohl auch. Aber darum gehts mir jetzt nicht. Nilay ist … sie ist schwanger. Von einem Ausrutscher, wie sie sagt. Ist noch in Dresden passiert. Problem eins: Sie will das Kind. Problem zwei: Sie hat keinen Schimmer, wie sie es Dominique beibringen soll. Grad jetzt, wo es Jan so schlecht geht.«

Alfred starrt in seine Kaffeetasse, als könne er in ihrem schwarzen Spiegel eine Lösung erkennen.

»Oh weh.« Grete schaut bestürzt. »Das ist wirklich eine Zwickmühle. Aber wir kennen doch Dominique inzwischen ganz gut. Meinst du nicht, sie kann mit der Wahrheit besser umgehen als mit

Schweigen oder einer Lüge? Auch wenn die Wahrheit schmerzhaft ist?«

»Mag sein.« Alfreds Brust entweicht ein tiefer Seufzer. »Ich fände es am besten, Nilay würde mit ihr sprechen. Und nicht mir ein Schweigegelöbnis abringen ...«

»Sag ihr das«, ermuntert ihn Grete. »Reicht doch schon, wenn du in der Arbeit auf beide verzichten musst.«

Wenig später stößt Alfred zu dem kleinen Team hinzu, das sich die Sichtung der Kamera-Aufzeichnungen vorgenommen hat.

Um seine Leute bei Laune zu halten, hat er auf dem Weg vom Babenberger Viertel in die Schildstraße einen Schlenker gemacht und an einer Eisdiele gehalten. Das Eis in den Bechern wechselt allerdings schon vom festen in den flüssigen Zustand, als Alfred mit seiner Tüte von Arbeitsplatz zu Arbeitsplatz geht.

»Mhm! Super-Idee! Hab gerade an ein schönes Eis gedacht ...«
»Meine Lieblingssorten!« »Zitroneneis bei der Hitze! Genau das Richtige ...« So lauten die Kommentare von Knopf, Gabi mit i und Azubi.

Natürlich hat Alfred auch an sich selbst gedacht und löffelt jetzt erst mal sein Eis, während er einen weiteren PC im Großraum-Büro hochfährt. Die Beamten haben beschlossen, wegen schnellerer gegenseitiger Information im gleichen Raum zu arbeiten. Außerdem ist es das kühlste Büro im Haus, weil zur Nordseite gelegen. Sofern man bei einer Raumtemperatur von achtundzwanzig Grad und fehlender Klimatisierung von »kühl« sprechen kann ...

Knopf sitzt Alfred direkt gegenüber und informiert ihn über den Stand der Dinge. »Wir haben uns die Zeiträume aufgeteilt, sodass sich jeder zwei Monate des Winterhalbjahres vornimmt. Nach März sieht man wegen der Bäume zwar nicht mehr viel, aber an einem Baum sind die Äste sehr licht, sodass gelegentlich Personen ins Bild kommen. Und noch was: Gerade sind die Daten des Handy-Providers gekommen. Soll mal einer unserer Internetspezialisten ein Bewegungsmuster erstellen?«

Alfred nickt. »Unbedingt. Ob Claus-Raphael auch schon im Winter bei Josef Berner ein- und ausgegangen ist, werde ich gleich selber abgleichen.«

Er holt die Infos zu Claus-Raphaels Handy aus dem Posteingang seiner Mails und zieht die handschriftlich verfasste Liste seiner Hausbesuche daneben. Irgendjemand hat die Liste für Alfred eingescannt, er selber steht auf Kriegsfuß mit derlei Dingen.

In der nächsten Stunde herrscht andächtige Stille im Raum. Nur ab und zu hört man das gluckernde Geräusch von Wasser, das in ein Glas gegossen wird, oder es stöhnt jemand – ob wegen der Wärme oder wegen der eintönigen Bildschirmarbeit, das ist nicht ganz klar.

»Schon was gefunden?«, fragt Alfred in die Runde und dreht den Kopf hin und her, um den Nacken zu lockern.

»Vielleicht«, antworten zwei gleichzeitig.

»Die Auflösung der Bilder ist nicht so prickelnd. Ich habe einen Mann gefunden, der Claus-Raphael sein könnte. Wir müssen wohl alle interessanten Stellen nochmal an die KT geben, vielleicht kriegen die das schärfer und genauer«, sagt Gabi, die sich Februar und März vorgenommen hat.

»Zweimal dieselbe Frau … sehr undeutlich zu sehen, und auch erst im Frühsommer«, ergänzt der Junge und wiederholt: »Sehr unscharf.«

»Na gut. Ich kann jedenfalls jetzt schon sagen, dass die Liste von Claus-Raphael ein Witz ist. Sein Handy ist öfter in der Funkzelle in Hallstadt eingeloggt als seine Liste das behauptet.« Alfred wunderts nicht. Auch der Pfleger ist einer, der nur zugibt, was die Polizei schon weiß.

Bis er die tatsächliche Liste von Claus-Raphaels Aufenthalten bei Josef Berner erstellt hat, vergeht eine weitere Stunde.

Erst die Nachricht der KT mit der graphischen Aufzeichnung der Funkzellenauswertung bringt plötzlich Bewegung in die Sache.

»Holla, die Waldfee!« Alfred springt auf wie elektrisiert. »Unser Mann war nicht nur in Hallstadt aktiv. Sondern auch in den Funkzellen Altstadt/Concordiastraße und Hochhaussiedlung!«

»Heißt?«, fragt Gabi begriffsstutzig.

»Mihai Petrescu! Hilde Fuchs! Claus-Raphael könnte auch bei ihnen zugange gewesen sein. Und zwar in größerem Umfang als *Sonjas PflegeEngel* dort im Einsatz waren.«

Andere Menschen in Kimmis Lage und mit ihrer Biografie fingen an, sich zu ritzen. Zerschnitten sich die Unterarme, bis das Blut floss. Stachen damit symbolisch ein Geschwür auf, das ihnen unsäglichen Druck und nicht auszuhaltende Schmerzen bescherte. Verschafften sich durchs Schneiden Erleichterung. Kimmi hatte diesen Zerstörungswillen nur ein einziges Mal gegen sich selbst angewandt – als sie nach dem Verlust ihrer Arbeitsstelle in der Autowerkstatt zuhause verwahrloste und sich gehen ließ.

Das war jetzt vorbei. Kimmi war Anfang dreißig, eine bildschöne, engelsgleiche Frau mit langem, gelocktem, blondem Haar, ebenmäßigem Teint und zierlicher Figur. Ein Hingucker und größtmöglicher Kontrast zu ihrem neuen beruflichen Umfeld, einem Pflegeheim für überwiegend an Demenz erkrankte Bewohner, die vor sich hinsiechten. Was sie beruflich routiniert, aber ohne jegliche innere Beteiligung mit den Alten im Pflegeheim machte – waschen, anziehen, füttern –, das tat sie aus ganz anderem Antrieb bei ihrer eigenen hinfälligen Mutter. Die versorgte sie so, wie ein Indianerstamm seine Gefangenen aufgepäppelt haben mag, damit sie später am Marterpfahl länger durchhielten.

Nein, Kimmi war keine gute Hausfrau, sie konnte außer Nudeln so gut wie nichts kochen, und Backen lag ihr schon gleich gar nicht. Dafür mästete sie ihre zu diesem Zeitpunkt schon gut gepolsterte Erzeugerin mit allerhand fetten Fertigprodukten und Süßkram. Die Mutter lebte von einer kleinen Erwerbsminderungsrente und erhielt ergänzend Hartz IV, das hinten und vorne nicht reichte. Kimmi legte immer wieder was aus eigener Tasche drauf, wenn sie für ihre Mutter einkaufen ging. Das wars ihr wert.

An einem trüben Spätsommertag – besonders die Blätter der Kastanien hatten sich schon herbstlich gelb verfärbt – war Kimmi richtig wütend auf ihre Mutter. Sie hatte sie nach ihrem anstrengenden Tag im Pflegeheim noch besucht, um – wie von der Dame gewünscht – ihr Bett frisch zu beziehen. Aber Madame nörgelte herum, fand, dass das Bettzeug stank, wollte das Kopfteil des Bettes höhergestellt haben – es war allerdings schon lange kaputt –, wollte von Kimmi andere Socken angezogen bekommen. Blöd für die Mutter: Sie hatte wohl vergessen, wie Kimmi ihre Nörgelei bestrafte. Indem sie sie einfach sitzen ließ auf ihrer niedrigen Couch, von der sie ohne fremde Hilfe nur unter Schmerzen aufstehen konnte, ohne gemachtes Bett, ohne Socken an den Füßen und die Brille, die sie zum Fernsehen brauchte, weit weg auf einem Schrank liegend.

Kimmi genoss es, Macht über andere zu haben und ganz besonders über ihre schwerfällige und hilflose Mutter. Das Triumphgefühl hielt leider immer nur kurz an. Leere, Wut und Frust machten sich in ihr schon auf dem Weg vom Haus der Mutter in die Stadt zur Bushaltestelle breit.

Dort war es auch, dass sie einen Bekannten von früher wieder traf, einiges älter als sie, netter, gutmütiger Kerl mit dünnem Zopf im Nacken, noch ganz passabel aussehend. Er hatte sie schon angehimmelt, als sie noch ein Teenager war, und – zugegeben – sie mochte ihn irgendwie, wandte aber ihre Verführungskünste damals nicht bei ihm an. Warum? Sie brauchte ihn nicht. Aber an dem Tag, als sie plötzlich an einem Marktstand mit Körben voll Bamberger Kartoffeln und Zwiebeln aufeinandertrafen, hatte sie dringend jemanden nötig, um ihre Emotionen abzureagieren.

So landeten sie nach kurzem Smalltalk und gemeinsamer Busfahrt bei ihm zuhause und in seinem Bett. Als Kimmi ging, blutete seine Lippe von ihren Bissen, und Rücken und Arme waren zerkratzt von scharfen Fingernägeln. Trotzdem sprühte er vor Begeisterung nach ihrem sexuellen Intermezzo. Kimmi aber war ganz ruhig und fühlte sich angenehm leer, als sie in den Bus stieg und zu ihrer eigenen Wohnung fuhr. In Angelos weiches Fell vergraben, holte sie sich die Zärtlichkeit, die ihr sonst niemand geben konnte.

Brigitte trinkt ein komplettes Halbliter-Glas von Dominiques selbstgemachter Holunder-Limonade in einem Zug aus.

»Das tut gut«, sagt sie und wischt mit dem Ärmel ihres Kittels über ihren Mund. Dann tätschelt sie Jans Hand. »So, mein Lieber. Das hätten wir. Du bist wieder fein und bereit für Damenbesuch.« Nur Jans Augen bewegen sich als Antwort, und nur seine Mutter kann seine Augensprache richtig deuten. Sie hat Brigitte das Notwendige erklärt: Wenn Jan einmal blinzelt, heißt das ja, zweimal nein. Gibts kein eindeutiges Ja oder Nein auf eine Frage, dann hilft nur, die Frage so lange umzuformulieren, bis sie mit Ja oder Nein beantwortet werden kann.

Dominique lehnt am Türrahmen.

»Danke Brigitte. Sie machen das gut.«

Brigitte, der die Anspannung des neuen Jobs und die Pflege unter den Augen der Polizeikommissarin deutlich anzumerken ist, lässt einen erleichterten Seufzer hören. »Ist ja auch ein Lieber, der Jan. Bestimmt freut er sich, wenn er gleich Besuch bekommt.«

»Ja, mit Sicherheit. Mia ist die Tochter meines Kollegen. Sie kennen ihn, Hauptkommissar Meister.«

»Ah ja.« Brigitte glättet mit einer Hand noch ein letztes Mal die Bettdecke ihres neuen Patienten. Eine Übersprunghandlung, das Bett ist glatt gezurrt wie in einer Soldatenstube.

»Sagen Sie … Ich weiß, die Kollegen haben Sie bereits danach gefragt … Diesen Dienst der *Netten Nachbarn*, den kennen Sie wirklich nicht? Oder eine Frau namens Micaela?«

»Nein, wirklich nicht«, beteuert Brigitte. »Sonja hat ein paar Flyer von Haushaltshilfen. Aber die *Netten Nachbarn* sind nicht dabei.« Dann scheint ihr etwas einzufallen. »Claus-Raphael haben Sie schon danach gefragt?«

»Sie kennen wohl seinen kleinen Nebenverdienst?«, stellt Dominique die Gegenfrage.

Brigitte zuckt verlegen die Schultern. »Ich wusste schon, dass er sich seinen Lohn gelegentlich aufbessert. Aber dass das so viel war – das hab ich erst von Sonja erfahren.«

»Na dann. Morgen um die gleiche Zeit?«

»So etwa. Genau kann ich es nie planen.«

»Ist in Ordnung.«

Dominique bringt Brigitte zur Haustür. Noch im Gehen zieht diese ihren Kittel aus, der Einunddreißiger steht mal wieder in der Sonne.

Jetzt am frühen Nachmittag sind die Temperaturen draußen unerträglich. Dominique hätte Jans Bett gerne auf die Terrasse geschoben, aber er verträgt die Hitze schlecht. Sein Zimmer ist wegen der Verdunkelung einigermaßen kühl. Besucherin Mia wird damit vorliebnehmen müssen. Aber Jan muss es auch, Tag und Nacht.

Dominique setzt sich einen Moment auf Jans Bett und streicht ihm über die blassen Wangen. Es ist schwer, bei seinem Anblick die Fassung zu wahren. Eine Mutter sollte Zuversicht ausstrahlen, damit der Sohn die Hoffnung nicht verliert. Aber Dominique kennt Jan. Er weiß sehr genau, wie es um ihn steht. Eine seiner letzten Nachrichten, die er noch per Sprachcomputer übermitteln konnte, hieß: »Mama und Papa sollen da sein. Sigi. Und Klasse.« Da sein in seiner letzten Stunde? Das wird nicht einfach werden. Das mit dem Papa zumindest. Er hat sich in letzter Zeit wenig um seinen Sohn geschert. Auch wenn der Grund dafür ist, dass er Jans Dahinsiechen kaum aushält – Dominique muss es auch.

Dann klingelt es, das müsste Mia sein.

Dominique geht aufmachen. Ja, da steht Mia, in einem kurzen bunten Sommerkleidchen und mit aufgetürmter Rastafrisur. An ihrer Seite ein großer, dünner Jüngling mit Haaren wie der junge Otto Waalkes. Kontrast pur. Ihr Freund?

»Hi Dominique. Ich hab Max mitgebracht. Ein guter Freund.« Mia deutet mit einer Hand auf Max, mit der anderen auf Dominique. »Max. Dominique.«

»Schön, kommt rein. Jan freut sich.«

Und das tut er auch, seine blass-blauen Augen leuchten wie blank polierte Edelsteine.

»Na Jan, alter Zocker. Was geht?« Auch Mia streicht ihm behutsam über die Wange.

Max schaut ihr über die Schulter: »Hi Jan, ich bin Max.«

Dann brauchen sie Dominiques Hilfe. Denn Mia, Max, Chiara und Lina wollen etwas für Jan tun, ihm einen Wunsch erfüllen. Einen vielleicht letzten. Einen sicher letzten.

Chiara konnte wegen ihrer Klavierstunde nicht mitkommen, Lina wollte sich erst einmal raushalten, auch wenn sie sehr gerne die Kommissarin wieder getroffen hätte.

»Ich hätte sogar eine Idee«, sagt Dominique zögerlich. »Ich glaube, Jan hat Sehnsucht nach seiner Klasse in der *Lebenshilfe*. Stimmts, Jan?«

Blinzeln, einmal.

»Ihr könntet das organisieren. Die Jungs und Mädels aus seiner Klasse müssten allerdings herkommen. Macht eine Unterrichtsstunde mit ihnen. Erzählt ihnen was über eure Klima-Aktionen. So, dass es auch lernbehinderte Schüler verstehen.«

Heftiges Blinzeln von Jan. Begeisterung bei Mia und Max.

»Versucht ruhig selber, Jan Vorschläge zu machen«, ermuntert Dominique die beiden Besucher.

Dann lässt sie die Jugend alleine, sie braucht ein paar Minuten für sich. Sie muss endlich Klarheit haben, was mit Nilay los ist. Ob sie wirklich krank ist, warum sie ein Treffen ablehnt.

Dominique wählt Nilays Handynummer. Es klingelt, beim fünften Mal meldet sich Nilay. Endlich.

———

»Du fährst also heute wieder?«, fragt der Mann mit dem grauen Haarkranz seinen weiblichen Übernachtungsbesuch.

Die attraktive Endfünfzigerin namens Petra sitzt auf einem klapprigen Küchenstuhl und trinkt den Rest Tee aus einer Tasse, deren Henkel abgebrochen ist.

»Danke für deine Gastfreundschaft«, sagt sie und nickt dem am Fenster stehenden Mann zu. »Und dass du mich informiert hast.«

»Ist doch Ehrensache, Petra. Ihr wart so lange ein Paar, der Mihai und du. Wäre ihm bestimmt wichtig gewesen, dass du bei unserer kleinen Gedenkfeier dabei bist.«

Die Frau steht auf, räumt Tasse und Teller in die Spüle und greift nach ihrem Rucksack, der am Türgriff hängt. Sie ist für ihr Alter noch verdammt gut in Schuss. Das Haar schon von silbernen Strähnen durchzogen, doch modisch in Form geschnitten. Bei jeder Bewegung ihres Kopfes wippen die Haarspitzen Richtung Kinn.

»Dein Zug fährt bald«, stellt ihr Gastgeber fest. »Schade. Wir hätten noch was unternehmen können.«

Petra ist nicht entgangen, dass Mihais langjähriger Freund ihr mehr als Wohlwollen entgegenbringt.

»Meine Katzen sind allein.«

Sie gibt ihm die Hand, schultert ihren Rucksack und ist aus der Tür. Die Wohnung liegt in Sichtnähe des Friedhofs, und Petra beschließt, einen kleinen Umweg an den Gräbern vorbei zu machen. Vielleicht sieht sie das Feld, in dem die anonym bestatteten Menschen liegen und in dem sicher auch Mihai seine letzte Ruhe gefunden hat.

Mihai. Er war ein guter Mann. *Ihr* Mann, bis vor etwa sieben Jahren. Nein, verheiratet waren sie nicht, das war ihnen gar nicht wichtig. Obwohl – Petra Petrescu wäre ein wohlklingender Name gewesen. Mihai wusste aber nicht einmal, ob seine in Jugendzeiten in Rumänien geschlossene Ehe überhaupt geschieden war. Die hatte nur kurz gedauert, und Kinder seien seines Wissens keine daraus hervor gegangen. Männer halt. Petra schüttelt leicht den Kopf, als sie die Straße überquert und das Haupttor des Bamberger Friedhofes ansteuert. Sie ist froh, dass sie bei der Hitze in kurzen Hosen und einer über dem Bund geknoteten Bluse unterwegs ist, beides kann sie trotz ihres fortgeschrittenen Alters noch gut tragen. Sie ist nicht schlank, hat auch einen schlecht zu verbergenden Bauch, aber auf ihre Beine ist sie stolz. Die sind zwar kurz, aber fest und glatt. Nicht nur Mihai hat ihre Beine geliebt.

Petra ist mit Mihai auch nach der Trennung in Kontakt geblieben. Sie zog bald darauf nach Coburg, in eine Wohngemeinschaft für Menschen mit Depressionen. Das hat ihr gut geholfen. Heute fühlt sie sich fast gesund, wohnt wieder alleine und ist sogar in der Lage, ein paar Stunden ehrenamtlich im Coburger Sozialkaufhaus beim Auspacken und Sortieren der Waren zu helfen.

Während sie ziellos an den Gräbern vorbeischlendert, kommt ihr der letzte Besuch bei Mihai in seiner Wohnung in der Concordiastraße in den Sinn. Es war im Frühsommer, also schon ein paar Wochen her, und einer der wenigen verregneten Tage des Jahres. Als Petra durch den Torbogen in den Hinterhof trat, stieß sie mit einer jungen Frau zusammen. Mit einer sehr schönen jungen Frau. Vielleicht schaute sie deshalb so intensiv auf die bloßen Arme der Fremden, weil sie wegen des kühlen Regenwetters irritiert war über die leichte Bekleidung der Frau. Den rechten Oberarm zierte eine geflügelte Figur. Ein Engel? Ein schwarzer Engel allerdings.

Mihai wirkte fast ertappt, als er ihr die Wohnungstür öffnete.

»Du bist wohl neu verliebt?«, fragte Petra ihn eher im Scherz und gab ihm aus Gewohnheit einen Kuss auf eine seiner stachligen, eingefallenen Backen.

»Quatsch«, sagte Mihai etwas zu schnell. »Das war meine Haushaltshilfe.«

»Haushaltshilfe!« Petra musste lachen. »Heißt das jetzt so, ja? Bisher hast du auch keinen Wert auf Haushaltsführung gelegt.«

»Hab doch jetzt Diabetes«, brummte Mihai und schlurfte ihr voran in sein Wohnzimmer. »Hab kurz nen Pflegedienst gebraucht. Und dann kam diese Frau, auf Empfehlung des Pflegedienstes. Glaube ich.«

»Ein Engel«, hatte Petra wohl noch gespottet und dann das kurze Gespräch wieder vergessen.

Warum fällt es ihr jetzt wieder ein? Zum einen: Weil auch sie einen Packen Gedichte ihres Lebensgefährten im Rucksack hat und auch ihr ein ganz bestimmtes Gedicht sofort auffiel:

»*Aus Wolken gefallen, schwer mit Regen.*
Mir den Blick verstellt, die Sicht geblendet.
Hoffnung gegeben, Hoffnung geraubt.
Schwarzer Engel.«

Zum anderen erinnert sie sich mit Wehmut an die ergreifende, kleine Gedenkfeier am Gabelmann. All seine alten und neuen Freunde waren gekommen. Sie hatten erst spät von Mihais merkwürdigem Tod im Kanal erfahren und dann eine ganze Weile gebraucht, um die gesamte Fangemeinde des Verdichters zusammenzutrommeln. Der mit dem grauen Haarkranz hatte irgendwo Petras Mailadresse gefunden und sie auf diesem Weg eingeladen. Natürlich waren die Umstände von Mihais Tod vor und nach der Feier Gesprächsthema Nummer eins. Die meisten von ihnen waren gemeinsam in den Hain gepilgert und hatten sich dort auf eine Wiese gesetzt. Jemand ließ eine Rotweinflasche herumgehen, ein anderer Schnaps, Petra hatte einen selbst gebackenen Rührkuchen im Rucksack. Dann wurde erzählt. Auch wenn Petra den Wahrheitsgehalt mancher Geschichten anzweifelt, so wird doch an vielen was dran sein. Alle waren sich zum Beispiel einig, dass Mihai Petrescu kein Freund fließender Gewässer war und die Nähe von Flüssen und Seen mied. Er konnte nicht schwimmen, das weiß auch Petra. Warum also sollte er in den Kanal gefallen sein? Der Verdacht, dass jemand nachgeholfen hat, ließ sich nicht ausräumen, auch da waren sich alle einig gewesen. Irgendjemand wusste, dass die Kripo kurz ermittelt hatte. Ohne Ergebnis.

Heute wundert sich Petra allerdings über eins: Hätte nicht die schöne blonde Helferin mit dem tätowierten schwarzen Engel auf der Gedenkfeier auftauchen müssen?

»Nilay? Endlich.« Dominique ist mit dem Telefon in der Hand bis in die hinterste Gartenecke gegangen. Hier wachsen Brombeeren, aus denen sich viele Gläser Marmelade kochen ließen. Wenn denn einer der Hausbewohner dafür ein Händchen hätte. Es ist zumindest schattig und auch ruhig hier. Die Stimmen von Mia und Max aus Jans Zimmer sind kaum noch zu hören. Dominique streift ohne hinzuschauen mit der Hand über das Gesträuch, und ein Dorn bohrt sich schmerzhaft in den Daumen. »Au. Mist.«

Am anderen Ende der Leitung ist es merkwürdig still, bis Nilay sich endlich räuspert. »Ich würde dich lieber sehen, während wir sprechen«, sagt sie dann. »Es ist so … so schwer am Telefon.«

Dominique werden fast sofort die Knie weich, ein Gefühl, das sie kaum kennt und außerdem hasst. »Es ist aus, oder?«

Wieder das Räuspern. »Dominique … ich weiß nicht, wie ich es dir sagen soll …«

»Also gut«, unterbricht sie Dominique. »Du weißt, ich brauche nicht viele Worte. Aus ist aus. Du musst mir das nicht begründen.«

»Doch, das will ich. Können wir uns sehen?«

»Später, ja. Wenn die Nachtwache bei Jan ist. Soll ich zu dir kommen?«

Wieder Zögern am anderen Ende der Leitung. »Lieber zum *Café Luitpold*. Um acht?«

»Gut. *Luitpold* um acht.« Dominique hält den Hörer noch einen Moment ans Ohr, aber außer Nilays Atem kommt nichts mehr, und sie legt auf.

Treffen auf neutralem Boden also. Mehr Beweise braucht Dominique nicht, um sicher zu sein, dass Nilay das beenden will, was doch gerade erst begonnen hat. Was so wunderschön begonnen hat. Was sich nach »immer mehr davon« anfühlte. Hat Nilay Schiss bekommen, eine Beziehung mit einer Kollegin anzufangen? Will sie vielleicht gar nicht, dass die Polizei weiß, dass sie Frauen liebt? Macht ihr die türkische Familie Stress? Dominique steht immer noch da, starrt in die Brombeeren, saugt an ihrem leicht blutenden Daumen. Hat gar Alfred mit Nilay gesprochen? Ihr die Beziehung zu Dominique ausgeredet? Nein, das kann sie komplett ausschließen. Alfred würde sich nicht einmischen. Und wenn, dann würde er zuerst mit ihr, Dominique, reden. Hat es mit Jan zu tun? Kann Nilay nicht aushalten, was gerade mit Jan passiert? Meint sie gar, sie lenke Dominique zu sehr von ihren Mutterpflichten ab? Dominique hat es bisher vermieden, Jan und Nilay zusammenzubringen. Sie wollte erst ganz sicher sein, dass die Sache zwischen ihr und Nilay nicht nur ein Strohfeuer ist.

Jetzt denkt sie: Gut, dass Jan sie nicht kennengelert hat. Er hätte sie gemocht – und auch schon wieder verloren. Reicht ja, dass er mit der Trennung seiner Eltern und dann der Trennung von Dominique und Sigi klarkommen musste.

»Dominique!«, ruft eine helle Stimme in ihre schweren Gedanken hinein.

Also. Liebeskummer unterdrücken, Klärung verschieben, auf acht Uhr im *Luitpold*.

Dominique geht zurück zur Terrasse, Mia hat Jans Tür geöffnet und schaut fragend in den Garten.

»Ich komme!«

Mia und Max sprühen vor Ideen, als sie ins Zimmer tritt, und auch Jans Augen leuchten so lebendig wie schon lange nicht mehr.

Und dann breitet Mia ihren Plan vor Dominique aus: Sie und Max und Chiara und Lina wollen eine komplette Schulstunde im Haus Brodbecker organisieren. Sie wollen mit Fahrdiensten die gesamte Schulklasse herbringen, ein paar sommerlich gesunde Snacks für alle vorbereiten und – passend zum heißen Wetter und zum Klimawandel – einen Unterricht zum Thema »Sonne« abhalten. »Mit Malen und Basteln und Musik und so«, sagt Mia.

»Damit auch die schwerer beeinträchtigten Kinder mitmachen können«, ergänzt Max.

»Und Jan, den putzen wir vorher so richtig schick raus, stimmts?« Mia grinst Jan an, und seine Augenlider zwinkern so heftig, dass das einfach viele Jas hintereinander sein müssen. »Hab ihm auch schon ein paar Outfits auf dem Smartphone gezeigt«, ergänzt Mia und hält Dominique ihr Display hin. Auf dem Bildschirm ist ein braungebrannter Jüngling am Strand zu sehen, er trägt ein knallbuntes Hawaii-Hemd und rote knielange Bermuda-Shorts.

Dominique muss lachen. Das passt! Genau das ist Jan – schräger Humor, ausgefallener Geschmack. Der Blick auf das Hawaii-Hemd lindert gleich Dominiques eben gefühlten Schmerz.

»Wir haben die DNA-Auswertung!« Knopf wedelt mit einem Blatt Papier. »Habs ausgedruckt.«

Alfred und sein Mini-Team haben sich eine halbe Stunde Auszeit gegönnt. Seit fast zwei Tagen starren sie auf die Videoaufzeichnungen der Hallstadter Bank – anstrengend. Noch sind sie nicht fertig, noch sitzt die Kriminaltechnik an den interessanten Aufzeichnungsausschnitten, um sie schärfer zu kriegen. Alfred hat die kurze Pause in der Kantine verbracht und sich an einem Paar Bockwürsten sowie einem alkoholfreien Bier gelabt. Sein Magen hatte bereits gefährlich geknurrt.

Das Gebäude der Bamberger Polizeiinspektion hat sich jetzt, kurz nach sechs, merklich geleert, die Tagdienste konnten nach Hause gehen. Für die Kripo gilt das leider nicht. So lange die Beamten der heißen Spur folgen, die ein Mann namens Claus-Raphael Stark gezogen hat, heißt es, in die Verlängerung zu gehen.

Alfred schwitzt auch mit geöffnetem Hemdkragen und hochgekrempelten Ärmeln. Das Team ist schon versammelt, als er aus der Kantine zurückkommt. Die Männer haben das Büro gar nicht verlassen und hier die mitgebrachte Brotzeit verzehrt. Nur Gabi war draußen im Freien, Telefonat mit dem Mann zuhause, Mitteilung, dass es mal wieder später wird, wie so oft.

Azubi übergibt Alfred den Ausdruck des DNA-Vergleichs. Die DNA-Fundstücke des Sandkirchweih-Falles im Abgleich mit Claus-Raphaels DNA.

»Und?«, fragt Alfred ungeduldig, während seine Augen die Zahlenkolonnen absuchen und dann erst das Ergebnis auf dem zweiten Blatt finden.

»Mist.« Er lässt die Blätter sinken.

»Nix Genaues, oder?«, sagt Kollege Knopf.

»Erzählen Sie – was ist?«, drängelt Gabi am hinteren PC.

Alfred runzelt die Stirn. »Schlecht: Keine der damals aufgefundenen männlichen DNA-Proben ist von Claus-Raphael. Überraschend: Die DNA von Claus-Raphael und der unbekannten weiblichen Kaugummi-DNA stimmen zu rund 25 Prozent überein. Wieder nicht so gut: Das kann auch durchaus mal bei nicht verwandten Personen vorkommen. Aber selten.«

»Und wenn sie verwandt sind? Was hieße das dann?« Gabi wieder.

»Tja.« Alfred überfliegt nochmal das Blatt der KT. »Könnte am ehesten auf eine Geschwister-Verwandtschaft hindeuten, sagt die Kriminaltechnik. Also Halbgeschwister. Aber auch Cousin – Cousine, Großeltern – Enkel und so weiter. Bei männlicher und weiblicher Vergleichs-DNA lässt sich das schwerer feststellen als bei rein weiblicher oder rein männlicher DNA. Um sicherzugehen, bräuchte das Labor eine weitere DNA – zum Beispiel die eines weiteren Geschwisters oder des gemeinsamen Elternteils. Toll.«

»Woher nehmen und nicht stehlen«, sagt Knopf und nickt weise. »Sind wir jetzt schlauer als vorher?«

»Nicht wirklich. Es ist aber eine Arbeitshypothese. Und die weibliche DNA haben wir schließlich an *zwei* Kaugummi-Proben gefunden, bei Josef Berner im Papierkorb und in der Nähe des Sandkirchweih-Opfers. Habs ja schon mal gesagt: Das ist mir alles zu viel Zufall.«

»Wie alt ist Claus-Raphael? Ende vierzig, Anfang fünfzig?«

»Ähm, 1976 geboren.« Alfred hat die Daten vor sich liegen.

»Mein Gott, der sieht älter aus.«

»Worauf willst du raus?«

»Na, auf unsere ursprüngliche Hypothese zur mutmaßlichen Täterin im Sandkirchweihmord. Eine Frau von heute mindestens siebenunddreißig Jahren, eher etwas älter. Das hieße, sie wäre dieselbe Generation wie Claus-Raphael. Würde für die Halbgeschwister-These sprechen.«

»Oder Cousin – Cousine.«

»Oder das. Wie verfahren wir?«

»Videos weiter auswerten. Auf bearbeitete Vergrößerungen warten und hoffen, dass darauf jemand zu erkennen ist. Und«, Alfred macht eine bedeutungsvolle Pause und schaut in die Runde, »Punkt eins: Schafft mir Claus-Raphael wieder her. Punkt zwei: Durchleuchtet nochmal seine Vergangenheit. Seine Ursprungsfamilie, Vater, Mutter, Geschwister, Halbgeschwister. Cousins, Cousinen. Da muss doch was zu finden sein.«

Die Kollegen sprechen sich kurz ab, wer was macht. Alfred setzt sich freiwillig wieder vor den PC, um Videos zu gucken. Nach dem, was sie bisher schon abgearbeitet haben, dürften sie am Abend noch fertig werden.

»Ich schicke eine Streife zu Claus-Raphaels Wohnung«, informiert ihn Gabi.

Alfred nickt. »Na dann. Schauen wir, wie weit wir kommen.«

Nur auf ein paar Bierchen auf den *Spezi-Keller*. Das hat er sich eingeredet, und es stimmt ja auch. Allerdings hat Claus-Raphael zwischen all den froh gestimmten, schnatternden und zechenden Einheimischen und Touristen ein paar alte Kumpels wieder getroffen. Mit denen ist er versackt, und aus den geplanten zwei bis drei Bierchen wurden sechs, sieben oder acht. Er hat nicht mehr mitgezählt.

Einer hat vorgeschlagen, sich später, wenn der Keller schließt, noch auf weitere Absacker in der Stadt zu treffen.

Und bis dahin? Claus-Raphael ist zu Fuß unterwegs, ein eigenes Auto besitzt er nicht. Seine Einkäufe erledigt er mit dem Einundvierziger, meist nach dem letzten Patientenbesuch. Das macht er nicht mal heimlich. Sonja hats ihm erlaubt, wohl wissend, dass sie gar nicht kontrollieren kann, ob er sich von Patienten gelegentlich falsche Einsatzzeiten unterschreiben lässt. Auf die paar Zusatzkilometer kommts eh nicht an.

Was Kneipenbesuche angeht, so wohnt Claus-Raphael strategisch günstig, in einer kleinen Seitengasse der legendären Sandstraße, Bambergs Ausgehmeile. Die Wohnung ist winzig und mehr als renovierungsbedürftig, aber für seine Ansprüche okay. Vor allem passt die Miete.

Eigentlich hätten ihn seine Schritte nun von der Sternwartstraße den Stephansberg abwärts in die Stadt führen müssen. Dass er jetzt an der Einmündung innehält, war so nicht geplant, aber durchaus einkalkuliert. Wer Claus-Raphael da stehen sieht, dem fällt bestimmt nicht auf, wie viel er schon getankt hat. Er hat Übung. Frauen schauen ihm sowieso nicht hinterher. Ein sehr kleiner

Mann mit strähnig nach hinten gekämmtem Haar weckt nicht ihr Interesse.

Er zündet sich eine Zigarette an, inhaliert tief den Rauch und geht nach links die Straße hinauf. Bleibt da stehen, wo der Stephansberg steil ansteigt, Richtung *Wilde-Rose-Keller*, und schaut auf das alte Haus schräg gegenüber. Die Fenster unter dem Dach sind geschlossen, einer der gelblichen Vorhänge ist halb aus der Schiene gerissen.

Dieses Wiedersehen heute Morgen hat etwas in Claus-Raphael ausgelöst, das er lange nicht mehr gespürt hat. Er zieht voll Gier an seinem Glimmstängel und überlegt, was es ist. Wut, Ärger, Verzweiflung, Trauer, so würden vielleicht andere vernachlässigte Söhne ihre Emotionen benennen. Claus-Raphael findet nur ein Wort, das annähernd sein eigenes Gefühl beschreibt, und das ist Hass. Hass auf eine dumme dicke alte Frau, die in jungen Jahren zu blöd oder zu faul war, sich um ihre Kinder zu kümmern und sie zu anständigen Menschen zu erziehen. Der all ihre Kinder von verschiedenen Männern nur dazu recht waren, ordentlich Kindergeld zu beziehen. Der es völlig gleichgültig war, als das Jugendamt kam und ihr ein Kind nach dem anderen weggenommen und in Heime und Pflegestellen gesteckt hat. Weiß irgendeines seiner Geschwister, dass die Alte noch lebt und wo?

Nachbarn tuschelten, der Vater sei im Knast. Später hat sie erneut geheiratet und mit dem Mann – Sienkiewicz – den Rest der Kinderschar bekommen. Hielt aber nicht lange, der Mann schlug gerne zu, und ein paar Wochen lebte die hochschwangere Frau Sienkiewicz mit vier ihrer fünf Kinder im Frauenhaus. Die Mitarbeiterinnen des Frauenhauses schafften es, mit Hilfe eines Anwalts den Alten aus der Wohnung zu klagen. Ein kurzes Ehe- und Scheidungs-Intermezzo mit einem weiteren Mann folgte, der gab immerhin dem Neugeborenen, also der Tochter seines Vorgängers, seinen Namen. Wie er hieß, hat Claus-Raphael vergessen. Wieder allein mit ihrer ganzen Brut, kam die Mutter aber auch nicht lange klar. Also weg mit den Kindern.

Der im Blut kreisende Alkohol und die inhalierte Nikotindosis machen Claus-Raphael mutiger, als er sonst ist. Er überquert entschlossen die Straße, ein von oben herunterschießender Kastenwagen hupt lautstark. Claus-Raphael zeigt dessen Heckklappe einen Vogel.

Dann klingelt er. Aber nicht bei Sienkiewicz, sondern bei seinem Patienten im Erdgeschoss. Der Türsummer geht, der alte Mann steht samt Rollator in seiner Wohnungstür und lächelt freundlich.

»Hab schon auf Sie gewartet, Herr Stark.«

Claus-Raphael winkt ab. Der Mann hat wieder vergessen, dass sie sich heute bereits gesehen haben.

»Morgen wieder, aber danke fürs Aufmachen. Hab über Ihnen noch Kundschaft.«

Jetzt guckt der Mann grimmig. »Die soll mal den Fernseher leise machen! Da kann ja keiner schlafen!«

»Ich sags ihr.«

Noch ein paar der ausgetretenen Stufen, dann steht er vor der zerkratzten Wohnungstür. Klingelt Sturm und klopft laut, um die aus der Wohnung dringende Stimmungsmusik irgendeiner Fernsehshow zu übertönen. Endlich ist eine dünne, piepsige Stimme von drinnen zu hören.

»Ich komm ja schon!«

Die Tür geht im Zeitlupentempo auf, dahinter hängt die dicke Alte über ihrem Rollator wie ein Kartoffelsack.

Ihre kleinen, in Schlupflidern verborgenen Äuglein weiten sich erstaunt, als sie ihn sieht und erkennt.

Claus-Raphael fletscht die Zähne, das kann die Alte interpretieren, wie sie will.

Ihr fleischiges Gesicht verzieht sich in ein einfältiges Grinsen, und der kleine herzförmige Mund wispert: »Clärchen?!«

»*Was hastn du da am Arm? Ist das Dreck?*«, *nörgelte die Mutter, als Kimmi die Wohnung betrat, um ihr Fertigpizzen und Schokoriegel zu bringen.*

Es war einer dieser heißen Sommer, Kimmi trug nur ein ärmelloses kurzes Kleid.

»*Dreck??*« *Die Tochter warf der Mutter einen bösen Blick zu und ging in die Küche, um die Einkäufe auszupacken. Die Alte kam hinter ihr her, mit ihrem neuen Rollator, der sie mobiler machte als der vorher benutzte einfache Gehstock.*

Kimmi sah sie voll Verachtung an, diesen Fleischklops aus wabbeligem Fett, das überall hervorquoll; das teigige Gesicht, in dem die kleinen Äuglein aussahen wie hineingepikte Stecknadelköpfe.

Der Fleischklops kam näher, so nahe, dass sie das Schwarze auf Kimmis Oberarm, das sie von weitem für Dreck gehalten hatte, kurzsichtig blinzelnd begutachten konnte. Ihre Brille hatte sie wahrscheinlich wieder verlegt.

»*Das ist ein Drachen!*«, *rief sie erstaunt aus.* »*Oder ... nee, könnte auch ein Engel sein. In Schwarz, oder?*«

Kimmi hielt es nicht für nötig, auf Selbstverständlichkeiten zu antworten. Die Symbolik hinter dem neuen Tattoo hätte sie eh nicht verstanden. Den schwarzen Engel deutlich sichtbar auf ihrem Oberarm zu tragen, war für Kimmi der erste Schritt auf dem Weg zu ihrem selbst definierten Ziel. Wenn sie dieses Ziel erreicht hätte, dann – so war Kimmi fest überzeugt – würde sie inneren Frieden finden. Dann gäbe es für sie auf dieser Welt nichts mehr zu tun. Dann hätte sie Vergeltung geübt für das, was ihr einst angetan wurde.

Doch zuerst musste sie die nächsten Schritte gehen und üben, auf welchem Weg und auf welche unauffällige Weise sie ihr Ziel am besten erreichen könnte. Dazu brauchte sie Übungspartner – sie musste selbst grinsen bei diesem Begriff. Übungspartner, die ihr unwissentlich assistierten, die ihr sozusagen Modell standen für den großen Plan.

»Tschuldige, ist ja kein Dreck, sieht ganz schön aus«, plapperte ihre Mutter in ihre Gedanken hinein. »Meinst du, ich soll mir auch so was machen lassen? Aber dann einen Schmetterling oder so. Und in bunt.«

Kimmi gab ihr keine Antwort, schob stattdessen eine der aus der Folie gepackten Tiefkühlpizzen in den Ofen. »Geh rein und setz dich wieder.«

»Kann ich Cola dazu haben?«, bettelte die Mutter.

Kimmi zuckte mit den Schultern und holte ihr Portemonnaie aus der Tasche. Sie hatte sich schon vor Jahren die Kontokarte ihrer Mutter geben lassen und verwaltete ihr Geld. Zwanzig Euro legte sie auf den Küchentisch.

Die Mutter machte große Augen. »Nur ein Zwanziger? Wo ist denn der Rest? Die Rente muss doch auf dem Konto sein?«

»Ach, und wer kauft dir alles ein, was du brauchst? Meinst du, ich krieg das Zeug geschenkt?«

»Nee ... aber du sagst mir ja nie, was das kostet und ob ich vielleicht was übrig hab. Ich will mir mal wieder was bestellen.«

Kimmi lachte verächtlich. »Mit deinen letzten Anrufen bei diesen Verkaufssendern hast du für Glitzertaschen und falschen Schmuck dein Konto überzogen. Also hör auf damit. Sonst lass ich dich entmündigen.«

Sie packte die Mutter grob an den fleischigen Oberarmen und schob sie samt Rollator rückwärts aus der Küchentür.

»Langsam, ich fall sonst«, kiekste die Mutter und hatte Mühe, ihre kurzen Beine im Rückwärtsgang zu bewegen.

Später, als die Alte schmatzend ihre Pizza verdrückte, inspizierte Kimmi die Wohnung. Ja, sie machte gelegentlich sauber, wechselte auch mal Handtücher und Bettwäsche, aber immer so, dass es weiterhin dreckig aussah und die Mutter merkte, wie sehr sie die Tochter braucht. Auch an diesem Tag fand Kimmi alles gut – gut genug für eine alte schmuddelige Frau. Die eingetrockneten Blutflecken am Handtuch im Bad sollte sie sich ruhig noch ein bisschen anschauen. Über die im Schlafzimmer auf dem Boden liegenden Schuhe durfte sie gern noch eine Weile stolpern.

Das einzige, was Kimmi gewissenhaft tat, war, die Post zu öffnen und fällige Rechnungen zu überweisen. Auf keinen Fall sollte ihrer Mutter der Strom gesperrt werden oder sie dem Sozialamt auffallen. Kimmi alleine behielt Übersicht und Herrschaft über ihre Mutter. So sollte das auch bleiben, bis zum Ende.

Alfred starrt mit zurückgelegtem Kopf an die Decke des Großraumbüros und massiert mit den Fingern Hals und Schultern. Er ist total verspannt. Vielleicht lässt sich Grete später zu einer kleinen Nackenmassage überreden. Die Augen brennen vom angestrengten Blick auf den Bildschirm. Die Luft im Raum ist aber auch so was von trocken.

»Kann ich die Fenster aufmachen?«, fragt Gabi mit i in die Stille hinein. »Ich glaube, draußen ist es inzwischen kühler als drinnen. Was nichts heißen muss.«

»Nur zu. Schlechter kanns nicht werden.«

Sie öffnet alle Fenster bis zum Anschlag und macht zusätzlich die beiden auf den Flur führenden Türen auf. Das laue Lüftchen, das herein streicht, belebt die Beamtenschar ein kleines bisschen.

»Noch ein eisgekühlter Cocktail – und ich bin heute länger euer Mann«, scherzt Knopf. Er kam am Morgen schon mit oben aufgeknöpftem Hemd zum Dienst.

»Ha!« Gabi beginnt geräuschvoll ihren Schreibtisch zu durchsuchen. In einer Schublade wird sie fündig und hält triumphierend drei Dosen in die Höhe.

»Sex on the Beach, alkoholfrei!«

»Sex, Beach, alles topp. Alkoholfrei – na ja, wenns sein muss«, ulkt Knopf.

»Muss sein«, brummt Alfred, »aber stellen Sie die Dinger erst mal kalt. Am besten ins Eisfach.«

»Mach ich. Wir haben auch Eiswürfel, wenn ich richtig gesehen habe. Damit kriegen wir die Drinks schön kühl. Meine Herren – in einer halben Stunde können wir anstoßen.« Gabi mit i meint es offenbar ernst.

Sie hat kaum zu Ende gesprochen, als zwei uniformierte Kollegen in einer der offenen Türen auftauchen.

»N' Abend. Wir waren bei Herrn Stark zuhause. Immer noch keiner da. Wir haben ihn angerufen – geht auch keiner ran.«

»Anonym oder mit Dienststellennummer?«, will Alfred wissen.

»Äh, Diensthandy ruft mit unterdrückter Nummer an.«

»Da würde ich auch nicht dran gehen«, nuschelt Azubi.

»Und Claus-Raphael würde eine Polizeidienststellennummer wohl wegdrücken, wenn er sie erkennt«, vermutet Alfred. Er runzelt die Stirn und überlegt einen Moment, kramt dann in seiner ledernen Bürotasche, die unterm Schreibtisch steht.

»Ich ruf mal von privat an.« Er hat sein Smartphone in der Hand und lässt sich von einem Kollegen Claus-Raphaels Handynummer diktieren. Aber auch dieser Anruf läuft ins Leere.

»Ist der abgetaucht?«

»Hat wohl kapiert, dass wir ihn am Wickel haben.«

»Wenn er unser Täter ist ...«

Kollegin Gabi, die die Daten der Einwohnermeldeämter von Stadt und Landkreisgemeinden durchforstet hat, kann auch nichts Entscheidendes beisteuern. »Leute namens Stark gibts zuhauf. Leider verraten uns die Meldedaten keine Verwandtschaftsverhältnisse ...«

»Wär ja auch noch schöner.« Alfred fixiert die beiden uniformierten Kollegen. »Fahren Sie bitte später wieder bei seiner Adresse vorbei. Wenn keine anderen Einsätze sind – gern auch stündlich.«

Einer schaut überlegend auf die Uhr. Es ist fast acht. »Reicht bis Mitternacht?«

Alfred nickt. »Und ab morgen früh bitte wieder. Er müsste doch Einsätze beim Pflegedienst haben. Dort bitte auch früh anrufen. Informieren Sie die übernehmende Schicht. Wenn wir ihn gar nicht herkriegen, telefonieren wir morgen am Vormittag alle Starks ab. Und schreiben ihn zur Fahndung aus.«

Knopf seufzt einmal tief. »Mich hält gerade nur noch die Aussicht auf einen lauen, spritfreien Cocktail auf dem Stuhl ...«

»Cocktail??« Die uniformierten Kollegen fragen gleichzeitig.

»Ihr wollt wohl auch einen?«, fragt Gabi.

Sie grinsen und winken ab. »Nee, lass mal. Wir müssen weiter.«

Der Rest der Mannschaft macht sich daran, weiter Filmchen zu gucken. Viel gibts nicht mehr, bisher konnten weitere Bildausschnitte der beiden noch nicht identifizierten Personen – Mann und Frau – an die KT geschickt werden. Alfred will unbedingt das Ergebnis haben, bevor er nach Hause geht.

»Clärchen ...« Claus-Raphael spuckt es förmlich aus und schiebt sich an der kleinen dicken Frau vorbei in die Wohnung. Es riecht muffig, wahrscheinlich öffnet sie nicht mal nachts die Fenster. Im Fernseher plärrt weiter eine aufgedrehte Moderatorin. Das ist das Erste, was er macht: Er schaltet die Kiste aus.

»Clärchen!«, ruft das dünne Stimmchen aus dem Flur, und Monika Sienkiewicz schiebt den Rollator mit schleifenden Rädern hinter ihm her. Wahrscheinlich eine Bremse nicht gelöst.

Der Mann namens »Clärchen« lässt sich auf die durchgesessene Couch fallen, schiebt Berge kitschig-bunter Kissen beiseite und zündet sich die nächste Zigarette an. »Aschenbecher?«

Sie steht schnaufend in der Tür. »Ach, nicht rauchen in der Wohnung. Ich krieg so schlecht Luft.«

Das interessiert Claus-Raphael nun überhaupt nicht. Mit dem Unterarm schiebt er das Zeug auf dem niedrigen Couchtisch zusammen: Klatschzeitungen, Prospekte, Kataloge, leer gegessene Teller, klebrige Tassen, angebrochene Chipstüten, Verpackungen von Schokoriegeln. Er nimmt sich den Unterteller einer Tasse zum Aschen.

»Gibts ein Bier oder was?« Er schaut sie nicht an dabei.

Monika Sienkiewicz lässt sich außer Atem auf dem Sitzbrett ihres überbreiten Rollators nieder. »Malzbier hab ich. Wenn du willst?« Sie ist sehr kurzatmig.

»Pah, Malzbier.« Claus-Raphael verzieht verächtlich die Mundwinkel.

»Oder willst einen Schnaps? Mach mal die Schrankklappe auf, da ist die Bar.«

Die Schrankklappe, die Bar. Die ganze Wohnzimmerschrankwand kommt ihm verdammt bekannt vor. Stammt die nicht noch aus seiner Kindheit? Wenn auch nichts im Kühlschrank war – in der Bar fand sich meist was. Hochprozentiges für die Mutter, Chips und Süßkram für die Kinder. Wenn sie Glück hatten.

Er steht mit der Kippe im Mund auf und öffnet die Klappe, nimmt eine angebrochene Flasche Williams und ein sauber aussehendes Schnapsglas heraus.

»Die Asche fällt doch runter«, jammert die Alte und setzt sofort hinzu: »Schenk mir auch einen ein.«

Also zwei Schnapsgläser und die Flasche dazu. Claus-Raphael schaffts gerade noch, seine Kippe auf dem Unterteller abzuklopfen. Wäre das Ganze auf dem alten abgewetzten Teppich gelandet, wär es ihm auch egal gewesen.

Er hockt sich wieder auf die Couch, schenkt die beiden Gläschen randvoll und leert seines auf ex.

Monika Sienkiewicz erhebt sich mühsam von ihrem Sitzbrett, dreht den Rollator und schlurft langsam näher. Der Ohrensessel neben der Tür, gegenüber dem riesigen Fernsehmonitor – dem einzigen modernen Einrichtungsgegenstand in der Bude – ächzt unter ihrem Gewicht, als sie sich darauf niederlässt.

Ihre kurzen Arme reichen nicht bis zum Schnapsglas auf dem Tisch. Claus-Raphael schiebt es ihr wortlos hin. Sie greift danach, kippt es runter und stellt es leer zurück.

»Noch einen«, sagt sie und meint wahrscheinlich: ›Auf den Schreck, dass mein Sohn plötzlich auf der Couch in meiner Wohnung sitzt.‹ Einer der Söhne. Monika hat inzwischen Mühe, die Namen ihrer Kinder zusammen zu kriegen.

Claus-Raphael schenkt nach – ihr und sich, schiebt erneut das Glas zu ihr hinüber und legt den Kopf in den Nacken, um seines zu leeren.

»Dass du mich mal besuchst, Clärchen …« Sie hält sich fast gleichzeitig mit einem ihrer Patschhändchen den Mund zu. »Tschuldige, Claus-Gabriel.«

»Raphael. Claus-Raphael.«

»Tschuldige, Claus-Raphael.«

Sie schaut ihn unsicher an, weiß nicht, was sie sagen soll. Claus-Raphael weiß es auch nicht. Er nickt mit dem Kopf Richtung Schrankwand. »Dass du das alte Gelump noch hast.«

Um den riesigen Fernseher beneidet er sie allerdings. Er könnte mit ihr tauschen: Sie kriegt seinen alten, er ihren neuen. Der alte tuts für die Alte.

»Ich hab nicht viel Geld«, piepst sie. »Und was machst du so?«

»Bin im Gesundheitswesen«, verallgemeinert Claus-Raphael. »Guter Job. Aber Geld kriegst du keines von mir, keine Chance.«

»Will ich auch nicht«, stellt sie sich empört. »Aber einen Schnaps trinken wir noch. Aufs Wiedersehen.«

Also gut. Der Sohn lässt sich nicht lange bitten und schenkt ein. Den Zigarettenstummel drückt er in der Untertasse aus, Monika Sienkiewicz traut sich nicht zu protestieren.

»Was machen die anderen?«, fragt er, »hast du Kontakt?«

»Ach, kaum.« Ihre Stimme wird wieder weinerlich. »Das Mädchen kommt ab und zu. Wo die Jungs alle sind, weiß ich gar nicht.«

»Einer sitzt vor dir«, sagt Claus-Raphael sarkastisch, und er fragt sich, welches Mädchen sie meint. Hatte er nicht zwei Schwestern? Die älteste Tochter aus einer unehelichen Beziehung seiner Mutter hat doch schon gar nicht mehr bei ihnen gelebt, als er selber ein kleines Kind war? Sie kam zwar gelegentlich zu Besuch, aber er hat sich damals nicht für Verwandtschaftsverhältnisse interessiert.

»Wie du geklingelt hast – ich hab gedacht, das ist sie.«

»Wer?«

»Na, das Mädchen. Deine Schwester.«

Claus-Raphael klopft seine letzte Zigarette aus dem Päckchen und übergeht das weinerliche »ni-hicht« seiner Mutter. »Meine Mutter«, das mag er nicht mal denken. Nicht auszumalen, wenn er sie irgendwann als Pflegefall gekriegt hätte. Der eigenen Erzeugerin womöglich Kompressionsstrümpfe über die fetten Beine ziehen, bis hinauf zu den wabbligen Oberschenkeln, die bestimmt bei jedem Schritt aneinander reiben ... Der Gedanke ist zu eklig. Ging ihm schon immer so bei alten dicken Frauen. Wozu sind die eigentlich noch auf dieser Welt? Fressen und kacken nur noch, liegen dem Staat auf der Tasche, nerven ihre Pfleger ... So Weiber dagegen wie diese Kommissarin, Jans Mutter, perfekt geformt bis in den kleinen Fußzeh, die gehören durchgefickt. Ob sie wollen oder nicht.

Das Klingeln an der Tür dringt nur langsam in sein Gehirn.

»Es läutet!«, piepst die Alte, »das ist sie vielleicht. Kannst mal aufmachen, Clär... Claus?«

Er steht auf, betont langsam, die Kippe hängt wieder im Mundwinkel, den im Weg stehenden Rollator befördert er mit einem Fußtritt Richtung Schrankwand. Das wird eine hässliche Schramme im hässlichen Schrank geben. Draußen im Flur betätigt er den Türdrücker.

Jemand kommt sehr schnell und sehr leichtfüßig die Treppe herauf. Der blonde Schopf ist das Erste, was Claus-Raphael sieht, und er weiß fast sofort, wer sie ist.

Nilay und Dominique sind beide sehr pünktliche Menschen. Kein Wunder also, dass sie am Eck des *Café Luitpold* fast zusammenstoßen. Nilay im cremefarbenen Hängerchen aus Seide, Dominique in engen weißen 7/8 Jeans und schwarz-weiß gestreiftem Top. Die Außengastronomie ist voll besetzt, an einem solch lauen Sommerabend hat niemand Lust auf drinnen.

Keine der beiden weiß, wie sie die andere begrüßen soll. Händedruck, Umarmung, Küsschen, alles passt irgendwie nicht. So nicken sie sich nur zu.

»Wollen wir reingehen?«, schlägt Nilay vor. Es wäre draußen auch gar nichts frei gewesen.

Dominique nickt. »Ist sicher ruhiger.«

Sie kann jetzt schon kaum den Blick von Nilays tiefschwarzen Augen lösen. Sie fand das immer so kitschig – wenn in Geschichten davon die Rede ist, dass einer in des anderen Augen versinken will. Aber genauso fühlt es sich jetzt an. Ein Zustand von tiefer Traurigkeit und nahender Ohnmacht, unglaublich. Dass sie, Dominique, so etwas erleben muss. Erleben darf? Das wird sich noch zeigen. Sie kennt derartige Gefühle weder aus der Beziehung zu Jans Vater noch zu Sigi noch zu irgendjemandem aus ihrer Vergangenheit.

Nilay geht ihr voran, der leichte Stoff ihres Kleides schwingt um die gebräunten Beine, die hoch am Kopf zu einem Pferdeschwanz zusammengebundenen Haare wippen bei jedem Schritt. Nahe der geöffneten Fensterfront, aber abgeschirmt vom Geschnatter der draußen sitzenden Gäste, finden sie einen geeigneten Tisch.

Ein junger Kellner, bestimmt Student, steht fast sofort bereit, um ihre Bestellung aufzunehmen.

Dominique entscheidet sich für Colaweizen, Nilay bestellt ein alkoholfreies Bier. »Bekommt mir am besten«, sagt sie und legt automatisch eine Hand auf ihren Bauch.

»Dir gehts nicht gut«, stellt Dominique fest. »Nur Magenverstimmung? Oder was drückt dich noch?« Lieber gleich zur Sprache bringen, was zwischen ihnen steht. Dominique hat keine Lust auf höfliches Einstiegsgeplapper.

Nilay auch nicht. Sie hält den Kopf gesenkt, ihre Finger spielen mit einem Bierdeckel. »Ich weiß nicht, wie ich anfangen soll.« Ihre Stimme ist so leise, dass Dominique sie fast nicht versteht.

»Soll ich dir helfen?« Dominique klingt sarkastisch, was sie eigentlich vermeiden wollte. »Es ist aus, oder? Dir ist alles zu viel?«

Nilay schaut erschrocken auf, und ihre Blicke begegnen sich seit der Begrüßung das erste Mal wieder. »Nein, nein, so ist es nicht.«

»Nilay!«, sagt Dominique eindringlich. »Spucks doch bitte endlich aus. Ich bin nicht aus Watte.«

Aber dann kommen die Getränke, der Kellner fragt nach der Essensbestellung – nein, nach Essen ist keiner zumute. Nicht mal nach Anstoßen und Trinken.

»Sei mir nicht böse, ich musste erst mit Alfred drüber sprechen. Er ist gerade so allein mit der ganzen Arbeit ... Er muss ja planen, wer ihm zur Verfügung steht.«

»Nilay!!!« Dominique wird laut. »Bitte red endlich.«

Als Nilay dann sehr leise und schnell und einfach so »Ich bin schwanger« sagt, glaubt Dominique, nicht richtig gehört zu haben.

»Sag das nochmal.«

»Ich bin schwanger.« Jetzt klingt Nilays Stimme etwas fester.

Dominique ist so perplex, dass ihr keinerlei Erwiderung einfällt. Sie lehnt sich weit im Stuhl zurück, verschränkt die Arme und fixiert einen Punkt irgendwo hinter Nilay. Mit allem hat sie gerechnet, mit einer schlimmen Krankheit, mit dem Aus ihrer Beziehung natürlich. Aber damit? Nie und nimmer.

»Es tut mir so leid«, wispert Nilay wieder.

»Du hast also einen Freund, irgendwo«, stellt Dominique fest und spricht weiter ins Leere. »Stehst doch eher auf Männer. Hast dich hier einsam gefühlt ohne ihn. Deshalb die Affäre mit mir.«

»Quatsch«, sagt Nilay unwillig. »So doch nicht. Es tut mir leid wegen Jan.«

Dominiques Blick kehrt zurück, und sie schaut Nilay wieder an. »Wegen Jan???«

»Wie geht es ihm?«, fragt Nilay zurück und bringt Dominique aus dem Konzept.

Die zuckt hilflos die Schultern. »Irgendwie immer schlechter. Keine Aussicht auf ein langes Leben.«

In ihren Satz hinein hat jemand die Musikanlage auf laut gedreht, und Eric Clapton singt »Knockin' on heaven's door« – wie passend.

Nilays kleine Hand wandert über den Tisch und legt sich auf Dominiques lange, schlanke Finger. Bleibt dort einfach liegen, und Dominiques Augen werden von einem Moment auf den anderen so feucht, dass sie den Kopf zur Seite drehen muss.

»Wein doch«, sagt Nilay leise. »Es ist auch zum Heulen. Und siehst du, gerade deshalb ist es so schwer für mich, genau jetzt Mutter zu werden.«

Sie nestelt mit der freien Hand ein Taschentuch aus ihrem kleinen Rucksack und reicht es Dominique.

»Es ist auch nicht so, wie du denkst. Es gibt keinen Freund. Ich steh nicht mal auf Männer. Es war ein Ausrutscher, meine Abschiedsfeier in Dresden, zu viel Alkohol, ein netter Kollege, verheiratet übrigens. Er weiß nichts davon und wird es auch nicht erfahren.«

Dominiques Stimme ist brüchig, als sie nachfragt. »Du wirst das Kind bekommen?«

Nilay nickt sehr bestimmt. »Ich liebe Kinder. Ich hätte mich aber nie aktiv darum bemüht, schwanger zu werden. Es ist meine Chance. Vielleicht die letzte.« Nilay ist siebenunddreißig.

Dominique putzt sich die Nase und braucht dafür leider beide Hände. Dann ergreift sie aber gleich wieder Nilays immer noch auf dem Tisch liegende Hand. »Aber Nilay, das ist doch etwas Schönes. Warum wolltest du es mir nicht sagen? Wirklich wegen Jan?«

»Jaaaa ... Es fühlt sich nicht richtig an – du verlierst gerade dein einziges Kind. Und in mir wächst ein neues Leben. Wie kannst du da mit mir zusammen sein wollen?«

»Wie ich mit dir zusammen sein will? Nilay! Ehrlich? Für immer und ewig will ich das. Dass Jan mein über alles geliebtes Kind ist und immer sein wird, hat damit gar nichts zu tun.«

Jetzt sieht Nilay aus, als würde sie gleich weinen. »Dann ... machen wir weiter, oder?«

»Aber so was von.« Dominiques Grinsen gerät etwas schief. »Aber langsam, wenns okay ist. Ich brauch grad viel Zeit für Jan.«

Jetzt verschränken sich vier Hände ineinander.

Nilay lächelt das erste Mal an diesem Abend. »Und ich wohl noch eine Zeitlang für die Kotzerei.«

Kurz vor 22 Uhr telefoniert Alfred noch einmal mit den Beamten auf Streife.

»Leider«, vermelden sie, »keiner zuhause bei Stark. Ist auch alles dunkel.«

Zur Fahndung ausschreiben will Alfred den zwielichtigen Pfleger noch nicht. Vielleicht hat er irgendwo eine Freundin. Möglicherweise ist er länger weggefahren. Das werden sie am nächsten Tag in Erfahrung bringen müssen. Wenns in Alfreds Hinterkopf prickelt, dann ist das ein untrügliches Zeichen dafür, dass sie Täter oder Täterin bald am Wickel haben und dranbleiben müssen. Denn die endlich von der KT bearbeiteten Videobilder und der Handydatenabgleich sind vielversprechend.

Alfred beginnt, die Ergebnisse des Tages für sein Team zusammenzufassen. »Claus-Raphael ist öfter bei Josef Berner ein- und ausgegangen, als er uns aufgelistet hat. Einmal ist auch sein Pflegedienstauto deutlich im Bild. Sein Handy hat sich zu denselben Zeiten in der Funkzelle Hallstadt eingeloggt, in denen der Mann von der Bank-Kamera erfasst wurde, den die KT identifiziert hat. Alle Besuche fanden kurz hintereinander statt, bis etwa April dieses Jahres. Dann enden sie, und die unbekannte Frau tritt auf.« Er winkt die Kollegen zu sich her, damit alle zusammen den PC-Monitor im Blick haben. »Schaut. Das ist die beste Aufnahme des Pflegers. Das Gesicht ist unscharf, aber man kann gut seine Gelfrisur erkennen. Größe und Statur konnten anhand von Vergleichsdaten mit der Umgebung sehr genau gemessen werden und stimmen mit Claus-Raphaels Größe exakt überein. Zusätzlich hat sich sein Handy mehrfach bei Hilde Fuchs und bei Mihai Petrescu eingeloggt, bei Frau Fuchs allerdings Wochen vor ihrem Tod, und auch beim Verdichter ist es eine Zeit her.«

»Der kam allerdings nicht in seiner Wohnung um«, gibt Kollege Knopf zu bedenken. »Sondern schwamm im Kanal.«

»Stimmt.« Alfred nickt. »Ich hab deshalb auch nach Treffern in der Funkzelle Kleingartenanlage Sendelbach suchen lassen. Nichts. Da ist er also wohl raus.«

»Soll auch Leute geben, die ihr Handy nicht immerzu bei sich haben«, wendet Gabi grinsend ein. Denn sie selber kann keineswegs darauf verzichten.

»Der braucht es aber auch dienstlich«, sagt Knopf.

»Egal«, kürzt Alfred ab. »Die Todesfälle Fuchs und Petrescu sind Nebenschauplätze, wir haben zunächst den gewaltsamen Tod von Josef Berner aufzuklären. Und da wirds auf den Videos nochmal interessant.«

Er ruft eine weitere Datei auf. Der Monitor zeigt das bearbeitete und vergrößerte Bild einer zierlichen Frau mit langem Haar, deren Seitenprofil wie bei Claus-Raphael nur unscharf zu erkennen ist. Die KT hat ihr durch die grünen Zweige gerastertes Bild meisterhaft in den Vordergrund gerückt und die Zweige fast verschwinden lassen. Sie trägt eine Tasche über der Schulter und steht wartend an der Haustür von Josef Berner.

Alfred deutet auf die Unbekannte. »Das könnte die Frau von den *Netten Nachbarn* sein. Sie taucht erst auf den Videos auf, als Claus-Raphael nicht mehr kommt. Auch hier konnte die KT anhand dieses einen Bildes sehr genau Größe und Statur beschreiben. Sie ist zwischen 160 und 165 cm groß und zierlich. Das lange Haar seht ihr selbst. Farbe hell, kann man aus der Schwarz-Weiß-Aufzeichnung ableiten.«

»Klein und schmal?« Die Beamtin zieht die Augenbrauen hoch. »Wie Claus-Raphael ...«

»Halbgeschwister? Cousin und Cousine? Alles möglich.«

»Was schließen wir daraus? Diese Frau muss her ... Schon, um die Kaugummi-DNA endlich zuordnen zu können.«

»Oder Claus-Raphael erzählt uns morgen, wer sie ist.«

»Wenn er es überhaupt weiß ...«

»Haben wir eigentlich Daten zum Handy der *Netten Nachbarn*?«

»Du meinst das Telefon, das neuerdings ständig ausgeschaltet ist? Habe ich schon längst abgleichen lassen. Es war nur wenig aktiv, und es gibt keine Einwahl in der Hallstadter Funkzelle.«

»Die *Nette Nachbarin* nutzt eventuell nur die Mailbox, und die muss sie ja nicht an der Wohnadresse ihrer Patienten abrufen.«

Alles nur Spekulation im Moment.

»Bevor wir für heute Schluss machen: Einen erneuten Anrufversuch bei der Dame sollten wir noch starten. Überlegt mal bis morgen, wer als Lockvogel agieren könnte, nachdem sie auf Dominiques Anruf nicht mehr reagiert hat. Wir brauchen eine ältere Stimme ... Vielleicht springt sie ja darauf an.«

»Warum sollte sie?«

»Na ja, Dominiques Fall interessiert sie offenbar nicht. Bei alten, wehrlosen Patienten ist vielleicht eher was zu holen.«

Alfred fährt seinen PC herunter und schaut in müde Gesichter um sich herum. »Schlaft eine Runde. Morgen um neun wieder hier? Die Streife informiert mich, falls Claus-Raphael noch auftaucht.«

Als er endlich das Polizeigebäude verlässt, ist es seit einer Stunde dunkel, und die Luft hat sich leicht abgekühlt. Ob er Dominique noch einmal anrufen soll? Er entscheidet sich dagegen und beschließt stattdessen, auf schnellstem Weg nach Hause zu Grete zu fahren. Noch ist es nicht zu spät für eine wohltuende Nackenmassage.

Die Post auf seinem Schreibtisch hat er komplett vergessen.

Schwarzer Engel

Etwas Feuchtes fährt ihr übers Gesicht. Petra greift im Halbschlaf mit der Hand danach, dann ist sie schlagartig wach und lässt einen erschrockenen Laut hören. Eine ihrer Katzen sitzt mit aufgestellten Ohren neben ihr auf der Bettdecke und schaut sie vorwurfsvoll an.

»Oh entschuldige Süße, war nicht so gemeint.« Sie liebkost das Tier, das sich sofort auf den Rücken legt und schnurrend das Kraulen des weißen Bauches genießt.

Es ist erst kurz nach sieben, gleißend helles Sonnenlicht fällt auf Petras Bettdecke. Sie setzt sich auf und streckt die Beine aus dem Bett. Die Katze gibt unwillige Geräusche von sich, sie will weiter gestreichelt werden. Aber Petra erinnert sich beim Blick auf die kopierten Seiten auf ihrem Nachttisch an das, was sie schon gestern machen wollte. Den zunächst gefassten Plan, sich noch am Vortag in Bamberg bei der Polizei zu melden, hatte sie wieder aufgegeben. Die Aussicht, dann ewig auf den nächsten Zug nach Coburg warten zu müssen oder gar eine der überall haltenden Regionalbahnen zu erwischen, lockte sie nicht. Außerdem war es schon später Nachmittag, und sie wusste nicht so recht, ob überhaupt noch jemand ihr Anliegen aufnehmen würde. Obwohl – die Polizei müsste doch Tag und Nacht im Dienst sein? Aber wohl eher die Streifenbeamten. Und sooo spannend war ihre Beobachtung für die Polizei ja vielleicht doch nicht.

Jetzt am Morgen kommt ihr die Frau, die sie bei Mihai angetroffen hat, doch wieder suspekt vor. Hängt sicher mit dem Traum zusammen, aus dem die über ihr Gesicht schlabbernde Katze sie geweckt hat. Es war ein erotischer Traum, aber leider spielte nicht sie selber darin die Hauptrolle. Es war die Frau mit dem schwarzen

Engel-Tattoo auf dem Oberarm, die bei Mihai im Bett lag. Sie, Petra, stand außen am Fenster und beobachtete die beiden. Sogar jetzt, im wachen Zustand, tut ihr die Erinnerung noch weh.

Auch die beiden anderen Katzen sind im Schlafzimmer aufgetaucht, streichen um ihre Beine, wollen gefüttert werden. Also steht Petra auf, tappt barfuß in die Küche, im Gefolge die Katzen, füllt ihre Näpfe mit Futter aus der Dose und eine weitere Schale mit frischem Wasser.

Für sich selber setzt sie die Kaffeemaschine in Gang und schaut sich suchend nach ihrem Smartphone um. Es findet sich in ihrer Umhängetasche, mehrere neue Nachrichten über *WhatsApp* ploppen auf. Die meisten von Mihais Freund, bei dem sie in Bamberg übernachtet hat. Dass es so nett war mit ihr, ob sie bald wieder nach Bamberg kommt und sie sich treffen könnten … Sie wischt die Zeilen weg und sucht im Internet nach der Rufnummer der Bamberger Polizei. Ein Blick zur Uhr, fast halb acht, da kann man doch schon mal anrufen.

Sie hockt sich auf einen Küchenstuhl, zieht die Beine hoch und wählt die Nummer. Die Katzen fressen, die Kaffeemaschine gurgelt. Es ist fast sofort jemand in der Leitung.

Petra kommt ins Stottern. »Ja, ich wohne ja in Coburg. Und habe … hatte einen Freund in Bamberg. Der ist tot. Also schon seit ein paar Wochen. Und vorgestern … da haben wir, also Freunde von ihm, eine Feier für ihn gemacht, in der Stadt, am Gabelmann …«

»Wie heißt Ihr Freund?«, fragt die Beamtin am Telefon.

»Mihai. Mihai Petrescu. Er ist tot im Kanal gefunden worden, wie gesagt, schon vor ein paar Wochen.«

Ihre Gesprächspartnerin lässt nicht erkennen, ob ihr der Name etwas sagt, macht nur »Hm« und notiert wohl etwas.

»Ja, jedenfalls, ein paar von seinen Freunden und ich auch, wir meinen, dass er vielleicht ins Wasser gestoßen wurde. Er ist nämlich nie freiwillig in die Nähe von Wasser gegangen, wissen Sie.«

»Einen Moment bitte«, die Beamtin stellt auf stumm, ist kurz darauf wieder da. »Der zuständige Kollege bei der Kripo ist noch nicht im Haus. Geben Sie mir doch bitte Namen, Adresse, Telefonnummer, er wird sich bei Ihnen melden.«

»Das war ja noch nicht alles«, sagt Petra schnell. »Da war gelegentlich eine Frau bei ihm, ich habe sie mal gesehen. Er hat sogar ein Gedicht über sie geschrieben«, sie pausiert einen Moment, »und das will was heißen bei Mihai. Komisch war nämlich, dass sie nicht zu seiner Gedenkfeier kam. Und es waren alle da, wirklich alle, die ihm nahestanden.« Petra hat die letzten Sätze flüssiger und bestimmter gesprochen. Damit die Polizistin kapiert, dass die Information wichtig ist.

»Gut, vielen Dank. Auch dass Sie sich gemeldet haben. Bitte bleiben Sie erreichbar, der Kriminalbeamte wird Sie später zurückrufen. Ihre Daten und Telefonnummer bitte noch.«

Als beide aufgelegt haben, schnauft Petra tief durch. Es wäre zu schön, wenn sie etwas zur Aufklärung von Mihais Tod beitragen könnte. Blonde Frauen waren ihr schon immer zuwider. Engel-Tattoos erst recht.

Kimmi hatte in ihrem Leben keine Gelegenheit verstreichen lassen, Menschen zu bestrafen. Menschen, die ihr im Weg waren, aber auch solche, die ihre Liebe nicht erwiderten. Liebe hatte für Kimmi immer mit Besitz zu tun. Nur jemand, der sich von ihr mit Haut und Haaren vereinnahmen ließ, war es wert, von ihr geliebt zu werden. Aber liebte jemand auch sie? Außer Angelo, den sie umsorgte und der ihre Liebe bedingungslos zurückgab?

Sie wurde angeschmachtet, für schön befunden, sexuell begehrt, das schon und zur Genüge. Manches Mal ließ sie sich auch darauf ein und immer bei Männern. Frauen dagegen wichen vor ihr zurück, hatten Angst. In Kimmis gesamtem Leben gab es schon seit Jahren keine Frau mehr, die sie ihre Freundin nennen konnte.

Die einzige Person, die in ihrer Einfältigkeit immer wieder betonte, »Wir sind doch beste Freundinnen«, war ihre Mutter. Und die war gleichzeitig der Ursprung allen Übels. Kimmi konnte für sich gar nicht benennen, warum eigentlich. Was sie bei anderen Menschen wahrnahm, die Liebe von Eltern für ihre Kinder, das kam ihr vor, als sage jemand etwas auf Chinesisch, das sie weder verstehen noch lesen konnte. Es war also nichts, was sie sich wünschte oder was sie rückblickend auf ihre Kindheit als Verlust empfand. Das stärkste Gefühl, das Kimmi geläufig war, war Hass. Hass auf alle, die sie zurückgewiesen hatten. Die Erste im Leben, die das getan hatte, war ihre Mutter gewesen. Und dafür sollte sie bezahlen.

Kimmi war knapp über vierzig und arbeitete zu dem Zeitpunkt schon einige Jahre im Pflegeheim, als ihr die Kündigung des Betreibers, eines Wohlfahrtsverbandes, ins Haus flatterte. Wegen der allgegenwärtigen Angst vor Corona wurden im Heim viele Zimmer *nur einzeln belegt, viele der Bewohner waren außerdem während der ersten Corona-Welle gestorben – ein Umstand, der bundesweit Schlagzeilen gemacht hatte. Nein, damit hatte Kimmi nichts zu tun. Auf dem Kündigungsschreiben stand auch nur etwas von »betriebs- bedingt«. Kimmi hatte weder in die Kasse gegriffen noch Bewohner unzureichend gepflegt. Manche der Alten liebten sie geradezu abgött- tisch – es waren die, denen sie mal eine Extragunst zukommen ließ: eine kleine Rückenmassage, einen besonders reichhaltigen Nachtisch, ein Stück Sahnetorte aus einer Bamberger Konditorei. Oder die sie ihnen verweigerte, sodass sie bitten und betteln mussten und umso dankbarer waren, wenn Kimmi sich erweichen ließ. Was war also dann der Grund für die Kündigung?*

Hatte sich die Pflegedienstleitung, eine hübsche Person mit großen himmelblauen Augen, von Kimmi bedrängt gefühlt? Wollte sich der Koch an ihr rächen, weil sie sich nicht von ihm betatschen ließ? Waren die Kolleginnen aus Kimmis Pflegeteam schuld, weil sie neidisch auf ihre Schönheit waren? Schwer zu sagen.

Vermutlich hätte Kimmi einen Rechtsstreit vor dem Arbeitsgericht gewonnen, wenn sie einen angestrebt hätte. Als sie eine Nacht darüber geschlafen hatte, fühlte sie sich am nächsten Morgen seit Langem wieder völlig frei. Warum nicht ihr Schicksal zu ihren Gunsten umdeuten? Kimmi meldete sich arbeitslos und informierte gleichzeitig die Arbeits- agentur, dass sie sich als Haushaltshilfe selbstständig machen würde. Außerdem, so begründete sie gegenüber dem Amt, pflege sie ihre Mutter und brauche auch da mehr Zeit. Die wurde ihr gewährt und ein Zu- schuss für den Sprung in die Selbstständigkeit dazu.

Ein Flyer war schnell entworfen, die ersten Kunden standen Schlan- ge bei ihr, denn wegen des überall fehlenden Personals wurden Men- schen wie sie dringend gebraucht.

Kimmi konnte also anfangen zu üben – für den letzten großen Schlag, den sie akribisch vorbereiten wollte, auch wenn es Jahre dauern würde. Sie brauchte eine absolut sichere Methode, eine, die jeder medi-

*zinischen oder polizeilichen Untersuchung standhalten würde. Bislang
– das waren alles Zufallstreffer gewesen.*

*Die erste geeignete Kandidatin vermittelte ihr der alte Freund, mit
dem sie vor wenigen Jahren in der Kiste gelandet war. Sie traf ihn durch
Zufall in der Stadt, sprach von ihrem neuen Selbstständigen-Job, und
er erzählte ihr von einer alten, hilfsbedürftigen Frau aus seinem Haus.
Einem anonymen Hochhaus, in dem niemand sich für die Nachbarn
interessierte. Die alte Frau hatte zudem keine Familie in Bamberg, die
einzige Tochter lebte irgendwo in Skandinavien. Kimmis alter Freund
machte gelegentlich kleine Besorgungen für sie, die, wie er augenzwin-
kernd bemerkte, immer reichlich vergütet wurden. »Musst halt ein bis-
sel aufpassen, sie hat Diabetes und muss sich regelmäßig piksen.«*

Oh ja, das würde Kimmi. Sie würde sogar sehr gut *aufpassen.*

Sein Schädel fühlt sich an, als sei er auf die doppelte Größe an-
geschwollen. Der Mund ist trocken, und als er beginnt, Kiefer
und Zunge zu bewegen, schmeckt er schales Bier. Oder Schnaps?
Claus-Raphael kriegt nur mit Mühe die Augen auf und schaut an
eine fleckige Zimmerdecke, in deren Mitte ein altmodischer Kron-
leuchter verstaubt. Das Licht im Zimmer ist diffus, ein schief in
den Angeln hängendes Rollo sperrt das Sonnenlicht aus. Im ersten
Moment hat er keine Ahnung, wo er ist. Auf jeden Fall nicht in
seiner Wohnung. Er richtet sich ächzend auf und stellt fest, dass er
auf zwei zusammengeschobenen alten Sesseln genächtigt hat. Als
nächstes gerät eine versiffte Couch in sein Blickfeld, auf der ein
dicker, glatzköpfiger Mann schnarcht. Ein weiterer liegt auf dem
Boden, auf einer dünnen Matratze, zur Seite eingerollt, schlafend.
Seine Kumpels vom nächtlichen Besäufnis. Wie sie alle in diese
Wohnung gekommen sind, daran kann er sich beim besten Willen
nicht erinnern.

Claus-Raphael rappelt sich auf, steigt über auf dem Boden ver-
streute Kleidung und schaut in den Flur der Wohnung. Düster ist
es hier, aber alle Türen stehen auf, und die am Ende des Flurs sieht
aus wie die Badezimmertür. Alles dreckig hier, aber viel anders ist
es bei ihm zuhause auch nicht. Er pisst im Stehen in das braun
verfärbte Klo und stöhnt dabei. Hände waschen fällt aus, er sieht
weder Seife noch Handtuch. Die zweite offene Tür führt in eine
winzige Küche, auch hier steht alles voll mit benutztem Geschirr,
eingetrocknete Essensreste kleben auf dem kleinen Küchentisch.
Aber ein Päckchen Zigaretten findet sich, sogar noch gut gefüllt. Ist
nicht seine Marke, aber egal. Feuerzeug gibts auch. Claus-Raphael

zündet sich eine an und stellt sich an das weit geöffnete Fenster. Blick auf einen engen Hinterhof, aus – na ja – mindestens dem dritten Stock. Die Silhouette der Dächer und Türme sagt ihm nichts. Keine der stadtbekannten Bamberger Kirchen ist zu sehen. Sonst hätte er sich orientieren können. Weit weg von der Innenstadt kann die Wohnung des Kumpels aber nicht sein.

Mit dem ersten tiefen Inhalieren des Nikotins fällt ihm die unerwartete Begegnung des letzten Abends wieder ein. Als er im Wohnzimmer von Monika Sienkiewicz saß, es klingelte und er einer jungen, blonden Frau öffnete. Die er allzu gut kannte, auch wenn er sie jahrelang nicht gesehen hatte. Ihr war es wohl genauso ergangen, ihr »Clärchen« kam ihr sehr spöttisch über die Lippen.

Dann schob sie ihn zur Seite, ging in die Wohnung, stellte einen Korb mit Einkäufen ab und sah nach der Mutter im Wohnzimmer.

Blöde Kuh, hat er wohl gedacht und denkt es jetzt wieder. Was wollte er überhaupt da? Das Wiedersehen mit der Alten hat nur ungute Erinnerungen geweckt. Das Wiedersehen mit der Jungen genauso. Sie haben auch gar nicht mehr miteinander geredet. Er ist einfach gegangen, ohne Abschied.

Wenn er jetzt zurückdenkt an seine Kindheit, dann ist das wie ein Kaleidoskop aus einzelnen Szenen, in denen er mit seinen Brüdern rauft oder etwas aussheckt und zwischen ihnen ein kleines Mädchen herumwuselt, das ständig mitmachen will, aber endlos nervt. Meist hat sie die Schläge abgekriegt, die die Brüder untereinander nicht loswurden, da sie etwa gleich stark waren. Beziehungsweise gleich schwach. »›Stark‹ heißen, schwach sein!«, ulkten die Klassenkameraden. Die Brüder waren alle von Claus-Raphaels Kaliber – klein, dünn, schmalbrüstig. Vor allem mit der Klappe stark und indem sie sich noch kleinere und jüngere Opfer suchten. Die Schwester. Und Tiere. Wären sie kräftiger gewesen oder länger in der Familie geblieben, hätte irgendwann auch die Mutter dran glauben müssen.

Die hats wirklich verdient, denkt Claus-Raphael, während er die Zigarette fertig raucht und die noch glimmende Kippe aus dem Fenster schnippt. Jetzt ist er erwachsen, nicht gerade groß, aber lang nicht mehr so schwach wie früher. Jetzt könnte er das tun, was er als Kind nicht konnte. Vergeltung üben. »Stark« heißen und stark sein.

Zunächst einmal ist er immer noch hundemüde. Bevor er sich nach Hause aufmacht, täte ihm eine Mütze Schlaf gut. Auch wenn die Aussicht auf zwei Sessel nicht verlockend ist. Die Kumpels pennen immer noch, durch die dritte angelehnte Tür sieht er ins Schlafzimmer, wo der Wohnungsinhaber auf seinem Bett röchelt und schmatzt. Claus-Raphael kickt die auf dem Boden liegenden Klamotten in eine Ecke und macht es sich auf seinen Sesseln so gemütlich wie möglich.

Ein vage gefasster Plan lässt ihn wohlig schauern und der kommenden samstäglichen Langeweile gelassen entgegenschlafen.

Alfreds Laune ist denkbar schlecht, als er nach einem dürftigen Frühstück – es bestand aus zwei Scheiben Toast mit Marmelade und einer schnellen Tasse Kaffee – in der Schildstraße aus dem Auto steigt. Grete, die beste aller Ehefrauen, zumindest meistens, ist am heutigen Samstag in aller Herrgottsfrühe mit Freundinnen zu einem Baggersee in der Nähe von Lichtenfels aufgebrochen. »Wir wollen baden gehen, bevor es zu heiß und zu voll wird. Bin mittags wieder da«, hat sie ihm gestern Abend mitgeteilt. Nach einer sehr angenehmen Nackenmassage, zugegebenermaßen.

Es sind aber nicht nur das Frühstück und der den Ermittlungen geschuldete Samstagsdienst, die ihm auf die Stimmung drücken. Claus-Raphael hat Schuld, der immer noch nicht in seiner Wohnung eingetroffene Claus-Raphael. Die uniformierten Beamten haben es Alfred vorhin am Telefon mit Bedauern mitgeteilt. Er grübelt, wie sie weiter vorgehen sollen. Er wird sich später mit Dominique dazu austauschen. Vielleicht gelingt es ihnen heute, die Verwandtschaft des Pflegers aufzuspüren.

Kurz nach Betreten der Polizeiinspektion fängt ihn eine Beamtin ab, die in der Zentrale Dienst tut.

»Herr Meister! Einen Moment bitte. Ich hatte«, sie tippt das auf dem Tisch liegende Handy an, »vor einer guten Stunde einen Anruf. Eine Frau aus Coburg. Könnte Sie interessieren.«

»Aha.« Alfred bleibt stehen und lässt sich die handschriftliche Notiz der Beamtin geben.

Während er liest, hebt sich seine Laune zusehends. Eine Freundin von Mihai Petrescu, die einmal eine suspekte Besucherin bei ihm angetroffen hat! Und die diese – hoffentlich – genauer als bisherige Zeugen beschreiben kann! Vielleicht ist das ja das fehlende Puzzleteil zur *Netten Nachbarin*.

»Gut gemacht!«, lobt er die Kollegin. Immerhin hat sie erkannt, dass die Information für ihn von Bedeutung sein könnte. »Ich rufe die Frau sofort an.«

Im Gemeinschaftsbüro findet er den Kollegen Knopf schon bei der Arbeit. Er trägt heute eine helle Jeans und ein schwarzes T-Shirt, frei von jeglichem Knopf.

»Ich hab die beiden brauchbarsten Standbilder aus den Video-aufzeichnungen herausgezogen. Können wir so für die Suche be-nutzen. Falls wir an die Öffentlichkeit gehen.« Er deutet auf Alfreds Arbeitsplatz, dort liegen die beiden Ausdrucke bereit: Claus-Rapha-el und die ebenfalls bei Josef Berner ein- und ausgehende Frau.

Alfred nickt. »Gut.«

Er legt die Notiz der Kollegin von der Zentrale vor sich auf den Tisch. Sein Magen macht sich grummelnd bemerkbar. Nach dem Anruf wird er erst einmal einen kleinen Abstecher in die Kantine machen und sich ein ordentliches Frühstück besorgen. Bis er zu-rückkommt, wird der Rest des Teams sicher eingetroffen sein.

Alfred wählt die Coburger Nummer, und die Frau namens Petra ist fast sofort am Telefon. Sie klingt aufgeregt.

»Ich will da ja niemanden reinreiten!«, entschuldigt sie sich, »viel-leicht ist die Frau auch ganz harmlos. Ganz sicher sogar. Aber wissen Sie, ich fand das schon sehr komisch, dass sie nicht bei Mihais Ge-denkfeier war. Wo er sie sogar in einem Gedicht verewigt hat …«

»In einem Gedicht?« Alfred stutzt. »Ich habe hier einen Stapel seiner Werke. Wie heißt es denn?«

»Ach je, wo hab ich das bloß …« Ihre Stimme entfernt sich etwas, Alfred hört es im Hintergrund rascheln. »Ich finds gerade nicht. Es endet auf jeden Fall mit den beiden Worten ›Schwarzer Engel‹. Der Mihai hat sich ›Verdichter‹ genannt, das ist eine Technik von ihm, viele Worte auf wenige zu reduzieren. Also zu verdichten, weil …«

»Ich weiß, ich weiß«, unterbricht Alfred sie. »Tut jetzt nichts zur Sache. Ich kenne diese Zeilen. Und Sie meinen also, er hat das Gedicht dieser unbekannten Frau gewidmet?«

»Ganz sicher«, sagt Petra. »Ich hab sie getroffen, als ich ihn besuchen wollte. Sie kam mir entgegen, und mir fiel gleich das Tattoo auf ihrem Oberarm auf. Ich glaub, es war der rechte.«

»Was für ein Tattoo?«

»Ein Engel. Ein schwarzer Engel.«

Alfred runzelt die Stirn. Ob die Farbe schwarz im Fall eines Tattoos wirklich so aussagekräftig ist? Die meisten Tätowierungen sind schwarz, erst recht, seit bunte Tinten verboten sind.

»Können Sie die Frau beschreiben?«

»Ja, ich denke schon. Ist erst ein paar Wochen her. Ich hab ein ganz gutes Gedächtnis für Gesichter.«

»Haben Sie Mihai Petrescu auf die Frau angesprochen?«

Petra lacht freudlos. »Ja, sicher. Ehrlich, ich war ein bisschen eifersüchtig. Obwohl wir seit Jahren nicht mehr zusammen sind. Aber sie war wirklich sehr schön. Mihai hat gesagt, sie wäre seine Haushaltshilfe. Und der Pflegedienst hätte sie ihm geschickt.«

»Der Pflegedienst?«, fragt Alfred alarmiert. »Welcher Pflegedienst?«

»Das weiß ich wirklich nicht. Ich wusste ja noch nicht mal, dass er Diabetes hatte. Deshalb hat er die wohl gebraucht.«

»Gut.« Alfred klopft energisch mit den Knöcheln auf den Tisch. »Sie machen Folgendes: Sie melden sich heute bei der Coburger Polizei und lassen dort ein Phantombild erstellen. Ich sag den Kollegen Bescheid, dass Sie kommen. Und es war völlig richtig, dass Sie angerufen haben. Jeder Hinweis kann uns weiterhelfen. Auch wenn wir im Todesfall Ihres Freundes nicht ermitteln.« Mehr kann er ihr nicht sagen, aber sie fragt auch nicht weiter nach.

»Ja, das mach ich gleich«, sagt Petra eifrig, »ich kann in einer halben Stunde auf der Wache sein.«

»Bestens.« Nach Ende des Telefonats reibt sich Alfred die Hände und nickt dem Kollegen am anderen Schreibtisch zu. »Jetzt kriegen wir sie, die *Nette Nachbarin*. Aber zuallererst kriegt mein Magen eine Grundlage.« Dann legt er dem Kollegen den Stapel Gedicht-Blätter hin. »Such mal die Zeilen raus, die mit ›Schwarzer Engel‹ enden. Vielleicht findet sich da ein Hinweis.«

Samstagmorgen – und Lina ist schon früh um acht munter. Das kam lange nicht mehr vor. Ihre Mutter pennt noch, kein Wunder, sie war am Abend unterwegs und ist erst nachts irgendwann nach Hause gekommen. Lina durfte mal wieder auf ihre Schwestern aufpassen – das ist eigentlich schlimmer, als einen Sack Flöhe zu hüten. Aber gestern ist Lina etwas eingefallen, was sie und ihre Schwestern schon lange nicht mehr gemacht haben: Brettspiele. Es war nicht ganz so einfach, die Fragmente der gemeinsamen Spielesammlung zu finden und sie dann so zusammenzustellen, dass wenigstens *Mensch ärgere dich nicht* und *Fang den Hut* zu dritt gespielt werden konnte. Wie ist Lina auf die Idee gekommen? Sie weiß es selbst nicht so genau, aber es hat wohl mit dem Treffen gestern bei Mia zu tun.

Ihre Schwestern nölten erst herum, »Spiele am Tisch … äh, wie langweilig!«, ließen sich dann aber dazu herab, Linas Vorschlag anzunehmen, als sie ihnen versprach, vorher mit dem Rad zur Eisdiele zu fahren und für alle Eis zu holen. Das Geld dafür klaute sie aus einem ihr gut bekannten Versteck der Mutter. Besser Eis als Zigaretten, oder?

Als Lina zurückkam, hatten sie das Spielbrett für »Menschi« schon aufgebaut und wegen der vielen fehlenden Spielfiguren rote *Fang-den-Hut*-Kegel und weiße *Dame*-Steine als Figuren rekrutiert. Zwar gab es immer wieder Geschrei, wenn eine von ihnen am Verlieren war. Aber Lina vertrat die feste Meinung, sie müssten das mal aushalten, und machte keine Anstalten, die Schwestern gewinnen zu lassen. Am Ende war sie selbst die Verliererin, was aber auch nicht schlimm war. Ins Bett gegangen sind alle drei erst um Mitternacht. Dabei hätten sie so gern ihrer Mutter noch von dem lustigen Spieleabend erzählt. Aber die kam sehr viel später nach Hause.

Jetzt am Morgen ist Lina nicht mal sauer, dass ihre Schwestern genauso früh wie sie selbst wach sind. Die beiden waren schon lange nicht mehr so ausgeglichen und helfen sogar beim Tischdecken.

»Ich mach uns Rühreier«, sagt Lina nach einem überraschten Blick auf eine Packung Eier im Kühlschrank und sorgt damit für Jubelgeschrei. Für sich selbst kocht sie Kaffee – das schwarze Gebräu ist zum Glück fast immer vorrätig, da ihre Mutter ohne Kaffee morgens kein Mensch ist.

Noch während sie frühstücken – die Schwestern allerdings schon wieder ums gemeinsame Handy streitend –, geht auf Linas Smartphone ein Anruf ein. Sie erkennt die Nummer nicht gleich.

»Morgen Lina! Ich bins, Mia. Du, wir waren gestern Nachmittag bei Jan, Max und ich. Und weil Jan nächste Woche Geburtstag hat … du weißt doch, er wird achtzehn, da wollen wir ihn mit seiner ganzen Schulklasse überraschen. Machst du mit? Gibt einiges vorzubereiten …«

»Ja, äh, gerne …«

»Sag mal, hast du auch eine Schulklasse bei dir?? Oder wer schreit da so rum?«

»Nee, das sind meine Schwestern … wart mal, ich geh kurz raus.«

Auf dem Flur ist es geringfügig ruhiger, und Mia lacht am anderen Ende. »Puh, bin ich froh, keine kleinen Geschwister zu haben. Wahrscheinlich waren meine großen früher von mir genauso genervt …«

»Ja, da hast du's gut«, sagt Lina mit Bedauern in der Stimme. »Jetzt futtern sie mir wahrscheinlich den Rest Rührei weg, während ich telefoniere.«

»Das tut mir leid! Aber dass du mitmachst, ist voll gut. Ich freu mich drauf.«

Lina muss diese Ansage von Mia einen kleinen Moment auskosten. Was tut das gut, dass ihre neuen Freunde sie in ihrer Runde dabeihaben wollen. Bei was auch immer. Lina sagt mit Freuden zu.

»Ja, klar! Klar mach ich mit. Wie weit seid ihr, was soll ich tun?«

»Äh, noch nicht weit. Dominique, also Frau Brodbecker, hat mir die Telefonnummer von Jans Lehrerin gegeben. Jetzt in den Ferien ist ja keiner in der Schule. Heißt, wir wissen noch nicht, ob wir die Lehrerin erreichen und die Klasse überhaupt zusammentrommeln können. Aber bis zu Beginn des Schuljahres können wir auch nicht warten ...«

»Weil es Jan so schlecht geht?«

»Ganz genau. Also Vorschlag: Ich schau mal, wen ich heute an die Strippe kriege, und vielleicht können wir uns morgen schon treffen, um was zu planen? Vielleicht wieder im Hainbad?«

Lina antwortet begeistert. »Voll gern. Ruf an, wenn du's weißt. Ich hab nix vor.«

»Dein Freund – will er vielleicht auch mitmachen?«

Hat Mia also doch mitgekriegt, dass Lina beim ersten Mal im Hainbad den Jungen im Schlepptau hatte. Und Lina fällt siedend heiß ein, dass sie seit vorgestern Abend nichts mehr von ihm gehört hat. Was aber hoffentlich heißt, dass er den Matratzensprung aus dem Fenster nicht gewagt hat. *Das* hätte sie wahrscheinlich gehört.

»Oh der, der hat noch Hausarrest, glaube ich.«

»Hausarrest?« Mia lacht. »Das gibts auch noch? Na ja gut, ich ruf dich wieder an. Bis denn!«

Lina steht im Flur, mit dem Smartphone in der Hand, und hat ein schlechtes Gewissen. Über ihren neuen Freunden hat sie »ihren« Freund komplett vergessen. So biestig will sie nun auch nicht sein. Sie tippt eine *WhatsApp*. »Alles okay bei dir? Meld dich. Lina.«

Als sie in die Küche zurückkommt, sitzen ihre Schwestern friedlich über ein neues *Youtube*-Filmchen gebeugt, und Rührei ist auch noch da. Das Leben kann doch schön sein.

Als Alfred gestärkt aus der Kantine zurückkehrt – es gab als Frühstück erfreulicherweise Weißwürste mit süßem Senf und zwei Bre-
zeln dazu –, sind die restlichen Kollegen eingetroffen.

»Eine Freundin meiner Mutter arbeitet bei der Verkehrspolizei,
sie steht kurz vor der Pensionierung und würde für uns den Lockvogel für den Anruf bei den *Netten Nachbarn* machen«, berichtet
Gabi, als er zur Tür hereinkommt.

Alfred ist skeptisch. »Kann sie wirklich eine hilfsbedürftige Seniorin spielen? Wie alt ist sie denn?«

»Vierundsechzig. Aber sie hat zum einen eine dunkle Stimme,
zum anderen spielt sie in einer Laientheatergruppe mit und ist laut
meiner Mutter ganz gut darin, in andere Rollen zu schlüpfen.«

»Na dann. Kriegen wir Kontakt zu ihr – heute am Samstag?«

»Ich hab ihre Handynummer. Werds gleich bei ihr probieren.«

»Sonst neue Erkenntnisse?«, fragt Alfred in die Runde. »Haben
wir schon Antwort aus Coburg?«

»Wegen des Phantombildes?« Kollege Knopf weiß Bescheid. »So
schnell schießen die Preußen nicht … Und die Coburger schon gar
nicht. Wahrscheinlich muss die gute Frau ja dort erst mal vorstellig
werden und an der richtigen Stelle landen.«

»Hm«, brummt Alfred, »wenn sich innerhalb der nächsten Stunde nichts tut, fragen wir nach. Aber jetzt zu Claus-Raphael – ist er
endlich aufgetaucht?«

»Negativ.« Knopf schüttelt den Kopf. »Die Uniformierten waren
gerade nochmal dort. Haben sogar im Haus geklingelt, und das Paar,
das unter ihm wohnt, meinte, sie hätten ihn herumlaufen hören,
wenn er inzwischen da wäre. Altes Haus, knarrende Holzböden.«

»Nicht gut. Was ist mit dem Gedicht vom ›schwarzen Engel‹?«

Der Kollege tippt mit dem Finger auf das vor ihm liegende Blatt.

»Ich bin kein Experte im Deuten von Gedichten. Hab das schon in der Schule gehasst, wenn wir alles Mögliche in die Werke der alten Dichter hineininterpretieren sollten. Hab mich damals schon gefragt, ob der jeweilige Verfasser sich wirklich so viel dabei gedacht hat. Na ja. Jedenfalls, die zwei Zeilen in der Mitte klingen schon so, als hätte der ›schwarze Engel‹ dem Verdichter die Sinne vernebelt.«

»Weil?« Alfred schaut dem Kollegen über die Schulter und liest mit.

»Mir den Blick verstellt, die Sicht geblendet.

Hoffnung gegeben, Hoffnung geraubt.« Knopf deklamiert theatralisch.

»Ihn aber auch enttäuscht«, vermutet Alfred, »nach anfänglicher Euphorie. Verliebtheit vielleicht? Petra, die frühere Lebensgefährtin von Mihai Petrescu, hatte da so einen Verdacht.«

»Ermitteln wir jetzt wieder in Sachen Verdichter?«, mischt sich Azubi verwundert ein.

Alfred schüttelt den Kopf. »Eigentlich nicht. Aber die Helferin von Petrescu weist gewisse Parallelen zur Helferin von Josef Berner auf. Ist Familie Bernardi eigentlich das Engel-Tattoo aufgefallen? Jetzt im Sommer dürfte Berners Haushaltshilfe doch kurzärmlig unterwegs gewesen sein. Und wen wir ebenso nach dem Tattoo fragen sollten, das ist dieser Hippie, der die Helferin von Hilde Fuchs kennt. Ähm … Drilling?«

»Vierling. Haben wir seine Telefonnummer?«

»Denke schon. Dominique hat mit ihm gesprochen und mit Sicherheit seine Personalien aufgenommen.«

»Ich ruf beide an, Bernardi und Vierling«, bietet sich Knopf an. »Müsste ja schnell geklärt sein.«

»Mach das. Ich werde mit Kollegin Brodbecker Rücksprache halten. Ob wir Claus-Raphael zur Fahndung ausschreiben oder noch warten.«

Alfred verschwindet zu diesem Zweck in sein eigenes Büro, da hat er mehr Ruhe und es hört nicht jeder mit, wenn er ein paar private Worte mit seiner Kollegin wechselt.

Dominique ist fast sofort am Telefon. »Guten Morgen, Alfred. Du bist im Büro, wie ich sehe.«

»Und du schon auf. Hab dich also nicht geweckt?«

»Alfreeed«, dehnt Dominique vorwurfsvoll. »Ich hab zwar Urlaub, aber ich hab auch einen pflegebedürftigen Sohn.«

»Tschuldige, weiß ich ja. Irgendeine Veränderung bei Jan?«

»Im Moment eher zum Besseren. Mias und Max' Besuch gestern hat seine Lebensgeister geweckt. Ich hoffe, das bleibt ein bisschen so …«

»Das wünsche ich ihm auch. Und dir. Gleich vorweg eine Frage: Hattest du nochmal Kontakt mit Claus-Raphael?«

»Nein. Schwester Brigitte ist übrigens gerade da und mit Jans Morgentoilette beschäftigt. Sie macht das gut.«

»Ah ja.« Alfred kommt eine Idee. »Kannst du sie mal schnell fragen, ob sie weiß, wo wir Claus-Raphael finden könnten? Ob er eine Freundin hat? Familie, bei der er sich eventuell aufhält?«

»Ihr sucht ihn wohl?«

»Allerdings.« Alfred liefert Dominique eine kurze Zusammenfassung der gestrigen Ergebnisse. Dass der DNA-Vergleich eine Verwandtschaft zwischen Claus-Raphael und der Kaugummi-Kauerin vermuten lässt. Dass Claus-Raphael eindeutig auf den Videos der Bank zu erkennen ist und das öfter, als er zugegeben hat. Dass sie ihn deshalb dringend zur weiteren Befragung brauchen.

Dominique legt den Hörer zur Seite und spricht im Hintergrund mit Brigitte. Kurz darauf ist sie wieder in der Leitung.

»Claus-Raphael hat das Wochenende frei. Brigitte kennt weder Familie noch Freunde von ihm. Auch keine Freundin. Er hat auch nie von auswärts verbrachten Wochenenden erzählt.«

Alfred seufzt resigniert. »Also Sackgasse. Dann müssen wir wohl doch sämtliche Starks in Bamberg und Umgebung abtelefonieren.«

»Kann ich euch unterstützen?«

»Wenn, dann melden sich die Kollegen später bei dir. Wir sind auch heute trotz Samstag zu viert und schaffen sicher einiges weg.«

»Na dann …«

Alfred liegt noch was im Magen. »Du klingst ganz entspannt. Nur wegen Jan? Oder …«

»… du willst mich nach Nilay fragen. Ich weiß alles, Alfred. Es ist okay. Ich freue mich für Nilay. Wie es mit ihr und mir weitergeht – da werden wir uns Zeit lassen.«

»Puh, das ist gut. Dann schönes Wochenende, Dominique.«

»Dir auch.«

Rocco ist im kurzen Schlafanzug in die Küche der Pizzeria getappt, um zu frühstücken. Es ist noch früh, aber die Küchenhilfe, eine rundliche Frau mit schon schütterem Haar, ist gemeinsam mit Rita Bernardi dabei, Salate vorzubereiten und Zutaten für Pizzen zu schnippeln. Roccos Vater erledigt am Samstagmorgen notwendige Einkäufe. Er besorgt eher selten georderte Getränke, die der Fahrer nicht liefert, und arbeitet die Liste seiner Frau ab. Diese enthält oft Dinge, für die er sich in der Innenstadt die Hacken ablaufen muss – zum Beispiel zwölf Eislöffel, weil Gäste mal wieder aus Versehen oder auch mit Absicht die Löffel mitgenommen haben. Dann eine spezielle, in nur einem Laden erhältliche Handcreme für Ritas raue Hände. Manchmal etwas aus der Apotheke, was allerdings stark nachgelassen hat, seit sein Schwiegervater nicht mehr unter ihnen weilt.

Gelegentlich begleitet Rocco seinen Vater, aber nur, wenn er rechtzeitig aus den Federn kommt.

»Bonn dschorno!«, begrüßt ihn die Küchenhelferin enthusiastisch. Ihr Italienisch klingt sehr fränkisch und das einfach deshalb, weil ihre Großeltern zwar von der Stiefelspitze stammten, sie und ihre Eltern aber in Franken aufgewachsen sind.

Rocco nickt und stibitzt ihr eine Scheibe Salami vom Schneidebrett.

Seine Mutter wirft ihm einen schrägen Blick zu. »Rocco, nimm dir selber Brot und was du sonst noch willst. Soll ich dir eine Tasse Milch in die Mikrowelle stellen?«

»Prego«, sagt Rocco und rutscht auf die Eckbank in der hinteren Küchenecke.

Das laute Scheppern des Pizzeria-Telefons unterbricht die morgendliche Routine.

»Bernardi«, meldet sich Rita.

Ihr Gesicht wird ernst, während sie mit einigen »Ahas« und »Hms« zuhört und mit dem Telefon am Ohr auf Rocco zukommt. Dann sagt sie: »Warten Sie mal, ich frag meinen Sohn.« Und zu Rocco: »Das ist die Polizei. Du hast doch Opas Helferin auch mal gesehen? Die soll ein Tattoo auf dem Oberarm haben … Ich kann mich nicht erinnern, du vielleicht?«

Rocco überlegt einen Moment, während er eine Brotscheibe dick mit Butter bestreicht. Ja, er hat die Frau kurz gesehen, da aber vor allem ihr schönes blondes Haar bestaunt. Für eine genaue Beschreibung hat das schon bei der ersten Befragung durch die Polizei nicht gereicht. Die Frau hat beim Zusammentreffen sehr schnell den Kopf weggedreht.

Trotzdem … Roccos Gedächtnis ist eigentlich sehr gut. Fast fotografisch. Ein bisschen muss er allerdings im Gehirn-Archiv kramen. Köpfe von zwölfjährigen Jungs sind in der Pubertät mit der Neuschaltung der Hirnsynapsen voll ausgelastet.

»Rocco!«, mahnt ihn die Mutter und deutet mit der freien Hand auf den Telefonhörer in der anderen. »Die Polizei wartet!«

Rocco stoppt das sorgfältige Verstreichen der Butter und schaut auf. »Ein Engel. In Schwarz. Auf dem rechten Oberarm.«

Rita Bernardi streckt anerkennend den Daumen hoch.

»Haben Sie es gehört?«, fragt sie in den Hörer, »ein Engel, in Schwarz, auf dem rechten Oberarm. Ganz sicher, ja.«

Weil der junge Mann ihr so leidtut, hat Brigitte ihrer Chefin angeboten, die Pflege von Jan Brodbecker auch an den drei Wochenenden zu übernehmen, an denen sein Pfleger Benno in Urlaub ist. Frau Brodbecker bedankt sich ausdrücklich bei ihr, als sie an diesem Samstag das Haus der Kommissarin verlässt.

»Jan war heute ganz gut drauf«, sagt Brigitte noch.

Dominique Brodbecker lächelt. »Der Besuch von Freunden gestern hat ihn aufgemuntert.«

»Schön.« Brigitte nickt und fächelt sich gleichzeitig mit der Hand Luft zu. Was nur wenig nutzt. Es ist schon am Morgen drückend heiß. Noch steht sie auf der Türschwelle, denn die Sache mit Claus-Raphael geht ihr nicht aus dem Kopf. »Warum Sie den Kollegen suchen, das wollen Sie mir nicht sagen?«

Blöde Formulierung. Das legt ein entschiedenes Nein schon nahe.

Frau Brodbeckers Gesichtsausdruck wechselt von Lächeln zu Ernst, und das Nein kommt prompt. »Tut mir leid«, sagt sie noch, was wahrscheinlich nicht stimmt.

Brigitte nickt und geht die paar Schritte zu ihrem Einunddreißiger, der schon wieder voll in der Sonne steht. Sie wuchtet ihre Einsatztasche auf den Beifahrersitz, öffnet alle Autotüren und bleibt einen Moment schnaufend am Fahrzeug stehen, um aus ihrer Wasserflasche zu trinken. An solchen Tagen hat sie immer eine Kühltasche mit Wasservorrat im Auto. Bis zum Nachmittag lässt die Wirkung der Akkus dann leider nach.

Ob die Suche nach Claus-Raphael immer noch oder schon wieder mit dem Verdacht gegen *Sonjas PflegeEngel* zu tun hat? Damit, dass ihr Dienst ausgerechnet bei den Todesfällen der letzten Zeit im Einsatz war? Ob dann auch sie, Brigitte, wieder in den Fokus der Ermittlungen gerät? Schließlich war sie selber sowohl bei Hilde Fuchs als auch bei dem Dichter mit dem ausländischen Namen zugange. Petrowitsch oder so ähnlich. Bei beiden war allerdings vertretungsweise auch ihr Kollege Claus-Raphael beschäftigt. Aber bei den Todesfällen von Frau Fuchs und diesem Dichter hatte doch kein Zweifel an der natürlichen Todesursache mehr bestanden?

Brigitte seufzt und murmelt vor sich hin. Schon jetzt schwitzt sie, als hätte sie einen Dauerlauf hinter sich. Sie muss dringend abnehmen … Wenn das nur so einfach wäre. Zunächst sollte sie Sonja von der Suche nach dem Kollegen berichten. Sie verschiebt es auf später, wenn sie das Auto zurückbringt. Sonja ist selbst unterwegs, sie hat einige wenige Einsätze am Wochenende, weil sie Claus-Raphael vertritt.

Brigitte schließt die Autotüren, steigt ein und startet den Wagen. Ihre nächste Patientin wohnt in der Innenstadt, Nähe Schranne. Da könnte sie doch durch die Sandstraße fahren, um einen Blick auf das Haus zu werfen, in dem Claus-Raphael wohnt. Nur so, aus Neugier. Hat er vielleicht doch eine Freundin? Das kann sie sich nicht wirklich vorstellen. Wer will an den schon ran … Höchstens eine, die selber qualmt wie ein Schlot und es mit der Körperhygiene nicht so genau nimmt.

In der Innenstadt ist noch nicht viel los, die Stadtführungen starten in der Regel etwas später, wenn alle Touristen in ihren Hotels ausgeschlafen und gefrühstückt haben. Sie könnte kurz an der Promenade halten und sich beim Bäcker am ZOB ein kleines Frühstück besorgen. Bei dem Einsatzfahrzeug eines Pflegedienstes drückt der Parküberwachungsdienst schon mal ein Auge zu, wenn es kurz im Parkverbot steht. Brigitte holt sich einen Kaffee to go – im eigenen Mehrwegbecher – und ein üppig belegtes Käsebrötchen. Kalorien hin oder her, man muss ja den Tag irgendwie überstehen. So lange kein Ordnungshüter in Sicht ist, kann sie im Auto sitzen bleiben und essen; das Haus, vor dem sie steht, spendet ausreichend Schatten.

Brigitte beißt gerade herzhaft in ihr Brötchen, als sie in einer Entfernung von etwa fünfzig Metern einen Mann kommen sieht, der ihr sehr bekannt ist.

Er streicht gerade die fettigen Haare nach hinten, ein zerknittertes Hemd hängt halb aus einer Bermuda-Shorts, die ihre besten Tage bereits hinter sich hat.

Claus-Raphael steuert direkt auf sie zu und schaut ihr ins Gesicht. Brigitte lässt ihr Brötchen sinken und winkt vage mit der Hand. Das Fenster der Fahrertür ist sowieso geöffnet.

»Morgen Brigitte.« Claus-Raphaels Stimme krächzt, als hätte er die Nacht durchgesoffen. Er *hat* die Nacht durchgesoffen.

»Wo kommst du denn her?«, platzt es aus Brigitte heraus.

Jetzt grinst er. »Von da hinten.«

Na, das hat sie auch gesehen. Aber Brigitte lässt nicht locker, schon deshalb, weil sie herausfinden will, warum die Polizei ihren Kollegen sucht.

»Warst wohl bei deiner Freundin?«

Sein Grinsen verstärkt sich, und er wiegt den Kopf hin und her, was man auslegen kann, wie man will. Aus dem ist wohl nichts herauszukriegen.

»Schönen Tag noch«, sagt er dann nur, nickt ihr zu und latscht weiter.

»Wünsch ich dir nicht«, murmelt Brigitte vor sich hin und flucht im nächsten Moment, weil die Mayonnaise, mit der ihr Brötchen reichlich bestrichen war, rausläuft und auf ihren Schoß tropft. Jetzt muss sie etwas Wasser aus ihrer Trinkflasche opfern, um den Fleck notdürftig aus der weißen Hose zu reiben. Sieht hinterher natürlich noch schlimmer aus als vorher.

Lohnt es sich, Frau Brodbecker anzurufen und ihr von der Begegnung mit Claus-Raphael zu erzählen? Wahrscheinlich nicht. Die Polizei wird sowieso wissen, wo er war oder ist.

Der Tag, als Kimmi durch Zufall den Mann namens Claus-Raphael Stark wiedersah und sofort erkannte, brachte ihr neue Kundschaft. Er stieg aus einem kleinen weißen Auto mit der Aufschrift »Sonjas PflegeEngel« und ging durch ein Tor in einen Hinterhof. Sie schlich ihm hinterher und sah, wie er an der Tür eines in den Hof gebauten, windschiefen Häuschens klingelte. Ein hagerer alter Mann öffnete ihm. Claus-Raphael lebte also in Bamberg, war in der Pflege tätig wie sie – und er hatte sie nicht gesehen. Kimmi musste erst einmal darüber nachdenken, wie ihr diese Information nutzen könnte.

Eine Idee dazu kam ihr bald. Wenige Tage später war sie es, die an der Tür im Hinterhof klingelte, laut handgeschriebenem Klingelschild die Wohnung eines »M. Petrescu«.

»Guten Tag, Herr Petrescu. Ich komme auf Empfehlung von Sonjas PflegeEngeln. Die meinen, Sie könnten eine Haushaltshilfe gebrauchen. Es kostet Sie nicht viel.«

Die Gesichtszüge des Mannes entgleisten sofort, und Kimmi wusste, was das bedeutete: Er würde ihr genauso erliegen wie alle anderen liebesbedürftigen Männer zuvor.

Eine Zeitlang lief das sehr harmonisch zwischen ihnen. Kimmi empfand fast so etwas wie Zuneigung zu ihm. Vor allem deshalb, weil Mihai sie verehrte wie eine Göttin, sie mit Respekt behandelte, sie als seine literarische Muse bezeichnete. Er dichtete – oder verdichtete, wie er seine Kunst nannte. Kimmi hatte damit nichts am Hut, fand es aber durchaus nett, wie sehr sie ihn offenbar beflügelte. Was er schrieb und ihr manchmal vorlas, interessierte sie nicht. Sie vergaß es in der Regel sofort wieder.

Auch Mihai Petrescu war jemand ohne Familie, ohne enge Freunde. Die Beziehung zu einer Lebensgefährtin, der Kimmi einmal kurz im

Hof begegnet war, hatte längst ein Ende gefunden. Die Menschen, die er seine Freunde nannte, waren schräge Typen und Möchte-Gern-Künstler. Keiner von denen kam regelmäßig zu ihm, um ihm im Alltag zu helfen. Da war dann nur Kimmi.

Als er sie bat, ihm auch Insulin zu spritzen, wenn sie schon mal da war, übernahm sie das ohne Zögern. Für Mihai waren die damit verbundenen Berührungen erkaufte Zärtlichkeiten. Für Kimmi ein willkommenes Experiment. Es hatte ja vor Kurzem schon funktioniert, bei der alten Frau im Hochhaus. Der Fall war zwar der Presse zunächst einen dicken Aufmacher wert, verlief dann aber im Sande. Dass der Pflegedienst in den Medien als »Verwahrlosungsverwalter« vorgeführt wurde und dieser Pflegedienst Claus-Raphaels Arbeitgeber war, gefiel Kimmi besonders gut.

Sie hatte in der Zeit ihrer Anstellung im Pflegeheim den Führerschein gemacht und sich ein altes klappriges Auto gekauft. Es war eine spontane Idee, Mihai ins Auto zu packen, um am Kanal ein bisschen frische Luft zu schnappen. Mit ihm an der Böschung zu sitzen, einen Joint durchzuziehen und ihm anschließend Insulin zu spritzen. Er hatte nicht mal gefragt, warum sie die Pens dabei hatte. Und warum so viele.

Eine Stunde später gibts endlich Ergebnisse. Alfred trommelt die Kollegen zusammen, sie sitzen am Besprechungstisch im Büro, Wasser trinkend und schwitzend. »Also. Das Bild der *Netten Nachbarin* gewinnt an Kontur: Ihr habt alle das Phantombild von Mihai Petrescus Lebensgefährtin Petra gesehen, das uns die Coburger geschickt haben. Und ihr kennt das von der KT aus den Videoaufzeichnungen herausgefilterte beste Porträt der unbekannten Frau. Die Übereinstimmungen sind verblüffend. Kopfform, Profil, Haare, mutmaßliche Körpergröße und Statur passen wie Arsch auf Eimer. Die KT bastelt uns daraus noch eine Personenbeschreibung, die entsprechende Personensuche wird sich in Kürze auf unserer Internetseite finden und geht zeitgleich an den *Fränkischen Tag*.«

»Der kann das ja auch schon vor Montag online stellen«, wirft Gabi ein.

»Genau. Wir suchen die Frau natürlich als Zeugin, nicht als Verdächtige. Wobei ich nicht davon ausgehe, dass sie sich selbst meldet, wenn sie ihr Porträt online oder in der Zeitung sieht ...« Alfred schaut in die Runde. »Aber eine Frau, die aussieht wie ein blonder Engel, dürfte dem einen oder anderen in Bamberg aufgefallen sein. Zumal sie ja als helfender Engel unterwegs war oder ist.«

»Blonder Engel mit schwarzem Engel auf dem Arm?«, fragt Azubi. »Passt das?«

Alfred nickt. »Das wird sich noch zeigen. Wir haben jetzt sowohl die Bestätigung von Familie Bernardi als auch von Marcus Vierling: Die unbekannte Helferin bei beiden Toten, Josef Berner und Hilde Fuchs, ist dieselbe.«

»Leider ist der erste Anrufversuch unseres Lockvogels ins Leere gelaufen«, berichtet Gabi. »Unsere Kollegin aus der Verkehrspolizeiinspektion hats ein paarmal probiert – das Handy ist ausgeschaltet. Auch die Mailbox.«

»Sie solls weiter probieren. Irgendwann wird die gute Frau ja wieder Anrufe entgegennehmen müssen, wenn sie ihren Job weitermachen will.«

»Ich hab angefangen, ein paar der Starks im Telefonbuch abzutelefonieren«, berichtet Knopf. »Bisher auch ohne Erfolg. Es sind nicht alle dran gegangen – na ja, schönes Wetter, Wochenende, Urlaubszeit. Wir könnten die Namen von Claus-Raphaels Eltern erfragen, die können durchaus anders heißen als er.«

»Stimmt. Das haben wir nicht bedacht. Um Geburtsurkunden einzusehen, fehlt uns noch die Rechtsgrundlage. Gehen wir aber an, wenn der Mann in den nächsten 24 Stunden nicht auftaucht.« Er schaut Knopf an. »Du rufst noch die restlichen Starks an. Vielleicht haben wir Glück.«

»Äh, Herr Meister. Wie lange machen wir hier noch? Ich müsste nach Hause … Hätte heute eigentlich schon Urlaub. Wir müssen packen, morgen früh geht unser Flieger nach Malle.«

Alfred nickt. »Sie können verschwinden. Schönen Urlaub.«

Gabi grinst. »Ich sag jetzt lieber nicht ›gleichfalls‹. Es tut mir echt leid, dass ich nicht weiter unterstützen kann – ich weiß, wie unterbesetzt wir sind.«

»Kein Problem. Sie haben Familie, das geht vor.«

Kurz darauf meldet sich Alfreds Familie – telefonisch in Person seiner Ehefrau Grete.

»Bin wieder zuhause, Fred! Ah, das war herrlich, das Schwimmen. Noch kein Trubel, kühles klares Wasser … solltest du auch mal machen.«

»Sehr witzig«, brummt Alfred. »Mir würde schon ein kühles Fußbad für untenrum und ein kühles Bier für oben reichen.«

»Apropos kühles Bier. Macht ihr noch lange? Wann kommst du heim?«

»Hm, dauert noch. Wenn ichs bis Mittag schaffe, könnten wir doch zum *Wilde-Rose-Keller* fahren, was meinst du?«

Grete stimmt sofort zu. »Ich bin dabei! Muss jetzt erst mal nach Mia schauen ... Ob sie schon was gegessen hat.«

»Alles klar, ich melde mich, sobald ich hier was absehen kann.«

»Ich hab heut frei«, sagt Knopf, als Alfred aufgelegt hat. »Also frei von der Familie. Frau und Kinder sind im Schwimmbad. Ich geh da eh nicht gerne hin – Fleischberg an Fleischberg.«

Da kann Alfred nur zustimmen. »Ja. Und schön, dass du hier sein kannst. Ich ruf nochmal die Streife an. Wenn sich bei Claus-Raphaels Wohnung nichts tut, schreiben wir ihn zur Fahndung aus.«

Die Kollegen im Streifendienst sind gerade wieder vor dem Haus angekommen, als sie Alfred in der Leitung haben. Er hört durchs Telefon mit, wie einer an der Haustür klingelt. »Oh!«, sagt der mit dem Telefon. »Da betätigt jemand den Türdrücker, Herr Meister! Wenn der Mann jetzt da ist – wollen Sie ihn in der Schildstraße haben?«

»Aber so was von. Bringen Sie ihn gleich her, der Vernehmungsraum ist angenehm kühl und dunkel!«

Und zu den Kollegen gewandt verkündet Alfred: »Nächste Runde! Claus-Raphael wird gleich da sein.«

Der Hippie steht mit seinem verfilzten Hund auf dem einzigen Grünstreifen vor dem Haus und qualmt eine Selbstgedrehte. Die abgewetzte Jeans schlackert um seine mageren Hüften. Das einstmals weiße T-Shirt hat seine besten Jahre hinter sich. Die paar Quadratmeter Rasen sind dürr von der Hitze. Das stört den Bernhardiner allerdings nicht beim Kacken.

Lina will eigentlich schnell an den beiden vorbeigehen, als Marcus Vierling sie entdeckt und anhält.

»He Mädchen. Da hast du mir was eingebrockt.« Er schlurft ein paar Schritte auf sie zu und versucht, finster dreinzuschauen. Sein verlebtes Gesicht kriegt allerdings keine wirklich böse Mimik zustande. Die Leine des Hundes schleift auf dem Boden, der Hund selber dreht verzückt die Augen gen Himmel. Wahrscheinlich ist er glücklich über das soeben verrichtete Geschäft.

»Du musst das wegmachen«, sagt Lina und deutet auf den stattlichen Kackhaufen auf dem Grünstreifen.

Der Hippie dreht sich irritiert um. »Schon fertig, Alter?«, fragt er den Hund das Offensichtliche und nestelt eine Tüte aus der Hosentasche.

Während er umständlich die Hinterlassenschaft aufklaubt, fragt Lina: »Was meinst du mit ›eingebrockt‹?« Sie hat eine ziemlich sichere Ahnung, was er meint.

»Du hast der Polizei das mit Micaela gesteckt«, sagt Vierling und betrachtet interessiert das braune Machwerk seines Hundes in der Tüte. »Die haben mich heute schon wieder angerufen. Haben mich gefragt, ob sie eine Tätowierung hat. Wenn die sie jetzt wegen der Schwarzarbeit dran kriegen … dann hab ich sie am Ende noch verpfiffen und bin schuld.«

Lina macht »Pfft« und sagt: »Du glaubst aber nicht wirklich, dass die Kripo sich für deine Freundin interessiert, nur weil sie schwarz geputzt hat?«

Sie hat sich erst kürzlich im Internet über die Aufgaben der verschiedenen Polizeiinspektionen informiert und bei der Abteilung »Verletzung höchstpersönlicher Rechtsgüter«, also Mord und Totschlag, nichts zu Schwarzarbeit gefunden.

»Nicht?« Vierling schaut auf und Lina an, immer noch mit der Tüte in der Hand. Jetzt nähert sich der Bernhardiner und schnüffelt an seinem verpackten Haufen. Der riecht bestimmt sogar durchs Plastik.

Lina schüttelt den Kopf. »Ich werd zur Polizei gehen, wenn ich mit der Schule fertig bin«, stellt sie einfach mal so in den Raum, als Beweis dafür, dass sie sich auskennt.

»Aha.« Jetzt ist der Hippie baff und weiß nicht weiter.

»Na ja egal. Du hast mir versprochen, denen nichts von ihr zu sagen ...«

»Stimmt nicht«, sagt Lina ungerührt. »Ich muss jetzt außerdem ... Schönen Tag noch.«

Sie spürt seine verdutzten Blicke im Rücken, als sie in einen schnellen Laufschritt verfällt und den erst verlangsamt, als sie um die nächste Ecke und außer Sichtweite ist. Die Sonne, die jetzt fast senkrecht über ihr steht, brennt so erbarmungslos, dass jeder schnelle Schritt zu viel ist.

Lina hat etwa zehn Minuten Gehzeit bis zum Haus des Jungen. Er hat auf ihre Nachricht nicht geantwortet, und sie will sich nur vergewissern, dass er nicht mit gebrochenen Haxen oder Schlimmerem unterhalb seines Zimmerfensters auf dem Boden liegt. Ein paar Hausfrauen begegnen ihr, auf dem Rückweg vom Einkauf im Supermarkt. Sie wohnen auch im Hochhaus und grüßen Lina im Vorbeigehen. Vor dem Haus des Jungen lungern ein paar seiner Freunde herum, Lina kennt sie eher vom Wegsehen. Klar, sie quatschen sie an, wollen ihr eine Zigarette andrehen, wollen, dass sie einen Schluck aus der Bierflasche des einen nimmt.

»Habt ihr nichts Härteres?«, blafft Lina die Jungs an und lässt sie sprachlos stehen. Dann geht sie ums Haus herum, um einen Blick auf den gepflasterten Wäscheplatz zu werfen. Hier hängen jede Menge Betttücher an den Leinen; die sind wahrscheinlich schon trocken gewesen, als die Besitzerin die letzte Klammer angebracht hat. Sie schaut hinauf in den dritten Stock zum Zimmerfenster des Jungen, es steht weit offen. Zu sehen ist niemand.

Lina zieht ihr Smartphone aus der Tasche ihrer Shorts und schreibt eine *WhatsApp*. »Schau mal raus, bin unten.« Kaum hat sie sie abgeschickt, erscheint der Kopf des Jungen oben am Fenster.

»Was'n mit dir? Bist du okay?«, ruft sie hinauf.

Er nickt nur heftig mit dem Kopf und legt gleichzeitig den Zeigefinger an den Mund. Dann deutet er mit der Hand an, dass er zu ihr runterkommen wird. Also doch kein Hausarrest?

Lina hockt sich auf einen Mauervorsprung hinter dem Haus, sie hat keinen Bock auf die Clique am Eingang. Womöglich haben die tatsächlich was Härteres zu trinken besorgt, in der Hoffnung, Lina würde dann mit ihnen abhängen.

Es dauert, bis der Junge endlich auftaucht. Und dann hat er die Clique im Schlepptau. Klar, ganz blöd sind die nicht. Haben sich wohl gedacht, dass Lina hinter dem Haus auf ihn wartet.

Einer reckt seine Hand mit einer Pulle Schnaps in die Höhe. »Hier ist was für deine Braut, Alter! Die steht auf scharfe Sachen.« Er kriegt sich nicht ein vor Lachen, hält sich selbst wahrscheinlich für das beste Angebot in Sachen Schärfe.

Lina steht auf und sagt laut und entschlossen »Verzieht euch!« zu den Jungs. Sie weiß selbst nicht, woher sie dieses neue Selbstbewusstsein nimmt. Fast fühlt sie sich schon so, als habe sie polizeiliche Befugnis. Dann zieht sie den Jungen am Arm weiter, um die andere Hausecke herum und zum Fußweg Richtung Hochhaus.

Die Clique lacht und grölt hinter ihnen her, bleibt aber am eigenen Haus zurück.

Dort, in der Nähe des Kiosks, steht eine Bank, um die herum ein Haufen Müll verstreut ist. Dafür spendet ein großer Baum willkommenen Schatten.

Der Junge hat bisher keinen Ton gesagt. Als sie jetzt nebeneinander auf der Bank sitzen, sieht Lina, wie blass er ist. Er macht keinerlei Anstalten, an ihr herumzufingern oder ihr die Zunge in den Mund zu stecken.

»Was ist denn nun? Warum hast du mir keine Nachricht mehr geschrieben?«

»Kannst mir ja auch nicht helfen«, sagt er bockig. »Mein Vadda, der is wieder da, der hat gesagt, Hausarrest ist Quatsch. Aber die Mudda hat auf ihn eingelabert, ich soll weg, in ein Heim oder auf so ne Pflegestelle, keine Ahnung.«

Er glotzt weiter vor sich hin, die Haare fallen ihm über die Augen. Waren die schon so lang, als sie sich das letzte Mal gesehen haben? Der Junge tut Lina leid, aber er hat Recht, helfen kann sie ihm nicht. Ist vielleicht gar nicht schlecht, wenn er von den Eltern wegkommt. Und von ihr. Das sagt sie aber nicht.

»Ich hab eh kaum Zeit in den Ferien«, sagt sie stattdessen. »Mach viel mit den Leuten aus dem Hainbad. Umweltschutz und Kümmern um Behinderte und so. Und dann muss ich mich in der Schule ranhalten. Ich geh nämlich zur Polizei, wenn ich fertig bin.«

Sie schaut ihn abwartend an, der Junge hebt den Kopf, und sein unendlich trauriger Blick bricht ihr jetzt fast doch das Herz.

Mit dem Biergartenbesuch um die Mittagszeit wird es wohl nichts. Was aber egal ist – die Bamberger Bierkeller machen am Wochenende keine Mittagspause.

Leider zieht es sich ewig hin, bis die uniformierten Kollegen mit Claus-Raphael anrücken. »Hat Terz gemacht«, berichtet der Streifenpolizist, »aber wenn Sie mich fragen: Da kreist jede Menge Restalkohol im Blut, scheint gestern ziemlich gesoffen zu haben.«

Alfred hat die Wartezeit genutzt, um den Staatsanwalt anzurufen und die leidige Diskussion zu führen, ob die bisherigen Indizien für einen Haftbefehl ausreichen. Das Ergebnis hätte er vorhersagen können: Dem Staatsanwalt reicht es natürlich nicht, dass Claus-Raphael beim Mordopfer Josef Berner und den beiden anderen Toten ein- und ausgegangen ist. Schließlich sei er Pfleger und als solcher vor Ort gewesen. Alfreds Einwand, dass er nicht im Auftrag von *Sonjas PflegeEngeln* dort war, interessiert den Staatsanwalt nicht. Claus-Raphaels Verwandtschaft mit der Kaugummi-Kauerin müsse zwar nachgegangen werden, aber hier sei vor allem die Frau ins Visier zu nehmen. Denn dass jemand, der in Josef Berners Schlafzimmer einen Kaugummi entsorgt hat, vor fünfundzwanzig Jahren auch in der Nähe des auf der Sandkirchweih ermordeten Mädchens war, sei zumindest zu überprüfen.

»Danke für gar nichts«, knurrt Alfred, als er den Hörer auflegt.

Entsprechend schlechter Laune ist er, als er den Vernehmungsraum betritt, in den Claus-Raphael gerade gebracht wurde. Er hat Azubi aus seinem Team im Schlepptau. Als Anwärter für den Kriminaldienst schadet es nicht, wenn er ein bisschen vom Profi lernen kann. Azubi stellt eine Flasche Wasser und ein Glas auf den Tisch.

Claus-Raphael nimmt die Flasche gleich in die Hand und setzt sie an, um sie zur Hälfte zu leeren. Dann rülpst er ungeniert und stiert die Polizeibeamten feindselig an.

Der hat einen ordentlichen Brand, denkt Alfred bei sich. Er hofft inständig, dass Claus-Raphaels Zustand dazu beiträgt, dass er sich weichkochen lässt und Details zu seinen »Pflegebesuchen« und zu der mit ihm verwandten Frau verrät. Sollte das tatsächlich der Fall sein, so hat ihm der Staatsanwalt angeboten, könne Alfred sich nochmal melden, und er würde das mit dem Haftbefehl überdenken.

»So, Herr Stark. Jetzt legen Sie mal die Karten auf den Tisch. Die Termine, die Sie mir hier aufgeschrieben haben ...«, er fischt einen handgeschriebenen Zettel aus der vor ihm liegenden Akte, »... sind für die Tonne. Sie waren öfter bei Josef Berner, als Sie mir erzählt haben. Und nicht nur bei Berner, auch andere Patienten Ihres Pflegedienstes haben Sie zu verschiedenen Terminen privat aufgesucht.«

»Hä? Wer soll das sein?«

Alfred schiebt Claus-Raphael den Ausdruck der Provider-Daten über den Tisch. »Hilde Fuchs. Mihai Petrescu. Ihr Handy war über einen längeren Zeitraum mehrmals im Funkbereich der beiden Adressen eingeloggt.«

»Na und«, blafft Claus-Raphael, »da gibts ja vielleicht noch andere Kunden. Oder ich hab wo eingekauft.«

Leider hat er damit Recht. Auch Alfred weiß, dass das im dicht besiedelten Stadtgebiet eingeloggte Handy nicht als Beweis ausreicht. Trotzdem ist er selber felsenfest überzeugt davon, dass Claus-Raphael sich bei genau den beiden Pflegefällen aufgehalten hat.

Er schiebt eine weitere Liste über den Tisch. Sie führt die Daten auf, an denen die Hallstadter Bank ihn beim Betreten oder Verlassen der Bernerschen Wohnung erfasst hat. Einen vergrößerten Ausschnitt, auf dem der Pfleger eindeutig zu erkennen ist, legt er daneben.

»Und nicht nur Sie sind hier regelmäßig verkehrt. Sondern ebenso diese Frau.« Ein drittes Blatt mit der besten Bildvergrößerung der unbekannten Helferin wandert in Claus-Raphaels Sichtfeld. Alfred pokert: »Ihre Schwester? Ihre Cousine?«

Claus-Raphael starrt auf das Bild, und die Beamten hätten blind sein müssen, um nicht zu bemerken, dass ihm die abgebildete Frau durchaus bekannt ist.

Es ist nur ein kurzer Augenblick, dann hat er sich wieder im Griff. »Kenn ich nicht.« Er schiebt alle drei Blätter von sich weg.

Alfred haut mit der flachen Hand auf den Tisch und wird laut. »Eine Frau, die sich bei Josef Berner aufgehalten hat – und zwar in seinem Schlafzimmer ...« er macht eine bedeutungsvolle Pause, »... wo sich ja niemand hin verirrt, der dort nichts zu suchen hat – muss nach DNA-Abgleich mit Ihnen verwandt sein! Das heißt auf gut Deutsch: Sie ist Ihre Schwester oder Halbschwester, Ihre Cousine, Ihre Tante oder Ihre Nichte ... Suchen Sie sich was aus.«

Claus-Raphael verschränkt die Arme vor der Brust und presst die Lippen zusammen.

»Die Frau hat ein auffälliges Tattoo auf dem Oberarm. Einen schwarzen Engel. Schon mal gesehen?«

Die Coburger Polizei hat neben dem Phantombild auch eine Zeichnung eines schwarzen Engels mitgeschickt, die Petrescus Freundin Petra aus der Erinnerung angefertigt hat. Auch davon existiert ein Ausdruck. Alfred drapiert ihn sorgfältig auf den Tisch vor Claus-Raphael und legt die drei anderen Blätter erneut daneben.

Aber der Pfleger schweigt. Und er wird den Mund auch nicht mehr aufmachen, solange er bei der Polizei festsitzt.

Azubi kommt noch auf die Idee, ihn nach seiner Familie zu fragen, Mutter, Vater, Geschwister – etwas, das Alfred vor lauter Ärger fast vergessen hätte. Nutzen tut es nichts. Der Mann gibt keinen Ton mehr von sich. Egal, wie sehr Alfred ihm abwechselnd droht oder gut zuredet. Denn wenn er keinerlei Straftat begangen habe – und die Schwarzarbeit als Pfleger interessiere Alfred in diesem Zusammenhang nicht –, dann könnten ihn andere Personen wie diese Frau doch nur entlasten. Erklärt Alfred ihm.

Claus-Raphael aber schweigt. So viel dazu, dass der junge Polizeianwärter von Profi Alfred was lernen soll.

Am Ende bleibt ihnen nichts anderes übrig, als den Mann gehen zu lassen. Ihn mit der Streife heimzubringen, wie er dreist fordert, lehnt Alfred aber rundheraus ab. »Bisschen laufen tut Ihnen gut. Baut den Alkohol ab.«

Das Team trifft sich noch einmal kurz im großen Büro, Alfred völlig resigniert, die anderen froh, dass Schluss ist.

Seine Post, die inzwischen unter neuen Akten begraben liegt, hat Alfred immer noch nicht gelesen.

Es gab noch so viele andere Möglichkeiten. Kimmi hatte Lust, mehr auszuprobieren. Sie hatte schließlich wieder Kapazitäten frei.

Immer wenn sie zeitig aus den Federn kam und ihr Wagen nicht streikte, fuhr sie in die Straße, in der vor einem unscheinbaren Wohnhaus eine alte Kastanie stand. Am Haus das Schild: Sonjas PflegeEngel. Sie parkte gut verborgen hinter den verbeulten Einwurfbehältern für Altglas, nur etwa zwanzig Meter vom Haus entfernt. Ebenfalls am Straßenrand und in einer Reihe standen die drei baugleichen weißen Kleinwagen des Pflegedienstes mit den Kennzeichen-Zahlen 2121, 3131 und 4141. Claus-Raphael fuhr den Einundvierziger.

So alt musste er ungefähr sein, oder? Quatsch. Kimmi selber war ja schon zweiundvierzig, Clärchen war mindestens fünf Jahre älter.

Schon beim dritten Versuch hatte Kimmi Erfolg. Sie fuhr dem weißen Auto nach bis Hallstadt. Dort an der Hauptstraße, in der Nähe einer Pizzeria, hielt das Auto vor einem kleinen Haus mit grauer Fassade. Claus-Raphael schloss die Haustür selbst auf – ein gutes Zeichen. Patienten, die alleine lebten und womöglich schlecht hörten, gaben ihren Pflegern gerne die Türschlüssel.

Sie wartete etwa eine halbe Stunde, dann kam der Mann im weißen Kittel wieder heraus, und einen Stock höher wurde ein Fenster geöffnet. Claus-Raphael schaute hinauf und winkte dem im Fensterrahmen erscheinenden weißhaarigen Kopf. Ein Mann, alt, gebrechlich. Er konnte kaum den Arm heben, um ebenfalls zu winken.

Kimmi ging keinerlei Risiko ein, wenn sie sich dem alten Mann ebenso vorstellen würde wie ein paar Monate zuvor dem Dichter. Für den Fall, dass er nicht allein leben würde, hatte sie Plan B bereits in der

Tasche: Dann würde sie einfach nach ein bis zwei Malen zu viel Arbeit vorgeben, bei ihm aufhören – und weitersuchen.

Aber es klappte. Auch im Gesicht des Mannes namens Josef Berner ging eine deutliche Veränderung vor, als sie vor ihm stand. Er ließ sie herein, ohne auch nur nachzufragen, woher sie von ihm wusste. Wer könnte auch widerstehen, wenn ihm unverhofft ein Engel erscheint? Es reichte, dass Kimmi ihm Hilfe anbot, für wenig Geld. Nicht, dass sie kein Geld brauchte – aber in diesem Fall war Geld nebensächlich.

Sie fand schon im ersten Gespräch heraus, dass die Familie des Alten die Hallstadter Pizzeria betrieb und dass alle sehr wenig Zeit für ihn hatten. Nur der Enkel kam jeden Tag vorbei, um Essen zu bringen. Sonst gab es so gut wie keine Kontakte. Josef Berner war ein Eigenbrötler und legte auch gar keinen Wert darauf, besucht zu werden. Dass er Besuch von ihr akzeptierte, wunderte sie nicht sonderlich.

Das mit dem Enkel behagte Kimmi nicht. Aber egal. Sie besuchte Berner vor allem am Vormittag, da lief sie weniger Gefahr, dem Jungen und der restlichen Familie zu begegnen.

Dass Berner sich dann bei einem Sturz die Treppe hinunter das Genick brach, ergab sich rein zufällig. Kimmi legte im Schlafzimmer die Wäsche des Alten zusammen, als er die Treppe hochkam, um ihr zuzuschauen. Das tat er allzu gerne. Dann stand er in der Tür und erzählte entweder Geschichten aus seiner Jugend, oder er machte anzügliche Bemerkungen über Kimmis Po, Kimmis Beine oder Kimmis Busen. Sie konnte das nicht leiden und packte ihn am Arm, um ihn aus dem Zimmer zu schieben und wieder hinunter ins Wohnzimmer zu schicken.

Albern kichernd trippelte er rückwärts bis zum oberen Treppenabsatz, dann griffen seine gichtigen Finger plötzlich an ihre wenig bedeckte Brust. Klar, der Sommer war unerträglich heiß, Kimmi trug eine fast durchsichtige Bluse, tief ausgeschnitten. Das war aber noch lange keine Einladung für einen alten Gnom, sich an ihr zu bedienen.

Dass der Alte das Gleichgewicht verlor und mit den Armen rudernd ins Leere griff, um Halt zu finden, kam Kimmi durchaus gelegen. Er knallte fast sofort mit dem Kopf auf die Stufen, überschlug sich und blieb unten regungslos liegen. So ging es also auch. Kimmi ließ alles stehen und liegen und verschwand.

Seine Augen sind so geschwollen, dass er kaum die Uhrzeit auf seinem Handy erkennen kann. Draußen dämmert es auf jeden Fall, sollte also gegen Morgen sein. Nur welcher Tag? Montag? Eher schon Dienstag.

Claus-Raphael hat seit der Vernehmung durch die Polizei durchgesoffen, zunächst im Hain, wohin er sich in seiner unbändigen Wut verzogen hat. Er dachte, Grün um ihn herum würde ihn beruhigen. Ins Nirwana geschossen hat ihn dann aber wohl die Flasche Schnaps und das Sixpack Bier, alles auf nüchternen Magen reingekippt, nur unterbrochen durch in Kette gerauchte Zigaretten. In der Nacht musste er mehrmals kotzen, am darauf folgenden Morgen trank er weiter. Wie er es mit so viel Alkohol intus bis zum Nachmittag zu seinem Ziel geschafft hat, weiß er selbst nicht. Trotz seines Vollrausches arbeiteten seine Hände ohne zu zittern und führten das aus, was schon lange überfällig war. Darüber wundert er sich jetzt noch, auch wenn er sich fragt, ob er nicht geträumt hat.

Claus-Raphael richtet sich ächzend in seinem Bett auf, reibt die verklebten Augen und kann jetzt endlich Tag und Uhrzeit auf dem Smartphone erkennen. 4.43 Uhr – bald wird es hell werden. Als er am Vortag irgendwann gegen Abend nach Hause kam, hat er weiter gesoffen, anschließend alles ins Klo gekotzt und ist ins Bett gekrochen. Jetzt dröhnt in seinem Schädel ein Vorschlaghammer.

Er kommt wankend ins Stehen und schaut an sich herunter. Sein eigener Anblick ist reichlich komisch. Die Unterhose hängt in den Kniekehlen, oben herum trägt er den weißen Kittel von *Sonjas PflegeEngeln*. Das heißt, der war mal weiß. Jetzt hat er Grasflecken vom Herumliegen im Hain. Spritzer von Erbrochenem sorgen für ein bizarres Muster.

Wieso, um Himmels willen, hat er diesen Kittel noch an?

Claus-Raphael tappt in den Flur, am Boden liegen die Shorts, die er gestern hat fallen lassen. In der Hosentasche findet sich noch ein Päckchen mit zwei Zigaretten. Er steckt sich eine an und rutscht an der Wand entlang auf den Boden, wo er mit angezogenen Knien sitzen bleibt.

Nach und nach fällt ihm ein, was gestern los war und wie eins zum anderen geführt hat. Die Wut kommt wieder hoch, auf all die Scheiß-Weiber, die glauben, er sei ein Hanswurst, der nur nach ihrer Pfeife tanzt. Diese Schlampe von der Polizei zum Beispiel, die so unverschämt gut aussieht und deren Kollege ihn am Samstag auspressen wollte wie eine Zitrone. Da hat der sich aber geschnitten, aus Claus-Raphael war nichts auszupressen. Hätten die nicht wieder gegen ihn ermittelt und hätte das nicht auch die einfältige Brigitte mitbekommen, dann wäre sein Dienstbeginn gestern völlig normal verlaufen. Aber so hat ihn Sonja zu sich zitiert, die ach so ehrenhafte Sonja, die wieder Angst bekam um den ach so guten Ruf ihres Pflegedienstes. Wenn da einer arbeitet, den die Polizei ständig am Wickel hat und über dessen Arbeit sich Frau Polizeikommissarin beschwert …, das wollte sie nun plötzlich gar nicht mehr haben.

»Du bist gekündigt. Fristlos«, teilte sie ihm ohne Umschweife mit.

Mit allem hat Claus-Raphael gerechnet, aber nicht damit. Er war felsenfest überzeugt, dass Sonja es sich schlichtweg nicht leisten kann, ihn rauszuwerfen. Das würde bedeuten, dass sie Patienten verliert, denn sie und Brigitte können unmöglich alle aktuellen Fälle zu zweit versorgen.

Also Zeit aufzuräumen. Claus-Raphael zieht gierig an seinem Glimmstängel. Aus der immer noch am Boden liegenden, zerknüllten Hose kramt er einen winzigen Zettel, den er geschrieben hat, nachdem Sonja ihn vor die Tür gesetzt hat. »Den Kittel bringst du mir, wenn er gewaschen ist.« Das waren ihre letzten Worte. Jetzt schaut er auf den Zettel und die drei Zeilen, die da stehen. Hinter dem Wort in der ersten Zeile kann er schon mal einen Haken setzen. Ansonsten ist sein Hirn zu leer, um irgendeinen Plan zu schmieden. Er muss weiter trinken, damit das unkontrollierte Zittern aufhört. Er säuft, er raucht, er läuft irgendwann aus dem Haus. Er packt das lange Küchenmesser in seinen Rucksack, vorsorglich. Er ist sich sicher, dass es bald zum Einsatz kommen wird, auch wenn er noch nicht genau weiß, wann und wo. Aber das Messer schreit förmlich nach Blut und treibt Claus-Raphael voran. Der Mann hat jede Kontrolle verloren. Er ist eine Zeitbombe, die tickt und bald losgehen wird.

Das Thermometer in Bamberg ist um gut 15 Grad gefallen, das heftige Gewitter in der Nacht hat die schwüle Luft vertrieben. Bei einer angenehmen Temperatur von 20 Grad und bewölktem Himmel lässt es sich gut durchatmen.

Danach ist Alfred allerdings überhaupt nicht zumute, als er am Dienstagmorgen ins Büro hastet, ein bisschen zu spät, weil Grete Urlaub hat, länger schläft und ihn deshalb nicht wecken konnte.

»Stell dir selbst die Uhr«, hat sie ihn am Abend noch erinnert. Alfred hats einfach vergessen.

Seine Stimmung ist in den letzten Tagen auf den Nullpunkt gesunken. Nachdem sie Claus-Raphael am Samstag gehen lassen mussten und auch keine Observation durchbekamen, tritt die Kripo auf der Stelle. Lediglich ein Streifenwagen fährt gelegentlich bei seiner Wohnung vorbei, aber das auch nur, um sicherzustellen, dass er nicht untertaucht. Alfred hat am Montag Überstunden frei genommen, nicht ohne die Kollegen anzuweisen, ihn sofort zu verständigen, wenn sich neue Erkenntnisse ergäben.

Ja, es sind Hinweise auf das Phantombild der *Netten Nachbarin* mit dem schwarzen Engel-Tattoo eingegangen, mehr als genug sogar, aber eine richtig heiße Spur war nicht darunter. Mehrere Beamte, auch aus anderen Abteilungen, haben den ganzen Montag damit verbracht, den Hinweisen nachzugehen sowie weitere Menschen namens Stark abzutelefonieren. Auch Dominique ließ sich wieder einspannen und rief erneut sämtliche Pflegedienste an, ob sich aufgrund der genaueren Personenbeschreibung und des auffälligen Tattoos jetzt doch jemand an die Unbekannte erinnern kann. Sie bat bei der Gelegenheit auch darum, bei allen Patienten nachzufragen, ob ein Kontakt zu der gesuchten Helferin bestand.

Der Lockvogel – die Beamtin von der Verkehrspolizei – hat sich regelmäßig gemeldet, um zu Alfreds großem Verdruss eben *nichts* zu melden. Das Handy der *Netten Nachbarn* ist und bleibt tot. Auch die Anrufe bei den Bambergern namens Stark hatten in Sackgassen gemündet: Niemand von ihnen wollte mit Claus-Raphael verwandt sein oder ihn kennen.

Als Alfred ins Büro kommt – in sein eigenes, da er Unterlagen für die Arbeit im großen Büro holen will –, bleibt er verdutzt stehen. Zwei Köpfe, einer mit kastanienbraunem kurzem Haar, der andere mit schwarzer langer Haarpracht, beugen sich über den Schreibtisch von Dominique. Sie berühren sich fast und wirken sehr vertraut.

»Dominique? Nilay? Was macht ihr denn hier?«

Die beiden Köpfe gehen gleichzeitig hoch, und die Frauen lächeln ihn an.

»Dir helfen«, schlägt Dominique vor.

»Wenn du willst«, sagt Nilay.

Alfred lässt einen tiefen Seufzer hören. »Nichts würde mir heute mehr den Tag versüßen.«

Dominique steht auf, geht auf ihn zu und schlingt ihre langen Arme um ihn. Alfred ist so verdutzt, dass er erst ein paar Sekunden später bemerkt, dass seine Lieblingskollegin ihn gar nicht so hoch überragt wie sonst.

Sein Blick geht sofort nach unten, auf ihre Füße.

»Keine High Heels! Wie kommts?«

Dominique lässt ihn los und wirkt resigniert. »Hab grad keinen Kopf dafür. Aber wie gesagt: Ich kann heute zwei, drei Stunden bei euch arbeiten, dank deiner Tochter. Sie und ihre Freunde und Jans Mitschüler und seine Lehrerin sind angerückt, um Jans Herzenswunsch zu erfüllen. Mit ihm seinen 18. Geburtstag zu feiern und nochmal seine Schulklasse zu erleben … Heute Abend hat er mich dann ganz für sich allein.«

Es ist selten, dass Dominique sich in mehreren Sätzen äußert, und so begreift Alfred schnell, wie viel ihr das bedeutet.

»Und du?« Er schaut zu Nilay, die sich auf dem Bürostuhl hin und her dreht und ansonsten atemberaubend aussieht, obwohl oder auch weil sie ganz schlicht gekleidet ist. Ein schmaler weißer Rock, eine rote Seidenbluse mit Stehkragen, ihr üppiges Haar offen.

»Mir gehts wieder besser, Alfred. Vielleicht lässt die Übelkeit ja schon nach … Büroarbeit könnte ich gut übernehmen.«

Alfred nickt. »Bist ja eh dann im Innendienst. Hast du die Schwangerschaft bei der Personalabteilung angezeigt?«

»Ja, gestern. Ich hoffe sehr, dass ich bei euch im Team bleiben kann, so lange es geht.«

»Von mir aus natürlich!«

Dominique zieht eine XXL-Thermosflasche aus ihrem Rucksack. »Hab vernünftigen Kaffee für alle dabei.«

»Und ich Hörnla!« Nilay zaubert eine Bäckertüte aus ihrer Umhängetasche.

»Na dann. Packen wirs, oder? Bin mit den Kollegen im großen Büro drüben.«

Einige Bamberger Hörnla und ein paar Tassen besten schwarzen Kaffees später fühlt sich das jetzt fünfköpfige Ermittler-Team zwar physisch gestärkt, aber wegen der dürftigen Ergebnisse der letzten Tage auch demoralisiert.

Nilay hat sich am Bildschirm erneut die Anrufprotokolle vorgenommen und deutet jetzt auf einen Eintrag.

»Ich habe schon mehrmals darüber gelesen, irgendwas macht mich immer stutzig.«

Alfred rollt seinen Stuhl neben sie und schaut auf die betreffenden Zeilen. »Lies mal vor.«

Nilay räuspert sich. »Eine Frau ... sie hat gestern im *FT* das Phantombild gesehen ... sie rief an und meinte erst, sie kenne die Gesuchte vielleicht. Dann ...« Nilay scrollt weiter, »als die Kollegin am Telefon genauer nachfragt, sagt sie plötzlich, nein, sie habe sich getäuscht. Und legt auf.«

Alfred runzelt die Stirn. »Wurde der Sache weiter nachgegangen? War jemand bei ihr?«

Er schaut in die Runde, Knopf und Azubi zucken die Schultern. Knopf hat zwar am Vortag ebenfalls Telefondienst übernommen, aber nichts von diesem Anruf gehört.

»Wir haben die Adresse: Sie wohnt im Stadtteil Gereuth. Anrufen oder hinfahren?«

»Hinfahren«, sagen Alfred und Dominique gleichzeitig und schauen sich an. »Auf gehts!«

Nilay lässt einen theatralischen Seufzer hören. »Und schon lasst ihr mich wieder allein.«

»Wir sind auch noch da«, sagt Azubi zu ihrer Linken.

»Und kümmern uns sehr gern um junge hübsche Kommissarinnen«, ergänzt Knopf und grinst.

»Auch um schwangere?«, fragt Nilay mit hochgezogenen Brauen.

»Schwanger???« Die beiden Männer richten ihre erstaunte Frage eher an Alfred als an Nilay.

Der nickt. »Weiß es auch erst seit Kurzem. Ich ... *wir* freuen uns sehr für Frau Esen. Schön, dass ihr euch gut kümmern werdet!«

Alfred greift nach seinem Smartphone, Dominique nach ihrem Rucksack, und die beiden sind weg.

»Darf ich Ihnen einen Tee machen?« »Soll ich was zu essen aus der Kantine mitbringen?« Die Beamten nehmen ihre Fürsorgepflicht durchaus ernst.

Nilay schüttelt lächelnd den Kopf, im gleichen Moment klingelt das Telefon an Alfreds derzeitigem Arbeitsplatz. Nilay greift sich den Hörer. »Esen, Apparat Meister.«

Dann sagt sie gar nichts mehr, und ihre ohnehin großen schwarzen Augen werden noch größer. Einsilbige »Ahs« und »Hms« und »Wann ungefähr?« folgen, und sie macht sich Notizen auf ein Blatt Papier. Bevor sie auflegt, sagt sie noch: »Wir kommen so schnell wie möglich.«

Sie schaut die beiden Beamten an. »Es gibt eine Tote am Oberen Stephansberg. Eine Monika Sienkiewicz. Ich informiere Alfred und Dominique.«

Ach, wie hat Alfred das vermisst. Dominique sitzt am Steuer des Dienstwagens und legt ein filmreifes Wendemanöver hin, nachdem Nilay angerufen und ihnen das neue Ziel genannt hat. »Blaulicht?«, fragt sie ihn.

Alfred kapiert erst, als er »echt jetzt?« zurückgefragt hat. Sie meint es nicht wirklich ernst.

»Die Frau ist schon tot, oder? Wissen wir, seit wann?«

»Na ja, Nilays Informationen waren dürftig. Beim Notruf ist ein anonymer Anruf eingegangen. Eine Frau liege tot in ihrer Wohnung. Der Streifenwagen, der am nächsten dran war, ist sofort hingefahren. Das alles ist erst eine gute halbe Stunde her. Die Beamten haben Notarzt und RTW verständigt. Ich hoffe, wir treffen die jetzt an.«

»Todesursache?«

»Tja, wohl unklar. Vom Anruf gibts nur die Aufzeichnung der Stimme, zurückverfolgen ließ er sich nicht. Wir hören uns das später mal an.«

»Sagt uns der Name was?« Dominique beschleunigt erneut, nachdem eine rote Ampel auf gelb geschaltet hat, und jagt dann den Dienstwagen die Eisgrube hinauf.

»Piano!«, mahnt Alfred.

Oh Wunder, Dominique geht wirklich vom Gas. »Du hast Recht. Könnten Kinder auf der Straße sein.«

»Monika …«, Alfred schaut auf den kleinen Block, auf dem er Nilays Angaben notiert hat. »Sienkiewicz. Nee, mir sagt der Name nichts.«

Wenig später parken sie direkt vor dem Haus am Oberen Stephansberg, hinter dem Streifenwagen und halb auf dem schmalen Gehsteig, sodass eventuelle Bierlaster auf dem Weg zum *Wil-*

de-Rose-Keller noch gut passieren können. Ist ja auch wichtig. Noch bevor im Rückspiegel der Rettungswagen zu sehen ist, heult laut das Martinshorn.

Die Haustür steht offen, ebenso die untere Wohnungstür. Dort stützt sich ein alter Mann im hellblauen Hausanzug auf seinen Rollator und schaut verwirrt drein.

»Was machen denn all die Leute hier?«, fragt er mit zittriger Stimme, »wann kommt denn endlich mein Pfleger?«

»Sicher bald«, beruhigt ihn Alfred, ohne auf die erste Frage einzugehen. Dominique hat bereits drei Stufen auf einmal genommen, Alfred steigt bedächtig hinterher.

Auch die Tür zur Dachwohnung ist weit geöffnet. Eine uniformierte Kollegin empfängt sie, eine weitere steht im Wohnzimmer und tippt etwas ins Smartphone. Auf dem zerschlissenen Sofa sitzt eine kleine, dicke Frau mit leicht zur Seite geneigtem Kopf. Ihre Augen sind geschlossen, die rechte fleischige Hand hält etwas umklammert, eine kurze spitze Nadel ragt zwischen Daumen und Zeigefinger heraus.

Die Beamtin hört auf zu tippen und nickt den Kommissaren zu. »KT kommt gleich, wir haben schon erste Fotos gemacht. Der Notarzt müsste auch …«

»… ist schon da«, tönt es vom Flur her, und ein älterer, weißhaariger Arzt schiebt sich an Alfred und Dominique vorbei. Im Schlepptau hat er zwei junge Sanitäterinnen.

»Lassen Sie mich mal erst hier …« Er räumt ein paar Kissen beiseite, setzt sich neben die Tote, legt Daumen und Zeigefinger an ihren Hals und schüttelt dann den Kopf. »Ex. Vermutlich schon länger. Leichenstarre hat eingesetzt.«

Als er eine Hand hinter den Rücken der Frau schiebt und sie drehen will, stoppt ihn Alfred. »Bitte so lassen. Bis die Kriminaltechnik da war. Wenn sie schon länger tot ist, können Sie sowieso nichts mehr machen.«

»Wohl wahr. Allerdings würde ich gern sehen, was sie da in der Hand hat.« Ohne die Erlaubnis abzuwarten, versucht der Arzt, das Ding mit der Spitze aus der gekrümmten Hand der Toten zu ziehen. Wegen der Totenstarre lassen sich die Finger nicht öffnen.

»Schau mal, die Medischachtel hier«, mischt sich eine Sanitäterin ein. »Insulin-Pens. Könnte auch einer sein in ihrer Hand. Und …« ergänzt sie nach einem kurzen Blick in die Schachtel, »… die ist zwar voll, aber alle da drin sind bereits benutzt.«

Der Arzt nickt und hat im gleichen Moment das Ding aus der Hand der Frau gelöst. Ein Insulin-Pen, wie vermutet.

»Vielleicht eine Überdosis«, sagt er und schaut zwischen der Toten und der Medikamentenschachtel hin und her. »Hypoglykämischer Schock mit Todesfolge. Lässt sich leider nach so vielen Stunden kaum noch feststellen. Insulin zerfällt sehr schnell.«

»Suizid?«, fragt Dominique.

»Möglich.«

»Meinen Sie, sie hat einen Pflegedienst gehabt?«, fragt Alfred den Arzt.

»Könnte sein. So richtig mobil wirkt sie nicht.« Er deutet auf den extra breiten Rollator, der neben der Wohnzimmerschrankwand geparkt ist. »Obwohl – das Insulin hat sie sich anscheinend selbst gegeben.«

Dominique hat eine Idee: »Der Mann von unten wartet auf einen Pfleger – ich geh ihn mal fragen, wer das ist.«

»Mach das.« Alfred schaut sich unschlüssig in dem ziemlich altmodischen Wohnzimmer um. In einer Ecke sind massenhaft Kartons gestapelt, überwiegend von *Amazon*. Die Frau hat sich vermutlich alles schicken lassen, was sie so brauchte. Und sicher noch mehr, was sie nicht brauchte.

Trotzdem: Die ganze Wohnung wirkt durchaus so, als würde gelegentlich geputzt und aufgeräumt werden. Alfred geht in die Küche, schaut in den Kühlschrank: Auch hier finden sich ausreichend

Lebensmittel, wenn auch überwiegend Fast Food. Ob sie selber noch einkaufen konnte? Oder – und der Gedanke muss sich aufdrängen, wenn es eine Tote mit Diabetes gibt – war auch hier die *Nette Nachbarin* zugange? »Bisschen zu viel Zufall«, murmelt Alfred mal wieder vor sich hin.

Er schaut einen kleinen Stapel Papiere und Briefe durch, die auf dem Küchentisch liegen. Alles neueren Datums und geöffnet, keinerlei Zettel mit Telefonnummern oder Flyer von helfenden Diensten.

»Gibts irgendwo Hinweise auf Familienangehörige?«, ruft Alfred Richtung Flur. Da stehen die Streifenbeamtinnen und unterhalten sich leise.

»Wir haben nur oberflächlich gesucht – bisher nichts.«

Der Arzt kommt aus dem Wohnzimmer, seine Tasche geschultert. »Ich habe ein Beerdigungsinstitut verständigt …«

»Die müssen die KT abwarten«, fällt Alfred ihm ins Wort.

»… und ihnen gesagt, dass sie einen Anruf kriegen, wenn die Polizei hier fertig ist«, vollendet der Arzt ungerührt seinen Satz.

»Danke.« Alfred nickt ihm zu.

Arzt und Sanitäter stoßen in der Wohnungstür mit Dominique zusammen.

»Rate mal, wer den alten Mann unten pflegt.«

»Ich kenne nur *Sonjas PflegeEngel*«, brummt Alfred.

»Genau die.«

Der Unterricht bei Jan gleicht eher einer fröhlichen Gartenparty als ernsthaftem Pauken. Die heute angenehmen Temperaturen haben dazu eingeladen, die Veranstaltung ins Freie zu verlegen. Die Gruppe um Mia hat schon am frühen Morgen im Hause Meister Drinks und Häppchen zubereitet – natürlich erst, nachdem Vater Alfred aus dem Haus war. Mutter Grete half mit. Lina war zu dieser Zeit noch relativ stumm und belegte die Brötchen und Toast-Ecken nach Anweisung von Max. Sie hätte es nie für möglich gehalten, dass es so viele kreative Ideen geben könnte, um schmackhaftes Essen zuzubereiten.

Jetzt sind sie bereits über eine Stunde allein mit Jan, haben den Garten mit Girlanden, Happy-Birthday-Ketten und allerhand Flitter vollgehängt, natürlich alles plastikfrei und wiederverwertbar, was sonst. Für das Veranstaltungsteam steht schließlich Umweltverträglichkeit an erster Stelle. Max und Mia haben Jans Bett auf die Terrasse geschoben und das Kopfteil hochgestellt. Die Frau vom Intensiv-Pflegedienst hat für die Dauer der Feier freibekommen, ist aber in Rufbereitschaft. Schwester Brigitte war schon in aller Frühe aktiv und hat Jans Körper so gründlich geschrubbt und eingecremt, dass seine Haut jetzt so rosig leuchtet wie die eines Neugeborenen und er duftet, als wären Dutzende Parfümflakons über ihm ausgeschüttet worden.

Lina ist noch schüchtern, was Jan betrifft. Wenn er reden oder seinen Sprachcomputer bedienen könnte, wäre das sicher besser. Die anderen haben ihr beim Treffen im Hainbad alles erzählt, was sie über Jans Krankheit wussten.

Lina schämt sich, wenn sie daran denkt, wie oft sie und andere in der Schule sich über »Spasts« und »Behindis« lustig gemacht haben.

Das wäre vielleicht nicht vorgekommen, wenn sie so jemanden persönlich gekannt hätte. Aber gut, das holt sie ja jetzt nach, auch wenn das schöne Fest, das sie für Jan vorbereitet haben, vielleicht das letzte ist, das er miterleben kann.

Nach dem Treffen im Hainbad hat Mia sie und Chiara noch mit nach Hause genommen, um einen Kuchen für Jan zu backen. Auch das hat richtig Spaß gemacht. Der Vollkorn-Teig, der für zwei große Kuchenbleche ausreichte, war weich und fluffig. Mia belegte ihn mit Kirschen und Apfelstückchen, Chiara stellte Streusel selber her, und dann drapierten sie gemeinsam auf beide Kuchen je eine riesige Achtzehn aus veganen Gummibärchen.

Alle Vorbereitungen, auch im Haus Brodbecker, sind rechtzeitig fertig geworden. Endlich klingelt es an der Haustür und – ein überdimensionaler Plüsch-Teddy steht davor. Hinter dem Teddy erscheint das lachende Gesicht von Jans Lehrerin. Vor dem Haus parken zwei *Malteser*-Fahrzeuge, aus denen fünf seiner Mitschüler aussteigen. Oder ausgestiegen werden, denn zwei von ihnen sitzen im Rollstuhl. Jeder hat ein Band ums Handgelenk gewickelt, an dem drei oder vier riesige mit Gas gefüllte Ballons gen Himmel streben. Wer auf die Idee kommt, die Ballons zu zählen – und das ist Lina –, checkt schnell, dass achtzehn Luftballons ins Haus einschweben.

Kaum sind die Schüler da, drei Mädchen und zwei Jungs, geht es rund in Haus und Garten. Nicht alle können gut artikuliert sprechen, aber sie verstehen sich sehr gut untereinander. Wenn mal Verständigungsprobleme entstehen, kann die Lehrerin dolmetschen. Jans Arme und Beine zucken vor Aufregung, als seine Schulklasse das Bett umringt und ihn betatscht und den Riesenteddy auf seinem Bauch ablegt.

»Dominique würde ne Krise kriegen«, sagt Mia grinsend. »Jan soll sich doch nicht aufregen …«

»Mütter!«, bestätigt Max. »Wollen lieber, dass wir uns gesund zu Tode langweilen.« Im gleichen Moment schlägt er sich mit der Hand auf den Mund. »Äh, das mit dem Tod war wohl nicht so gut.«

Lina, die mit den beiden zusammen die selbstgemachte Zitronenlimo in Gläser füllt, meint: »Du hast aber doch recht. Besser, Jan hat heute einen richtig krassen Tag, als …«

Beide nicken. »Stimmt.«

Wenig später hocken Schüler, Helfer und Lehrerin an drei Seiten um den großen Terrassentisch. An der vierten Längsseite ist Jans Bett geparkt, sodass er alles mitkriegt, auch wenn er nicht mitessen kann.

Und das ist noch lange nicht alles, was Mia und Co. für Jan vorbereitet haben. Soll ja wie eine richtige Schulstunde werden, das hat er sich schließlich gewünscht. »Sonne« heißt das Thema, und so werden bald gemeinsam riesige Sonnen aus Papier, aus goldenen Stofffetzen und gelben Wollresten gebastelt.

Lina kümmert sich um ein Down-Syndrom-Mädchen, älter als sie selbst, aber so lustig und beim Basteln gar nicht ungeschickt, dass Lina und sie ständig lachen müssen.

»Ich mumuuuhus Pihipi«, sagt das Mädchen irgendwann und kriegt sich nicht ein vor Lachen.

Neben ihnen sitzt die Lehrerin und schaut Lina fragend an. »Kannst du mit ihr gehen? Ihr den Weg zum Klo zeigen? Sie macht dann alles alleine.«

Lina nickt und spaziert Arm in Arm mit dem großen, schweren Mädchen ins Haus. Im Badezimmer dauert es ein bisschen, weil das Mädchen es sehr gemütlich auf Brodbeckers Toilette findet und ständig irgendetwas erzählt, was Lina nur halb versteht.

Als sie endlich wieder eingehängt zurückkommen und gerade auf die Terrasse hinaustreten wollen, bleibt Lina abrupt vor der Schwelle stehen. Das Mädchen an ihrem Arm ist so verdutzt, dass es auch anhält und wie Lina nach draußen schaut.

Irgendwas stimmt da nicht. Die Jugendlichen starren alle in eine Richtung, in den Garten. Die Lehrerin ist aufgesprungen und steht mit ausgebreiteten Armen wie ein Schutzengel neben Jans Bett.

Dann sieht Lina ihn auch: Ein Mann, klein von Statur, mit zurückgekämmtem, schütterem Haar, hat sich breitbeinig vor den Pflanzkübeln aufgebaut, die die Terrasse vom Garten abgrenzen. In der Hand hält er ein großes Messer.

Kimmi, Anfang vierzig

Kimmi schaffte es sehr gut, ihre Mutter von allen anderen Menschen abzuschirmen. Nur wenn es unbedingt sein musste, wenn zum Beispiel ein Arzttermin anstand, erlaubte sie einem Fahrdienst, Monika Sienkiewicz dorthin zu bringen, und das auch nur, weil sie mit der schwergewichtigen Frau alleine nicht zurechtkam.

Dass sie eines Tages einen Besucher in der Wohnung ihrer Mutter antreffen würde, damit hatte sie nie und nimmer gerechnet. Ausgerechnet an dem Tag hatte Kimmi den Wohnungsschlüssel vergessen und musste klingeln. Ihr wäre lieber gewesen, sie hätte ihre Mutter und den Gast überraschen können.

Es war das erste Mal, dass sie ihm direkt ins Gesicht sah. Wenn sie ihn bisher auf dem Weg zu Patienten verfolgt hatte, hielt sie immer genügend Abstand, um ihn nicht auf sich aufmerksam zu machen.

Obwohl er hundert Jahre älter aussah, hatte sich Clärchen nicht verändert. Schon als Junge schmierte er zu viel Gel in sein Haar und kämmte es straff nach hinten, das hielt er für cool und erwachsen. An Größe zugelegt hatte er seitdem nicht viel. Na ja, das war bei Kimmi ähnlich. Clärchen war derjenige unter ihren Brüdern, der sie am meisten gepiesackt hatte. Fies und hinterhältig gegenüber allen Schwächeren, feig und duckmäuserisch, wenn ein Stärkerer ihn in der Mangel hatte. Sie hatte ihm keine Träne nachgeweint, als die Familie auseinandergerissen wurde und sie selber ins Heim kam. Sollten die Brüder bleiben, wo der Pfeffer wächst, das Wort »Familie« war eh eine Farce gewesen.

Seit Kimmi wieder Kontakt zu ihrer Mutter hatte, war nie einer der Brüder bei ihr aufgetaucht. »Ich weiß nicht, wo die überhaupt sind«, erwähnte die Mutter ständig, zeigte aber auch keinerlei Interesse, etwas über den Verbleib ihrer Söhne in Erfahrung zu bringen. Kimmi sah *keine Veranlassung, ihr zu erzählen, dass sie Clärchen mehrfach in der Stadt gesehen hatte. Schon gar nicht, dass sie ihn beschattet und manche seiner Patienten »übernommen« hatte.*

Es war Zufall, dass zu den Zeiten, in denen Kimmi bei ihrer Mutter war, nie ein Auto von Sonjas PflegeEngeln *vor dem Haus stand. Sonst wäre eine frühere Begegnung durchaus möglich gewesen.*

Jetzt also war Clärchen unverhofft bei Monika Sienkiewicz aufgetaucht.

Bei diesem Wiedersehen nach so vielen Jahren hielt sich die Freude sehr in Grenzen. Was hätten sie sich auch zu sagen gehabt? Keiner konnte mit tollem Job, Einfamilienhaus im Grünen und schickem Auto angeben. Sie hatten in all den Jahren kaum aneinander gedacht. Keiner hatte den anderen im Geringsten vermisst.

Mehr als »Du! Hier?« brachte Kimmi nicht heraus. Clärchen grinste bloß blöd und roch eindeutig nach Schnaps. Ebenso die Mutter, wie Kimmi kurz darauf feststellte.

»Muss dann«, sagte er nur und ging an ihr vorbei, die Treppe hinunter.

Kimmi hatte sofort einen dringenden Verdacht, was er hier gewollt hatte. Ihre Mutter aber stritt ab, ihm Geld gegeben zu haben. Konnte sogar stimmen, sie hatte nur kleine Beträge in der Wohnung, dafür sorgte schon die Tochter.

Eins wurde Kimmi an dem Tag aber klar: Sie musste bald handeln, bevor Clärchen ihnen beiden zu nahe kam. Sie hatte genug geprobt, verschiedene Patienten, verschiedene Methoden. Und sich für eine Methode entschieden.

Außerdem ging es Angelo nicht gut. Seit Tagen hockte er nur in einer Ecke seines Käfigparadieses und schaute sie aus trüben Augen an. Für ein Meerschweinchen war er ohnehin schon ziemlich alt geworden. Ohne Angelo würde es auch keine Kimmi mehr geben, soviel war klar.

Als sie wenige Tage später in die Wohnung ihrer Mutter kam, war es doch ein Schock: Monika Sienkiewicz hing auf ihrer Couch wie ein nasser Sack und war tot.

Noch vom Tatort aus ruft Dominique *Sonjas PflegeEngel* an.

Die Chefin ist gleich am Apparat. »Ist was mit Ihrem Sohn?«, fragt sie besorgt. »Er hat doch heute Geburtstag?«

»Jan ist okay. Ich habe eine dienstliche Frage. Ihr Team pflegt einen Patienten am Oberen Stephansberg?«

»Jaaaa …, um den alten Herrn kümmern wir uns schon lange. Warum?«

»Und wer?«, stellt Dominique die Gegenfrage.

Sonjas Zögern ist deutlich wahrnehmbar. »Seit Kurzem Claus-Raphael«, sagt sie langsam, »künftig wohl wieder ich. Gibt es auch von ihm eine Beschwerde über Claus-Raphael? Ich habe ihm gestern fristlos gekündigt.«

»Aha.« Dominique nimmt den Hörer vom Ohr und informiert Alfred darüber.

Dann stellt sie Sonja noch eine letzte Frage. »Die Frau, die über Ihrem Patienten wohnt, eine Monika Sienkiewicz, ist die Ihnen bekannt?«

Da kann Sonja nicht weiterhelfen.

Wenig später sind Alfred und Dominique in ursprünglicher Mission unterwegs, nämlich auf dem Weg zu der Zeugin, die die *Nette Nachbarin* auf dem Phantombild erkannt haben will. Im Auto schalten sie Nilay per Telefon zu und diskutieren den Tathergang. Jeder hat seine eigene Theorie.

Alfred verficht die These, dass Claus-Raphael – wie schon bei den anderen Toten – auch bei Frau Sienkiewicz schwarz gearbeitet hat. Dominique möchte erst eventuelle DNA-Spuren in der Wohnung abgeklärt wissen und schließt eine Beteiligung der *Netten Nachbarin* nicht aus. Nilay meint, der neue Fall müsse gar nichts mit den alten Fällen zu tun haben.

Alfred haut mit der Faust aufs Armaturenbrett. »Das geht mir derart auf den Geist. Dass wir nicht weiterkommen … Und uns wahrscheinlich sehr bald der Polizeipräsident und die Presse auf die Pelle rücken und eine Serie aus den Todesfällen konstruieren …«

»Und? Ist es etwa keine Serie?« Dominique schaltet in den vierten Gang und fährt mit unerlaubten 60 km/h Richtung Münchner Ring.

»Was weiß ich. Auf jeden Fall muss Claus-Raphael Stark wieder her. Dieses Mal koche ich ihn weich, das kann ich dir versprechen.«

Noch in Alfreds Ansage hinein klingelt Dominiques Handy.

Es klingt dumpf, denn es steckt in ihrer Hosentasche.

Sie zieht es heraus, schaut kurz aufs Display und gibt es Alfred.

»Weiß grad nicht, wer das ist. Geh doch bitte ran.«

Alfred runzelt die Stirn, nimmt aber ab. »Meister für Brodbecker«, meldet er sich kurz angebunden.

Dann gibt er nur noch merkwürdige Töne von sich und hat eine Miene, als wäre jemand gestorben.

»Ruhe bewahren, mit dem Mann reden, wir kommen!«, ist seine sehr bestimmte Aufforderung, bevor er nach dem Blaulicht greift, das Fenster auf der Beifahrerseite herunterlässt und das Licht aufs Dach setzt.

»Nicht aufregen, Dominique. Lina war am Telefon, das Mädchen aus dem Hochhaus. Claus-Raphael ist bei dir im Garten aufgetaucht. Mit einem Messer …«

»Wir kommen!« Lina scheint es, als seien Stunden vergangen seit diesem Satz des Kriminalkommissars aus ihrem Smartphone und dem Moment, als sie den Mann mit dem Messer im Garten gesehen hat. Dabei waren es nur wenige Minuten.

Sie hatte instinktiv gehandelt. Hatte das schwere Down-Syndrom-Mädchen mit aller Kraft zurück ins Zimmer geschoben, in Richtung Küche bugsiert und ihm aufgetragen, ein paar frische Gläser aus dem Schrank zu nehmen. Das verschaffte ihr etwas Zeit, auf ihrem Smartphone die Handynummer von Frau Brodbecker zu suchen.

Während das Mädchen hinter ihr laut singend die Schränke durchstöberte, wartete Lina fieberhaft darauf, dass jemand abnahm. Es war dann der Kollege von Frau Brodbecker, aber er kapierte sofort, was sie an konfusen Informationen herausbrachte: Gartenparty bei Jan, alle draußen, Mann mit Messer im Garten, was soll sie bloß machen???

Jetzt steht Lina wieder an der Terrassentür, sie hat das Mädchen, das ihr aus der Küche hinterhergelaufen ist, kurzerhand vor Brodbeckers Fernsehgerät gesetzt und *KIKA* eingeschaltet. Die Situation auf der Terrasse ist unübersichtlich: Ein Teil der Bastelmaterialen liegt auf dem Boden, die Jugendlichen reden durcheinander, ein im Rollstuhl sitzender Junge weint und fuchtelt mit den Armen. Jans Gesicht ist von Mias Rücken verdeckt. Den Kopf des Mannes sieht Lina hinter der Schulter der Lehrerin, er ist also jetzt auf der Terrasse. Chiara versucht, die Schüler zu beruhigen. Und Max? Gerade nicht in ihrem Blickfeld.

Lina, die vierzehnjährige, dünne und kleine Lina, tritt entschlossen durch die Tür und ruft, ohne lange nachzudenken: »Überraschung! Frau Brodbecker ist gerade gekommen!«

Das bringt die Menschen auf der Terrasse sofort in Bewegung.

Die Lehrerin, an deren Rücken der fremde Mann wie ein siamesischer Zwilling klebt, wird von ihm an Tisch und Stühlen vorbeigeschoben, die Jugendlichen weichen erschreckt zurück. Denn, das sieht Lina jetzt erst, der Mann hält der Lehrerin ein Messer an den Hals.

Er ist einen halben Kopf kleiner als die Frau, hat sie aber mit eisernem Griff umklammert und rückt schrittweise mit ihr zur Tür vor.

»Sehr gut!«, sagt er und grinst teuflisch, »Leben gegen Leben! Frau Super-Kommissarin lässt sich bestimmt gerne gegen Sie austauschen!«

Dann passieren mehrere Dinge gleichzeitig: Lina versucht, vor dem Mann und seiner Geisel wieder ins Zimmer zu gelangen, um das auf der Couch sitzende Down-Syndrom-Mädchen zu schützen. Aus der Ferne, aber dann doch immer näher kommend ist das durchdringende Heulen des Martinshorns zu hören, was den Mann mit der Lehrerin im Würgegriff kurz stoppen lässt. Im gleichen Augenblick saust das Schaufelblatt eines Spatens von hinten auf den Schädel des Mannes, und Max steht da, wie aus dem Boden gewachsen, mindestens so erleichtert wie erstaunt, dass er präzise den Kopf des Angreifers und nicht den der Lehrerin getroffen hat.

Der Mann sinkt mit einem ächzenden Geräusch zu Boden, das Messer fällt ihm aus der Hand, und einen Moment ist es in Brodbeckers Garten so still, als sei für Mensch und Umwelt eine Stopp-Taste gedrückt worden.

Die Lehrerin schlingt ihre Arme um sich selbst und zittert unkontrolliert, Max sagt immer wieder »Ach Gott, ach Gott«, Mia hält Jan aus unerfindlichem Grund die Augen zu, und Chiara versucht, alle Schüler gleichzeitig zu beruhigen, in dem sie immer wieder »Nix passiert, alles gut« beteuert.

Lina steht erstarrt im Rahmen der Terrassentür, hinter ihr dröhnt das Gequake einer Zeichentricksendung aus dem Fernseher. Das

Down-Syndrom-Mädchen lacht laut und scheppernd und hat von alledem nichts bemerkt.

Sekunden später kommt Kommissar Meister mit gezogener Waffe von der Haustür her gespurtet – sofern man bei seinen kurzen Beinen von Spurt sprechen kann. Dominique Brodbecker hechtet draußen über den Gartenzaun der Nachbarn, ebenfalls mit der Waffe im Anschlag. Weiteres Martinshorn-Heulen von der Straße her deutet auf anrückende Verstärkung hin.

»Schon vorbei«, sagt Lina zu Herrn Meister, und dann wird sie mit einem Mal so blass, dass der Kommissar sie gerade noch auffangen kann.

In der sonst so ruhigen Wohnstraße wimmelt es kurz darauf von Einsatzfahrzeugen der Polizei. Auch ein Rettungswagen des *Bayerischen Roten Kreuzes* und ein Notarzt sind vor Ort. Momentan treffen die Fahrzeuge des *Malteser*-Dienstes ein, um die *Lebenshilfe*-Schüler nach Hause zu bringen.

Claus-Raphael, den Max so entschlossen niedergeschlagen hat, ist aus seiner Bewusstlosigkeit erwacht und findet sich mit Handschellen gefesselt auf der Liege der Sanitäter wieder.

»Der hat nur einen dicken Schädel«, stellt der Notarzt kurz nach seiner Untersuchung fest, »eine Platzwunde und eine Gehirnerschütterung.«

Claus-Raphael schweigt dazu und starrt in den blauen Himmel, als müsse er die wenigen Schäfchenwolken zählen.

»Dann bringen Sie ihn ins Klinikum, ein Kollege fährt mit.« Alfred nickt einem der Streifenbeamten zu. »Haftgründe haben wir jetzt genug. Und die Morde weisen wir ihm auch noch nach.«

Bei der vorangegangenen Leibesvisitation des Verletzten, bei der Alfred hoffte, leere Insulin-Pens oder Ähnliches zu finden, hat er einen zerknitterten Zettel aus Claus-Raphaels Hosentasche gezogen. Auf den ersten Blick beschriftet mit drei Wörtern:

1. »Mutter«
2. Polizeischlampe
3. Sonja

Er musste sich nur kurz mit Dominique beraten, um zu dem Schluss zu kommen, dass Monika Sienkiewicz höchstwahrscheinlich Claus-Raphaels Mutter ist, mit »Polizeischlampe« Dominique Brodbecker gemeint ist und als Nächste Chefin Sonja vom Pflegedienst auf seiner Abschussliste stand.

Alle anderen ungeklärten Taten der letzten Wochen, davon ist Alfred überzeugt, hat der Mann ebenfalls begangen.

Kriminalhauptkommissar Meister schaut recht zufrieden dem abfahrenden Rettungswagen nach. Fälle gelöst, oder? Auf dem Weg zu Dominique – sie weicht gerade nicht vom Bett ihres Sohnes – kommen ihm Mia und ihre Clique entgegen. Sie bringen gemeinsam mit der Lehrerin die Schüler nach draußen. Eine Mitarbeiterin der Notfallseelsorge ist ebenfalls da, sie hat vor allem lange mit der Lehrerin gesprochen, die nach der kurzzeitigen Geiselnahme vollkommen durch den Wind war. Die Schüler selber haben das Drama offenbar gut weggesteckt. Alfred muss kurz seine Tochter Mia umarmen und ihr sagen, wie froh er über den guten Ausgang der durchaus gefährlichen Lage ist. Max bekommt ein kräftiges Schulterklopfen. Lina duckt sich an Alfred vorbei, sie hat das Down-Syndrom-Mädchen im Schlepptau, das an ihr hängt wie eine Klette.

Alfred nickt ihr freundlich zu. Lina hat auf jeden Fall eine Extra-Belohnung verdient, das muss er mit Dominique nochmal genauer besprechen.

Draußen auf der Terrasse sieht es aus, als hätte ein Orkan Stühle und Bastelunterlagen durcheinandergewirbelt. Aber Jan in seinem Bett schaut sehr entspannt und glücklich, wie auch anders, wenn seine Mutter sich neben ihn gekuschelt hat und seine Hand hält. Ein so rührendes Bild – die taffe Kommissarin an ihr krankes Kind geschmiegt –, dass Alfred fast die Tränen kommen.

»So, liebe Dominique. Das ist nochmal gut ausgegangen, was?« Er greift sich ein frisches Glas und schenkt sich von der inzwischen warm gewordenen Limonade ein. »Und unsere diversen Fälle sind so gut wie gelöst. Jetzt kriegen wir den Todespfleger dran, das verspreche ich dir.«

Dominique streicht ihrem Sohn nochmal über die Wangen und richtet sich auf. »Schön wärs. Wenn er allerdings nicht gesteht, siehts schlecht aus. Keine Spuren, du weißt.«

Alfred wiegt den Kopf. »Die Spurenlage bei Monika Sienkiewicz ist uns noch nicht bekannt. Außerdem werde ich ihm so zusetzen, dass er alles gesteht, was wir ihm zur Last legen. Gern auch noch ein paar ungelöste Fälle mehr.«

Sein Handy klingelt, Alfred schaut unwillig aufs Display.

»Die KT«, sagt er und meldet sich. Nur wenige Sekunden, und seine gerade noch zufriedene Miene verwandelt sich in ein einziges Fragezeichen.

Als er aufgelegt hat, schaut er Dominique an. »In der Wohnung Sienkiewicz war zwar offenbar der Müll gerade geleert, aber am Boden des Eimers klebte ein vergessener Kaugummi. Und jetzt halt dich fest: Die KT hat daran die DNA der unbekannten Frau gefunden. Die mit Claus-Raphael verwandt sein muss.«

»Seit wann sind die so schnell?«, wundert sich Dominique.

Alfred klopft sich selbst auf die Schulter. »Hab es super dringend gemacht. Jetzt untersuchen sie gerade die DNA der Toten als dritte Probe – dann wissen wir, wer wie mit wem verwandt ist.«

»Und auch als Täterin in Frage kommt«, ergänzt Dominique.

Kimmi hockt im Badezimmer auf dem Rand ihrer altmodischen Wanne und wälzt wirre Gedanken. Die sind vor allem voll Zorn, weil jemand ihr das große Finale, das große Ziel, auf das sie hingearbeitet hat, genommen hat. Und Kimmi hat einen sehr konkreten Verdacht, wer das war. Außer ihr selbst gab es in letzter Zeit nur eine Person, die Zugang zu Monika Sienkiewicz hatte, oder? Clärchen.

In ihrem Rücken rauscht heißes Wasser in die Wanne, der Badeschaum ist so hoch aufgetürmt, dass er ihren Hintern auf dem Rand berührt. Kimmi wischt mit einer Hand über ihre feuchten Shorts, dann steht sie auf und zieht sich langsam aus. Mit dem T-Shirt wischt sie über den beschlagenen Spiegel, um sich sehen zu können. Ihren makellosen Körper, ihr ebenmäßiges Gesicht, die Rauschgoldhaare. Das schwarze Engel-Tattoo auf dem rechten Oberarm, den Totenkopf auf der rechten Hüfte.

Sie rückt den wackligen Badehocker näher an die Wanne, platziert die zwei Flaschen billigen Rotwein darauf, die sie auf dem Heimweg mitgenommen hat, holt einige neue Rasierklingen aus dem Spiegelschrank.

Sie stellt das Wasser ab, die Wanne ist voll bis wenige Zentimeter unter dem Rand, der üppige Schaum – Rosenduft? – quillt über und läuft in Schlieren außen an der Wanne herunter bis auf den Boden.

Kimmi fühlt mit den Zehenspitzen des rechten Fußes, ob die Temperatur passt. Ein bisschen zu heiß, aber egal, selbst wenn sie sich die Haut verbrennt, was solls. Es gibt nichts mehr zu tun für sie auf dieser Welt. Den letzten Triumph hat ihr Claus-Raphael gestohlen, und das lässt sich nicht mehr rückgängig machen. Sie ist nicht mehr motiviert genug, um auch ihn zu bestrafen.

Das einzige Wesen auf dieser Welt, das ihre Liebe verdient hat, Angelo, ist vor ihr gegangen. Sie hat ihn im Käfig auf ein Bündel Heu gebettet und mit Blüten bedeckt. Ein letztes Mal über sein Köpfchen gestreichelt und – ja, tatsächlich – ein Gebet für ihn gesprochen. Das von den Engeln, die über ihn wachen sollen; es tauchte aus den Tiefen ihres Gedächtnisses und einer fernen Kindheit plötzlich auf:

Abends wenn ich schlafen geh – vierzehn Engel um mich stehn – zwei zu meinen Häupten – zwei zu meinen Füßen – zwei zu meiner Rechten – zwei zu meiner Linken – zweie, die mich decken – zweie, die mich wecken – zweie, die mich weisen – zu Himmelsparadeisen.

Angelo ist bereits im Paradies, und sie wird ihm folgen.

Ihr Bein senkt sich langsam ins heiße Wasser, bis es den Grund der Wanne berührt, dann folgt das zweite Bein. Sie geht in die Hocke, spürt das Brennen auf der Haut am Po, an der Scham, am Bauch, an der Brust. Die Hände haben noch zu tun und müssen frei bleiben. Sie greift eine der Rasierklingen und schneidet sorgfältig und längs in die Pulsader des linken Unterarms. Der Schmerz des Schnitts und das Brennen des heißen Wassers sind wie eine Erlösung. Den Schnitt im anderen Arm spürt sie schon fast nicht mehr. Jetzt die Weinflasche ergreifen und trinken, trinken, trinken.

Während Kimmi sich voll wohligem Schauer in der Wanne zurücklehnt, überlegt sie, wie sie die Wohnung ihrer Mutter am Oberen Stephansberg verlassen hat. Die Mülltüte hat sie mit nach unten genommen. Sie hat auch gründlich über alle Flächen in Küche, Bad und Wohnzimmer gewischt. Aber selbst wenn es noch Spuren von ihr gibt – niemand kennt sie, niemand wird sie finden, und wenn, dann wird das keinerlei Konsequenzen mehr für sie haben.

Der rote Wein fließt durch ihre Kehle, das Wasser färbt sich rosa, rot, dunkelrot.

Da Dominique verständlicherweise bei ihrem Sohn bleiben will, nimmt Alfred den Kollegen Knopf mit. Sie müssen endlich diese Frau befragen, die konkrete Hinweise zur Person der *Netten Nachbarin* versprochen hat. Vielleicht bringt sie das weiter. Claus-Raphael wird erst nach seiner Versorgung im Krankenhaus vernehmungsfähig sein, das hat also Zeit.

Die Hinweisgeberin wohnt in einem der Mehrparteienhäuser des sozialen Wohnungsbaus im Stadtteil Gereuth. Sie haben sie von unterwegs telefonisch über ihr Kommen informiert und damit wenig Begeisterung ausgelöst.

Die Frau, die ihnen auf ihr Klingeln öffnet, ist klein und in mittlerem Alter, sie trägt ein langärmliges Kleid, die Haare sind von einem Kopftuch verdeckt. Sie erzählt gleich zu Beginn, dass sie konvertierte Muslima ist, ihr Mann stammt aus Syrien, er kam mit der Flüchtlingswelle 2015 nach Deutschland. Sie hat ihn damals geheiratet, ihm ihren Namen gegeben und seinen Glauben angenommen. Er ist allerdings nicht zuhause.

Alfred und Knopf lassen sich mit der Frau in ihrer Küche nieder, auf dem Herd kocht ein nach kräftigen Gewürzen riechendes Essen.

»Muss ich Angst haben, wenn ich Ihnen etwas über diese Frau erzähle?«, fragt sie, »nicht, dass sie sich dann an uns rächt ...«

»Keine Sorge«, beruhigt Alfred sie, »sie wird nicht erfahren, wer sie identifizieren konnte.«

»Gut.« Die Frau nickt und faltet die Hände auf dem Tisch. »Ich weiß ja auch nicht zu hundert Prozent, ob sie die Gesuchte ist. Aber im Nachbarhaus«, sie deutet nach links, »wohnt eine sehr attraktive junge Frau, die diesem Phantombild wirklich ähnlich sieht. Und vor allem habe ich das Tattoo gesehen, und das sieht aus wie ein Engel in Schwarz. Ich war vorhin nach dem Einkaufen an ihrer Haustür und habe auf die Klingelschilder geschaut. Es wohnen nur wenige Parteien im Haus, die meisten davon kenne ich persönlich. Aber da ist auch ein Name, den ich nicht kenne: Münch. ›K-M Münch‹ steht auf dem Schild.«

Alfred schaut den Kollegen an. »Dann verlieren wir keine Zeit, was? Vielen Dank Ihnen, wir melden uns.«

»Aber nicht vergessen: Sie haben das nicht von mir!«, ruft die Frau ihnen noch ängstlich nach, als sie schon aus der Tür sind.

Alfreds Diensthandy klingelt, die KT ist dran. Sein Gesichtsausdruck wechselt binnen Sekunden von »grimmig« auf »hochzufrieden.«

»Die DNA ist ausgewertet«, teilt er dem Kollegen mit. »Wir wissen jetzt, was der Pfleger und die *Nette Nachbarin* verbindet.«

»Nämlich?«

»Sie haben die gleiche Mutter, Monika Sienkiewicz. Die beiden sind Halbgeschwister.«

Nur drei Minuten später stehen die Beamten vor der Wohnungstür. Sie hatten Glück, die Haustür unten war offen. Auf ihr energisches Klingeln und dann Rufen hin öffnet allerdings niemand, es ist von drinnen nichts zu hören.

Alfred hat die Faxen mit dieser *Netten Nachbarin* dicke. An sämtlichen Tatorten verteilt sie ihre Kaugummis, ans Telefon geht sie nicht, und jetzt ist keiner zuhause. Er will und muss diese Fälle endlich abschließen und unbedingt wissen, welche Rolle die Frau dabei spielt. Ob sie selbst Täterin war? Oder die Komplizin von Claus-Raphael? Oder ob er sie benutzt hat? Oder sie ihn?

»Gefahr im Verzug«, sagt er deshalb sehr bestimmt und nickt Knopf auffordernd zu.

Der betrachtet eingehend die Tür – es ist eine einfache, sich nach innen öffnende Holztür, unkompliziertes Schloss.

»Wenn sie den Schlüssel nicht umgedreht hat, schaff ichs mit ner Scheckkarte«, sagt er und holt ein flaches Etui aus der Hosentasche, in dem sich mehrere Karten befinden. Seine Wahl fällt auf die Mitgliedskarte der Stadtbibliothek. Besser, die kriegt einen Knick als die Bankkarte.

Wenige Sekunden später schwingt die Tür auf.

»Hallo, Frau Münch!«, ruft Alfred.

Alle Zimmertüren stehen auf, sie schauen hinein, niemand da. Auf einer Kommode im Flur liegt ein rotes Portemonnaie. Alfred erlaubt sich, es zu öffnen, der Personalausweis steckt gleich im ersten Fach. Kim-Micaela Münch steht da, geboren 1981 in Bamberg. Micaela – sehr interessant.

Aber da ist noch eine Tür, und die ist zu. Die Tür zum Badezimmer. Alfred klopft an, ruft erneut, kündigt an, dass er öffnen wird. Keine Antwort.

»Ich geh rein«, sagt er, macht auf und bleibt abrupt stehen. »Um Himmels Willen. Ruf den RTW, ich schau, was ich machen kann.«

Das Wasser in der Wanne ist blutrot, der blonde Kopf mit dem blassen Engelsgesicht liegt zur Seite gedreht auf dem hinteren Wannenrand.

Ermittlungen

———————

Vernehmung Claus-Raphael Stark durch Kriminalhauptkommissar Alfred Meister und Kriminaloberkommissarin Nilay Esen (Auszüge):

»Außer der Geiselnahme und der Tötungsabsicht gegenüber einer Polizistin sind Sie in mehreren anderen Fällen verdächtig, den Tod der Opfer verursacht oder daran mitgewirkt zu haben.«

»Hä?«

»Sie haben mich sehr gut verstanden.«

»Bin kein Mörder, ich bin Pfleger.«

»Und was für einer. Todespfleger. Fangen wir doch gleich mit der Tötung Ihrer Mutter Monika Sienkiewicz an. In deren Wohnung haben wir zahlreiche Spuren von Ihnen gefunden, Fingerabdrücke an Möbeln und Türrahmen, vor allem aber an den benutzten Insulin-Pens. Zudem gab es DNA-Spuren an Hautpartikeln unter den Fingernägeln der Toten. Hat sie sich gegen Sie gewehrt? Oder Sie umarmt, weil sie gar nicht gemerkt hat, wie viel Insulin Sie ihr spritzen?«

»Quatsch mit Soße. Hab ihr halt beim Insulin geholfen. Sind ja nicht nur von einem Tag, die Pens.«

»Sie waren für *Sonjas PflegeEngel* beim Mieter der unteren Wohnung im Einsatz. Haben Sie bei der Gelegenheit auch Ihre Mutter aufgesucht? Denn diese war keine Kundin von Sonja ...«

»Ja ja, hab ich. Ist doch meine Alte, helf ich doch ohne Geld.«

»Wer hat denn Ihrer Ansicht nach Ihre Mutter getötet?«

»Die andere, also die andere Tochter, Kimmi, die war schon immer eiskalt.«

»Sie meinen Kim-Micaela Münch? Die als Micaela Münch einen Hilfsdienst namens *Nette Nachbarn* betreibt?«

»Weiß ich nicht. Aber die mein ich. Die hat unsere Mutter nach Strich und Faden ausgenommen. Kein Cent war mehr im Haus.«

»Sie haben also Geld bei Ihrer Mutter gesucht?«

»Nee, sie hats mir aber erzählt.«

»Haben Sie Ihrer Schwester, Halbschwester, auch andere Jobs vermittelt?«

»Was für Jobs?«

»Als Haushaltshilfe bei Pflegefällen. Nicht nur Sie wurden von der Außenkamera der Hallstadter Bank vor Josef Berners Haus erfasst, sondern auch Ihre Schwester. Sie erinnern sich? Wir haben Ihnen die Videoausschnitte gezeigt. Auf denen wollten Sie die Frau allerdings nicht erkennen ...«

»Ich wollt sie nicht in Schwierigkeiten bringen. Aber jetzt, wo das mit der Mutter passiert ist, da kann ichs Ihnen ja sagen.«

»Dass Frau Münch auch Josef Berner umgebracht hat? Genau wie Ihre Mutter?«

»Na, wie genau, das weiß ich nicht. Aber bestimmt war sie es.«

»Ihre Mutter wurde mit einer Überdosis Insulin getötet, nach kurzer Zeit nicht mehr nachweisbar. Sie als Pflegekraft haben das Wissen darüber. Hat Ihre Schwester ebenfalls eine pflegerische Ausbildung?«

»Weiß ich nicht, keine Ahnung. Kann doch jeder im Internet nachlesen. Hat die den Berner auch mit Insulin gekillt?«

»Mihai Petrescu. Auch er war Diabetiker, wie Sie ja wissen. Haben Sie ihn ebenfalls mit Insulin getötet?«

»Petrescu? Nee, den hatte ich nur einmal in Vertretung von Brigitte, war eine Verordnung vom Krankenhaus, ist nicht verlängert worden.«

»Hilde Fuchs, Diabetikerin. Die Tochter, Iris Fuchs-Kleinschmidt, wartet noch heute auf eine Erklärung, wie ihre Mutter so plötzlich zu Tode kommen konnte.«

»Pah, die. Uralt, die Frau. Da stirbt man halt. Bei der war ich auch nur ein einziges Mal, als Brigitte nicht konnte.«

»Hier, der Zettel. Den haben wir aus Ihrer Hosentasche gefischt, vor drei Tagen, als Sie minderjährige, schwerbehinderte Kinder bedroht haben und der Lehrerin ein Messer an den Hals hielten. Lesen Sie vor!«

(C.-R. Stark schweigt)

»Haben Sie das Lesen verlernt? Dann hören Sie es von mir:

1. »Mutter«

2. Polizeischlampe

3. Sonja

Mutter in Anführungszeichen. Warum?«

»Na, stellen Sie sich ne Mutter so vor wie die Alte eine war? Die froh ist, wenn sie ihre Brut loskriegt, damit sie weiter mit Männern rummachen kann?«

»Wir haben es nicht gleich gesehen, aber schauen Sie nochmal genau: Hinter der Nummer eins, der ›Mutter‹, da ist etwas zu sehen, das ich auch erst später in dem zerknitterten Papier entdeckt habe. Da haben Sie einen schwachen Haken gesetzt, vielleicht mit einem Kugelschreiber, dessen Mine fast leer war. Haken heißt: Sache erledigt. Oder wie sollen wir das sonst verstehen?«

(C.-R. Stark schweigt)

»Na gut, dann weiter. Bei Ihrer zweiten Mission, der Beseitigung der ›Polizeischlampe‹ hatten Sie Pech: Im Garten von Familie Brodbecker war einiges los, und ein junger Mann konnte sie außer Gefecht setzen. Was wollten Sie denn mit der ›Polizeischlampe‹ machen?«

(C.-R. Stark schweigt)

»Und dann Sonja. Sonja, die Chefin vom Pflegedienst. Sie wäre die Nächste gewesen. Dem Ermittlungsrichter hat allein Ihr Auftauchen bei der Kollegin Brodbecker gereicht, um Sie in U-Haft zu stecken. Und die anderen Tötungsdelikte weisen wir Ihnen auch noch nach. Es wird Ihnen nicht helfen, alles auf Ihre Schwester abzuwälzen. Kim-Micaela Münch ist tot.«

»Tot??? Wollt ihr mir das jetzt auch noch in die Schuhe schieben? Bullshit, ihr könnt mich mal.«

Dominique, die die Vernehmung durch den Einwegspiegel beobachtet hat, kommt herein, nachdem Claus-Raphael abgeführt wurde.

»Was geht nun auf sein Konto, was auf das von Frau Münch?«, fragt Alfred in die Runde. »Was wir inzwischen aus den Daten des Providers wissen, ist, dass die Frau exakt zu den gleichen Uhrzeiten im Funkbereich der Adressen eingeloggt war, an denen vor einer Woche und in der Vergangenheit die Opfer zu Tode gekommen sind.«

»Sie arbeitet als Haushaltshilfe«, sagt Nilay, »da ist sie jeden Tag bei ihren Kunden.«

»Und Monika Sienkiewicz, die Mutter? Auch eine Kundin? Bei der sie an ihrem Todestag war?«

»Na ja, sie hat sie gefunden. Und die Polizei angerufen.«

»Anonym.«

»Was ist mit Mihai Petrescu?«, macht Dominique weiter. »Frau Münch war zweifelsfrei seine Helferin.«

Alfred schüttelt den Kopf. »Wir können ihr nichts nachweisen. Auch nicht, dass sie mit ihm am Kanal war.«

»So ein Scheiß.« Dominique haut mit der Faust auf den Tisch. »Das gleiche Drama wie bei Josef Berner. Sie war auch seine Helferin, und ihr Handy war in der Funkzelle Hallstadt-Mitte aktiv.«

»Auch logisch, wenn sie Dinge für ihn erledigt hat«, schlussfolgert Nilay.

»Ich hoffe inständig, dass wir ihr wenigstens eines nachweisen können: den Mord auf der Sandkirchweih«, sagt Alfred sehr bestimmt. »Wir haben den DNA-Abgleich: Der damals gefundene Kaugummi trägt ihre DNA. Ebenso der Kaugummi in Josef Berners Papierkorb. Und der in Monika Sienkiewicz' Abfalleimer. Und noch mehr: Wie auch das ermordete Mädchen war Frau Münch als Kind in Thüringen in einem Heim namens *Kinderschloss*. Die beiden kannten sich. Und wie das Mädchen ist sie in eine betreute Jugendwohngemeinschaft in Bamberg umgezogen.«

»Da hatten wir echt Glück«, ergänzt Nilay, »dass der damalige Freund des ermordeten Mädchens Kim-Micaela auf dem Foto ihrer Jugendamts-Akte zweifelsfrei erkannt hat.«

»Na ja.« Dominique schaut zweifelnd. »Er hat sich aber auch erinnert, dass die Mädchen sich freudig begrüßt haben und dann zusammen abgezogen sind. In welche Richtung auch immer, das weiß er nicht mehr.«

»Dann weiter. Hat sie auch ihre Mutter ermordet? Oder wars der Pfleger?« Alfred schaut die Kolleginnen fragend an.

»Ein Motiv hätte sie ebenso. Und die ausreichende Kenntnis, mit Insulin umzugehen. Knopf hat herausgefunden, dass sie einige Jahre in einem Pflegeheim gearbeitet hat.«

»Wir werden auf jeden Fall jeden ungeklärten Todesfall der letzten fünfundzwanzig Jahre auf Beteiligung dieser mörderischen Halbgeschwister untersuchen. Es gibt bei ungeklärten Morden immer DNA-Spuren, die nicht zuzuordnen sind. Aber vielleicht jetzt!«

Abends ist es schon wieder so heiß, als hätte es Wind und Regen dazwischen gar nicht gegeben. Aber im *Schlenkerla* bei einem kühlen Bier lässt es sich gut aushalten. Alfred hat seine drei Damen hierher eingeladen: Grete, Dominique und Nilay. Mia hat angeboten, in der Zeit bei Jan zu bleiben. Er baut seit der Aufregung an seinem Geburtstag von Tag zu Tag mehr ab. Nun liegt er nur noch im Bett und schläft. Dominique wollte gar nicht weggehen, weil sie Angst hat, er könnte sich für immer verabschieden, wenn sie gerade nicht da ist. Aber Meisters konnten sie überzeugen, dass ihr zwei Stunden Ablenkung guttun. Und dass Jan auf sie warten wird.

»So, Mädels. Stoßen wir an? Auf die – na ja – noch nicht ganz vollständige Aufklärung diverser Todesfälle?«

Alfred hebt sein Glas und prostet den Frauen zu. Nilay bevorzugt Apfelsaftschorle, klar.

»Was wollt'ner denn?« Alfreds Lieblingsbedienung steht am Tisch und nickt beifällig über die schon beim ersten Schluck gut geleerten Gläser der Gesellschaft.

»Was hammer denn?«, fragt Alfred zurück.

»Ganz frisch: Haxn mit Kraut!«

»Nehmer«, nickt Alfred, und nur Nilay will aufs Sauerkraut verzichten. »Mag meine Tochter nicht«, sagt sie und reibt über ihren noch unsichtbaren Schwangerschaftsbauch.

»Du weißt wohl schon, was es wird?«, fragt Grete. Zwar trifft sie Nilay heute zum ersten Mal, aber sie sind schnell zum Du übergegangen. Nilay lächelt. »Ich fühle es. Und wenns nicht so ist – auch egal.«

Dominique nimmt Nilays Hand. Dann schaut sie Alfred an.

»Was meinst du zu heute? Claus-Raphael gibt nur zu, was wir ihm nachweisen können ...«

»Oh ja. Und seine Schwester hat sich der Gerichtsbarkeit entzogen. Fraglich, was wir ihr noch an Taten zuordnen können. Aber wir waren ja fleißig. Nicht nur der Mann, der damals der Freund des getöteten Mädchens war, hat sie wieder erkannt. Wir haben auch herausgefunden, dass es eine alte Beziehung von Frau Münch zu Marcus Vierling gibt.«

Nilay nickt dazu, denn sie war es, die den Kontakt zum damaligen Kinderheim aufgenommen hat. »Das Thüringer Heim ist in den letzten Jahren modernisiert worden. Es wird familienähnlich geführt, wie zum Beispiel die SOS-Kinderdörfer. Aber einige Beschäftigte von damals sind entweder immer noch da, oder ich konnte sie am neuen Arbeitsplatz oder zuhause erreichen. Das war interessant. Eine damalige Erzieherin hat erzählt, dass Kim-Micaela als Mädchen diesem anderen Mädchen ...«

»... von der Sandkirchweih?«, hilft Alfred aus.

»... ja genau, also diesem Mädchen sei sie eine Zeitlang auf Schritt und Tritt gefolgt. Bis die andere dann mit Jungs angebändelt hat. Und noch merkwürdiger: Es gab Todesfälle in der Zeit von Kim-Micaelas Heimaufenthalt. Ein Junge ertrank im Schlossteich, damals nahm man einen Unfall an. Und aktenkundig: Kim-Micaela Münch hat in Notwehr den Hausmeister des Heimes erstochen. Sie war vierzehn, und er hat wohl versucht, sie zu vergewaltigen.«

»Opfer und Täterin in einem. Sie hat mit Sicherheit keine tolle Kindheit gehabt. Aber rechtfertigt das, andere Menschen in Serie umzubringen? Bestimmt nicht.« Alfred dreht sich suchend nach der Bedienung um, die am Nachbartisch abkassiert. »Noch eins, bitte!«

»Die Frau tut mir irgendwie leid«, schaltet sich Grete ein. »Es ist fast nachvollziehbar, wenn sie sich irgendwann an der Mutter rächt. Ob sie für die ›Serie‹ verantwortlich ist, wisst ihr ja gar nicht. Aber mir ist etwas Interessantes aufgefallen. Die Namen – Raphael, Micaela. Micaela wie Michael. Beides Erzengel.«

»Na super. Sollten Erzengel Menschen nicht beschützen statt sie zu töten?« Alfred kann nur den Kopf schütteln.

»Kurioserweise sind beide Engel Schutzpatrone der Kranken ...« Grete glänzt mit katholischem Wissen und sorgt mit der letzten Information auch bei den Kommissarinnen für amüsierte Verwunderung.

»Das hat die Mutter bei der Namensgebung wohl kaum geahnt«, vermutet Dominique. »Und was ihre Tötung betrifft, so tippe ich eher auf Claus-Raphael. Wenn ihr mich lasst, bringe ich ihn zu einem Geständnis. Wetten? Er ist lang nicht so abgebrüht wie er tut.«

»Na, lass ihn das nicht hören ...«, witzelt Alfred. Dann wechselt er das Thema. »Was machen wir mit unseren jugendlichen Helden? Lina, Max, Chiara, Mia?«

»Lina würde ich gern eine Woche Praktikum bei mir anbieten«, sagt Dominique. »Vielleicht in der letzten Ferienwoche. Wenn ich dann da bin ... Hätte Max daran auch Interesse?«

Grete lacht laut auf. »Das kann ich mir beim besten Willen nicht vorstellen, so wie ich ihn bislang kenne. Er hat schrecklich damit gehadert, dass er Claus-Raphael mit dem Spaten niedergeschlagen hat. Wo er doch jede Form von Gewalt ablehnt. Aber die Mädchen haben viel mit ihm geredet und ihm mehrfach versichert, dass er damit Schlimmeres verhindert hat.«

»Gut. Dass du dich um Lina kümmerst, ist eine gute Idee, Dominique. Wenn das Mädchen sich weiter so anstellt, haben wir schon für Polizeinachwuchs gesorgt! Schließlich bleibe ich euch nur noch wenige Jährchen erhalten ...«

Dominique schaut ihn erstaunt an. »In deiner neuen Position als Erster Kriminalhauptkommissar? Da brauchen wir dich länger ...«

Alfred glaubt, sich verhört zu haben. »Wie – Erster? Wir haben doch noch gar nichts auf unsere Bewerbung hin gehört?!«

»Liest du deine Post nicht? Ich habe sie wohl wegen meines derzeitigen Urlaubs nach Hause bekommen, allerdings auch erst vorgestern.«

Alfred ist anzusehen, wie es in ihm arbeitet. »Post ... herrje, unter den ganzen Ermittlungsakten liegt seit Tagen Post, die ich nicht aufgemacht hab. Woher weißt du ...?«

»Meine Bewerbung wurde freundlich abgelehnt. Und das ist völlig okay. Du bist der Dienstältere. Und der Beste. Herzlichen Glückwunsch!«

Grete kapiert schneller als ihr Mann und drückt ihm einen schmatzenden Kuss auf die Wange. »Ich glaub, wir brauchen jetzt alle einen Schnaps.«

Claus-Raphael Stark gesteht schon in der zweiten Vernehmung durch Kriminalhauptkommissarin Dominique Brodbecker die Tötung seiner Mutter Monika Sienkiewicz mit einer Überdosis Insulin. Er wandert dafür lebenslänglich in Haft.

Durch akribischen Abgleich archivierter DNA-Spuren aus ungeklärten Fällen weist das Team um den Ersten Kriminalhauptkommissar Alfred Meister den heimtückischen Mord an einem Mann nach, der auf Kim-Micaela Münchs Konto geht. Das ist etwa zehn Jahre her. Auf dem Glas, aus dem er seinen letzten giftigen Cocktail genossen hatte, befand sich ihr Fingerabdruck, der damals niemandem zugeordnet werden konnte. Die Schwester des Mannes hatte seinerzeit nichts zur Aufklärung beitragen wollen, gesteht aber jetzt ihre damals heimliche Liebesbeziehung zu Kim-Micaela Münch und traut ihr den Mord durchaus zu.

Das ermittelnde Team ist außerdem fest davon überzeugt, dass ihr auch der Sandkirchweih-Mord anzulasten ist.

Bezüglich des Mordes an Josef Berner und der unklaren Todesursachen von Hilde Fuchs und Mihai Petrescu beschuldigt Claus-Raphael weiter seine Halbschwester. Allerdings sind mit dem Tod der Verdächtigen weitere Ermittlungen einzustellen, und dem Pfleger kann keine Beteiligung an diesen Todesfällen nachgewiesen werden.

Iris Fuchs-Kleinschmidt, die Tochter von Hilde Fuchs, reagiert äußerst frustriert, als Alfred Meister sie über den vagen Ausgang der Ermittlungen informiert. Petra dagegen, die langjährige Freundin des Verdichters, ist froh, dass eine Tatverdächtige sich selbst gerichtet hat und ein weiterer für eine andere Tat in den Knast wandern muss.

Jan Brodbecker stirbt zwei Wochen nach seinem 18. Geburtstag einen sanften Tod.

Nachwort

Für die Unterstützung bei der Recherche rund ums Thema Polizeiarbeit möchte ich mich ganz herzlich bei Kriminalhauptkommissar S. bedanken. Er hat mir auf alle meine Fragen mit viel Geduld und großer Fachkenntnis geantwortet. Fehler, die sich trotzdem eingeschlichen haben, gehen einzig und allein auf mein Konto, und manches Geschilderte entspringt der dichterischen Freiheit. So habe ich den Hallstadtern eine Pizzeria und den Polizeibeamten in Bamberg eine (auch am Samstag geöffnete) Kantine gestiftet – die sie in Wirklichkeit leider nicht haben.

Meinem Mann Thomas bin ich für seine erste kritische Durchsicht sehr dankbar.

Dass ich in meinen Texten nicht gendere, mögen mir alle Lesenden verzeihen, die sehr auf Geschlechtergerechtigkeit in der Sprache achten. Ich halte Gendern zwar in Texten mit Sachbezug und in amtlichen Dokumenten für sinnvoll, aber nicht in der gesprochenen Sprache und einem Romantext, der flüssig gelesen werden will.

... finden Sie in *Tod am Gardasee* und weiteren Italien- & Bayern-Krimis von Marta Donato, in *Todsicher verschlüsselt* von Arno Wilhelm, *Des Glückes dunkle Seele* von Bettina Brömme und der Neuschwanstein-Thriller-Trilogie *Ins Herz*, *Ohne Herz* und *Königsherz* von Markus Richter. Info: www.edition-tingeltangel.de.